OS INFRATORES

MATT BONDURANT

OS INFRATORES

Tradução de
Renato Prelorentzou

EDITORA RECORD
RIO DE JANEIRO • SÃO PAULO

2012

CIP-Brasil. Catalogação na fonte
Sindicato Nacional dos Editores de Livros, RJ.

B694i Bondurant, Matt, 1971-
Os infratores / Matt Bondurant; tradução de Renato Prelorentzou. – Rio de Janeiro: Record, 2012.

Tradução de: The wettest county in the world
ISBN 978-85-01-09875-7

1. Ficção americana. I. Título.

12-2978 CDD: 813
CDU: 821.111(73)-3

TÍTULO ORIGINAL:
The wettest county in the world

Publicado originalmente por Scribner, Nova York

Texto revisado segundo o novo Acordo Ortográfico da Língua Portuguesa.

Editoração eletrônica: Abreu's System

Direitos exclusivos de publicação em língua portuguesa somente para o Brasil adquiridos pela
EDITORA RECORD LTDA.
Rua Argentina 171 – Rio de Janeiro, RJ – 20921-380 – Tel.: 2585-2000
que se reserva a propriedade literária desta tradução.

Impresso no Brasil

ISBN 978-85-01-09875-7

Para meus pais

PRIMEIRA PARTE

Em certo condado (Franklin), estima-se que 99 em cada 100 pessoas produzam ou tenham algum envolvimento com bebidas alcoólicas ilícitas.

Dados oficiais da Comissão Nacional de Observância e Aplicação da Lei, 1935, vol. 4, p. 1075

Qual é a parte mais alcoólica dos Estados Unidos, o lugar onde, durante a proibição e desde então, mais se produziu bebida ilícita? O ponto mais encharcado de álcool, proporcionalmente ao número de pessoas, não é Nova York ou Chicago (...) o ponto onde as bebidas ilícitas jorraram de verdade e onde continuaram a jorrar depois do fim da proibição (...) é o Condado de Franklin, na Virgínia.

Sherwood Anderson, revista *Liberty*, 1935

A crueldade, assim como a fruta-pão e o abacaxi, é, creio eu, um produto do Sul.

Sherwood Anderson, *A Story Teller's Story*

Prelúdio

1918

A PORCA MALHADA estava no canto, encarando o garoto. Jack Bondurant ergueu uma espingarda .22 de cano octogonal azul-escuro, a coronha arranhada e lascada por galhos e seixos. Carregou um cartucho, foi até a porca, deixou o cano a um palmo de um daqueles olhos rosados e apertou o gatilho. Do outro lado do campo, seu pai e seu irmão socavam terra úmida no fosso sob a cabana de fumo.

Houve um estrondo e um jorro de sangue em diagonal, e o corpo imenso da fêmea tremeu, a espingarda caindo no esterco, Jack saltando a cerca do curral para escapar do ataque da porca, uma mancha de sangue na testa do bicho e um pedaço reluzente de osso. Ela trotou pelo curral, depois voltou para o canto. Jack puxou de volta a espingarda por entre as tábuas da cerca e limpou o esterco na manga da camisa. Cuspiu, engatilhou, entrou de novo no curral e, ajoelhando-se em frente ao animal, apontou o cano para o focinho. Puxou o gatilho mais uma vez, *bangue*, e a porca ergueu o corpo só um pouco sobre as patas traseiras. Na testa do animal surgiu mais um pedaço de osso lascado, o sangue escurecendo o olho cor-de-rosa. Os leitões no curral ao lado guincharam com ferocidade e enfiaram o focinho por entre as tábuas, as orelhas baixas. Jack encaixou outro cartucho, encostou o cano na cabeça do animal e atirou. A bala se enterrou sob a pele do crânio como um roedor entrando por um túnel aberto na terra, deixando no olho um rastro de peles dobradas em camadas. Jack se agachou e ficou vendo a porca velha se levantar e girar sobre as pernas trêmulas. Pegou a espingarda pela coronha surrada e ficou se balançando devagar sobre os calcanhares, os pés queimando dentro das botas. Apertou os olhos e sufocou um soluço que lhe veio do estômago.

Quando Jack levantou os olhos, seu irmão mais velho, Forrest, estava no curral. Jovem esguio e com um sorriso permanente no rosto, o cabelo loiro coberto pela poeira vermelha do fosso de tabaco, Forrest montou na porca e se sentou em suas costas, puxando o focinho bem alto com o antebraço. Quando a coluna da porca se arqueou, a carne branca de seu pescoço se esticou toda, retesada. Estendendo a outra mão, Forrest passou uma longa faca de desossar pela garganta do animal, em um breve encontro de pele contra metal. O sangue veio em um jorro quente sobre a palha enlameada, e o gemido da porca saiu borbulhante, o ar de seus pulmões soprando pelo pescoço aberto. Ela estremeceu e, depois, ficou mole nos braços de Forrest, as minúsculas patas da frente balançando, o corpo curvado como um peixe morto.

No instante seguinte o pai dos rapazes já estava lá com a corrente pesada; eles usaram a roldana para içar a carcaça, a fim de que fosse ordenada lá do alto, ao que o pai pôs um balde de metal sob o corpo oscilante. O sangue quente fumegava no ar petrificado do inverno. Jack se acocorou feito um sapo de brejo e ficou embalando a espingarda enquanto via descer a torrente vermelha que mais parecia fogo líquido. Ele tinha 8 anos.

No VERÃO SEGUINTE, a epidemia de gripe espanhola varreu os estados do Sudeste, abrindo caminho pelos mais profundos vales e serras do Condado de Franklin. A região se impôs quarentena. Gerações de famílias haviam conhecido as antigas e periódicas ruínas causadas por doenças devastadoras, como difteria, influenza e varíola, e o fato de saberem com convicção que a morte fazia periódicas visitas deliberadas paralisava todas as atividades, as famílias encolhidas dentro das casas. O pai de Jack, Granville Bondurant, fechou sua mercearia vazia, pois andarilhos e caixeiros-viajantes eram seus únicos fregueses ocasionais. As famílias se garantiam com seus estoques de comida armazenados em celeiros e porões. Os Brodie, que moravam do outro lado da larga colina, já não desciam pela estrada poeirenta que chegava à casa, e nem os Deshazo, a família negra que vivia a quase 1 quilômetro dali. Os bancos da Igreja Batista de Snow Creek ficavam insolitamente vagos, abrigando gralhas-cinzentas no púlpito abandonado.

A família Bondurant estava bem preparada, com muitos frutos secos da mercearia, e a mãe de Jack tinha carne e vegetais em conserva em quantidade suficiente para o outono e o inverno. Eles não saíam dos arredores da fazenda. Era uma época gloriosa para Jack, porque significava que suas irmãs mais velhas, Belva May e Era, e seu irmão Forrest estariam por perto o tempo todo, perambulando pela casa de manhã e passando as longas tardes e noites na sala, junto à estufa de aquecimento. Naqueles dias, o pai de Jack era o que se podia chamar de fanfarrão, um homem cujo sorriso brilhava por trás da barba hirsuta enquanto os filhos cavalgavam em seus joelhos como em um cavalo bravo ou quando ficava com os amigos ao pé do fogo na mercearia, contando piadas, o curto avental branco limpo e engomado. Ele não bebia, frequentava a igreja e, mesmo assim, gargalhava dezenas de vezes por dia.

Forrest tinha uma bicicleta usada, e, à tarde, Jack corria atrás do irmão pelo vasto gramado em frente à casa, junto às corredeiras do riacho, rindo nas tardes douradas, os campos de trevos roxos sob o sol poente, uma névoa de veludo cobrindo as colinas ondulantes. Depois do jantar, suas irmãs se sentavam bem juntas no tapete áspero em frente à fornalha e ficavam tricotando e tagarelando, Belva May e Era amarrando as mãos e os pés de Jack com a linha de tricô, confabulando enquanto ele tentava se soltar, as meninas rindo e falando sua própria língua. Sua irmã mais nova, Emmy, a de idade mais próxima à sua, vivia grudada na mãe, seguindo sua sombra pela cozinha e se sentando em seu colo na cadeira de balanço diante da janela. Emmy tinha um ar inocente e ingênuo e chorava por qualquer coisa, então Jack sempre era largado sozinho para se divertir nos celeiros, prados, bosques e no braço barrento do ribeirão Snow que passava pela fazenda da família. À noite, seu pai Granville sorria atrás da barba, os pés na fornalha, a mãe balançava na cadeira junto à janela e fumava incontáveis cigarros de palha, soprando longas plumas de fumaça e vigiando a estrada, à espera de um raro viajante e do filho mais velho, Howard, que deveria voltar da guerra na Europa.

Howard passara a maior parte do ano de 1919 em um navio do Exército, primeiro cruzando o Atlântico a partir da Inglaterra, depois ancorado em um porto de Norfolk, de quarentena. A influenza assolava o navio, quase metade dos soldados tendo definhado durante a jornada, o convés lotado de homens esqueléticos nas macas, tossindo e gemendo sob os trapos de pano colocados sobre seus rostos. À noite, Howard dormia em cima de uma grande pilha de sacos de cebola, na tentativa de conseguir algum espaço para si longe dos demônios de olhos vermelhos, dos oficiais exaustos que vagavam por entre os homens brandindo bengalas, dos enfermos cambaleantes que se agarravam às amuradas do navio. Enquanto tentava dormir, lutando contra o denso fedor de cebola, Howard procurava pensar nas colinas e vales de sua terra natal, no cheiro de barro úmido, na argila espumosa de um campo recém-arado, nas malvas-rosa e madressilvas ao longo do ribeirão Snow. Mas, em seus sonhos, a terrível doença se espalhava por seu corpo e pela água e pelas colinas e pelo corpo de todas as pessoas que ele conhecia, e, quando abria os olhos de manhã, havia o terror de homens morrendo na própria imundície.

Um terço dos soldados de sua companhia morreu ao longo das seis semanas que eles ficaram parados no porto, junto com outras dezenas de navios em fila. Toda noite o porto resplandecia com as chamas fantasmagóricas que consumiam as roupas e os pertences dos falecidos.

Quando foi finalmente liberado, Howard vagou pela cidade como um cego. Logo ficou completamente bêbado de bebida barata e, na manhã seguinte, queimou seu uniforme e seus documentos em um terreno baldio atrás de uma pensão.

Alguns dias depois, Howard desceu do trem em Roanoke feito um espectro, a pouca carne das faces recuada para junto da cavidade dos ossos. Howard era um gigante, de porte largo e com mais de 1,90m de altura, mas seu corpo maciço estava constrito como o de uma criatura noturna, um zumbi. Granville foi até a estação para buscá-lo no início de novembro, quando a primeira geada murchava as trepadeiras ao longo do caminho. Howard nunca falou sobre o que lhe aconteceu na França ou a bordo do navio, e ninguém jamais perguntou. Para Jack, o irmão mais velho era um estranho, apenas um rapaz maior a quem estava ligado por acaso, uma figura corpulenta de quem ele se lembrava de suas manhãs quando criança, agora um homem pisando forte pela casa, uma sombra brusca curvada sobre a mesa tragando a comida em silêncio. Howard mal ficava em casa, passava a noite toda fora, e, quando voltava, fedia a uísque de milho e caía morto na cama.

Uma noite de dezembro, quando a epidemia já estava perto do fim, George Brodie bateu à porta dos Bondurant no meio da madrugada. Jack estava embaixo de suas cobertas grossas, chacoalhando um pouco na cama de corda que dividia com Forrest, e, quando o barulho começou, seu irmão deu um pulo e saiu do quarto antes mesmo que Jack pensasse em abrir os olhos. Brodie não parou de socar a porta até Granville a abrir com um puxão e Jack ouvir seu pai berrar um *Cacete, Brodie!*. Jack saiu de sua cama quente, o ar cortante de tão frio, e, ao chegar à sala, viu George Brodie de joelhos, o luar reluzindo em seus ombros trêmulos, suas mãos cobrindo o rosto.

Jack nunca tinha visto um adulto chorar, e por um instante passou por sua mente sonolenta que Brodie estivesse dando uma de sonâmbulo, como às vezes acontecia com Forrest. A propriedade dos Brodie ficava a quase 2 quilômetros dali seguindo pelo atalho estreito que cruzava a floresta, e a quase 5 indo pela estrada. *Será que Brodie estava louco?* Brodie levantou a cabeça e disse alguma coisa que Jack não conseguiu entender, mas ele viu os rastros deixados pelas lágrimas no rosto empoeirado do homem; e ouviu em sua voz uma perturbação tamanha que era evidente até mesmo para uma criança. Granville se virou e disse algo para Forrest, e Jack viu seu irmão dar meia-volta e sair da sala, sem camisa, sua pele leitosa sob a luz enevoada. Forrest enxotou Jack para dentro e o mandou voltar para a cama e fechar a porta.

Nos minutos seguintes, houve uma acalorada discussão fora do quarto. Jack ouviu a mãe na cozinha, o aroma amargo do café de chicória sendo preparado. Ficou ali, deitado no escuro, prestando atenção aos sons, tentando ouvir o máximo que conseguisse. Então Forrest disse alguma coisa e a voz da mãe se exaltou um pouco, ríspida: *Eu não quero, Gran, não quero.* O som de sua irmã Era gritando. O som de mais choros que fez Jack tremer em sua cama instável. A porta da casa bateu, a claridade do lampião que passava sob a porta do quarto se apagou e passos percorreram a sala. Depois, silêncio.

Jack ficou deitado por quase uma hora até entender que Forrest não iria voltar, que Brodie o levara para a noite e que seus pais lhe haviam permitido fazê-lo, então ele apertou mais as cobertas contra o corpo e lutou arduamente contra as lágrimas até o amanhecer.

Granville e Forrest voltaram no fim da tarde seguinte. Jack correu para a porta quando os viu subindo a colina, mas a mãe o mandou para dentro com o braço. Ela servira o jantar para os dois em uma pequena mesa junto ao barracão de ferramentas: frango, pão e salada cobertos com guardanapos de pano, uma jarra de água, junto com baldes, toalhas e sabão. Pela janela, Jack viu Granville e Forrest jantarem lá fora, no frio, suas respirações se condensando no ar do quintal. Depois de comer, eles fizeram uma grande fogueira, encheram de água o cocho de escaldar porcos e começaram a se despir. A mãe mandou que as filhas ficassem no quarto, mas deixou que Jack ficasse vendo o pai e o irmão se lavarem com a água quente, vertendo-a sobre a cabeça com a ajuda de baldes, despejando-a sobre a pele que ia se tornando avermelhada. Jack ficou espantado em ver como o corpo do pai era peludo, uma floresta cobrindo o peito, a cintura espessa, as pernas finas e os joelhos nodosos, como seu andar era cambaleante. Seu rosto estava duro feito granito enquanto ele jogava as roupas dos dois no fogo. Perto do pai, Forrest parecia frágil e pequenino, os braços cruzados contra o frio, mas ele se virou de repente, e, ao avistar Jack, o rosto do jovem se abriu num sorriso que incendiou seu coração.

Eles se enxugaram, enrolaram-se em cobertores e se sentaram perto do fogo. De vez em quando Forrest lançava um olhar na direção da casa, onde Jack e a mãe permaneciam à janela. A tarde começou a virar noite, centelhas de fogo rodopiando no vento. A mãe de Jack ficou nervosa, estufou o peito e bateu os nós dos dedos na janela. Seu pai e sua mãe trocaram um olhar demorado através do campo, e Jack percebeu que uma transação essencial estava ocorrendo. Ela aquiesceu imperceptivelmente, ao que Granville se levantou e começou a vir na direção da casa, seguido por Forrest. A mãe abriu a porta atrapalhadamente, correu pela varanda e se jogou sobre Granville, apertando-lhe as costas com as mãos, o cobertor escorregando dos ombros dele. Granville a envolveu com os braços e pousou o rosto na cabeça dela, sua barba coberta de gelo devido à sua respiração.

Forrest passou direto pelos pais abraçados e, subindo na varanda, dirigiu a Jack um sorriso e lhe deu um soco firme no peito antes de voltar para o quarto, arrastando atrás de si o cobertor, seus ombros rosados brilhando.

Naquela noite, quando estavam deitados para dormir, Jack perguntou o que havia acontecido, mas Forrest disse que o irmão era novo demais e que lhe contaria dali a um tempo, quando ele crescesse um pouco. Jack insistiu, e Forrest contou que George Brodie tinha entrado em pânico quando sua filha mais nova começara a ter convulsões na cama, o travesseiro todo manchado de sangue vomitado. A esposa dele já estava em coma, à beira da morte. Granville disse que iria até lá e que levaria a filha mais velha, Belva May, para ajudar. A mãe de Jack protestou. Era ficou inconsolável, grudou no pescoço da irmã. Granville ia insistir, mas Forrest se manifestou, dizendo que iria no lugar de Belva May, e então, carregando o lampião embaçado, os dois homens e o rapaz cruzaram o bosque e a serra até a fazenda onde a família Brodie agonizava.

Então Jack quis saber se o irmão estava com a gripe espanhola, ao que Forrest riu e nada disse.

A gente vai ficar doente também?, perguntou Jack. A gente vai morrer?

Forrest ficou quieto por um momento, depois se voltou para Jack no escuro. As janelas estavam forradas de mantas por causa do frio e não havia nenhum raio de luz, mas Jack sabia que o irmão estava olhando para ele.

Você acha que alguma coisa é capaz de matar o velho?, disse Forrest.

É claro que não, Jack pensou, mas não disse nada. O pai deles? O mundo pararia de girar antes. Ele piscou no escuro. Os olhos de Forrest cintilavam que nem carvão em brasa.

Isso mesmo, falou Forrest, como se tivesse ouvido os pensamentos do irmão.

Nada pode nos matar, disse Forrest. Não vamos morrer *nunca.*

Na manhã seguinte, Howard voltou para casa, carrancudo e amarfanhado. Passara a noite estendido sob uma pilha de sacos de juta atrás de um posto de gasolina em Boone's Mill para se recuperar do meio litro de *white mule** que tomara. Engoliu um café da manhã frio na varanda: biscoitos e

* *White mule* [mula branca], *white lightning* [raio branco], *fire water* [água de fogo], *pop-skull* [rebenta-cabeça], *stump whiskey* [uísque de toco], *rotgut* [tripa-podre], *moonshine* [brilho da lua], *moon* [lua], *mountain dew* [orvalho da montanha], *squirrel whiskey* [uísque

presunto, limpando as mãos no macacão engordurado, Jack sentado bem quieto a seu lado, sorvendo o cheiro azedo do irmão mais velho. Howard se levantou e deu um belo tapa na nuca de Jack antes de se arrastar até o curral para ajudar Granville a dar de comer aos animais.

Alguns dias depois, Forrest, Belva May, Era e a mãe deles estavam todos infectados com a gripe. Os dias seguintes passaram rápido. Jack se sentia preso no crepúsculo entre o sono e a vigília. Emmy se ajoelhava junto à bomba-d'água, torcendo as roupas entre os dedos e se balançando para a frente e para trás. Granville ficava horas em silêncio no corredor escuro, feito um fantasma. Howard ficava sentado desajeitadamente nos degraus da varanda, as pernas compridas dobradas à frente, chapéu nas mãos, seu rosto endurecido isento de expressão.

Na manhã em que sua mãe morreu, Jack se colocou ao pé da poltrona do pai. Granville pôs a mão no ombro do filho e ficou olhando pela janela, para a longa estrada. Howard se inclinou para perto da estufa, braços cruzados sobre o peito largo, cenho franzido encarando o chão.

Ah, meninos, disse Granville. Está tudo perdido.

Howard levantou a cabeça e olhou para o pai.

Toda a bondade do mundo se foi, desabafou Granville.

Havia lágrimas pelo rosto do velho, e Jack sentiu o coração apertado como um punho prestes a desferir um soco. Embora estivesse se esforçando ao máximo para não fraquejar, o garoto não aguentou e chorou no ombro do pai.

A mãe de Jack morreu primeiro, e um dia depois foi Belva May, imediatamente seguida por Era. Forrest ficou deitado como uma pedra durante

---

de esquilo], *sugarhead* [cabeça de açúcar], *crazy apple* [maçã louca]. Ao longo de todo o livro, essas expressões irão se referir às bebidas alcoólicas fabricadas clandestinamente pelos *moonshiners*, ou *shiners*. Tais vocábulos não têm correspondência inequívoca na língua portuguesa. Os termos "aguardente" e "birita" (aqui empregados para traduzir *sugar-liquor*, *liquor*, *booze* ou mesmo *snort*, palavras e gírias de sentido e aplicação mais amplos), ainda que pudessem preservar a noção de uma bebida de qualidade supostamente inferior, usurpariam ao texto original a riqueza de seu vocabulário. As traduções literais acima sugeridas podem dar uma ideia de como esses coloquialismos específicos expressam a clandestinidade em que a bebida é destilada (nas montanhas, à noite, sob a luz da lua e carregadas por mulas), seu teor e seus efeitos (produzida com tocos e orvalho, queimando as tripas e a cabeça). (*N. do T.*)

uma semana, o rosto inerte e impassível, recusando toda comida. Sua pele se franziu e ficou com um incrível tom de azul por alguns dias, mole e nebulosa feito ovo de tordo. Então, certa manhã, ele se levantou da cama. Depois disso, Forrest manteve para sempre o aspecto nodoso dos enfermos e, sob determinada luz, ainda tinha uma sombra azulada na pele. Quando ressurgiu depois daquela semana para se juntar a Granville, Emmy, Howard e Jack à mesa do café, com os olhos fundos e o corpo esquelético e devastado, era como se sua força tivesse secado e encolhido como uma tira de couro. Jack se lembra de ter pegado um biscoito do prato com a mão tremendo.

A mãe e as irmãs estavam no chão, cobertas por uma manta.

Ninguém disse nada.

Capítulo 1

1934

Sherwood Anderson cruzou a fronteira do Condado de Franklin, avançando com seu carro pela ponte de pista única que seguia por uma leve depressão na estrada. Poucas centenas de metros depois da ponte, Anderson passou por um posto de combustível: uma simplória construção de madeira com um telhado íngreme que se projetava para a frente na fachada, fornecendo cobertura para se parar diante do estreito alpendre. Havia duas bombas de combustível a manivela em frente à área, com esferas de vidro cheias de gasolina na parte de cima. Muitas coisas daquele lugar chamaram a atenção de Anderson: no alpendre, ao contrário do que se via em outros postos rurais, não havia cadeiras nem uma placa com o nome do estabelecimento, nem anúncios de produto algum. Havia quatro carros parados por ali, sedãs novinhos em folha, com o motor ligado, como se em fila esperando sua vez de abastecer, embora ninguém estivesse usando as bombas de gasolina. Um grupo de homens ocupava a porta da frente, homens em casacos longos e de chapéu, que se viraram, todos eles, para ver Anderson passar em seu veículo. Um galpão fora erguido no início da subida da colina que se elevava atrás do posto, uma estrutura baixa e de blocos de concreto com uma porta aberta que parecia um buraco de fechadura, e, quando Anderson passou, surgiu do galpão um homem alto e desengonçado em mangas de camisa e chapéu, carregando um engradado de madeira. Seus olhos pareceram fitar diretamente o rosto de Anderson. Então surgiu um borrão verde e dourado de árvores e os pneus cantaram na estrada, e Anderson agarrou o volante, zunindo pelo monte Grassy acima rumo a Rocky Mount, principal cidade do Condado de Franklin. Tenho que me lembrar desse lugar, pensou Anderson consigo mesmo, tenho que parar aqui na volta para Roanoke e ver que diabo é isso. Mas já naquele momento ele sabia que as expressões nos rostos daqueles homens ali parados no posto e que os olhos do sujeito alto que saíra do galpão dificultariam as coisas. Anderson vivera no interior da Virgínia tempo suficiente para conhecer aquele olhar, aquela feição simples e insolente que dizia: *Vá cuidar da sua maldita vida.*

Anderson acelerou na estrada vazia, deixando para trás redemoinhos de folhas secas. A rota 33 dividia o Condado de Franklin em norte e sul com um traço tortuoso que serpenteava pelas encostas íngremes e pelos vales profundos. Era a estrada pavimentada mais extensa da região: a maioria das vias ainda era de terra batida, uma mistura de cascalho, areia e barro ou simplesmente trilhas de galhos e folhas que se perdiam adiante em prados e florestas. Dirigir pelas colinas do sul da Virgínia fazia Anderson recordar agradáveis sensações, e ele relembrou a velha inquietude. Era bom estar novamente em movimento.

Os DOIS HOMENS que Sherwood Anderson viera visitar estavam em uma ala apinhada do Hospital de Rocky Mount, um quarto comprido e sem janelas que abrigava uma dúzia de leitos. Homens quase na meia-idade, rostos sulcados, barbas por fazer, inescrutáveis. Um dos dois estava imóvel, enfiado sob os lençóis feito uma agulha de costura. Fitava o teto com olhos arregalados e intumescidos, a pele lavada como carne aferventada, a roupa de cama manchada por um líquido amarelo na região do púbis. Ao lado dele, o outro homem tinha uma cicatriz profunda e vermelha que começava acima do nariz e cruzava a testa, como se ele tivesse sido marcado a ferro quente. No queixo, uma papada que mais parecia uma bolsa de couro velha pendurada. Estava encharcado de suor, gemendo e balançando o tronco de um lado para o outro, delirante de febre, a parte inferior do corpo toda engessada. Os médicos disseram a Anderson que faltava ao homem boa parte da língua, que ele provavelmente havia perdido antes daquele incidente. Anderson se apresentou e puxou uma cadeira, colocando-a entre os leitos. O homem com a virilha ferida passou os olhos pelo visitante e logo voltou a encarar o teto. Sua pele estava esticada como a de uma linguiça, e ele exalava um cheiro de algo podre.

Os médicos informaram a Anderson que nenhum dos dois quisera contar o que tinha acontecido, mas era evidente que as pernas de um haviam sido meticulosamente destroçadas, dos tornozelos à cintura, e que o outro sofrera uma grave mutilação na área do púbis. A polícia também não conseguira nada; os homens não tinham dito uma única palavra, nem recebido visita alguma. *E foi isso*, completou o médico, dando de ombros. O mutilado estava por um fio, a infecção o levaria em breve. Já era um milagre ele ter sobrevivido tanto tempo. *A perda de sangue foi extensa*, relatou o médico. *Claramente deixado para morrer. Recebemos um telefonema anônimo. Não fosse por isso, eles estariam mortos, sem dúvida.* O homem das pernas esmigalhadas talvez sobrevivesse, mas com certeza jamais iria andar ou ficar de pé novamente.

Sherwood Anderson a princípio fora a Rocky Mount para fazer uma reportagem para a revista *Liberty* sobre uma mulher chamada Willie Carter Sharpe. *Moonshine*, sentenciaram os editores, faros aguçados; aquela gente estava fazendo a vida com uísque e contrabando; ainda era a fonte de dinheiro local. O Ato de Volstead de 1919, aplicação jurídica da 18ª Emenda, criara uma hidra cujas múltiplas cabeças eram o comércio e a produção ilegal naquela área montanhosa. A atividade não cessara em 1933, com a revogação da Proibição: para fugirem aos onerosos impostos sobre as destilarias legais, as pessoas continuavam fazendo sua própria bebida ou então compravam de contrabandistas do litoral. Agora que a Proibição terminara, porém, os leitores queriam saber mais sobre esse suposto passado. Aquelas pessoas desmamavam os filhos com pinga, disseram. Usavam para cozinhar os ovos, botavam no café pela manhã. Todo mundo queria que continuasse assim, pensou Anderson, os mandachuvas ganhando muita grana e os consumidores saboreando uns goles daquele rançoso gim caseiro em algum buraco do Upper West Side de Manhattan. Eles queriam aquele sabor de ilegalidade, e queriam o perigo mítico, a sensação vibrante de desespero e bangue-bangue. *Aproxime-se*, lhe disseram. *Das pessoas, dos personagens, seus desejos, vidas pessoais e paixões: afinal, você faz isso melhor que ninguém.*

Um grande julgamento estava começando no Condado de Franklin, um julgamento que iria varrer os cacos de uma longa e complicada briga entre facções de contrabandistas que envolvia até mesmo o procurador da comunidade, o qual, segundo os rumores, seria acusado de extorsão e conluio. Os maiores contrabandistas da região haviam sido convocados para testemunhar perante o júri, inclusive Willie Carter Sharpe, se conseguissem encontrá-la. A mulher fora casada com um figurão do contrabando e logo se tornara a líder das operações, indo à frente nas caravanas do álcool que chacoalhavam pelas estradas, abrindo caminho pelas colinas dos vilarejos e chegando até as fiações elétricas das cidades maiores. Com isso, ela se tornara celebridade. Diziam que Willie se vestia como uma estrela de cinema e tinha diamantes incrustados nos dentes. As socialites de Nova York lhe enviavam cartas de amor apaixonadas, desesperadas para conhecê-la. A *Liberty* queria que Anderson levasse sua história para uma audiência de amplitude nacional.

Em 1934, Sherwood Anderson já morava no sudoeste da Virgínia fazia quase nove anos. Construíra uma casa no alto das montanhas de Marion, centro do Condado de Smyth, a oeste de Franklin. Comprara dois jornais da região e se estabelecera como editor de cidade pequena. Anderson estava ciente de que alguns engraçadinhos do mundo das letras já haviam sugerido que ele estava retornando à sua vida anterior, tentando voltar para algum lugar perdido da sua juventude. Mas ele sabia que não estava querendo retroceder para George Willard ou para a cidade de Winesburg: na verdade, queria era ficar longe dessas coisas.

Enquanto sua casa era construída, Anderson se instalou numa choupana improvisada na encosta do morro. Passava os dias vendo os homens locais debruçados sobre a estrutura de sua casa, mais abaixo, trabalhando metódica e eficientemente. Ele fechara um acordo com seu editor,

Liverwright, o qual lhe mandaria 100 dólares por semana mais a porcentagem de Anderson sobre as vendas, inclusive as das reimpressões de *Poor White* e *Winesburg, Ohio* pela editora Modern Library. Liverwright publicaria qualquer coisa que Anderson lhe enviasse. Naquela época, a mesa de trabalho de Anderson estava praticamente deserta, e ele por fim foi a Nova York implorar a Liverwright para desfazerem o acordo. A casa que ele construiu se chamava Ripshin.

ANDERSON CHEGARA DE Ripshin um dia antes e dormira em um hotel de Roanoke. Pela manhã, encontrara-se com o editor do jornal *The Roanoke Times*. Ainda era bem cedo quando saiu, o céu passando do roxo para o lilás, e as árvores na beira da estrada soltando as folhas, e ele ficou feliz por estar longe de casa em um dia como aquele. Rangeu os dentes e apertou com força o volante ao se lembrar da sua ingênua esperança de ver Ripshin transformada em um rústico salão literário. Um lugar onde a intelligentsia se reuniria à sua volta, em seu paraíso bucólico. Talvez até mesmo sua amiga Gertrude Stein viesse conhecer seu escritório, onde falariam sobre pintores e semântica.

Em vez disso, no entanto, Anderson era refém dos dois jornais; ficava na redação a semana inteira, trabalhando com os tipógrafos e escrevendo sozinho quase todas as matérias. Para aliviar a pressão, ele inventara um personagem chamado Buck Fever (Febre de Grana), em uma coluna que destilava humor e sabedoria popular, uma mistura de Will Rogers e Mark Twain.

No ano de 1934, Ripshin estava repleta de gente barulhenta e enfadonha, pessoas que abusavam da hospitalidade com que eram recebidas, pessoas que Anderson chegara a considerar verdadeiros cavalheiros e camaradas, mas que agora mais pareciam citadinos tagarelas passeando pelo interior, e ele era só o dono da pensão. Seu único consolo era Eleanor, a jovem que ele conhecera em Marion durante os anos finais de seu último casamento. Haviam se casado no ano anterior. Em suas viagens, ele lhe escrevia longas cartas apaixonadas que o deixavam chocado consigo mesmo, pois continham a vitalidade que ele costumava produzir somente na ficção. Na verdade, as cartas, as palavras e frases, os sentimentos e ideias pareciam vir de um personagem nebuloso, ainda inconcluso, que dormia no fundo de sua alma.

O EDITOR DO *Roanoke Times* disse que aquilo parecia uma espécie de acerto de contas. Estava sentado em seu escritório na manhã anterior à da visita de Anderson ao hospital, charutos baratos sobre a mesa bagunçada e atolada de papéis; Anderson sentia sono e desânimo.

Deve ser coisa do tráfico, concluiu o editor.

Ele tinha olhos fundos como furos de garfo numa torta de frango e um rosnado irritante na voz porque falava com a boca torta.

Esses sujeitos aprontaram alguma com alguém, disse ele. E quando ninguém fala nada pode apostar que tem bebida no meio.

O editor confirmou os rumores sobre o julgamento iminente. O júri estava isolado.

Bom, falou ele, não dá para descobrir muita coisa no Condado de Franklin. A menos que a gente consiga arrancar informações da boca de um morto.

Muito engraçado, pensou Anderson. Que babaca.

Olha, começou Anderson, eu não nasci ontem. Conheço muito bem esse povo e a sina deles. Essa história de bebida ilegal não é nenhuma novidade para mim.

O Torta-de-frango aquiesceu, deu uma risadinha, seu enorme corpo tiritando e se sacudindo todo.

É só passar um tempinho em Franklin que a gente se depara com essas coisas, disse o editor.

Ele abanou o charuto no ar esfumaçado. O estômago de Anderson soltou um gemido de desconforto, e ele se arrependeu por não ter tomado café da manhã.

Tem um sujeito, continuou o editor, que foi parar no xadrez de Rocky Mount. O sujeito se chama Tom C. Cundiff. Mas você não vai conseguir tirar nada dele. Doido de pedra. Tem outros sujeitos lá com ele, todos fabricantes de álcool ilegal. Eu não falaria com nenhum deles a menos que estivessem atrás das grades e fossem ficar um bom tempo por lá. Aliás, é melhor eu dizer com quem você *não* deve tentar falar.

Seria ótimo, disse Anderson.

O editor começou a remexer em uma gaveta de arquivo ao lado da mesa e puxou um grosso maço de folhas de papel. Lambeu o polegar e, depois de separar algumas páginas de uma prova de revisão, jogou-as sobre o colo de Anderson.

Você deve ter visto isso, disse ele, alguns anos atrás.

20 de dezembro de 1930: XERIFES TROCAM TIROS COM GANGUE DE IRMÃOS JUNTO AO MAGGODEE
Os irmãos Bondurant dispararam quando tentavam furar cerco próximo a Burnt Chimney

Se eu fosse você, não iria atrás *desses* garotos, disse o editor.

Não pretendo criar confusão, respondeu Anderson.

O editor juntou as mãos sobre a mesa e aproximou sua cara de torta de frango do rosto de Anderson, que, sem conseguir evitar, teve que recuar.

Vou lhe dizer uma coisa, falou o editor. Quem for procurar alguma coisa lá pros morros do Condado de Franklin só vai achar o seguinte: *uísque falsificado* e *chicotada na bunda.*

ANTES DE IR AO hospital, Anderson parou em um posto de gasolina bem na saída de Rocky Mount para comer alguma coisa. Três homens e um jovem estavam sentados, as cadeiras inclinadas para trás, contra a parede de madeira coberta por propagandas em placas de metal que anunciavam as Folhas de Tabaco Cortadas Granger, Ração para Porcos Mineraltone, Talco Medicinal Harrod. Eles o encararam abertamente quando o viram entrar: rostos francos e inexpressivos que não revelavam nada além de um leve desprezo. Anderson disse bom-dia e recebeu um meneio de cabeça de cada um em resposta, até mesmo do garotinho, que, Anderson notou agora, mascava um naco de fumo sob a bochecha corada. Lá dentro, uma mulher com vestido de chita estava atrás do balcão. Uma estufa de aquecimento de ferro fundido ocupava o centro do local, cercada por uma pilha de madeira em lascas. Anderson percorreu as poucas prateleiras escassas em mercadorias. Duas meninas com rostos sujos o olhavam do chão e brincavam com bonecas feitas de juta. Ele comprou alguns pacotes de biscoito salgado e uma garrafa de *birch beer*. No balcão, enquanto recebia o troco, Anderson podia ouvir o vento fraco assobiando contra o telhado de metal, o ranger das cadeiras no alpendre.

Anderson saiu do posto para uma estrada lamacenta que se desenrolava adiante na direção de um bosque escuro. Ele esfregou o para-brisa embaçado com as mãos e espantou o frio batendo as botas nas tábuas do assoalho. É claro, pensou ele, está em toda parte; o álcool corre abundante nos rios, chove uísque do céu. Deu um soco no volante com os punhos e gritou para a estrada.

No Hospital de Rocky Mount, Anderson pegou uma garrafa de uísque do casaco e a ofereceu ao homem do púbis mutilado. Um gesto tolo, talvez, mas ele não tinha outra ideia do que fazer. A garrafa chamejou nos olhos do homem, e seus lábios se crisparam em um sorriso de exultação.

É questão de dinheiro?, perguntou Anderson. Por que não me conta o que aconteceu?

Ele ficou sentado junto aos leitos dos dois por quase uma hora. O homem das pernas quebradas que não parava de gemer deslizou para a inconsciência e caiu num sono intranquilo, as mãos se contorcendo sob o lençol. Algumas enfermeiras vieram para cuidar de outros pacientes, e Anderson ficou observando-as ir e vir por entre as camas, seus uniformes engomados estalando feito papel. Depois de um tempo, Anderson destampou a garrafa de uísque canadense e tomou ele próprio um gole. A bebida forte o surpreendeu e o fez engasgar, ao que ele tossiu com brusquidão, chamando a atenção de algumas pessoas à sua volta.

Mais tarde, Anderson andou pelas alas e perguntou a alguns médicos e enfermeiras o que estava anotado nos prontuários, mas não conseguiu nada além de mãos espalmadas e sorrisos nervosos. Ninguém do hospital queria dizer nada. Sentou-se novamente junto aos dois homens e ficou ali por mais uma hora, lendo o *Roanoke Times* e tomando uns goles de uísque num copo descartável. Quando terminou o jornal, se pôs na porta do corredor, fumou um cigarro e ficou observando os dois pacientes, ambos desacordados agora, seus lençóis empapados de suor. Tinha bebido quase um terço da garrafa e ainda se sentia completamente sóbrio. A barra de sua calça estava manchada de lama vermelha, e ele podia sentir os grãos de terra nas mãos.

DIRIGINDO PELO CONDADO de Franklin durante os meses anteriores, em suas longas e sinuosas viagens, Sherwood Anderson adquirira o hábito de parar nas fazendas, encostando o carro na beira das estradas esburacadas sempre que avistava homens trabalhando nos campos. Caminhava lado a lado com os camponeses magricelas por entre vastas plantações de fumo nos fins de julho, pelo verde penetrante das folhas curvadas para baixo, o mato que ia até a cintura e se estendia sem limites sob o céu. Os homens e garotos falavam pouco, desembrulhavam seu jantar, sanduíches de carne de porco fria e pão, engoliam a comida sentados à sombra de olmos secos. Seus olhos às vezes cruzavam com os de Anderson, mas na maior parte do tempo eles pareciam fitar algo muito, muito distante, a pele do rosto, da nuca e dos braços abrasada pelo sol. A terra rachada parecia um quebra-cabeça, a poeira fina do solo argiloso entrava em tudo, e no fim do dia, de pé sobre o piso inclinado do seu quarto alugado na encosta da colina de Rocky Mount ou de volta a Ripshin, ele invariavelmente encontrava grãos vermelhos dentro dos sapatos, nas meias, nos bolsos, nos cantos dos olhos. Nas margens das estradas, os grossos veios de terra expostos nos morros, nos trechos cortados para a construção das vias, eram como a carne de uma ferida viva. Quando as famílias se sentavam à mesa depois de um dia de trabalho, mesmo tendo se limpado e esfregado o corpo, ainda carregavam os grãos nas dobras finas dos olhos e dos pulsos, e a poeira grudava nos vegetais, ia para o forno junto com os pães e bolos de milho, vivia na pele crocante das galinhas, no sangue dos porcos.

Anderson ficava maravilhado com o resignado estoicismo daquela gente, com seu silêncio imperioso, seu completo apego à utilidade de todas as coisas. Os celeiros eram erguidos usando entulhos, placas e letreiros velhos e ripas de madeira descartadas. Eles consertavam cabos de machado com dúzias de cunhas; batiam os arados enferrujados para fazê-los voltar ao formato original, depois reaqueciam o ferro na forja e voltavam a moldá-lo. Tubos de cobre serviam como manivelas; os veículos eram canibalizados e reconstruídos, cada transformação levando adiante a função e a aparência originais. Os detritos de seus esforços ficavam apodrecendo no fosso debaixo da casa, uma ravina de imundície e ferrugem. Ainda assim, à noite o lavrador dava uma olhada em seu ferro-velho particular e se perguntava se não poderia pegar aquele tirante usado para consertar o eixo da debulhadeira. Era uma batalha infindável para se virar com o que se tinha, e, quando as coisas pifavam, literalmente explodiam em poeira vermelha.

ANDERSON ESTAVA SAINDO do hospital quando um auxiliar cruzou seu caminho no saguão e fez um gesto para que o acompanhasse. O que foi agora?, pensou Anderson. Estava cansado e já sentia um leve prenúncio de ressaca na boca. O auxiliar o levou por um outro saguão e, no fim, se deteve diante de uma porta, estendendo a mão em seguida, seu rosto oleoso impassível e seus olhos sem expressão. Quando Anderson lhe entregou o uísque, ele virou a garrafa, para ver quanto ainda havia da bebida, deu de ombros, enfiou-a no bolso de trás e estendeu a mão mais uma vez. Anderson pousou 1 dólar sobre sua cobiçosa palma da mão, e o auxiliar o fez entrar em um depósito escuro, abarrotado do chão ao teto com prateleiras onde se empilhavam frascos bruxuleantes de tamanhos diversos. Puxou a cordinha para acender a luz.

Mandaram isso para aqueles garotos um dia depois que eles deram entrada aqui, disse ele, puxando o pano que cobria um enorme pote de conserva.

Dentro de um saco de papel, continuou, sem bilhete nem nada.

Anderson olhava com atenção e tentava entender o que estava vendo.

É o que eles chamam de *white lightning*, explicou o auxiliar. Bebida das montanhas.

O frasco estava cheio de um líquido claro, e, imersa nele, uma massa acinzentada com filamentos soltos, bulbos, manchas e vestígios de sangue, como um fantasma. Um par de esferas irregulares, suspensas no álcool como olhos mortos.

E esses troços aí boiando são as bolas do garoto, disse ele, as gônadas do sujeito.

Anderson ficou branco, o uísque azedo subindo pela sua garganta.

Capítulo 2

1928

JACK E HOWARD BONDURANT estavam em frente à mercearia Whitehead de Rocky Mount. Quase 18 horas e as ruas estavam ficando vazias, todos se recolhendo para o jantar. As botas enlameadas de Howard pisaram a sarjeta, sobre o ombro um saco de farinha, que ele segurava com uma das mãos. Na outra, carregava um saco de juta com uma peça de bacon salgado. O rosto de Howard estava vermelho por causa do vento frio que soprava das colinas em março. Depois da guerra, ele ganhara peso rápido, e agora, aos 28 anos, portava uma densa camada de músculos e gordura sobre o esqueleto maciço, o peito largo e os braços grossos como pernis.

Uma caminhonete Ford enferrujada avançou pela rua e parou no meio-fio, o escapamento matraqueando feito uma metralhadora. Danny Mitchell botou a cabeça para fora da janela.

Você vem?, perguntou Danny.

Por que demorou tanto, cacete?, rebateu Howard.

Danny abriu um sorriso. Tinha belos dentes brancos uniformemente distribuídos pela gengiva viçosa e rosada.

Howard jogou o bacon e a farinha na caçamba e subiu na cabine.

E o County Line?, Jack quis saber. Vai lá hoje de noite?

Aham, respondeu Howard, mas você não.

Jack cuspiu na calçada. Usava uma boina de lã tipo militar e a calça enfiada dentro das botas, que iam até os joelhos e estavam com o cadarço bem amarrado.

Howard bateu no painel, ao que Danny pisou no acelerador e o Ford Model A saiu sacolejando pela East Court Street. As mãos enfiadas nos bolsos, Jack ficou observando a caminhonete descer a colina aos solavancos. Sem rumo nem direção, pensou. Quando a caminhonete sumiu de vista, ele enterrou a boina na cabeça e apressou o passo rumo ao centro da cidade.

DANNY MITCHELL PÔS a caminhonete em ponto morto e a deixou correr ladeira abaixo. Entre suas pernas tinha uma garrafa fechada por uma rosca de metal. Ele segurou o volante com os joelhos enquanto o veículo descia se sacudindo e deu uma golada grande, os olhos vigiando a estrada através do vidro do garrafão. Em um minuto tinham saído de Rocky Mount e se dirigiam para o sul pela 33.

Prova isto aqui, falou Danny.

Ele ofereceu a garrafa a Howard, que a envolveu com a larga mão, segurando-a contra a luz. O líquido era claro na parte de cima, com um redemoinho viscoso e marrom acumulado embaixo. Howard agitou-o, e bolhas do tamanho de balas de chumbinho se desprenderam do fundo e subiram para a superfície, uma erupção densa de lama, desalojando pedacinhos minúsculos de galhos e cascas de árvores e terra, que subiram e ficaram pairando como neblina.

Isto aqui é água de brejo com girino, sentenciou Howard.

Danny deu um latido de cão de caça para o para-brisa.

É milho de East Lake, gritou. É do bom! *Mule* lá da Carolina.

Howard cheirou o líquido escuro que caiu em sua mão quando a caminhonete deixou a estrada de terra batida e os pneus pousaram na trilha desbastada que corria pelas colinas até Snow Creek. Fechou a mão em concha e provou o líquido com a língua, ao que sua garganta se contraiu e alguma coisa quase sólida golpeou seu peito, algo vivo, que fez seus olhos lacrimejarem, e, quando o engoliu, tudo o que havia nas cavidades de sua cabeça se liquefez, e o ranho escorreu de suas narinas.

Essa merda é o pior uísque que eu já botei na boca.

Ei, reagiu Danny, vê lá o que fala. Isso aí vai te deixar *ligado*. Você vai acordar com o fígado do avesso.

Howard se recostou no banco e tentou encaixar os pés no espaço estreito do assoalho à sua frente. Em seu bolso ele levava 4 dólares e 35 centavos, todo o dinheiro que tinha no mundo. O resto de suas economias estava no milho, no malte, no centeio e no melaço lá na destilaria do monte Turkeycock. Em três dias, depois de destilarem todas as dez caixas de mistura, teriam 450 litros de bebida boa. Ganhariam pelo menos 50 centavos por litro, portanto, depois de pagar pelo material e dar a parte de Danny e Cundiff, Howard teria quase 100 dólares para levar para Lucy e o bebê. E aí vinham as dívidas: tinha que pagar 6 dólares a Forrest e pelo menos 40 ao pai, de produtos que pegara na mercearia. O uísque derretia devagar em seu estômago, e Howard sentiu o líquido se instalando na base da sua espinha. O sol atravessava o para-brisa, e as árvores pairavam sobre o carro, pretas, amarelas, ambarinas. Ao lado, Danny cuspia e brigava com o volante, as mãos e os cotovelos segurando com força a direção. Um miasma de odores infestava a cabine, e o cheiro mais forte era o fedor do motorista, uma combinação nauseante de micose de virilha, chulé, cigarro, bosta de porco e bafo azedo.

Que ideia idiota fazer uma leva no inverno, pensou Howard. Eles tinham que manter a mistura quente por toda a madrugada e o dia seguinte, uma coisa complicada de se fazer só com fogueiras e sem contar com nenhum aparelho para medir a temperatura além dos dedos. Fora isso, hoje à noite ele tinha que pegar a caminhonete de Danny emprestada para voltar ao restaurante County Line a fim de dar uma mão a Forrest. Fazia parte do acordo para o novo empréstimo: Forrest precisava de ajuda para entregar uma encomenda grande para uns caras de Shootin' Creek por volta da meia-noite. Howard levaria pelo menos uma hora para chegar ao restaurante no escuro, então ele planejou esquentar o alambique e aprontar as caixas de mistura antes de sair, deixando que Cundiff e Danny cuidassem do resto durante a madrugada.

Danny olhou para ele e sorriu. Que se dane, pensou Howard, pelo menos Danny não é um mau sujeito. Virou outro gole de uísque e o devolveu ao companheiro. Howard espirrou três vezes seguidas.

Vou te dizer uma coisa, rapaz, começou Howard. A gente vai ter que parar em algum lugar por aí pra arranjar um uísque melhor. Esta merda não serve nem pros porcos.

Jack corria pela East Court, desviando-se dos pedestres vagarosos que caminhavam irritantemente tranquilos com suas compras de fim de tarde. Ele evitava as ruas lamacentas, cheias de rastros de pneus e estrumes de mula. O centro de Rocky Mount abrigava vários quarteirões repletos de lojas e hospedarias e quartos de aluguel, além de dois hotéis e alguns armazéns um depois do outro que vendiam suprimentos para plantações. As ruas viviam permanentemente cobertas por dejetos de animais e lixo agrícola. Conforme foi se aproximando do restaurante Little Hub, Jack diminuiu o passo, voltando a apenas caminhar, e ajeitou a boina felpuda, colocando-a sobre a cabeça loira no ângulo certo. Examinou uma vez mais as botas surradas, batendo para tirar o barro da rua, e alisou a calça e o casaco. Deu uma conferida no espelho da barbearia para negros e viu um brilho em si mesmo, sentindo-se aprumado e indômito. Deteve-se diante da vitrine do armarinho Slone e contemplou as botas que estavam à mostra, de pele de bezerro com fivelas de bronze. Esfregou o peito do pé com a sola da outra bota. Meus primeiros 2 dólares livres e desimpedidos, pensou Jack. O forro amarelo-claro da bota na vitrine parecia macio, e ele imaginou que devia ter a textura de manteiga mole. Dentro da loja, um homem em um sobretudo de pele que ia até o tornozelo comprava alguma coisa no balcão. Jack passou os olhos pelo Duesenberg Phaeton novinho em folha estacionado junto ao meio-fio. A pintura bicolor brilhava azul-escura e negra sob o sol da tarde, os estribos e as faixas brancas dos pneus levemente sujos de barro vermelho. Ele nunca tinha visto um carro desses no Condado de Franklin, só em propagandas. Aquele carro custava uns bons dez Fords, calculou Jack, talvez mais.

Quando Jack entrou no restaurante, viu seu amigo Cricket Pate no balcão, tomando uma xícara de café e comendo um donut.

Ei, Cricket, disse Jack. Já acabou de encher o bucho?

Já, respondeu Cricket. Vam'bora.

Cricket enfiou o donut na boca, e os dois jovens desceram a rua até o desmantelado cupê Series 80 Pierce-Arrow de Cricket.

Deixa que eu dirijo, disse Jack.

Jack saiu a toda naquela carcaça barulhenta, Cricket balançando a cabeça em desaprovação e se segurando no teto desgastado.

Qual é, Jack?, disse ele. Não precisa arrebentar a gente.

Cricket Pate era um velho colega de escola de Jack ali da área, embora fosse três anos mais velho que ele e tivesse parado de estudar no terceiro ano. Um menino magrelo, com joelhos esquisitos e curvados por causa da subnutrição infantil — um caso de raquitismo que o fazia caminhar como se estivesse montado em uma cerca. Cricket morava em Smith Mountain desde que sua mãe morrera, quando ele tinha apenas 14 anos; jamais conhecera o pai. Caçava esquilos e pegava bagres, no lago do sopé da montanha, com espinhel, às vezes fazia bicos na época das colheitas. Casara-se aos 17 anos com uma rameira ruiva de Sontag e se separara aos 18. Cricket era famoso na região pelos consertos inventivos e improvisados de máquinas agrícolas; diziam que, com barbante e cuspe, ele botava trator e debulhadeira para funcionar num tapa. E desde os 14 anos que Cricket produzia bebida no alto das montanhas, pequenas quantidades de *rotgut* ou *jimmy-legs*, qualquer coisa que conseguisse arranjar.

Relaxa, disse Jack. Eu dirijo qualquer coisa.

Enquanto seguia rumo ao sul, Jack tirou as botas para coçar os pés, tomando o cuidado de colocá-las sobre o banco, longe da crosta de barro e folhas secas que cobria o assoalho, pisando a embreagem com o pé descalço. Os dois rapazes tinham os destroços de um velho alambique remendado com cimento e terra no monte Smith, mas não tinham caldeiras nem condensadores, tampouco dinheiro para comprar os ingredientes. Jack esperava convencer Howard a ajudá-los, mas não conseguia nem tocar no assunto com o irmão mais velho. Por um instante, pensou em pegar a direção do oeste e ir até o restaurante County Line, para ver se Forrest precisava de uma mão; quem sabe ele não lhe emprestaria o dinheiro. Mas Jack já sabia que o irmão não iria topar: ele nunca topava. Além disso, Cricket tinha que voltar ao monte Smith antes do anoitecer, e Jack lhe prometera que, se ele o acompanhasse até a cidade, convenceria Howard a ser sócio deles na próxima leva. Jack sabia que, enquanto estava conversando com seu irmão, Cricket gastara o último níquel que possuía com o café e o donut. Os dois percorriam a estrada em silêncio, enquanto o céu escurecia, e Jack ia mais devagar agora nas curvas, virando o volante com a mão espalmada sem qualquer esforço. Cricket não tinha perguntado como as coisas tinham ido, e Jack concluiu que não precisava contar.

Sob o entardecer, lutando para subir o monte Turkeycock, Danny abria caminho por entre moitas e figueiras-bravas, uma das mãos segurando o garrafão quase vazio, xingando as protrusões de calcário, as raízes e o frio. Howard ia a alguns passos atrás, e 10 metros para o lado a fim de evitar abrirem uma trilha, a farinha e o bacon nos ombros. As árvores tinham suas silhuetas marcadas contra o céu azul-escuro, os troncos como uma imagem em negativo, esguios e sem folhas. Howard se viu sentindo falta do calor e do abrigo das copas.

Depois de cruzarem um pequeno platô, os dois passaram por uma área de betuleto, voltaram para o lado leste da montanha e então adentraram o denso matagal de pinheiros e eucaliptos que se erguia em frente a um afloramento rochoso de quase 10 metros de altura. A fogueira crepitava na base da rocha, e Howard sorriu ao imaginar como deveria ser estranho vê-la lá de baixo, do vale: a face da pedra acesa que nem uma estrela nascendo na subida da montanha. Mas ninguém subiria até ali, mesmo se soubessem como. *Muito menos* se soubessem. Espiar uma instalação de *moonshine* à noite era garantia de acabar com a cara cheia de balas de chumbinho. Danny começou a chamar alguém virando-se na direção do fogo, uma sequência de gritos agudos.

Tom C. Cundiff estava sentado em uma tora olhando para o fogo, uma espingarda deitada nos joelhos. Chapéu-coco puído enterrado na cabeça, cachecol de lã enrolado apertado no pescoço. Era um homem rijo e de traços duros, feições exageradas, os olhos distantes um do outro, braços e pernas estranhamente definhados. O alambique estava na penumbra atrás de Cundiff, um aglomerado pesado de metal escuro. O acampamento estava repleto de lenha, placas estilhaçadas, latas de carne em conserva e potes de melaço concentrado vazios, embalagens de biscoitos. Howard foi até as caixas de mistura que eles haviam preparado juntos na semana anterior, mais de 1 metro de altura e quase 1 de largura, as frestas seladas com argila. O sangue pulsava em suas têmporas, e ele sentia o álcool vibrando em seu corpo. Seu nariz escorria, e ele o limpou com a manga do casaco. Precisariam de mais lenha para o fogo brando das fornalhas, que manteria a mistura ao longo de toda a noite. Cundiff não tinha feito seu trabalho como deveria, o que significava que havia algo afligindo sua mente perturbada, mas Howard também sentia que aquela loucura enraizada nos olhos azuis de Cundiff era sinal de inteligência e comprometimento. Ele era o sócio perfeito por muitos motivos: sabia misturar os ingredientes, aferir a pressão da caldeira "dando um tapinha" com a ponta dos dedos, medir as bolhas e o teor alcoólico numa rápida olhada. Ele já estava no alto da montanha havia quatro dias e, pelo jeito, não tinha dormido nem um minuto. E o mais importante de tudo: ele não abria a boca.

É claro, pensou Howard enquanto abria as caixas de mistura, ele quer que eu esteja com ele para lhe dar uma força nas entregas maiores. Forrest não pagaria nada pelas transações, diria que descontaria do que Howard já lhe devia de dinheiro. Howard pegou um garrafão da leva anterior e o sacudiu sob a luz do fogo. Bolhas grossas, do tamanho de bolinhas de gude, emergiram para a superfície do líquido: oitenta por cento de álcool, no mínimo. Cundiff poderia ficar de olho no cozimento da mistura durante a noite, e, quando finalmente sucumbisse ao cansaço, Danny tomaria seu posto até Howard voltar, no dia seguinte.

Howard mandou Danny buscar mais lenha e, levantando as tábuas, mexeu a mistura dentro das caixas, verificando o líquido sob a cobertura de malte, enfiando o dedo e experimentando o produto fermentado. Eles tinham que colocar a primeira rodada no alambique antes do último raio de sol, a mistura já borbulhando, formando espuma, sinal disforme de fermentação que subia à tona e acabava derramando para fora da caixa. Cundiff se levantou, e juntos eles arrastaram a comprida calha de ferro fundido até o riacho que haviam desviado de uma nascente vinda do alto da montanha e ajeitaram o cano pelo qual desceria uma boa quantidade de água para o tonel de esfriamento que continha a serpentina.

Uma hora depois, eles viraram a primeira caixa de mistura para cerveja no alambique, e Howard abriu um garrafão de uísque de milho com um peteleco, mandando a tampinha de metal rodopiando para a floresta. Os três se sentaram em volta da fogueira e tomaram juntos a bebida sem nada dizer, o primeiro gole ardendo como cinzas em brasa, e, depois, os demais estranhamente refrescantes, como beber água direto da fonte, os três ali observando a lenha queimar, suas gargantas entorpecidas engolindo convulsivamente. Por fim, Danny acabou com a garrafa e jogou as borras no fogo, onde explodiram em labaredas azuis.

Mais tarde, quando a noite ficou escura e ainda mais fria, Howard fritou uns pedaços de bacon, colocando-os no fogo debaixo do alambique, e eles comeram tudo com as mãos, direto da frigideira.

Por que eu devia me importar?, pensou Howard. Tenho mais é que deixar o Forrest cuidar da própria vida. Piscou os olhos, que ardiam diante do fogo, e pensou em tudo que devia ao irmão.

Cundiff estava mexendo o alambique e vedando a caldeira, fechando a tampa e cruzando as correntes por cima para segurar a alta pressão. O barril de misturar, conectado por um cano de cobre ao alambique e à serpentina do condensador, e cheio de uma mistura fumegante, começou a bater forte, uma batida constante que aumentava com a pressão. Danny dormia, encolhido perto do alambique, as mãos embaixo da cabeça, o chão de tijolos quentes acalentando seu corpo franzino, os pálidos tornozelos despontando nus logo acima das botas. Houve um tilintar, uma melodia metálica, um tamborilar de claridade, e, por um momento, Howard pensou que estava escutando algo como o som de sinos dobrando, mas logo soltou a respiração e se refestelou sobre a tora de madeira, as solas dos pés quentes do fogo. Lá em cima, as árvores altas dançavam com inconciliáveis arcos de luz, e ele fechou os olhos mais uma vez.

Ao acordar, ele se viu sentado no chão com as costas contra a tora em frente à fogueira, Cundiff de joelhos ao pé do condensador, observando o líquido destilado cair do barril de esfriamento para o balde, as primeiras gotas abrindo caminho devagar em meio à ínfima coluna de vapor, o líquido borbulhando e fazendo saltarem pequenas partículas, um córrego quente de álcool e sedimentos. O rosto de Cundiff era uma carapaça fendida tremeluzindo feito a asa de um besouro. As pernas de Howard, estiradas à frente do corpo, pareciam galhos secos. Começou a sentir a montanha respirar junto com ele; aquele volume de terra e rochas se avolumava cada vez que ele inchava o peito de ar, alçando-o a dezenas de metros do chão, acima das árvores, até o negrume do céu iluminado por estrelas que ele mal sabia que não poderiam estar ali. Ao expirar ele era trazido de volta pela abóbada celeste para o chão, o fogo brilhando em tons vermelhos e dourados através de suas pálpebras, e então as trevas.

O corpo de Howard estava torcido feito um galho novo, os pés virados embaixo dele, as mãos no chão. O barril de misturar batia forte, ecoando montanha abaixo, e um jato de vapor escapava por uma minúscula fresta da caldeira, produzindo um assobio agudo.

Forrest. O restaurante.

Esticando-se, Howard mexeu no desacordado Danny, esvaziando seus bolsos no chão Relógio de algibeira aberto à luz do fogo: quase meia-noite. Tateou na semipenumbra, o solo frio e pastoso cheio de folhas úmidas e teias de aranha. As chaves; a caminhonete de Danny estava estacionada na beira da estrada, no sopé da montanha.

Descendo pela trilha íngreme, Howard tropeçava nas latas de melaço vazias, chutando-as para longe. Olhando para trás, viu Cundiff em um círculo de luz vacilante, remendando a caldeira com argila, esfregando o vapor com os dedos, cotovelos erguidos, mãos agitadas. Ainda não era meia-noite — ele conseguiria chegar a tempo. Howard deixou seu peso levá-lo montanha abaixo, o tronco tombado para a frente, as pernas sustentando o impulso gerado, a camisa se enganchando nas árvores, os pés chafurdando nas folhas e moitas, pisando em placas de lama, os cepos esfolando seu queixo, xingando e metendo os braços por entre os galhos e esmagando arbustos com as botas. A pequena listra que era o riacho no sopé da montanha brilhava como um veio no mármore; lá estavam o vale e a estrada, e ele tinha que chegar lá para encontrar a caminhonete.

As botas de Howard esmagaram o cascalho batido misturado a terra ao pisar na estrada. Não via nada em nenhuma direção, apenas um leve traço como que de giz indicando a estrada, nada de árvores, nada de montanha, só uma treva densa a se acumular, sem estrelas ou lua, e ele entendeu que teria que correr para ambos os lados até colidir contra o veículo, não tinha outro jeito. Começou a correr, um braço esticado na frente para evitar um choque. Sentiu uma umidade fria no rosto, e o mundo escuro de repente girou e ficou pontilhado de luz, como uma infestação de vaga-lumes, e ele cambaleou de medo, a nuvem de insetos se espessando, tomando a escuridão, incandescente. O ar ficou branco; nevava. Howard baixou a mão esticada à frente e começou a agitar os braços, sentindo que ganhava velocidade, correndo freneticamente pela neve.

Capítulo 3

Era meia-noite e os homens sentados no restaurante County Line não tinham para onde ir. Um grupo jogava cartas, pilhas de moedas empoeiradas de 5 e 10 centavos entre o cotovelo de um e outro. Alguns estavam no balcão do bar, exaustos e apáticos, os cigarros queimando até os nós dos dedos, um pote de conserva largado sobre o balcão com um líquido transparente no fundo. Um rádio na bancada tocava música transmitida de Wheeling, West Virginia: a Família Carter cantando "Don't Forget This Song". Um homem com botas de lavrador e casaco manchado marcava o ritmo batendo os dedos na madeira. As janelas rimavam os versos com sombra e geada; no chão, acúmulos de serragem suja aqui e ali.

I courted a fair young lady her name I will not tell
Oh why should I disgrace her when I am doomed for hell
But now upon my scaffold my time's not very long
*You may forget the singer but don't forget this song**

---

* Cortejei uma bela jovem, seu nome não vou dizer / Oh, por que fui desonrá-la, se estou condenado ao inferno? / Mas agora no cadafalso não tenho muito tempo / Você pode esquecer o cantor, mas não esqueça esta canção. (*N. do T.*)

Na cozinha, Forrest Bondurant estava de pé segurando o chapéu na mão e vendo pela janela a neve cobrir o terreno que havia atrás do restaurante. Vestia uma camisa grossa sob o macacão, e seu cabelo estava com brilhantina e repartido para o lado. Bateu as botas no piso por alguns instantes. Era alto como os irmãos, com juntas ossudas e orelhas de abano, uma versão menos larga de Howard. Forrest estava aborrecido por causa das botas molhadas e das meias úmidas e geladas. Acabara de voltar do galpão, onde fora arrumar o estoque, e no caminho de volta pelo terreno pisara em uma placa de gelo preto, rompendo a superfície e mergulhando os tornozelos na água escura. O lavador de pratos, um negro chamado Jefferson Deshazo, virou-se para ver Forrest bater o pé, depois olhou de volta para o aglomerado de louça ensaboada à sua frente, um cigarro pendurado entre os lábios.

Dois dos homens que bebiam no salão estavam esperando para comprar 80 galões e levá-los até Shootin' Creek, no Condado de Floyd. Seu irmão Howard estava atrasado e, se já não estivesse a caminho agora, não chegaria a tempo. Ele teria que pedir a Hal, o balconista, que lhe desse cobertura com a espingarda. Forrest pensou no estoque que havia no galpão, mais de 200 galões. Alguns comboios haviam passado por ali durante aquela semana, e Forrest tinha mais de 600 dólares trancados em uma caixa escondida na cozinha, embaixo de um forno velho. Muito dinheiro vivo na mão, pensou ele. Que burrice.

O céu estava para desabar; as nuvens haviam se acumulado no topo das colinas durante todo o dia, e Forrest ainda tinha uns bons 30 quilômetros para percorrer entre as montanhas até chegar em casa. O County Line ficava na fronteira dos condados de Franklin e Henry, bem nos contrafortes do monte Thornton, onde a rota 19 e a 21 se encontravam para dar origem à estrada de terra que seguia para Martinsville, oeste dos condados de Patrick e Floyd, e para a Carolina do Norte, no sul. Um lugar simples, com balcão de madeira e banquetas diante de uma grelha, algumas mesas, janelas sem cortinas com vista para o terreno lamacento. A maioria das pessoas daquela parte do estado sabia que era um estabelecimento onde se podia sentar para tomar o café da manhã, comer um sanduíche, um pedaço de presunto, pães e tomar um trago ou dois da melhor bebida das montanhas. Em uma noite normal, o balconista Hal Childress lhe servia, por 50 centavos, 1 litro de uísque de milho ou conhaque, coisa da boa, não as *rotgut* açucaradas vendidas para os comboios que rumavam para o norte. Uma dose saía por 10 centavos. Você podia ficar sentado perto da estufa ouvindo rádio a tarde toda, desde que não arrumasse confusão. À noite, os homens jogavam umas rodadas de cartas, e Forrest organizava partidas semanais, que seguiam noite adentro, mesmo com o restaurante já fechado. Se você quisesse pedir uma quantidade maior de bebida, Forrest Bondurant também podia providenciar; a verdadeira atividade do County Line acontecia tarde da noite ou de manhã cedo, quando pequenos comboios de carros e caminhonetes paravam no terreno e homens carregavam engradados de bebida, jarros de 2 litros ou latões de alumínio de 20 litros, alguns indo para o sul, outros para Richmond, a leste, outros para oeste, rumo ao Tennessee, alguns com botas enlameadas e rostos corados e sonolentos, serranos trazendo seu uísque de alambique das montanhas, e outros, em sobretudo e com chapéu fulgente, diziam frases entrecortadas, pegavam a bebida e sumiam para o norte, Washington, Baltimore, Filadélfia.

Ou então os homens vinham ao restaurante County Line para ver Maggie, a mulher que ficava atrás do balcão fritando ovos e bacon e fazendo sanduíches e *biscuits*, típicos pãezinhos americanos. Maggie era uma mulher alta e esguia de cerca de 30 anos, dotada de traços finos e ombros largos. Mas tinha um jeito estranho, circunspecto, alheio, gestos fugidios como os de um gato, e não havia ninguém parecido com ela na região. Tinha cabelos ruivos e compridos que geralmente ficavam presos em um coque no alto da cabeça enquanto trabalhava, e usava vestidos novos e túnicas, vestidos rendados, com estampa bordada a máquina, de tecidos exóticos, todos da última moda, pedidos por catálogos e entregues em Rocky Mount. Os homens ficavam sentados no balcão olhando a moça por cima das suas jarras de conhaque de maçã, as escápulas de Maggie se crispando sob os vestidos modernos enquanto ela trabalhava na grelha, o pescoço longo e aveludado de pelos morenos, os homens tendo que resistir à vontade de tocar o tecido cintilante que se derramava como líquido por sobre os quadris dela. Maggie parecia não se importar, e eles ficavam lá sentados, olhando descaradamente para ela, uma fileira de cabeças seguindo-a ao longo do balcão enquanto ela pegava manteiga ou um naco de carne no freezer. Quando as coisas estavam calmas, Maggie se recostava na pia e fumava um cigarro, soprando a fumaça pelo nariz. Maggie sempre fitava um ponto um pouquinho acima dos ombros curvados dos homens ali a encarando, como se tivesse os olhos perdidos na distância.

Forrest pôs dois dedos na boca e soltou um assobio baixo, ao que Hal entrou na cozinha pelas portas vaivém, limpando as mãos no avental. Era um homem franzino, o cabelo penteado com esmero sobre o crânio bulboso, que proferia, quando muito, uma dúzia de palavras por semana.

Pode fechar, ordenou Forrest.

Hal aquiesceu e foi até a entrada do restaurante.

Enquanto vestia o casaco para voltar ao galpão dos fundos, Forrest ouviu um grito vindo lá da frente. Ficou parado com um braço esticado dentro da manga do casaco e apurou os ouvidos. O estouro de vidro se estilhaçando: deduziu que alguém havia jogado uma garrafa na parede. Estalos de madeira e barulho de corpos brigando; um homem ganindo de dor. Jefferson tirou as mãos da água com sabão e começou a enxugá-las em um pano.

Um homem tinha a mão ensanguentada esticada por cima do balcão, tentando agarrar a cintura de Maggie, as costas da moça contra a grelha, mãos para trás. O chapéu do homem estava no chão. Havia um outro, ao lado dele, de macacão sujo. As banquetas dos dois estavam caídas. Eram os sujeitos de Shooting Creek que tinham vindo fazer a compra. Os homens da mesa de baralho agora estavam todos de pé, ainda segurando as cartas. No rádio, Jimmie Rodgers cantava

*Gonna buy me a pistol, just as long as I am tall**

Hal estava na ponta do balcão, empunhando o taco de madeira que eles guardavam debaixo do bar, de olho nos dois sujeitos. Seu cabelo caía em mechas frouxas sobre as orelhas, e ele bufava.

Já chega!, gritou Forrest. Todo mundo pra fora!

O homem debruçado sobre o balcão se virou. Seu rosto gotejava suor. Ele tentou abrir um sorriso de escárnio, os lábios trêmulos e molhados.

Eu paguei mais uma e ela não quis me dar, falou ele. E aí a vadia me cortou!

---

* Vou comprar uma arma, tão comprida quanto eu. (*N. do T.*)

Ele ergueu a mão ensanguentada, um talho profundo nas juntas, um pedaço de pele pendurado entre os dedos.

Forrest olhou para Maggie. Ela balançou a cabeça devagar e ele olhou de novo para os dois homens.

É mentira, disse Forrest.

Buy me a pistol, just as long as I am tall

A gente vai comprar quase 100 galões, relembrou o outro. E você não quer liberar nem um gole?

Vocês não vão comprar porra nenhuma, disse Forrest. Fora daqui.

Hal se abaixou atrás do balcão, pegou uma Colt de cano longo salpicada de sangue e a entregou a Forrest.

Ele apontou isto aqui pra Maggie porque ela não quis dar a dose, murmurou Hal. Aí ela pegou a faca e acertou ele.

Forrest olhou para os dois homens sem qualquer expressão no rosto.

Você apontou uma arma pra essa moça?, ele quis saber.

O sujeito deu um soco no balcão e pegou mais uma garrafa.

Não vem me jogar essa porra de garrafa, ou vai sair daqui muito machucado, disse Forrest.

Os jogadores de baralho estavam vestindo os casacos e chapéus, varrendo as moedas da mesa para as palmas das mãos, enfiando nos bolsos garrafas ainda cheias pela metade e saindo aos tropeços, batendo a porta. Forrest olhou de relance para Maggie, que tinha os olhos fixos a um palmo acima das cabeças dos homens, a mão direita ainda nas costas empunhando a faca de desossar que ela usava para fatiar presunto, a lâmina borrada de vermelho escuro.

*Gonna shoot po' Thelma, just to see her jump and fall**

O homem cuspiu uma gosma de catarro no balcão e atirou a garrafa no enorme espelho, bem do lado direito de Maggie. Quando o espelho explodiu e os cacos choveram sobre os cabelos dela, Forrest sentiu o sangue

* Vou atirar na coitada da Thelma só para vê-la pular e se jogar no chão. (*N. do T.*)

ferver. Agora ele via que aqueles homens não tinham vindo comprar nada. Muito dinheiro vivo na mão, isso era uma idiotice, assim como aparecer ali sem espingarda ou pistola para enfrentar o que ele já sabia que era confusão. A sorte era que aqueles caras pareciam ter apenas um revólver, o que fazia deles dois imbecis desesperados. Só a presença de Howard já teria tornado tudo mais fácil. Eles deviam estar esperando para ver se ele aparecia; como já era tarde, decidiram arriscar. Mas não tinha importância, pensou Forrest. Se era castigo o que eles queriam, castigo iriam ter.

Muito bem, disse o homem, e avançou na direção de Forrest, o cara de macacão sujo logo atrás. Esse segundo tinha altura mediana, mas era mais robusto que muito homem; tinha um papo inflamado sob o queixo que se inchava como crista de peru, e um ar sinistro no rosto. Esse cara não tá bêbado, Forrest pensou consigo mesmo. É com ele que eu preciso tomar cuidado. Só de avaliar o tamanho de um sujeito você podia saber o que ia dar — e esse pressentimento foi o que fez as orelhas de Forrest estalarem e suas juntas embranquecerem. Mentalmente, Forrest viu a raiva flutuando em um triângulo de fogo sob o céu noturno. Ele se concentrou nas chamas e pôs uma caixa escura sobre elas, que foram arrefecendo até que uma sensação gelada passou por seu corpo feito água fria, e ele quis se lançar contra o mundo com os punhos cerrados. Quando voltou a olhar para os homens, eles eram como dois animais de pé sobre as patas traseiras.

Forrest se afastou do balcão para ganhar um pouco de espaço. Hal estava atrás dele com a pistola, mas Forrest sabia que os dois iriam atacar e que o velho balconista não iria abrir fogo. Os quatro ficaram imóveis por um instante, e então o homem suado veio rugindo com os dois punhos fechados para cima de Forrest, que deu um passo para o lado e o empurrou contra uma mesa, e o sujeito foi parar no chão. Jefferson saiu correndo de avental da cozinha e se sentou nas pernas do homem, que chutavam o ar, e Hal botou a pistola na cabeça dele e o mandou ficar quietinho.

Quando Forrest se virou de novo, o homem de macacão já armava o soco. Forrest tentou se esquivar e sentiu o golpe na orelha; balançou, fechou a guarda com os cotovelos, mas já estava subjugado. O homem prendeu Forrest com os braços e estava tentando levantá-lo, urrando, os lábios retorcidos e a boca aberta, o hálito podre e quente. Forrest sentiu os pés saírem do chão, e aí soube que estava encrencado de verdade. O homem o ergueu e cambaleou, mas, quando afrouxou um pouco os braços, Forrest deu um tapa seco com as costas da mão bem debaixo de seu queixo, na papada mole. Os dentes do homem bateram com força, ele soltou Forrest e caiu para trás, os olhos em fúria. Uma lasca carnuda de língua escorreu por seu lábio inferior, seguida por uma camada de sangue que fluiu para o queixo e o pescoço. Ele pôs o pedaço de língua na palma da mão e grunhiu. Com um movimento rápido, Forrest passou a mão no soco-inglês que levava no bolso, puxou o homem pelo colarinho e lhe deu um soco no meio dos olhos, abrindo um talho em sua testa que chegou a expor o osso e levando seu corpo ao chão.

Eles o arrastaram para fora pelos tornozelos e o jogaram na vala ao lado da estrada, e, quando caiu na neve lamacenta, o sujeito gemeu e passou a mão na cabeça, que sangrava. Depois, Forrest e Jefferson botaram para fora também o homem da cara suarenta, e ele berrou e xingou quando Forrest lhe deu alguns chutes com sua pesada bota. Esperou o homem se virar ou mover os braços para então chutá-lo nas costelas e na cabeça, circundando o corpo, pegando impulso dando alguns passos para trás, as botas escorregando na neve. Era uma noite fria, colunas de nuvens se formando na cordilheira a leste e os pinheiros do outro lado da estrada se erguendo altos na escuridão. Quando a bota de Forrest encontrou uma parte mole, o homem grunhiu e arquejou. Forrest estava exausto e irritado com a situação, mas não surpreso. A história do dinheiro circulava, e sempre haveria alguns homens desesperados que apareceriam para arriscar a sorte. Forrest esfregou com os dedos o lóbulo da orelha rasgado e armou um chute curto porém forte contra os rins do sujeito caído. Mas que merda, Howard, pensou ele, nem pra dizer que não ia aparecer.

Maggie estava varrendo os cacos do espelho e das garrafas quando Forrest voltou para dentro. O rádio ainda tocava, era o único som em um raio de quilômetros. Forrest de repente se sentiu um tanto envergonhado e pensou em dizer alguma coisa ou pedir desculpas, mas, em vez disso, foi para os fundos ajudar Hal e Jefferson na cozinha. Ela não é nenhuma criança, pensou, e com certeza já viu coisa pior.

Na cozinha, Jefferson estava de novo com as mãos dentro da pia e Hal fumava enquanto andava de lá para cá, murmurando consigo mesmo e ainda tenso. Forrest tirou o maço de dinheiro do bolso, puxou duas notas de 5 e, colocando-se na frente de Hal, pôs uma delas na mão trêmula do pobre coitado. Hal assentiu e Forrest deu um tapinha em suas costas. Jefferson enxugou as mãos, dobrou sua nota de 5 com esmero e a guardou no bolso da camisa.

Muito agradecido, Sr. Forrest, disse Jefferson.

Bom, brigado pela ajuda de vocês, respondeu Forrest. Não vai acontecer de novo.

Jefferson coçou a cabeça e olhou preocupado para o patrão.

Seria bom, disse ele.

Também acho, concordou Forrest.

Pouco depois, Maggie, de casaco e seu chapéu de feltro masculino, contava o dinheiro do caixa. O restaurante estava vazio e silencioso. Jefferson e Hal haviam ido embora, Hal dirigindo para o sul, rumo ao Condado de Henry, e Jefferson Deshazo caminhando pelo nevoeiro escuro até sua cabana, a alguns quilômetros dali, também para o sul. Maggie tinha seu próprio carro, uma caminhonete Model T adaptada que pertencera ao seu finado pai e que ela fazia questão de dirigir ela mesma para onde quer que fosse. Maggie costumava ficar no restaurante até tarde, fechando o caixa e organizando os recibos. Forrest tinha uma casinha em Cook's Knob, ao norte, no centro do Condado de Franklin, mas era longe, e tinha nevado forte nas colinas. Em noites assim, ele abastecia a fornalha, tomava uns goles de *white mule* e se deitava nos fundos, em um saco de dormir, entre as prateleiras de latas em conserva. Forrest ficou ali por um momento só observando, mas ela não ergueu os olhos, concentrada nos pequenos pedaços de papel e no toco de lápis.

O que é que você tá fazendo?, perguntou Forrest.

Tomando sorvete, respondeu Maggie.

Ela pegou uma xícara no armário, serviu café para si mesma e, prendendo os cabelos longos atrás das orelhas, forçou um sorriso, os olhos maculados pelo cansaço. O casaco dela estava aberto, e Forrest viu uma mancha de sangue seco na cintura do vestido.

É melhor você ir, disse Forrest. Tá ficando tudo cheio de gelo nas estradas.

Tô indo num minuto, respondeu ela.

Forrest saiu no estacionamento para ver a neve, que caía devagar, em flocos grossos, fartas porções dançantes flutuando tão lentamente que dava para pegar com as mãos, e isso significava que em pouco tempo ia parar. No entanto, já tinha gelo demais na estrada para cruzar o monte Thornton. Havia respingos de sangue no chão; Forrest cobriu a marca empurrando um pouco de neve com os pés. Do outro lado do terreno estava a caminhonete de Maggie, ao lado de seu Ford 1928 verde-pinho. Parecia haver algo errado com o formato de seu carro, no seu contorno contra a neve que caía, e então Forrest atravessou o estacionamento até lá e, quando se aproximou, viu um corpo jogado no para-choque dianteiro. Era o homem que ele surrara com o soco-inglês, o sangue negro coagulando na testa. Devia ter se arrastado até ali. O outro homem, que fora chutado até desmaiar, já não estava mais lá. Estacionamento vazio, a não ser por seu carro e pela caminhonete de Maggie. Não ventava, Forrest podia ouvir a neve caindo suavemente pelas árvores e o lamento de um motor de caminhão em algum lugar lá no alto das colinas.

Então viu o capô do carro meio amassado, e a fúria quente se reacendeu, e ele pensou em jogar aquele cara na vala e lhe quebrar as pernas por causa disso. Apoiaria seus tornozelos em uma pedra e pisaria até quebrar a canela. Ficou cansado só de imaginar a cena, e, com todas as forças, desejou que o homem não tivesse feito nada de errado. Forrest se inclinou para verificar a pulsação no pescoço e sentiu um firme fluxo de sangue. O homem estava vivo, e isso significava que ainda iria sofrer muito mais antes de a noite acabar. Forrest ficava impressionado com o monte de gente que acordava de manhã precisando de uma boa surra, sujeitos que diziam e faziam coisas inacreditáveis só para que alguém lhes esmurrasse a cara. Talvez fossem as consequências do depois, a humilhação ardente o que eles queriam, a dor na manhã seguinte, quando rolavam no chão e levavam a mão à boca para ver se tinham perdido algum dente ou tocavam de leve a orelha dilacerada, vendo no retrovisor o rosto inchado e coberto de crosta de sangue. Forrest pensou que, se era isso mesmo o que aqueles homens queriam, ele poderia lhes dar, sem problemas. De qualquer modo, ia jogar o cara na vala e quebrar suas pernas, e, se ele morresse, a culpa seria dele próprio.

Ele se abaixou, pegou o cara pela lapela e estava para tirá-lo do para-choque e arrastá-lo até a vala quando os olhos do sujeito se abriram de súbito e suas mãos geladas agarraram os pulsos de Forrest. Seu rosto se retorceu em um rosnado, o sangue ainda brotando de sua boca enquanto Forrest torcia as mãos para se soltar.

Puta merda!, disse Forrest. Ainda quer mais, amigão?

De repente ele sentiu outro homem se aproximar por trás e mãos envolverem seu pescoço. O homem atrás subiu nas suas costas, e seu peso impediu que Forrest se erguesse. O cara que segurava suas mãos sorriu, mostrando o toco de língua que mais parecia um pedaço ensanguentado de salsicha, os olhos arregalados, o papo inchado contra o colarinho. O homem atrás enganchou o pescoço de Forrest com o braço e puxou seu rosto para cima. Nuvens baixas passavam em tons de cinza escuro e carvão.

Forrest sentiu a navalha passar pelo pescoço, uma sensação fria como o rastro de gelo sobre a pele, um traçado gélido de metal, e por um momento ele se impressionou por ser tão leve e indolor, e ficou vendo os ciscos de estrelas atrás das nuvens crespas, os joelhos na neve fria, sentindo a umidade nas botas, o homem atrás dele o segurando firme, o homem à sua frente agarrando seus pulsos, esticando seus braços e sorrindo bem perto de seu rosto. Os hálitos se confundiam ao redor deles. Um peso saiu de seu corpo e cedeu lugar a uma fraqueza súbita. E então ele sentiu o sangue escorrer para o peito e descendo pela garganta, e engoliu aquela coisa em tragos salgados — e foi isso que o despertou: *Descendo a garganta? Meu Deus, esse cara vai cortar meu pescoço fora, vai me arrancar a cabeça!* O homem atrás dele estava serrando seu pescoço, e Forrest se torceu e tentou reagir, soltou um braço e o enfiou na cara do agressor às suas costas. Sentiu o osso da bochecha e a cavidade do olho, e enfiou o polegar na parte mole, e o homem gritou e saiu de cima de Forrest, que se pôs de pé e começou a voltar cambaleando para o restaurante, mas logo caiu na neve com as mãos e os joelhos no chão. Ficou impressionado com a quantidade de sangue que vazava dele que nem um babador ensopado, formando um lodo fumegante na neve entre suas mãos. Ele se arrastou pelo terreno até a parede. Ouviu o estilhaço de uma porta sendo chutada e gritos vindos do restaurante, e entendeu que eles estavam lá dentro agora.

Forrest se encostou na parede e procurou as bordas do corte com os dedos dormentes, o chão um mundo branco diante dele. Uniu a pele rasgada pelo corte na garganta e pensou consigo mesmo que aquela era uma das ocasiões em que se deveria fazer um balanço da própria vida; mas tudo o que lhe vinha à mente era que aqueles sujeitos queriam tomar uma surra e ele lhes tinha dado a surra, então que diabos era aquilo?

Está faltando uma parte de mim, pensou ele. Havia um único ser no universo, e era aquele que se levantava de manhã, que subia as colinas e, esticando os dedos bruscos, arrancava as almas dos homens que nem ervas daninhas no canteiro. Quando Forrest olhou para cima, as estrelas tinham sumido e já não havia abóbada celeste, só um rasgo por onde a luz descia em raios brilhantes e vagarosos. O buraco do céu rodava, ele sentiu o corpo oscilar, e parecia que a Terra e todas as pessoas sobre ela estavam dentro de uma caixa que alguém estava virando para jogar seu conteúdo nas trevas. Ainda não, pensou ele. Mais gritos e vidros estilhaçados lá dentro. Uma mulher gritando, um grito estranho, agudo e desesperado que se entocou no coração de Forrest e remexeu em algo dentro dele com força, mas ele não conseguia entender por que aquilo estava acontecendo ou quem era que gritava. Forrest olhou para as próprias pernas estiradas no chão, a calça empapada de sangue, e soube que elas não iriam obedecer aos seus comandos.

Depois o silêncio se fez e Forrest ficou vendo tufos desiguais de neve, nuvens cadentes cobrindo com uma camada branca suas pernas, o estacionamento e as árvores além da estrada. Ele permitiu que as batidas do seu coração serenassem; sua respiração vinha em sopros curtos e regulares. Seus músculos começaram a relaxar.

Não foi assim tão ruim, pensou.

O leve afago da neve caindo. Uma melodia distante tocando no rádio e o alcançando pela janela acima de sua cabeça. Prestou atenção na música, que foi sumindo aos poucos, e então uma voz disse:

Essa vai para os nossos enfermos e inválidos.

Depois, um coro de vozes cantando uma canção sacra, com calma e cuidado, palavras indecifráveis.

Forrest conseguiu abrir os olhos, de súbito. Em algum lugar do outro lado da estrada, no início da mata, um vulto se movia. Não sabia dizer o que era. Se fosse Deus, iria acabar com ele. Iria pegá-lo de jeito e lhe quebrar a cara e fazê-lo em pedacinhos na estrada, que nem torrões de barro. Não era assim tão ruim, na verdade fazia todo o sentido. Então seu rosto caiu na neve, o gelo contra sua face, os dedos ainda segurando o corte na garganta enquanto ele escorregava para as trevas.

HOWARD BONDURANT ACORDOU deitado de lado no banco do carro, o volante contra seus dentes. Ele se endireitou e olhou pelo para-brisa. Uma brancura envolvia o mundo como se o chão estivesse iluminado por baixo. Ficou um tempo recostado no banco, puxou as pernas para a posição fetal, batendo os dedões dos pés contra o painel para recuperar a sensibilidade e apalpando as próprias axilas com os dedos dormentes. Suas entranhas doíam, e ele sentia calafrios e desejou desesperadamente voltar a dormir.

Depois Howard abriu a porta com um solavanco, rompendo a crosta de gelo e derrubando mais de um palmo de neve do teto da caminhonete para dentro da cabine, cobrindo suas pernas e seus ombros enquanto se levantava do banco, um pouco do pó gelado descendo por seu pescoço. Céu e terra eram a mesma coisa, um branco luminoso e ondulado, e por um momento ele ficou sem entender se a caminhonete estava com as rodas no chão, virada ou flutuando no ar. À esquerda, a neve subia uma colina, e montículos de gelo espaçados a distâncias regulares sugeriam uma cerca. À direita, uma fileira de pinheiros seguia até onde a vista alcançava, curvados no topo sob o peso da neve, cada um pendendo para uma direção como centenas de pessoas que houvessem adormecido sentadas. Metade da caminhonete estava enterrada num ângulo íngreme, e Howard presumiu que caíra numa valeta. Ficou olhando as árvores por um tempo até uma brisa fina perturbar as copas pendidas e fazer respingos de neve flutuarem no ar feito névoa em flocos. As colinas começaram a se distinguir na paisagem, e, apoiando os cotovelos gelados sobre os joelhos de um jeito muito estranho, Howard vomitou no chão.

Forrest.

Usando a cerca encoberta e a fileira de pinheiros como guias, Howard se lançou na estrada rumo leste, em direção ao círculo pálido do sol.

Capítulo 4

Na manhã seguinte, Emmy Bondurant estava de roupão na cozinha, uma caixa de fósforos na mão, o ar dentro da casa cortante devido ao frio e à umidade da alvorada. Jack observava sua irmã ligar o fogo e fazer café para o pai, que em seus primeiros cinquenta anos de vida nunca tinha acordado tão tarde como agora costumava acordar. Emmy era alta e corcunda como Jack e os outros irmãos, as estreitas escápulas pareciam barbatanas quando ela se curvava sobre o fogão. Ela cortou um naco de bacon e o jogou na frigideira. Puxou o cabelo curto de lado com os dedos nervosos para mexer na banha escaldante. Seu cabelo um dia já fora branco de tão loiro, quase como vidro, mas ganhara mechas de um cinza metálico, embora tivesse apenas 16 anos, dois anos mais nova que Jack.

Abotoando a camisa diante da janela, Jack olhava a estrada coberta de neve à procura de sinais do irmão. Forrest fazia entregas pelo condado na primeira sexta-feira de cada mês, e às vezes levava Jack junto, para carregar os garrafões. Jack tinha que ficar de olho na estrada, porque Forrest nunca vinha até a frente da casa com o carro cheio de bebida, e só parava na estrada por uns poucos minutos. Se Jack não estivesse pronto, era deixado para trás.

Nessas manhãs, Jack avistava o carro de Forrest despontar no fim do caminho, quando então engolia o resto do café e disparava porta afora com um pãozinho gordurento e frio na boca e outro no bolso. Correndo para o carro do irmão, sentia uma vontade súbita de relinchar que nem potro pela trilha enlameada que passava na frente do estábulo, pelas longas fileiras de ervilhas, feijões e repolhos, as gavinhas enterradas nos canteiros. No carro, o perfil aquilino de Forrest sob o chapéu de feltro acompanhava a estrada, os para-lamas esmagando os pneus, cedendo ao peso de 240 litros de bebida. Fazer entregas na região com Forrest rendia alguns dólares a Jack, e ser visto em Rocky Mount com o irmão sempre fazia seu casaco se estufar um pouco mais.

Jack pulava para a traseira do carro, aninhando-se nos espaços deixados entre os galões de metal de 20 litros e os engradados de garrafas de 2, os braços envolvendo as bebidas, segurando firme enquanto Forrest fazia o Ford quatro cilindros avançar pela estrada de terra. Paravam em inúmeras fazendas ao longo do caminho, Jack saltando para deixar os garrafões nos fundos das casas. Em Rocky Mount, eles atendiam a quase metade das residências e estabelecimentos, Jack correndo por becos imundos para deixar bebida no parapeito da janela mais distante de um escritório; subindo lances de escada e batendo nas portas de apartamentos caindo aos pedaços, os moradores, ao aparecerem, encontrando uma garrafa no chão e passos ecoando no corredor vazio; entregas perto do tribunal, da delegacia; faziam entregas em paróquias de igrejas, a advogados, juízes e membros do conselho da cidade.

Depois, seguiam para o norte, rumo a Grassy Hill, e para o oeste, rumo a Burnt Chimmey e Boone's Mill, parando em encruzilhadas onde homens vesgos passavam o dia no alpendre de postos de combustível, a espingarda encostada na parede, um carro descarregando trinta garrafões no estacionamento sem uma só palavra. Depois rumavam para leste, para Smith Mountain Lake, e descarregavam o resto no posto de gasolina de um sujeito chamado Hatcher, onde um grupo de homens esperava dentro de seus carros e caminhonetes, Nash Victoria Six robustos, Studebakers compridos, Packards envenenados, o onipresente Model A, todos com os eixos longe das rodas, as molas comprimidas sob o peso. Homens em silêncio, algumas pistolas despontando nos cintos ou guardadas casualmente nos bolsos. Em um carro parado no estacionamento, o xerife Hodges e seu filho Henry, investigador de polícia, bebiam café quente de uma garrafa térmica.

Às vezes Jack encontrava um pacotinho de papel ao deixar uma garrafa em uma varanda dos fundos, e o levava para Forrest, que o guardava no bolso da camisa. De todas as vezes que saíra com Forrest, ele nunca vira ninguém com dinheiro na mão. Toda a agitação da atividade fazia o sangue de Jack fervilhar; esperando nas esquinas do centro de Rocky Mount, homens e mulheres na rua de manhã cedo e Jack de botas engraxadas, a boina meio oblíqua na cabeça, um garrafão de 20 litros em cada mão, seus braços compridos tensos e esticados devido ao peso. Ele gostava que as pessoas olhassem para além dele sem o ver, que os mais distintos tipos de pessoa se esforçassem para evitar olhá-lo fingindo naturalidade. Que os olhos das moças se arregalassem por um segundo logo antes de baixarem para as próprias mãos abertas sobre suas blusas plissadas. Jack percebia que sentiam sua presença como uma sombra negra, um peso invisível que passava por elas feito vento encanado. Ele saboreava cada momento e depois os revivia em seus sonhos.

NAQUELA MANHÃ, FORREST não veio. A estrada era uma superfície fofa e branca; ninguém passara por ela desde a nevasca, e Jack imaginou que Forrest não tivesse conseguido sair do restaurante. Depois de ficar uma hora junto à janela, ele finalmente desistiu e, mal-humorado, sentou-se para tomar café da manhã. Emmy serviu pãezinhos caseiros e geleia de maçã a Granville, depois trouxe café quente, ovos fritos e uma tigela fumegante de canjica amarela com torresmos. Quando ela se sentou à mesa, eles já estavam quase acabando de comer. Jack viu Emmy sorrir maldosamente para a xícara de café e se perguntou se ela estava feliz por Forrest não ter aparecido. Por que diabos ela teria ficado tão feliz por Forrest tê-lo deixado para trás mais uma vez? Granville derramou seu café em um pires e o sorveu feito um penitente. Quando terminou, coçou a barba com as duas mãos e olhou pela janela.

Vai pra algum lugar agora de manhã?

Achei que ia, respondeu Jack.

Bom, disse Granville, então parece que você pode ir cuidar daquela pilha de lenha lá. Mas primeiro dá uma olhada na água dos estábulos e bota um pouco de feno pra eles.

Mas vai que o Forrest aparece, disse Jack.

Granville se virou para ele e apertou os olhos como se estivesse mirando algo muito distante. A testa do pai era um emaranhado de sulcos, os olhos fulgentes, o pescoço coberto de sinais e formando três linhas paralelas de pele enrugada.

Você não tem que ir a lugar nenhum, disse Granville. Você fica aí ajudando a sua irmã no que ela precisar e depois vai ver os animais e aquela madeira.

Emmy se levantou rapidamente e começou a recolher os pratos. Jack observou o rosto dela, procurando algum sinal de alegria ou satisfação.

Eu fiquei de ajudar o Forrest, explicou Jack.

Bom, então dá um jeito de fazer ele aparecer aqui pra te pegar, disse o pai.

Granville pegou o chapéu e o casaco e saiu para abrir a mercearia. Quando o pai já estava lá fora, Jack se virou para Emmy, que estava na pia.

Que que foi? Tá rindo por quê?

Eu não falei nada.

Ela estava freneticamente ocupada com os pratos, e Jack percebeu que não adiantava tentar descobrir a fonte da alegria da irmã. Ele se levantou e bebeu seu café junto à janela, viu o pai tirar a macia camada de neve de cima do capô do carro e percorrer com cautela o caminho que levava à estrada, as correntes dos pneus tilintando na subida.

JACK ESTAVA RACHANDO madeira quando o carro de Hal Childress apareceu. O dia tinha esquentado bastante, resíduos de gelo agarrados tristemente aos galhos das árvores, e Jack estava só de camisa, o corpo fumegando como o de um burro de carga. Hal veio andando pela neve e Jack percebeu que havia algo de errado, pois o rosto do homem tinha perdido a cor e seus punhos estavam cerrados à frente do tronco, parecendo um boxeador bêbado. Jack se perguntou por que ele estava ali e não fritando hambúrgueres no County Line.

Não sei não, Jack. Tô achando que aconteceu alguma coisa com o Forrest.

Jack olhou para trás, para a casa. As janelas escuras, o contorno baço das cortinas, a cadeira de balanço da mãe. Hal cambaleava sobre a neve.

E o Howard?

Não, disse Jack. Não vi ele não.

Um carro rasgou a estrada, as correntes retinindo, e os dois se viraram para vê-lo passar. A pele de Jack estava prurida e seus pés coçavam dentro das meias de lã.

O que aconteceu?, perguntou Jack.

Não sei direito, disse Hal. Um negócio com uns caras de Shootin' Creek não terminou muito bem. A gente deu conta dos sujeitos, mas agora de manhã o carro do Forrest tá lá e ele não.

Jack pensou no pai lá na mercearia, provavelmente com os mesmos falastrões de sempre em volta da estufa, ociosos e inúteis. Queria que Howard estivesse ali, pois seu irmão não diria uma única palavra, só subiria no carro de Hal, e Jack iria com eles e ficaria tudo bem.

Espera aí, Jack falou, e correu para a casa.

O calor lá dentro era sufocante, e Jack enxugou a testa com a manga da camisa. Emmy estava sentada na velha cadeira de balanço da mãe, um livro na mão, e encarando Jack com olhos arregalados.

Não sei não, disse Jack. Ele tá falando que aconteceu alguma coisa lá no County Line.

Jack entrou na despensa fria, repleta de prateleiras de enlatados, potes de vegetais em conserva e compotas que Emmy e Granville haviam estocado naquele inverno. Ele sabia que o pai guardava uma espingarda ali, mas não sabia exatamente onde. Tateou as prateleiras, vasculhou uma velha escrivaninha que ficava no canto. Quando percebeu que estava abrindo gavetas onde não cabia uma espingarda, sentiu-se um belo idiota e praguejou entre os dentes. Ele não queria encontrar aquela arma, não queria lidar com essas coisas, e esse pensamento lacerou seus órgãos como uma foice.

Jack voltou para a sala e ficou esfregando as mãos por um momento. Ele sabia que a irmã estava fingindo ler, observando-o.

Olha só, disse ele, não fala nada pro papai sobre isso.

Emmy fez que sim, os olhos arregalados.

Jack saiu pela porta vestindo o casaco.

Bom, disse ele, vamos lá dar uma olhada.

O ar estava límpido e o gelo derretia depressa. No caminho, Hal explicou a Jack o motivo da briga que tiveram com os homens de Shootin'

Creek quase na hora de fecharem o restaurante, como Maggie tinha fatiado a mão do sujeito com a faca de desossar e como Forrest, por fim, os subjugara. As correntes faziam tanto barulho na estrada de terra que Hal tinha que gritar para ser ouvido.

O carro de Forrest ainda estava no estacionamento do restaurante, o capô escancarado. O cara ganha quase 100 dólares por semana, Jack não pôde deixar de pensar, e compra um Ford todo caído de 800 paus. Pararam em frente ao restaurante e desligaram o motor. As marcas de pneus e pegadas estavam cobertas por uma camada de dois dedos de neve, e ficou claro para Jack que tinham acontecido coisas estranhas no estacionamento na noite anterior.

Olha só isso, disse Hal, e apontou para a porta do restaurante, que estava fechada mas com marcas de arrombamento em volta da maçaneta. Jack analisava uma trilha de neve tingida que ia da lateral do restaurante e levava até uma grande crosta marrom derretida no cascalho perto do carro de Forrest.

A gente pegou aquele cara de jeito, disse Hal. Mas isso tudo aqui não é dele não. A não ser que ele tenha cortado o próprio pescoço.

Lá dentro do restaurante, cacos de vidro e mesas e cadeiras quebradas por todos os lados. A caixa registradora estava destruída no chão, a gaveta aberta, todas as prateleiras atrás do balcão vazias. A faca de desossar sobre a pia, uma crosta escura na lâmina.

E a Maggie?, perguntou Jack.

Ela sempre sai logo depois da gente, respondeu Hal. O carro dela não tá aí, então deve ter ido pra casa.

Na cozinha, tropeçaram nas panelas e utensílios que cobriam o chão.

A gente arrumou tudo, disse Hal, eu e o Jefferson. Não tava assim.

É melhor a gente chamar o Hodges, falou Jack.

Melhor dar uma olhada no barracão primeiro, sugeriu Hal. O Forrest não ia querer que a gente chamasse o xerife aqui com aquele monte de *White mule* na vista.

Eles saíram pela porta da cozinha e encontraram um rastro nítido que levava até o galpão e voltava para a parte da frente. Mais adiante, sulcos de pneus indicando uma série de viagens. O galpão estava aberto, a porta em pedaços, destroçada por um machado que estava ali jogado na neve. O sol resplandecia nos fundos do terreno; Jack pôs as mãos na cabeça e tentou pensar, a mente fervilhando.

Quanto ele tinha aqui, perguntou Jack.

Quase duzentos galão, eu acho, respondeu Hal.

No escuro do galpão, cacos de vidros e alguns garrafões de 20 litros vazios espalhados pelo piso, o ar com um cheiro forte de uísque de milho. Depois que seus olhos se acostumaram à escuridão, Jack notou que o depósito estava completamente vazio. Muitos galões; eles devem ter vindo com vários carros, muitos homens. Valia pelos menos 500 dólares. Ele saiu do galpão. Hal cerrou os punhos. Jack tinha a impressão de que acabara de acordar de um sono profundo, traços finos saindo das extremidades das coisas, as árvores balançando mesmo sem vento e nenhum som além dos passos dos dois no lodo. Jack sabia que Forrest não teria deixado aquilo tudo ser levado sem uma boa briga, e então ele se deu conta de que os caras que haviam levado o uísque também tinham levado seu irmão embora deste mundo.

JACK PENSOU QUE a primeira coisa a fazer era telefonar para o hospital de Rocky Mount e ver se eles tinham recebido alguém que batesse com a descrição de Forrest. Usaram o telefone do County Line, Hal varrendo aquela sujeirada enquanto Jack ligava. O telefonema seguinte seria para o necrotério. Mas Forrest estava na UTI, vivo, e os dois pegaram o carro e foram para Rocky Mount. Forrest estava inconsciente, no pescoço um acúmulo de bandagens. Eles tinham costurado o rasgo, que começava logo abaixo da orelha, passava pelo pescoço dois dedos acima do pomo de adão e terminava na mandíbula, do outro lado. A perda de sangue fora gigantesca, mas transfusões repuseram cada gota. As enfermeiras contaram que ele chegara ao hospital de madrugada, por suas próprias forças, cambaleando no saguão, segurando o corte na garganta com os dedos. Antes de desmaiar, Forrest dissera aos médicos que sofrera um acidente. Eram quase 20 quilômetros do restaurante County Line até Rocky Mount, a maior parte entre as colinas, por péssimas estradas. Quando perguntaram como ele tinha chegado ali, Forrest respondeu que fora andando.

Capítulo 5

1929

A ÚNICA ESTRADA QUE SAÍA de Rocky Mount rumo ao norte serpenteava pelas serras de uma colina íngreme chamada monte Grassy. Depois do cume, a rodovia continuava pelos fundos dos vales, atravessando a localidade de Burnt Chimney e riachos e seguindo sinuosa até o povoado de Boone's Mill. Essa pequena cadeia de morros separava os condados de Franklin e Roanoke, a fronteira correndo por sobre um ramo estreito do ribeirão Blackwater. Percorrendo mais 50 quilômetros depois de atravessar o riacho você chegava à cidade de Roanoke, ponto central do sul da Virgínia.

Esse ramo do Blackwater era chamado de Maggodee, um termo local que se referia à profusão de larvas, *maggots* em inglês, que habitava aquelas águas. Assim como no leito principal do Blackwater, ali a água tinha um tom marrom-escuro, por causa das muitas castanheiras ao longo das margens, que soltavam as cascas de suas sementes espinhosas no rio, que por sua vez, com o tempo, as descoloria. A ponte sobre o ribeirão Maggodee era uma estrutura simples de quatro pilares, tábuas deitadas na transversal, da largura de apenas um carro. A mata densa de castanheiras, pinheiros e eucaliptos fechava ambos os lados do caminho.

Cerca de 200 metros ao sul da ponte, indo na direção de Rocky Mount, havia um pequeno posto de gasolina fincado numa clareira da floresta junto à estrada. Naquele inverno, quando saiu do hospital, Forrest comprou o posto de Lou Webb e fez da sobreloja sua residência. Os fornecedores e contatos de Forrest o seguiram, e em poucos dias já havia carros fazendo fila e ele já tocava seu negócio no novo endereço. Os comboios podiam vir de Rocky Mount, através de monte Grassy, parar no posto, descarregar, carregar e então seguir viagem para Roanoke, atravessando a fronteira do condado em questão de minutos. A demanda por bebida crescia em ritmo constante, e à noite as chamas dos alambiques cintilavam nas encostas das montanhas feito vaga-lumes. No inverno, as trilhas candentes soltavam plumas de vapor que subiam em cordões finos de todos os cumes e vales.

Não havia nenhuma placa no posto, mas, a partir de então, e mesmo muito depois de Forrest por fim morrer, todos o chamavam de posto Blackwater, posto Burnt Chimmey ou posto Bondurant.

Quando saiu do hospital, Forrest tirou seu estoque do County Line e vendeu o restaurante para Hal Childress por uma módica quantia. Forrest também comprou um maquinário de serraria móvel: uma serra de fita movida a tração animal, um paiol desmontável, lâminas, ferramentas e utensílios. Depois de contratar trabalhadores da região, começou a oferecer serviços de madeireiro, percorrendo todo o condado para processar pinho e madeira de lei, seus dias e noites divididos entre a serraria e o posto Blackwater. A montanha começava a se erguer logo atrás do posto, e, a uns 10 metros subindo a encosta, Forrest construiu um galpão de pedra fechado por uma porta grossa, feita com pranchas de castanheira presas com ferro, e pôs um enorme cadeado na fechadura. Levava a chave pendurada em uma corrente curta em volta do pescoço, a chave pendendo sobre a cavidade óssea logo abaixo do seu pomo de adão.

Algumas semanas depois do incidente no County Line, Maggie apareceu no posto Blackwater e ocupou seu lugar na grelha. O apartamento da sobreloja tinha três quartos e um pequeno lavatório com encanamento. Forrest o arrumou com alguns poucos móveis, todos velhos, a maioria descartados. Quando Maggie chegou carregando sua mala, num vestido escarlate com laços dourados, Forrest se virou sem dizer palavra e a levou para cima. Colocou a cama de solteiro de armação de ferro em um quarto, junto com os móveis que estavam em melhores condições, e para si mesmo colocou um colchão de palha no outro cômodo. O quarto de Maggie tinha um espelho oval com moldura dourada apoiado na parte de trás da cômoda de nogueira escura feita pelo avô de Forrest. Na sala de estar havia um sofá velho e meio disforme coberto com uma colcha, de frente para a janela que dava vista para a estrada e, mais adiante, para o ribeirão Maggodee. Sobras lascadas e fendidas da louça de sua mãe se empilhavam nas prateleiras da cozinha.

Forrest contratou um jovem de Boone's Mill chamado Everett Dillon para cuidar das bombas de combustível. Everett era um sujeito quieto de uns 20 anos, rosto moreno e uma grossa camada de cabelo preto que mantinha sua cabeça baixa; trabalhava muito e nunca fez nenhuma pergunta sobre coisa alguma. Tinha uma namorada grávida na montanha e precisava de emprego fixo. Maggie trabalhava no balcão, como fazia no County Line, mas ninguém comprava comida no posto Blackwater, então ela passava a maior parte do tempo encostada na grelha fumando e olhando para a estrada pela janela. Sempre havia carteado no posto, principalmente à noite, e o comércio de combustível era estável, mas a maioria dos homens vinha de toda a área e das regiões mais ao norte à procura mesmo de bebida.

No início do dia, Forrest fazia o café da manhã no andar de baixo, enquanto Maggie se sentava na beirada da cama e penteava seus longos cabelos diante do espelho. Forrest trouxera o rádio do County Line, e ao cair da noite eles ficavam no sofá olhando a estrada, fumando cigarros e ouvindo os programas transmitidos de Wheeling ou de Richmond. Se Forrest ficasse para dormir no acampamento da serraria, Maggie ficava sentada no sofá ouvindo rádio sozinha. Depois ficava sentada na cama, fumando e folheando o catálogo da Sears. Às vezes, mesmo que Forrest chegasse tarde, quando ela já estava dormindo, Maggie acordava de manhã com o cheiro do bacon e do café e já sabia que ele estava em casa.

Maggie não dissera uma única palavra a ninguém sobre ter saído do County Line, sobre o que acontecera naquela noite ou sobre morar com Forrest no Blackwater. Forrest jamais tocava no nome dela com outras pessoas e ninguém nunca puxava o assunto, nem mesmo seus irmãos.

Hal sempre pensava em Maggie durante sua jornada de trabalho no County Line, enquanto servia bebidas e limpava as mesas; uma outra mulher cuidava da grelha agora. Por muitos anos, aquele velho balconista se pegou querendo vê-la de novo pelo canto dos olhos, com suas formas longilíneas curvadas sobre o balcão. Às vezes, Hal e os outros homens do restaurante falavam sobre a noite em que Forrest quase morrera. Hal contava como Forrest tinha derrubado aquele sujeito com o soco-inglês, chutado o outro até a morte, que o patrão lhe dera 5 paus e o mandara ir para casa e que ele, Maggie e Jefferson tinham ido embora e Forrest estava sozinho quando os homens o atacaram no estacionamento e o deixaram para morrer na neve. Com o tempo, Hal começou a enfeitar certas coisas, acrescentar detalhes que pareciam se ajustar ao desfecho: o brilho fugidio de uma faca, Hal e Jefferson no meio do tumulto de corpos em luta, Forrest derrubando os caras com o taco de madeira, mais homens esperando no estacionamento, em sobretudos e em carros modernos, gente do norte, talvez, Forrest parado na penumbra da porta, desarmado e com o rosto manchado de sangue, chamando todo mundo para a briga. A narrativa cresceu e se modificou, e depois de um tempo ninguém acreditava mais no velho e a história ficou envolta em especulação.

Forrest tampouco contou a ninguém o que lhe aconteceu naquela noite. Não houve investigação policial. As pessoas, após um tempo, começaram a trazer o assunto à tona na presença de Jack e Howard: *Como diabos aquele homem andou 20 quilômetros pelas montanhas até o hospital de Rocky Mount, com um palmo de neve no chão, com a porra da garganta cortada?* Os irmãos apenas davam de ombros, pois não tinham como entender uma coisa dessas.

VOCÊ ACABOU COM ELES?, Jack perguntou ao irmão no leito do hospital.

Não, respondeu Forrest.

O que é que você vai fazer?

A expressão de Forrest era plácida e neutra acima da ferida costurada em seu pescoço, crostas roxas e muitos pontos feitos com fio preto. Um copo de água morna repousava no criado-mudo. No corredor, um paciente com voz rouca implorava à enfermeira que o deixasse usar o telefone. Os olhos de Forrest fitavam algum ponto acima do teto, e Jack de repente ficou tocado pela visão melancólica do irmão ferido. Seu rosto o fazia se lembrar do avô, sofrido veterano da Guerra de Secessão. Nas lembranças nebulosas que tinha do velho, ele estava sempre sentado rígido na beira da cama talhando pequenos pedaços de madeira.

Pode deixar que eu te ajudo a dar um jeito neles, disse Jack. Faço questão.

Forrest sorriu, os lábios entreabertos mostrando os dentes, as pontas da cicatriz inchada desenhando uma espécie de segunda boca, um pavoroso sorriso duplo.

Eu te chamo, Jack, falou Forrest. E eles vão se arrepender de ter nascido.

Jack sentiu náuseas ao compreender que a vida do irmão lhe seria, no fim, arrancada pela raiz que nem toco velho e que, até lá, Forrest viveria na violência e na dor e nunca se livraria disso.

Nada pode nos matar.

Capítulo 6

1934

SHERWOOD ANDERSON ESTAVA sentado no restaurante Little Hub, em Rocky Mounty, ao cair da noite, tomando lentamente uma xícara de café e observando dois homens da Dunkard Church, barbados e com as roupas pretas, comerem grossas fatias de presunto grelhado e torradas com manteiga. O Little Hub parecia a Anderson um bom local para espiar as pessoas e, quem sabe, ficar por dentro das coisas, pois o xerife e a maioria dos investigadores de polícia locais frequentavam o lugar, assim como o procurador da comunidade, Carter Lee, com quem Anderson não conseguira marcar uma audiência. Já estava no Condado de Franklin havia três meses e não conseguira mais que algumas anotações; sua mesa na pensão estava coberta de folhas de papel, breves apontamentos sobre pessoas e cenários. Ele distribuíra subornos ínfimos por toda a área, principalmente para garotos que viviam vadeando por postos de gasolina e lanchonetes.

Willie Carter Sharpe? Ah, sim, conheço ela. Mas nunca vi não, senhor.

Não conhece? De onde é mesmo o senhor?

Mas uma coisa Anderson aprendeu: que ninguém no Condado de Franklin classificava o negócio de "ilegal". Parecia até uma palavra de outra língua. O senhor não quer dizer *blockadin'*, senhor? Que bloqueios? E também nunca diziam *moonshine*. Era *White Lightning. White Mule. Moon. Stump Whiskey.*

Mountain Dew. Squirrel Whiskey. Fire Water. Anderson vira muito disso em Marion ao longo dos anos. Durante a construção de Ripshin, o mestre de obras, um velho de 70 anos chamado Ball que mais parecia um urso e que tinha desmesurada convicção das próprias habilidades, caía na farra uma vez por mês. Alugava um carro, pagava um motorista, enchia o veículo de bebida e saía pela região parando na casa dos amigos e os convidando a se juntar à sua bebedeira ambulante. Certa vez Anderson chegara a Ripshin e encontrara todos os operários bêbados, caídos pelos andaimes, cobertos de pó branco do reboco. A maioria de seus amigos também bebia prodigamente: Faulkner, em particular, tinha uma verdadeira propensão para a coisa, e, juntos, os dois tomaram muito uísque em Nova Orleans. Então, qual era a diferença ali? Dia sim dia não, filas de carros rasgavam as ruas de Rocky Mount à noite, o ronco dos motores reverberando nas paredes do seu quarto de pensão.

Os contatos de Anderson no *Roanoke Times* lhe renderam uma cópia do relatório preliminar, emitido em julho, apresentado ao responsável interino da Alcohol Tax Unit (ATU),* e que servia de base para a investigação do caso "Estados Unidos contra Charles Carter Lee".

> *No outono de 1928, Charles Carter Lee, procurador eleito pela Comunidade do Condado de Franklin, Virgínia, e o xerife Pete Hodges convocaram vários investigadores de polícia do Condado de Franklin para comparecerem ao gabinete de Pete Hodges, sozinhos e em duplas, propondo-lhes dividir o condado em distritos, com o propósito de taxar destilarias ilícitas e comerciantes do álcool ilegal em uma certa quantia (de 10 a 25 dólares) por mês, em troca do privilégio de operarem com a proteção das autoridades locais.*

O júri deveria reunir-se dentro de algumas semanas, embora a localização ainda não estivesse definida; os jornais propunham que o julgamento talvez se realizasse fora do condado, para evitar interferências. Muitas autoridades importantes seriam indiciadas por acusações de extorsão e conluio, mas só se revelariam os nomes dos cúmplices depois da acusação formal. Apesar disso,

---

* Em português, Unidade Fiscal sobre o Álcool, órgão vinculado ao Departamento de Receitas Públicas do Tesouro Nacional dos Estados Unidos. (*N. do T.*)

porém, o negócio ilegal continuou ativo, aparentemente desimpedido. Anderson aprendera que, se chegasse em certos postos de gasolina, escorregasse uma nota de 5 sobre o balcão sem nada dizer e depois saísse e esperasse ao lado do carro, em poucos minutos um garoto encardido viria correndo dos fundos do estabelecimento e lhe entregaria uma garrafa de 2 litros de uísque de milho dentro de um saco de papel. Em determinado posto, ele deu 5 dólares a uma adolescente desleixada e ela se virou, correu em direção à montanha e desapareceu na mata. Anderson esperou por uma hora na beira da estrada até se convencer de que fora ludibriado da maneira mais ingênua, mas eis que logo apareceu uma mula cambaleando pela trilha, o alforje carregado com potes cheios de uísque. A bebida não caía do céu propriamente, mas não havia dúvidas de que a área estava mergulhada em álcool. Seu erro, antes, fora *pedir* aquele líquido maldito; só depois descobriu que essas transações se davam como quase todas as outras coisas no Condado de Franklin: uma tácita combinação de sincronia, gestos simples e entendimento mútuo. Anderson tinha seis diferentes garrafas de 2 litros em seu quarto na pensão, alinhadas sobre o aparador. Era uma espécie de pesquisa. Ele experimentara o conteúdo de todas e concluíra que de fato havia diferenças palpáveis, e tivera que admitir que algumas daquelas bebidas eram excelentes, com um sabor complexo, nuançado, muitos traços singulares.

Anderson observava as criaturas vestidas de negro no restaurante Little Hub. Alguns lavradores tomavam café. Gente abstêmia, é óbvio, pensou Anderson, pois todos os outros habitantes do condado certamente estavam em torno de uma fogueira no alto das colinas bebendo álcool ilícito. O balconista cruzou os braços acima da barriga protuberante e começou a fumar, pensativo. Um outro homem lia jornal a uma mesa com um toco de lápis na mão, cabelos repartidos com asseio e assentados com brilhantina. Vestia terno justo e gravata-borboleta: um caixeiro-viajante de passagem pela cidade. Anderson olhou para as próprias mãos e percebeu que a delicadeza da sua pele imediatamente o denunciaria como forasteiro a qualquer um que prestasse atenção. Ao pensar que precisaria de um tradutor, de alguém que lhe apresentasse o mundo da classe trabalhadora, enrubesceu de vergonha e se irritou. E ainda tinha a mítica Willie Carter Sharpe: *A única pessoa, homem ou mulher, que conseguia descer o monte Grassy pisando fundo num Ford!*, como se dizia nos alpendres e em torno das estufas de aquecimento.

Eu poderia dar tudo isso a eles, pensou Anderson, poderia dar a eles a personagem que tanto querem. Anderson passava as noites rabiscando sobre uma mesinha lateral surrada, tentando refletir sobre todas as coisas que vira naquele dia, tentando se lembrar das mãos dos homens do campo, dos garotos que trabalhavam nas folhas de tabaco, das esposas austeras nas cozinhas, os traços de seus rostos, o corte de suas roupas de trabalho, as costuras de seus calçados. Mas em todas essas coisas ele via muito pouco. Era como se as características dessas pessoas exigissem uma espécie de anonimato vazio, tão diferente dos habitantes do Meio-Oeste, que, com seu encanto singular e suas vidas desgraçadas, pareciam se abrir como uma flor quando falavam a Anderson. Ele conseguia ler tudo em seus olhos cintilantes, em suas mãos esmaecidas. As vastas planícies do Meio-Oeste permitiam que a mente se expandisse e pensasse. Mas os estranhos confins de Franklin, seu horizonte elevado, as colinas onduladas, davam uma sensação de clausura e confinamento, como se algo perigoso estivesse preso ali e os habitantes do lugar tivessem que se concentrar para não o deixar fugir. O desleixo no andar dos homens, os quadris para a frente, as pernas indo adiante do corpo chutando o ar, os pés modorrentos, ombros curvados, mãos enterradas nos bolsos do macacão. O modo como baixavam a aba dos chapéus, os olhos fixos no barro vermelho do chão. Mulheres que pareciam ter fechado o rosto em uma plácida expressão para o resto da vida, os olhos fundos, e sempre em movimento, espiando em volta, trabalhando, não parando jamais. As botas retas, carcomidas e enlameadas, às vezes um simples fio amarrado no pulso, uma pequenina cruz no pescoço. E ninguém *dizia nada.*

Então por que ele não voltava para casa? Eleanor? Ninguém sabia ao certo o paradeiro de Anderson, nem mesmo Eleanor, e ele pensava nessa ausência misteriosa com um prazer sombrio. Lembrava-o a vez que ele largara o emprego em Elyria, Ohio. Companhia Manufatureira Anderson, comercialização de forros de telhado de baixo custo. Ele estava fazendo aulas de golfe no country clube naquele ano de 1912. Um dia, saiu do escritório só com a roupa do corpo.

O que houve?, a secretária lhe perguntara, o rosto alarmado, tenso. Era uma mulher inteligente, pensou Anderson, mais inteligente que ele próprio. Uma tempestade açoitava as janelas.

Minha caríssima jovem, começara ele, sei que é uma grande tolice, mas decidi que esse negócio de compras e vendas já não me diz respeito.

O senhor está doente?, insistira ela.

Em certo sentido ela tinha razão, e Anderson entendeu que precisava sair dali imediatamente. Sentiu que, se apenas conseguisse chegar à porta, daria tudo certo. Seus pés o levariam para onde ele quisesse ir. Será que ela tinha pensado que ele estava louco? E será que ele estava mesmo? Anderson olhou para os próprios pés.

Meus pés estão gelados, molhados e exaustos desse infindo vagar pelo rio, dissera ele. Agora preciso caminhar em terras secas.

Enquanto fechava a porta do escritório, Anderson percebeu que *as palavras* eram o que o haviam tirado do lugar. Jurou fidelidade a elas e deixou a cidade caminhando ao longo da linha do trem.

Quando ressurgiu, dias depois, a quilômetros dali, sujo e sem um tostão, as pessoas disseram que ele devia ter sofrido algum tipo de colapso. Insanidade temporária, talvez, devido ao estresse. Inventavam todo tipo de razões para justificar o que ele havia feito, e tempos depois, quando ele se tornou escritor, muitos começaram a atribuir seu sumiço ao "temperamento de artista". Ele tentou se explicar em *A Story Teller's Story*, o errante relato autobiográfico que lhe rendera um pagamento até exagerado, mas isso também foi um fracasso.

Todos estavam errados. Aquele episódio se resumia a outra coisa completamente diferente, algo muito mais banal. O aroma de grama recém-cortada na encosta de uma colina com vista para um adro. Um homem de smoking com um buquê de flores parado na plataforma de uma estação e uma mulher chorando na sala de espera. O leve tremor do corpo ao pisar a terra úmida de um pomar de macieiras ao alvorecer.

Que outras histórias agora?

Um leve zumbido no ar do restaurante, e o homem que lia jornal levantou a cabeça. O balconista semicerrou os olhos na direção da janela, depois os homens da Dunkard fizeram o mesmo, e Anderson também ouviu: o ronco grave de motores acelerando. Um *blockadin'* chegando à cidade.

Anderson levantou da mesa aos tropeços e saiu pela porta da frente. Por que não ver de perto essa maldita coisa, pensou, e, ajeitando o chapéu, se pôs nos degraus da entrada, onde ficou olhando para a Main Street, o ruído dos motores aumentando. Conseguiu ver faróis piscarem e logo sumirem nas curvas enquanto os carros rasgavam as ruas pelos rincões do sul de Rocky Mount.

O homem de gravata-borboleta parou ao seu lado, jornal enfiado debaixo do braço. Olhando de relance para trás, Anderson viu os Dunkard de pé em frente à janela. Dois pares de faróis, agora três. Depois, luzes de tiroteio, *poc poc poc*, e Anderson e o balconista se abaixaram e correram de volta para dentro do restaurante. Aí vêm eles, murmurou o balconista, e Anderson viu um Packard preto e grande rugindo pela Main Street e guinando de um lado para o outro; depois vinham dois carros, o primeiro com um homem debruçado na janela do passageiro, o braço esticado, apontando uma arma. O Packard passou trovejando pelo edifício do tribunal em direção ao cruzamento da Court Street com a Main, e então freou de repente, a traseira levantando; os carros que o seguiam desviaram para evitar a batida, um indo parar em uma cerca de madeira, o outro subindo na calçada. Anderson via os perfis encurvados dos motoristas, ternos de flanela cinza, só ombros e cotovelos, os corpos lançados em uma luta frenética contra os volantes. No cruzamento, o Packard travou as rodas, fazendo a traseira sumir numa nuvem de fumaça ao rodar, derrapando, e então, apontando novamente para o sul da avenida, disparou, os veículos perseguidores se atrapalhando para também dar a volta e continuar em seu rastro. Quando o Packard passou pelo restaurante, Anderson viu de relance um passageiro de chapéu, cabelo encaracolado e um sorriso teso nos lábios escuros. Uma mulher.

Anderson ia dizer alguma coisa, mas o caixeiro-viajante já estava saindo pela porta e correndo para um Dodge estacionado, seu jornal cuidadosamente dobrado voando até cair na calçada. Anderson disparou atrás do homem, tropeçando no sobretudo.

Ei, gritou. Ei!

Anderson correu o mais rápido que pôde, abriu a porta do passageiro e deslizou para o banco, e foi confrontado por um cano de revólver cutucando sua bochecha.

Que diabos você tá fazendo?, quis saber o homem.

Ofegante, Anderson fez um gesto vago indicando os faróis que desapareciam na distância.

Acho que conheço aquela mulher, explicou ele.

Vendo os carros sumirem ao virar a esquina, o caixeiro-viajante deixou o revólver cair sobre o colo, pisou na embreagem e arrancou, o banco do carro trepidando cada vez mais conforme o Dodge ganhava velocidade. O homem se debruçou para a frente, colado no volante, tentando ver alguma coisa através do para-brisa, e não dizia nada. Anderson foi grudado na porta quando uma curva jogou seu peso para o lado e o carro perdeu tração por um momento, as rodas dançando, e depois voltou ao caminho.

Meu nome é Anderson.

Ele estendeu a mão, mas logo percebeu a futilidade de um cumprimento a quase 100 por hora.

Cuidado!, gritou.

O homem deu um puxão no volante e eles passaram raspando por um latão de metal jogado no meio da rua. Dobrando a Seventh Street, deram com os três carros. O Packard estava sobre um pequeno gramado, de cabeça para baixo. Os outros dois carros ladeavam o primeiro, e quatro homens à frente dos faróis apontavam revólveres para o carro capotado. Um poste de telefonia fora arrancado pela base, e os fios espocavam na rua, estalando e fustigando que nem chicotes. Mais latões de metal caíram pela porta de trás do Packard fumegante, as rodas girando cegamente.

Merda, sussurrou o vendedor, e freou até o carro parar. Abriu a porta e saiu correndo na direção do acidente. De imediato, dois dos homens de pé se viraram e apontaram suas armas, gritando ordens para que ele parasse. Anderson saiu do carro e ficou esperando. O caixeiro-viajante sacou um distintivo. Richards, disse ele, investigador de polícia. Ao ouvirem isso, os homens deram uma olhada na identificação do sujeito e voltaram a olhar para o Packard. Anderson avançou, esgueirando-se de lado. Havia algumas casas e lojas ao longo da Seventh Street, mas as luzes permaneciam apagadas; ninguém saiu às portas. A frente do Packard estava muito amassada, a grade perfeitamente dobrada no ponto em que atingira o poste, o para-brisa estilhaçado.

Calma, rapazes, Richards estava falando. A gente cuida disso.

Elmore, um deles berrou, vá ver a porta.

Com calma, repetiu Richards.

Elmore espreitou pela janela esmagada e abriu a porta do passageiro com um puxão. Um corpo despencou para fora, bambo e flácido, e ficou torcido de um jeito estranho. Anderson desviou os olhos de imediato, mas depois voltou a olhar. O rosto estava todo amassado, mas todos podiam ver que era uma mulher. Eles então abriram a porta do motorista e puxaram outro corpo para fora, estendendo-o na grama. Também era uma mulher; estava de meia-calça e tinha uma enorme margarida enfiada no chapéu destruído. Ela parecia estar bem, cobria o rosto com as mãos, o corpo convulsionado em soluços, o vestido amarrotado em volta da cintura. Richards estava curvado sobre a mulher morta, murmurando algo consigo mesmo. Anderson chegou mais perto para tentar ver melhor.

Quem é ela?

Um dos quatro homens, o que atendia pelo nome de Elmore, apontou a arma para Anderson.

Na verdade, disse Richards, quem é *você*?

Anderson. Eu... achei que conhecesse essa mulher. Não é Willie Carter Sharpe?

Não, respondeu Elmore. Está fazendo o quê por aqui?

Outro homem se aproximou.

A gente tem que levar essa mulher aí pro hospital.

É, disse Elmore. Leva o Wilkins com você.

Elmore se virou para Richards.

A desgraçada estava jogando latão pra cima da gente. Quase nos esmagou, várias vezes. Xerife, o senhor vai chamar os seus rapazes aqui?

Vou, vou sim, respondeu Richards, vamos cuidar de tudo.

Vou ter que pedir pro senhor se afastar, disse Elmore a Anderson.

Vocês são agentes federais? Alcohol Tax Unit?, perguntou Anderson, dando passos para trás lentamente.

Richards sacou a arma e a brandiu contra a cabeça de Anderson.

É melhor você *dar o fora* daqui. Não tem nada aqui que te interesse.

Anderson voltou pela rua até o ponto em que um latão batera contra a sarjeta. Um latão quadrado de 20 litros com tampa de rosca simples.

Sentiu o cheiro a mais de 3 metros de distância: o aroma rico e inebriante de milho decomposto e remexido com um laivo de açúcar queimado. Empurrou-o com a ponta da bota. Era do mesmo tipo que ele vira espalhado pelas beiras das estradas, amontoado nos barrancos por todo o Condado de Franklin. Certa vez vira um grupo de crianças brincando com uma pilha desses latões, chutando-os por uma ruela de Rocky Mount. Anderson se escondeu atrás de uma árvore da calçada e ficou vendo os homens trabalharem na cena do crime; parecia que Richards estava querendo que os agentes da ATU fossem embora e o deixassem no comando da situação, mas eles insistiam em alguma coisa.

Alguns minutos depois, os Dunkard do restaurante chegaram em um velho Ford T. Pararam bem ao lado de Anderson, e o mais velho, sentado no banco do carona, pôs a cabeça para fora.

Tudo bem com eles?

Não, infelizmente não, respondeu Anderson. Uma vítima. Estão levando o outro corpo para o hospital.

Quem é?

Não sei ao certo, respondeu. Duas mulheres.

O motorista se manifestou:

É o carro da Pearl Hoover. Eu vi ela dirigindo ontem.

O velho olhou friamente para Anderson. Seu bigode era cheio e estava molhado, vestígios de molho de carne na barba.

White lightnin', rosnou ele.

O que é isso?, perguntou Anderson.

Venda de uísque, respondeu o motorista.

O velho continuava encarando Anderson, seus olhos cinzentos cobertos por uma camada branca típica de catarata. Anderson presumiu que ele não pudesse vê-lo muito bem na luz esmaecida da noite.

Meu nome é Sherwood Anderson.

Tazwell Minnix, disse o motorista. Este é meu pai, R.L. Minnix.

Não vos conformeis com este mundo, resmungou o velho, coçando a barba.

Como é, senhor?

Suas pupilas baças fitaram Anderson.

Posto Blackwater, sussurrou ele.

O motorista pôs a mão no ombro do pai. O velho cuspiu palavras para Anderson:

Aqueles garotos lá. Os Bondurant. A pior cambada que já se viu em Franklin!

Ouviu-se o ruído do motor de mais um carro vindo do centro da cidade, que desviou dos Dunkard e parou bem atrás dos destroços do Packard. Desceram três homens, um deles um homem de meia-idade atarracado e num terno cinza que saiu do banco traseiro e foi veloz até os agentes da ATU, com os outros no seu encalço.

Quem é esse sujeito?, Anderson quis saber.

É melhor a gente apertar o passo, disse o motorista. Tenha um bom dia, senhor.

E, dito isso, o tal de Tazwell Minnix engatou a velha caminhonete e eles se foram.

O homem de terno cinza tinha puxado Jefferson Richards de lado e agora o segurava pela lapela. Eles discutiam baixo e em tom ríspido, Richards apontando para a estrada, o homem de terno cinza bem perto de seu rosto. A bebida que havia no carro capotado se derramara pela rua e agora corria como uma correnteza pela sarjeta diante dos pés de Anderson. Os homens da ATU cobriam o corpo da mulher morta com um casaco.

ANDERSON SUBIU O MONTE DE VOLTA até o restaurante Little Hub e pagou sua conta. Ao descrever o homem de terno cinza ao balconista, ficou sabendo que era, provavelmente, Carter Lee, o procurador local. Fez uma anotação de que precisava conversar com o Sr. Lee, e também com o xerife, cujo nome era Pete Hodges. E esse tal de Jefferson Richards? Anderson também anotou onde ficava o posto Blackwater, em Burnt Chimmey. O balconista, chapeuzinho empoleirado na cabeça pontuda, olhou-o desconfiado. Depois, falando numa voz muito sincera, sugeriu que Anderson ficasse longe daquele lugar.

Aquele não é lugar pra gente chique da cidade.

Eu cresci numa fazenda, explicou Anderson. Não sou um almofadinha.

Deixa eu te dizer uma coisa, retrucou o balconista, ninguém vai perguntar a sua história de vida lá no Blackwater.

De volta ao quarto naquela noite, Anderson tomou uns goles de uísque da montanha e caiu na cama. A bebida fez com que ele se sentisse estranhamente seguro, como se estivesse se encolhendo dentro de si mesmo. Agora entendo por que brigam tanto por isso, pensou. Era um pouco quente na garganta e continuava queimando nas tripas, que nem carvão. Mas o calor e a intensidade eram imediatos, e seus músculos relaxaram pela primeira vez em muitos dias. *White lightning. Trovão branco.*

Anderson sabia que muitas pessoas daquela parte do mundo ainda acreditavam que havia dois tipos de *lightning*, um azul-avermelhado e o outro branco. A diferença era que um fogo iniciado pelo branco era impossível de se apagar: ele queimaria até não ter mais o que consumir. Era o trovão que dava origem aos grandes incêndios que varriam as florestas no verão, os demônios vociferantes que destruíam tudo à sua frente. *White lightning* era o tipo de bebida que faz você botar a mão no peito a cada gole, como se para segurar o coração disparado, porque você sabe que não dá para apagar esse fogo.

À medida que o uísque aquecia seu corpo e seu cérebro, Anderson percebeu que a situação ali era bem familiar: a maré alta de uma cobiça industrial que arrancava os homens de seus ofícios e suas bancadas de trabalho para colocá-los dentro da máquina. Progresso. Transformava-os em engrenagens simples, dispensáveis, substituíveis e baratas, como se seus corações fossem feitos de papel, cola e tesoura.

Mas que diabos, pensou Anderson, esse é um bom motivo para se beber, e ele ergueu o copo até os lábios e virou o último gole. Fechou os olhos por um segundo e viu um vulto imenso em um campo escuro, acima dele num vazio indeterminado. Seu tamanho e força eram aterrorizantes; seu movimento, vagaroso e descendente. Quando foi tirar a bota e se deitar, o uísque subiu ao tronco cerebral e o dominou; estava em sono profundo antes mesmo de pousar a cabeça no travesseiro.

Capítulo 7

1929

Na primavera, Jack Bondurant viu pela primeira vez Bertha Minnix tocar bandolim, na debulha do milho, na casa dos Mitchell em Snow Creek. Ela estava com a cabeça baixa, olhos concentrados nos trastos do seu bandolim de estilo antigo, em forma de gota, a parte redonda do instrumento como uma concha de madeira aninhada na cintura fina da moça, a touca rendada dos Dunkard apertada na cabeça e o longo vestido preto cobrindo até os punhos e tornozelos. Jack estava recostado na parede, Howard a seu lado, sem casaco, apenas de camiseta, os dois contemplando os músicos com os olhos entreabertos.

Ao que parecia, os dois homens de Shootin' Creek que cortaram a garganta de Forrest tinham sumido. Forrest colocava toda a sua energia nos serviços de madeireiro e no posto Blackwater. Jack ficava surpreso ao ver que o irmão não demonstrava interesse em encontrar os homens que quase o mataram; era difícil de acreditar que ele não quisesse saciar sua sede de vingança, mas havia muitas coisas sobre Forrest que Jack não compreendia, e este era o acordo que tinham desde o nascimento.

Jack observava os dedos de Bertha Minnix percutirem as cordas, a outra mão se movendo em saltos rápidos pelos trastos, tangendo as cordas num borrão de juntas dos dedos se contorcendo, executando os acordes de "Billy in the New Ground" enquanto as pessoas batiam palmas para marcar o ritmo. Os dois homens ao lado dela tocavam violão e rabeca, homens ali de Burnt Chimmey que Jack já vira antes. Ele achou estranho, porque os Dunkard não costumavam permitir música com nenhum tipo de instrumento, só confiavam em seu canto estritamente harmônico. Mas Howard disse que eles eram Dunkard da "nova ordem" e, portanto, mais lenientes com essas diabruras. Mechas do cabelo escuro de Bertha caíam em seu rosto e ao final de cada canção ela levantava a cabeça e lançava os olhos para a plateia, um sorriso breve, um meneio constrangido. Depois do segundo desses movimentos, Jack sentiu uma falta de ar momentânea, surpreso ante a beleza e de coração arrebatado.

JACK E HOWARD chegaram quando o sol estava ficando rosado no horizonte, a debulha quase no fim. Os homens ocupavam uma mesa comprida de pranchas e cavaletes, esbagoando o milho e o jogando em silos improvisados, feitos com ripas de bétula e placas de metal velhas. A tarde estava fresca e o ar, doce com o cheiro desse nodoso fruto da terra. Os homens riam e estapeavam os braços nus para a debulha, que seguia a toda velocidade. Os mais jovens do grupo batiam as solas das botas no chão e cantavam "Old Phoebe", berrando as palavras cadenciadas na direção da casa onde as mulheres preparavam o jantar.

Se fosse apenas um ano antes, Jack estaria entre eles, ombro a ombro, estufando o peito, bufando que nem mula, inflamado com um pouco de uísque de milho, cantando com sua voz rouca. Se houvesse dança, ele dançaria todas as músicas, com qualquer garota que quisesse acompanhá-lo, retorcendo seus lábios finos, os olhos negros úmidos de animação. As garotas do lugar costumavam chamá-lo de Índio Jack ou de Cacique, por causa de seu nariz proeminente e de seu rosto magro e escuro, como se ele pertencesse a uma raça extinta. Agora as garotas mais novas raramente falavam com ele, e nunca gracejavam naquele tom descontraído que antes o fazia abrir um largo sorriso e se empertigar. Fazia alguns anos que ele vira Howard e Forrest e quisera fazer parte daquela fraternidade sombria. Eles usavam o chapéu bem baixo na cabeça e *ninguém* jamais tentava passá-los para trás; quando eles não estavam por perto, somente os mais velhos tinham coragem de sussurrar um *garotos inúteis*. Homens como Talmedge Jamison, Tom C. Cundiff, seus irmãos; todos os respeitavam, ainda que esse respeito estivesse mergulhado no medo e na reverência causados pelo revólver e pelas centenas de dólares que eles volta e meia levavam no bolso.

Naquela primavera, Jack se viu ao lado de Howard arrebentando os dedos nas tábuas de pinheiro da serraria de Forrest, andando pela região com uma gangue de valentões, trabalhadores itinerantes que se espalhavam pelas colinas no dia do pagamento e quase nunca voltavam. Como Forrest dava um bônus para seus capatazes e como não tinha mais aonde ir, Jack dormia com Howard no acampamento durante os meses da estação. Era, segundo suas estimativas, apenas um revés infeliz e temporário em seu plano infalível. Junto com Cricket Pate e mais uns outros, ele conseguia fermentar um lote de bebida de vez em quando e embolsava alguns dólares, mas parecia estar falido de novo antes de a semana acabar.

Forrest às vezes lhe dava trabalho para fazer no Blackwater, mandava-o empilhar garrafas, transportar engradados ou, em algumas ocasiões, simplesmente ficar com Howard no estacionamento, as armas enfiadas nos cintos, os braços grossos de Howard cruzados sobre o peito. Era comum homens do norte vestidos em sobretudos ficarem fumando cigarros com rifles em mãos, observando Jack e Howard carregarem a bebida, e cada vez que olhava para trás Jack sentia uma congelante pontada de pavor. Depois que as centenas de dólares mudavam de mãos e que os carros saíam arrancando para Roanoke, Jack não podia conter as arfadas de medo, o suor encharcando as costuras da camisa, a língua parecendo um naco de algodão. Talvez ele não tivesse nascido para aquilo, pensava ao ver os rostos calmos dos irmãos. Quando eu conseguir um carro para mim, Jack sonhava, um belo carro para fazer uns *blockadin'*, vou ficar é atrás do volante que é o meu lugar. Não carregando engradados para esses almofadinhas da cidade com um monte de anéis nos dedos.

Howard dividia seu tempo entre o acampamento da serraria e sua esposa, Lucy, em Penhook, embora às vezes passasse vários dias seguidos no monte Turkeycock, ninguém sabia exatamente onde, fabricando mais um lote de bebida. Quando a noite esfriava no acampamento, Jack e Howard se enrolavam nos cobertores e se encolhiam em volta da fogueira feito cachorros velhos. De manhã, comiam pão e carne de porco na brasa com feijão-branco, e à tarde, quando terminava o trabalho, engoliam mais alguma coisa e dividiam uma garrafa até que o céu estivesse escuro como piche. Howard jogava mais uma boa tora de castanheira no fogo e remexia a brasa para se manter acesa durante a noite, e Jack ficava olhando para o céu entrecortado de árvores, os olhos brilhando e o rosto vermelho de sol, contando a Howard o que iria fazer assim que juntasse algum de dinheiro, as botas novas que iria comprar, o automóvel, como ele iria embora do condado e prosseguiria para oeste, ou quem sabe para o norte, para desbravar o país. Quando bebia, Jack ficava mais expansivo e amistoso, cada vez mais convicto das infinitas possibilidades do mundo. Contava histórias vívidas dos sonhos fantásticos que tinha à noite, das suas visitas aos vãos das montanhas durante o sono. Encarava os rostos das pessoas à sua volta e, sem muito jeito, tentava descrever as criaturas maravilhosas que todos eles eram. Mais tarde, as pessoas se deitavam em seus catres improvisados e encaravam as vigas empoeiradas do teto e se perguntavam, *mas do que é que aquele garoto tava falando mesmo?*

Que diabos, dizia Jack, não tem como explicar essas coisas.

Continua, pedia Howard.

Jack tirava as botas e, com força, esfregava os pés cheios de bolhas e em carne viva.

Continua.

NA DEBULHA DO MILHO, Jack rangia os dentes e passava a garrafa para Howard e chutava palhas de milho arrancadas e jogadas no celeiro enquanto os outros comiam. Jack observava seus rostos ávidos à mesa de jantar, ensopando os pães no molho de carne de porco, sitiantes imundos que jamais vestiriam uma peça de roupa boa, e pensava em como suas vidas eram tristes e ridículas e hipócritas, e em como eles nem se davam conta disso. Era um julgamento amargo; Jack se sentia estranhamente frio na companhia daqueles homens encostados na parede. De algum modo, percebia que o outro lado tinha seu próprio sol, sua própria fonte de calor. O seu lado, ao contrário, era frio e isolado como o mecanismo das máquinas, como a primeira estrela do inverno. E esses lados não se uniam.

Garotos inúteis.

Olhou para o rosto carregado e impassível de Howard ali no celeiro, a garganta engolindo devagar. Nada disso importava para ele, pensava Jack. Howard não dava a mínima e nunca daria.

O PRÓXIMO GOLPE tá sempre chegando, sempre perto, dissera Forrest no leito do hospital. Jack estava ao lado da cama olhando a costura irregular sob o queixo do irmão, os fios pretos e hirtos contra seu pescoço branco-azulado. *O único jeito de aguentar é enterrar o golpe bem fundo nas tripas e deixar os sucos quentes das entranhas agirem por um tempo. Logo logo você vai esquecer o que te fez sentir dor.*

ELE PENSAVA NOS velhos que se aglomeravam nas mercearias e nos alpendres dos postos de gasolina, nos reclamões intratáveis em meio aos mutirões de trabalho, a saliva rala e amarga borbulhando nos lábios, os olhos como navalhas, o frêmito nervoso das cabeças se sacudindo em lamento; eles ficam revivendo os ecos de ofensas passadas, insultos levianos, animais perdidos, uma carroça perdida nas montanhas, chorando com o cachecol em volta do pescoço em pleno verão, blasfêmias arrebatadas, incidindo luz sobre uma ferida aberta. Ficam só ruminando o passado. Isso nunca vai acontecer comigo, pensava Jack ao observar os imbecis. Comigo não.

HOUVE UMA SARAIVADA de gritos, um homem chamado Wingfield segurava o motivo da agitação, a palha vermelha que arrancara do milho. Era a única da noite, e isso significava que ele podia escolher qualquer uma das garotas para beijar. Wingfield tinha mais ou menos a idade de Jack, e eles haviam brincado juntos algumas vezes em Snow Creek. Ele se tornara um jovem tempestuoso que falava com as mãos e ostentava colarinhos engomados e chapéus de aba dobrada para baixo. Fizera todo o ensino médio e seguira para a Universidade da Virgínia. A família de Wingfield era, originalmente, da região de Tidewater, donos de fazendas que agora tinham casas majestosas nos bairros chiques de Charlottesville, e, embora seu pai limpasse chiqueiro no Condado de Franklin, ele se comportava como se estivesse apenas visitando a roça antes de assumir seu lugar de direito entre as famílias mais poderosas da Virgínia.

Quando os músicos fizeram um intervalo, alguém gritou e Wingfield brandiu a espiga acima da cabeça feito uma tocha e saiu marchando, um séquito de rapazes o seguindo. Emmy estava em um canto com outras garotas que riam e puxavam o cabelo dela, e Jack viu sua irmã se iluminar com uma espécie de felicidade momentânea, uma visão rara. Ele percebeu que, desde a morte da mãe e das irmãs, Emmy parecia uma mera sombra a flutuar entre as paredes da casa do pai, um par de mãos que servia comida. À medida que Wingfield se aproximava de Emmy, Jack sentiu a fúria queimando dentro de si, mas o séquito em coro passou por ela e Jack ficou aliviado, mas só até ver um leve tremor nas bochechas da irmã, o modo como ela respirou fundo e ofereceu o rosto por um breve instante enquanto Wingfield passava; Jack viu algo nos olhos dela que nunca tinha visto. Sabia tão pouco sobre a irmã e sua vida. Ah, meu Deus, Emmy, pensou ele, e a arca franzina de seu coração se apertou pela segunda vez naquela noite.

Jack foi na direção dela, e o séquito de Wingfield urrou; ele tinha escolhido a garota que iria beijar e os jovens abriram um círculo em volta para assistir. Jack disse oi, mas as garotas estavam na ponta dos pés, muito mais interessadas em quem Wingfield iria beijar, e Emmy só colocou a mão de leve no ombro do irmão. Jack, mais alto que todos ali, podia ver roda adentro, onde Wingfield segurava os braços da garota Dunkard.

Por que essa Bertha Minnix, uma das garotas se indignou. Aquela menina Dunkard de Burnt Chimmey, aquela que toca bandolim.

Jack viu Wingfield fazer graça, segurar a menina pelos cotovelos, fingindo que ia beijar e não beijando, fazendo fita, arrancando gritos da plateia. Bertha Minnix tinha o queixo quase encostado no peito enquanto Wingfield cantava de galo e a multidão ria. Idiota de merda, pensou Jack. Então Bertha Minnix levantou o rosto, um sorriso forçado nos lábios, e empinou o queixo para Wingfield, que ficou paralisado, aparentemente perplexo com a súbita insolência da garota. Houve um momento embaraçoso e a plateia ficou quieta. Wingfield voltou a si e, depois de dar uma piscadinha para os rapazes em volta, virou a cabeça e a beijou com vontade. Quando se afastou, os olhos de Bertha ardiam em chamas, e Wingfield soltou seus braços, andando para trás, hesitante, Jack percebeu, mas ainda assim determinado a proporcionar um bom espetáculo.

Então os rapazes carregaram Wingfield para longe dali e as garotas aplaudiram bem alto, amontoando-se por alguns momentos ao redor de Bertha, que baixou a cabeça de novo antes de voltar para perto dos outros músicos, que aguardavam com os instrumentos em mãos. Sob a touca, a nuca de Bertha estava sarapintada de vermelho, e ela tocou de leve as orelhas, e Jack sabia que deviam estar ardendo.

Novamente encostado à parede do celeiro, Jack bebeu do garrafão que Howard lhe passou, depois se esticou todo para procurar os olhos dela, mas o sujeito do violão tangeu uma corda e Bertha concentrou-se de novo, aninhando o bandolim no ventre, tocando os acordes de "Old Dan Tucker", e os jovens dançavam e cantavam junto.

Get out'a th' way for old Dan Tucker
He's too late t' get his supper
Supper is over an' breakfast fry'n
Old Dan Tucker stand'n an' cry'n
Washed his face in the fry'n pan
Combed his head on a wagon wheel
*An' died with a toothache in his heel**

Jack se colocou junto à parede, dentro do campo de visão dela, a boina posicionada com perícia, a aba puxada até as sobrancelhas, o cigarro pendurado no canto da boca. A seu lado, Howard virou o resto do uísque de milho, sua garganta pulsando duas, três vezes, a garrafa mais parecendo um copo d'água em sua mão gigantesca. Era uma façanha espantosa, mesmo para Howard. Deus do céu, pensou Jack, o homem bebe *mesmo*. Howard cutucou o irmão com a garrafa vazia e Jack se virou e saiu pela noite.

O celeiro ficava em uma baixada coberta por pastagens, com um riacho acanhado correndo no fundo do vale. Jack pegou mais uma garrafa de uma

* Saiam do caminho do velho Dan Tucker / Ele tá atrasado pro jantar / O jantar acabou e o café da manhã tá fritando / O velho Dan Tucker chorando / Lavou a cara na frigideira / Penteou o cabelo na roda da carroça / E morreu com dor de dente no calcanhar. (*N. do T.*)

caixa dentro do cupê Pierce-Arrow enlameado que eles haviam pegado emprestado de Cricket Pate. Carros e caminhonetes tomavam conta da parte oeste do pasto, junto com algumas carroças dos Dunkard. As mulheres ficavam recostadas nos para-lamas de braços cruzados e olhando para os homens de frente para elas, as mãos nos bolsos, balançando um pouco. Outros homens se empoleiravam no capô dos carros ou nos engates das carroças e passavam garrafas entre si e riam e batiam um nos outros com os chapéus sujos. A noite estava quente e sem lua, mas com muitas estrelas para se ver.

Jack teve aquela sensação expansiva que sempre vem no cair de certas noites; o sentimento de que, no fim, ele seria tão livre e limpo quanto o ar das montanhas. Ouviu a canção se elevar em um crescendo e acabar de repente, o acorde ríspido do bandolim viajando pelo ar do campo e, em algum lugar na escuridão, a risada de uma mulher.

Jack abriu a garrafa e, levando-a aos lábios, pensou naquele som uma vez mais, as cordas dedilhadas, o movimento rápido das mãos dela. Ali, de pé no meio do pasto ceifado, saboreando o líquido quente na boca, Jack sentiu o céu se abrir e o mundo se derramar sobre ele.

JACK SABERIA APONTAR o momento exato em que Forrest começara a se afastar do resto da família: logo que ele se recuperou da gripe espanhola, na manhã em que seu rosto fino e azulado se juntou a eles à mesa do café. Como todos os rapazes Bondurant, Forrest era um menino calado, afeito a longos períodos de silêncio que pareciam nada ter a ver com timidez; preferia viver sozinho cada situação e achava que não havia nada a comentar. Dizer o quê? Após a morte da mãe e das irmãs, porém, Forrest se retirou ainda mais para seu mundo próprio.

Naquela noite, Jack despertou com o movimento da cama enquanto Forrest se deitava de madrugada. Jack se encolheu para evitar aquela presença abrasadora, um chumaço de cobertores nas mãos. Forrest ficou deitado de barriga para cima, rígido, fitando o escuro.

Forrest se tornou o vulto que à noite passava silencioso pelas portas da casa e que comia como se fosse apenas mais um dever a ser cumprido. À medida que envelhecia, foi conservando o aspecto abatido e afilado da gripe; sua pele, mesmo quando queimada de sol, parecia sombreada de azul. Os olhos permaneceram fundos e o nariz mais aquilino, os cabelos ralos e descoloridos escasseando já na adolescência. Mas seus músculos cresceram, as mãos pareciam torres de ossos e tendões com força de ferro e incansável resistência, os punhos eram marretas. No trabalho, Forrest vencia as ferramentas à base de pancadas, martelava as tarefas até derrotá-las; logo cedo começou a usar a força para moldar o mundo segundo sua própria vontade.

Na adolescência, Forrest se levantava antes do amanhecer e podava fumo e arrancava parasitas até a hora do jantar, depois percorria quilômetros pelo vale de Snow Creek até a clareira dos lenhadores e operava um serrote até tarde. No dia seguinte, saía da cama e fazia tudo de novo, sete dias por semana, alternando empreitadas com gado, maçã, castanha, abate de porco, ceifa de feno, preparação da lavoura, colheita, aragem e carpintaria, dependendo da estação, da necessidade e do quanto os fregueses estavam dispostos a pagar. Com a ajuda de Howard, transportava nozes e maçãs em carros de boi até Roanoke e fumo para Harrisonburg, Martinsville e Richmond, onde dormia sobre caixas de tabaco prensado empilhadas na escuridão de um armazém. Começou a beber ocasionalmente, aceitando a garrafa encardida que era passada de mão em mão, embora não sentisse qualquer prazer no álcool, fora o fato de que o ajudava a deitar a cabeça e a fechar os olhos bem fechados muito depois de todos já terem ido dormir. As pessoas o evitavam pelas ruas como se ele fosse um cão selvagem.

Mais de uma vez ouviram Granville salientar que ficava contente porque pelo menos um de seus rapazes tinha um forte espírito trabalhador. *Nunca vão chamar o Forrest de "inútil"*, ele murmurava para os homens reunidos em volta do fogo em sua mercearia.

A ENERGIA DE SEUS IRMÃOS era fascinante, e Jack a vida toda tentou encontrar dentro de si próprio durante toda a sua existência essa mesma fonte de motivação. Estava com 18 anos e ainda não tinha feito nada da vida. Ficou ali de pé contemplando a porta do celeiro aberta, um retângulo de luz contra as colinas escuras, uma melodia no vento. As cigarras se inchavam nas árvores que cingiam o pasto. Teve vontade de sair para o descampado, o álcool zumbindo na cabeça, ficar ouvindo e observando a noite toda. Parecia ter sido amaldiçoado com cargas de indolência e fantasias preguiçosas; eram esses os seus dons. Achava que sabia o que queria, mas tudo que seu empenho lhe rendera chegava a muito pouco, apenas um punhado de moedas, umas boas histórias, as mesmas botas velhas.

Forrest tornara-se cada vez mais parcimonioso e até mesmo avarento, características inéditas em um Bondurant; Jack e Howard jamais seguravam um dólar por mais de um dia, e Granville, embora fosse prudente com dinheiro, nunca tinha ligado muito para a acumulação de riqueza e, portanto, conseguira passar a vida sob parcas condições econômicas, a despeito do seu negócio razoavelmente lucrativo. Era evidente que Forrest estava obcecado pela ideia de economizar todo o dinheiro que ganhava. Comia pouco e usava as mesmas roupas todo dia até que começassem a descosturar. Quando tinha 18 anos, Forrest já provara que não estava para brincadeiras: as bobagens da juventude haviam acabado em definitivo e o que se anunciava a seguir era somente a opressora engrenagem da vida adulta e a morte. Forrest encarava ambas com olhos penetrantes, punhos cerrados e silêncio.

JACK RETORNOU AO celeiro e, depois de entregar a garrafa para Howard, voltou a pôr as mãos nos bolsos e ficou vendo a moça do bandolim tocar "Fire in the Gum" com seus dedos brancos.

Me diz uma coisa, começou Jack, como é que o Forrest ainda não foi atrás daqueles filhos da puta do County Line?

Howard abriu a garrafa e jogou a tampinha no chão coberto de palha e barro, depois virou o garrafão e engoliu, os olhos nos músicos, um leve tremor nas bochechas carnudas.

As mulheres se mantinham a uma distância segura dos dois e quando ele passava todos os homens baixavam um pouco os olhos, meneando a cabeça como forma de saudação e logo mirando as próprias botas de couro sujas, pois a presença de Howard Bondurant, especialmente quando ele bebia, era como uma fogueira às suas costas.

Assim que a banda parou de tocar, Jack saiu de perto do irmão e ficou atrás do pequeno círculo que se reuniu em torno dos músicos enquanto eles guardavam os instrumentos. Viu a garota do bandolim falar com várias pessoas, rindo de forma relaxada e natural. O pescoço fino de Bertha Minnix se alongava quando ela sorria, a cabeça se inclinando para o lado, as bochechas tocando os ombros de leve. Ela tinha um nariz pequeno e achatadinho que nem uma castanha. Preciso ver essa garota de novo, pensou Jack, preciso mesmo.

Jack se virou e foi ao encontro de Howard do outro lado do celeiro, e, sem dizerem uma palavra, os dois irmãos pareciam concordar que aquela tinha sido uma bela noite.

Capítulo 8

1929

Certa manhã do começo de maio, Forrest estava no galpão em que estocava os produtos quando Everett Dillon veio trotando, dando a volta no posto. Everett afrouxou o colarinho com as mãos sebentas, o rosto brilhando de suor, e avançou em direção à frente do terreno e às bombas de gasolina.

Eles estão dizendo que vieram falar com você, disse Everett. O xerife Hodges e mais uns outros sujeitos.

Era cedo: luz escassa e uma névoa fria sobre a estrada que rasgava o vale de Maggodee Creek. Forrest estava sem chapéu e só de camiseta; entrou no galpão, pegou um .38 de cano longo da prateleira, enfiou-o na parte de trás da calça e foi com Everett até a frente do posto.

Havia dois Ford Tudor novinhos em folha parados junto às bombas. Quatro homens estavam do lado de fora, e um outro no banco de trás, os olhos fixos no para-brisa, mal dava para ver seu perfil. Um dos homens era o xerife Pete Hodges, a quem Forrest conhecia fazia anos e que de vez em quando vinha comprar conhaque para suas festas particulares. O menor e mais velho era Henry Abshire, um dos investigadores da região; ao seu lado, Charley Rakes, seu parceiro, um homem gigante e de rosto vermelho, de suspensórios e gravata listrada. O quarto homem vestia um terno de lã apertado que lhe caía meio mal e uma gravata-borboleta, e Forrest não sabia quem era. Tinha o cabelo repartido bem ao meio e molhado de brilhantina, e os sapatos, embora parecessem novos, já estavam gastos no bico e salpicados de barro. O estranho ficou com uma das mãos no bolso e a outra sobre o capô, e Forrest não gostou do sorriso em seu rosto. Forrest parou à porta de entrada e limpou as mãos em um pano, e Everett foi voltando para dentro à medida que os homens se aproximavam.

O xerife Hodges era um sujeito roliço, com uma grande papada e geralmente simpático. Fora Hodges quem, algumas semanas antes, tinha ido falar com Forrest que eles não tinham pistas dos homens que o atacaram no County Line e que estavam oficialmente arquivando o caso. Forrest já previra isso logo que acordara estirado na cama do hospital. Recebeu a notícia com indiferença; ele sabia que algum dia acabaria botando as mãos nos sujeitos de novo. No entanto, não era vingança o que ele procurava, era mais uma conta a pagar, um saldo. Não era o tipo de coisa da qual alguém precisasse buscar.

Ei, Forrest, disse Hodges. Este aqui é Jeff Richards.

Pete Hodges forçou um sorriso e apontou para o homem desconhecido. Hodges e seus investigadores geralmente evitavam ao máximo o posto Blackwater, nem sequer confirmavam sua existência, e Forrest sabia que era porque eles não queriam atrapalhar o mecanismo dinâmico do comércio de bebidas ilícitas que mantinha o Condado de Franklin relativamente solvente e habitável. E porque eles tinham medo.

Ei, Pete, disse Forrest. Jeff.

Os homens apertaram as mãos.

Novo investigador especial, informou Hodges.

Abshire ficou de cabeça baixa, chutando cascalho. Um carro veio descendo a serra, vindo de Roanoke, um Dodge cupê, passando muito rápido pelo Maggodee e pelo posto, seguindo para o sul. Todos se viraram brevemente para vê-lo passar.

Forrest coçou distraidamente a cicatriz que corria sob seu queixo, agora pontilhada de manchinhas brancas e coberta por uma camada irregular de pele nova.

Nunca vi o senhor por estas bandas, comentou ele.

Meu pai trabalhava num pedaço de chão do Condado de Patrick, explicou Richards. Em Woolwine.

Quem é ali dentro do carro, Pete?, Forrest quis saber.

Hodges estremeceu e olhou para Richards. A neblina estava começando a se dissipar na estrada e um leve cheiro de fumaça pairava sobre o estacionamento. Forrest passou os dedos no pequeno pedaço de madeira dentro do bolso. Charley Rakes soltou um ruído exasperado e enxugou o rosto com a gravata larga.

Vou ali pegar alguma coisa pra beber, disse Rakes, e entrou no posto.

Tem mais alguém aí, perguntou Hodges, além do Everett e da atendente?

Não.

Richards pôs as mãos nos bolsos do colete e ficou balançando sobre os calcanhares.

Aquele lá é o procurador da comunidade, disse ele. Você conhece o Sr. Carter Lee?

Já ouvi falar.

Hodges tossiu para limpar a garganta.

Veja bem, Forrest, começou ele. Carter Lee quer ajeitar as coisas, de forma a que todo mundo possa participar um pouco do negócio. A gente só queria ter certeza de que você vai cooperar.

Um estalido de metal contra vidro. Carter Lee estava batendo na janela do carro com o anel. Todos os quatro homens olharam para o veículo.

Henry, disse Hodges, vá lá ver o que o Sr. Lee quer.

Henry Abshire foi até o carro e se curvou para a janela.

Então, Forrest, retomou Hodges, é o seguinte. A gente quer te ajudar a estabelecer o seu comércio. Ninguém vai te perturbar aqui nesta região toda, até Roanoke. Temos um lugar em Rocky Mount que vai te vender tudo que você precisar. Grãos, açúcar, levedura. Serpentina e barril também. Tem de sobra no posto.

Ninguém me perturba agora, disse Forrest, e por que eu ia precisar dessa porra toda?

Jeff Richards riu e bateu na perna. Forrest podia sentir o cheiro da brilhantina vindo dele, misturado com odor de carne de porco frita. Olhou para trás e pela janela do posto viu o vulto encorpado de Charley Rakes em frente ao balcão, fazendo gestos, Maggie balançando a cabeça.

Richards praguejou sorrindo e cuspiu no chão.

Mas que diabos, ninguém aqui é *idiota*. A gente *sabe* que você tá mexendo com bebida! A gente *sabe* que você guarda tudo naquele galpão lá em cima e que vende aqui no posto.

Calma, Jeff, disse Hodges. Também não precisa...

A gente sabe de tudo isso, insistiu Richards. E se você quiser *continuar* mexendo com birita, então vamos ter que entrar num acordo.

Richards estava com a cabeça tombada para o lado e um sorriso no rosto, e Forrest olhou em seus olhos e sentiu o calor descer para as mãos. Começou a construir a caixa para guardar a chama reluzente dentro da cabeça.

Pete, falou tranquilamente Forrest, só me diz quem diabos é esse filho da puta.

O sorriso de Jeff Richards se abalou.

Olha aqui, disse ele, Carter Lee...

Você não é dessa área, disse Forrest, dando um passo para a frente.

Richards tropeçou para trás e Hodges tirou as mãos dos bolsos. Forrest já tinha passado por isso antes; de vez em quando alguém parava no posto e tentava fazer algum tipo de chantagem, quase sempre uns caras de Roanoke ou Richmond, vestidos em ternos e sobretudos, e às vezes dava encrenca, mas depois de alguns incidentes eles não apareciam mais. Mas os xerifes da região nunca tinham incomodado, muito menos Carter Lee, o procurador da comunidade, a mais alta autoridade jurídica da região. O revólver .38 de cano longo enfiado na calça estava pressionado contra a sua coluna, e Forrest pensou no impulso necessário para sacá-lo, o ângulo da mão na coronha, o movimento por cima do ombro até o nariz de Richards, um perfeito semicírculo de madeira e aço. Ele sabia que Hodges iria prendê-lo por isso e que poderia passar um tempo no xadrez, mas estava claro que aquele homem precisava de um corretivo. Precisava de um corretivo por falar abertamente sobre aquilo que não se enunciava na frente da lei, de estranhos, da família, de ninguém. Ele se lembrou de Charley Rakes, ainda dentro do posto, atrás dele. Se Forrest atirasse em Richards, Rakes provavelmente o acertaria nas costas.

Hodges se colocou entre os dois, as mãos para cima.

Já tá tudo combinado, disse Hodges. Tá todo mundo no esquema, o condado inteiro. Você tem que conversar com o Howard sobre isso.

Por que você mesmo não fala com ele?, disse Forrest.

Hodges abriu um sorriso.

Seria melhor se você falasse. Tá me entendendo? E com o seu irmãozinho menor também. Ele anda metido com essas coisas também, ele e o Cricket Pate e mais um outro pessoal.

Henry Abshire voltou para perto dos outros. Fez que sim para Hodges, que se virou para Forrest. As pupilas de Hodges eram cheias de alfinetes espetados em um mar azul, e Forrest viu que ele estava com medo.

Escuta, disse Hodges, a gente ia ter que quebrar o alambique do Howard e levar todo o estoque que você tem aí. A gente sabe onde os Mitchell, os Jamison e os Cundiff e todos os outros estão fazendo, e todos eles vão ter que entrar no esquema ou então a gente quebra os alambiques deles também. O condado inteiro. É assim que funciona. Vamos mandar uns caras de vez em quando pra ficar de olho. Começa com 20 dólares por mês e 30 por carregamento, e com isso vocês têm passagem totalmente livre no condado inteiro. Ninguém vai tocar em vocês.

Henry Abshire se adiantou e ergueu uma nota de 5 dólares.

O Sr. Lee gostaria de levar uma garrafa do seu melhor conhaque, Forrest, disse ele.

Veja bem, continuou Hodges, vai ser melhor pra todo mundo. Todo mundo paga, todo mundo se dá bem, todo mundo ganha.

Um ruído de cascalho e Charley Rakes veio saindo da lanchonete com uma garrafa de refrigerante de laranja na mão. Forrest olhou para o carro, para o perfil de Carter Lee, a aba do chapéu, o nariz aquilino, o queixo socado no colarinho duro. *Ele não vai nem olhar pra mim.*

Ninguém toca em mim agora, disse Forrest. E eu não falo pelos meus irmãos.

Richards cuspiu mais uma vez e Hodges arrancou a nota de 5 da mão de Abshire, estendendo-a a Forrest.

Agora toma, Forrest, pediu Hodges. Vamos fazer uma pequena transação, que tal?

Charley Rakes se encostou no carro e começou a beber seu refrigerante. Uma brisa ligeira refrescou o ar por um momento e trouxe o perfume das madressilvas que cresciam na mata atrás do posto.

Eu não tenho porra nenhuma de conhaque, disse Forrest, então, se vocês não querem abastecer, por que não dão o fora do meu posto.

Ele voltou para dentro, o revólver enfiado na calça com o cabo despontando para fora. No recinto escurecido, Maggie estava sentada no balcão vendo catálogos, um cigarro entre os dedos soltando fios de fumaça, a grelha fria e sem um resquício de comida, os talheres limpos e imaculados nas prateleiras.

Capítulo 9

NAQUELA MESMA MANHÃ, Howard Bondurant descia por um barranco do monte Turkeycock carregando um cano de cobre no ombro. O cano estava cheio de terra e tapado dos dois lados. Havia ali uma clareira pequena e enlameada, com um tronco de castanheira no meio que era quase da altura de um homem e do qual haviam retirado toda a casca; uma estaca de aço estava fincada em um ângulo agudo a um palmo da base. Howard emergiu da mata para a luz branca da clareira e se deteve por um momento, piscou, deu três espirros fortes. Podia sentir as últimas gotas da bebedeira da noite anterior saindo de seu corpo, a transpiração intensa. Calçou a ponta do cano sob a estaca e, de joelhos, começou a entortar o tubo ao redor do toco da árvore.

QUANDO GAROTO, HOWARD já brigara com homens mais velhos e os derrotara por completo; certa vez, já adolescente, pegou os dois irmãos Shively, homens durões e violentos de uns 30 anos, e acabou com eles. Howard apreciava o esforço bruto do trabalho no campo, conseguia arremessar fardos de feno como se fossem caixas de papelão vazias. Às vezes, carregando feno do celeiro ou capinando a roça de fumo do pai, ele parava de escutar o mundo e apenas trabalhava, concentrado na repetição básica dos movimentos, na tensão e distensão dos músculos. De vez em quando atingia o ciclo perfeito de impulso e força, e isso era melhor que o descanso, a suavidade do movimento gerava ondas deliciosas por seu corpo. E quando ele parava, os músculos das costas tremendo, as mãos sangrando, alguém gritando seu nome, sentia que tinha cruzado um espaço de cem anos no tempo.

Ultimamente, Howard via o mundo girar com um ímpeto aterrorizante. À noite, no acampamento da serraria, seu corpo doía de cansaço. Sempre que fechava os olhos, via as luzes se movendo, as montanhas se inclinando, as árvores borradas. Ele tivera a mesma sensação no navio militar em que navegara entre dois continentes, de um horror a outro. As vastas distâncias de mar cor de ardósia, o navio como uma ilha num fluxo de corredeira. Agora parecia que ele precisava encher a mão com alguma coisa, pedras ou raízes, para não ser lançado para os céus.

O primeiro filho deles não vivera nem um mês. Ficara óbvio que havia algo errado logo no primeiro dia, quando Howard vira o bebê e lhe apertara as bochechas com os dedos ásperos. Batizaram a criança de Granville Thomas, nome do pai de Howard.

Quando veio o segundo bebê, decidiram em silêncio que não dariam nome à menina até terem certeza de que ela sobreviveria. Estava tão fraca quanto o primeiro, mal tinha forças para respirar, sua minúscula caixa torácica ofegando com o esforço, a pele dos dedos quase translúcida como a de uma salamandra, os vasos sanguíneos visíveis e raiados de azul, os olhos cobertos por crosta e lágrimas. A menininha não parou de chorar por uma semana inteira, e o médico disse que não havia nada a ser feito a não ser continuar o tratamento à base de vitaminas e torcer para que ela ganhasse peso e força. Depois dessa leva de bebida, ele iria comprar umas roupas boas para Lucy e alguns suplementos alimentares, além de galinhas poedeiras, farinha de milho e sementes de hortaliças. Depois viriam a conta do médico, o dinheiro que devia a Forrest e a prestação da choupana.

Howard pensou na choupana em meio ao vale de malvas-rosa e sarças, cercada por matas de carvalhos e acácias que desciam até o sopé do monte Smith, Lucy com a bebê no colo o dia inteiro e quase toda a noite, movendo-se pela casa como sonâmbula, a bebê no peito. Howard entrava na cozinha à noite e a encontrava à mesa, com a bebê nos braços, luzes apagadas, prostrada, exausta e chorosa. A bebê agora já vivera três vezes mais que Granville Thomas Jr., mas eles ainda se recusavam a lhe dar um nome. O machado que fora colocado embaixo da cama para ajudar no parto, uma velha crença do povo das montanhas, ainda estava lá, agora esquecido por ambos, envolto por uma leve camada de poeira vermelha.

NAQUELA MANHÃ, JACK atravessava os desfiladeiros profundos do lado oeste do monte Smith montado em um dos cavalos de serviço de seu pai, um imenso Suffolk Punch da cor do sangue. Sobre a sela, na sua frente, sacos de açúcar e milho. Para além das árvores, o céu estava carregado de nuvens, e a umidade deitava uma névoa azulada sobre as montanhas. O açúcar e o milho que Jack carregava haviam sido comprados com um adiantamento que ele pegara de seu salário na serraria. Howard iria guardar os ordenados do irmão até venderem aquela leva. Se tudo corresse bem, em poucas noites Jack ganharia mais dinheiro do que em muitos meses serrando tábuas.

Howard tinha arrumado alguns pontos escondidos no lado mais escarpado da montanha, acessos excelentes a fontes de água fresca, matas quase impenetráveis e cobertura de copas densas para acobertar a fumaça, e ele fazia uma bebida excelente, misturada e destilada duas vezes e com todo o cuidado, muito apreciada pelos habitantes locais, que pediam especificamente pelo uísque de Howard no Blackwater. O condado estava cheio de amadores apinhados ao redor de pequenas destilarias, todos produzindo esporadicamente e em pouca quantidade; Jack e Howard, e talvez mais alguns outros poderiam fazer um enorme conjunto de destilarias funcionar em Turkeycock e inundar a região de bebida. Se Howard me deixasse tomar conta dos alambiques dele, pensava Jack, e com Forrest fazendo a distribuição, como ele faz pra tantos outros grupos, a gente poderia tomar conta dessa porra toda. A maior parte da distribuição passava por Forrest, então por que não a produção também? Com os contatos de Forrest, eles bem que poderiam fazer os grandes *blockadin's* sozinhos, comboios de carros por Rocky Mount, subindo pelo monte Grassy e adentrando Roanoke, de Shenandoah a Harrisonburg, New Market, até mesmo Washington D.C. Seus irmãos pareciam querer excluí-lo da parceria, relegando-o a serviços infrequentes. Então Jack tinha que ir construindo sua indústria nascente com o que estivesse à mão.

Jack desceu da sela para se engalfinhar com seus pés em chamas, apalpando-os através do couro sujo das botas. Eles podiam, todos, ganhar dinheiro suficiente para comprar o pedaço de terra que quisessem. Talvez liquidar as dívidas da mercearia do pai e se mandarem dali se quisessem, seguir para Roanoke ou Richmond e viver como cavalheiros numa casa de tijolos, numa rua com iluminação pública. Andar pela cidade no bom carro que mereciam, um Duesenberg ou um Packard, alguma máquina de verdade. No mínimo aquele maldito Model A de quatro cilindros. Ele se via caminhando pelas ruas de Rocky Mount com suas botas novas e seu casaco de pelo de camelo, luvas pretas e camisa justa, o carro novo na calçada, reluzindo sob o sol.

As cigarras berravam nas árvores enquanto o cavalo subia a colina. Jack escutou os gêmeos Mitchell discutindo antes mesmo de vê-los. O fedor de massa fermentada era forte na clareira, e tufos de fumaça subiam das janelas do casebre, da porta e de várias frestas e rachaduras nas tábuas. Música vinda do rádio pairava no ar.

Aqueles idiotas tocaram fogo na porra toda, pensou Jack ao ver o casebre.

Os gêmeos passavam uma garrafa de um para o outro no alpendre empenado. Os dois sem camisa, suas barrigas redondas repousando sobre os cintos, as peles com intensa cor de ferrugem. Era impossível distinguir Cal e Eddie, de forma que a maioria das pessoas do condado já havia desistido de tentar e os gêmeos acabaram assumindo uma espécie de existência plural. Tinham o mesmo sorriso brilhante e perfeito, e o cabelo loiro como o irmão mais velho, Danny. Quando Jack assobiou, eles se viraram, surpresos, e cruzaram o alpendre e a clareira para dar tapinhas nas suas costas e oferecer a garrafa. Jack dispensou a bebida com um gesto e com a fralda da camisa enxugou o suor que escorria pelo seu rosto.

E aí, Jackie, disse um dos gêmeos, e as coisas?

Bom te ver, falou o outro.

Cadê o Cricket?, Jack quis saber.

Lá na casa.

Cal ou Eddie apontou a garrafa na direção do casebre fumegante, derramando um tantinho de bebida no chão.

Me dá isso, seu bosta, disse o outro. Não faz merda nenhuma direito.

Vem cá, Jackie, falou o primeiro gêmeo, você conhece o cantor Vernon Dalhart?

Ele não é preto?, perguntou o outro.

Não é não, é? É só um branco que canta que nem preto, né?

Jack olhava para a fumaça branca que saía por todos os orifícios do casebre. O rádio tocava uma agitada escocesa de rabeca. Aquela casa não ficava exatamente em uma localização remota. Pelo menos uma dúzia de outros lares serranos ocupava a mesma encosta da montanha.

Que diabos tá acontecendo nessa casa?, perguntou Jack. Tá pegando fogo?

Que nada, é só o alambique.

Não tá sentindo o cheiro?

É, retrucou Jack, dá pra sentir lá da fronteira. Ele botou o alambique dentro da casa?

Ah se botou, você tem que ver.

Não tá só *dentro* da casa.

Eles amarraram o cavalo à sombra e deixaram os sacos na clareira. Seguindo os gêmeos, Jack subiu os degraus até o vão da porta tomado pela fumaça.

Merda, disse Jack. A fumaça tá meio grossa, não tá?

Que nada, depois acostuma.

Então, o Dalhart é preto ou não é?

A casa era modestamente mobiliada, móveis de madeira rudimentares e piso rústico. Jack se agachou para evitar a fumaça e pôs o braço sobre a boca. Uma batida firme percutia no chão. O odor abrasado da mistura quente era intenso, o cheiro doce e enjoativo do amido sangrando o açúcar, o milho germinado se decompondo, enzimas de leveduras tomando o controle. O que mais surpreendia Jack era que a casa, na verdade, parecia acolhedora, como se alguém ainda morasse lá. Havia uma cristaleira com pilhas de pratos dentro, uma despensa aberta com enlatados nas prateleiras, uma cadeira de balanço coberta por uma colcha.

De quem é esta casa?, Jack tossiu.

Da tia Winnie.

Uma parente nossa.

Foi lá pra Carolina visitar a família, só volta mês que vem.

Além do quê, tá meio cega e doida mesmo.

Os gêmeos abriram um alçapão, e uma densa rajada de fumaça úmida e branca escapou. Tateando, eles desceram degraus até uma luminosidade bruxuleante cor de laranja. Havia uma fileira de barris vazios no pé da escada, as paredes internas cobertas pela mistura endurecida. Cricket Pate estava acocorado junto a um alambique de 80 litros, alimentando a fornalha de tijolos com pedaços de carvão. Ele tinha um jeito de se agachar quando trabalhava, a bunda ossuda quase tocando o chão, os joelhos franzinos na altura dos ombros. Cricket se agachava quando comia, quando trabalhava, e diziam que ele até dormia acocorado; só ficava de pé pra cagar. O chão estava repleto de sacas de grãos, sacos de açúcar, milho esparramado, sobras de ripas de madeiras das caixas de mistura. Cricket se virou e sorriu para Jack, um sorriso largo de abóbora de Halloween, o rosto preto de fuligem. O barril de misturar batia em ritmo forte, e o condensador fumegava quando o líquido quente chegava aos canos frios. Cricket desdobrou seu corpo de varapau e apertou a mão de Jack com entusiasmo.

Você vai gostar disso, Jack, disse ele. A coisa aqui tá ficando boa.

Que coisa? A porra do alambique no porão?

Você não viu nada. Espera só um segundo até eu terminar essa rodada.

Bom, eu vou esperar lá fora, seja lá o que for.

Claro, disse Cricket. Ele se virou para os gêmeos.

Vocês dois não deviam estar de guarda?

É, é.

E a gente viu o Jack vindo.

Bom, disse Cricket, pois tratem de voltar lá pra fora. Lembram do sinal?

Claro.

Cal ou Eddie puxou um revólver enferrujado do bolso da calça e o brandiu sobre a cabeça, fazendo de conta que dava uns disparos.

Dois tiros rápidos.

Podexá.

Cacete, disse Jack. Vou lá pra fora respirar.

Trouxe o açúcar, Jack?, Cricket gritou para ele.

Trouxe, tá lá fora.

Traz daqui a pouco, pode ser?

Jack subiu as escadas e passou pela porta. Os gêmeos vieram cambaleando atrás.

Toma um gole, Jack.

É, você tem que provar o produto.

Isso aqui vai dar uma baita grana.

De pé no jardim, Jack tomou um trago e fez careta.

Tem gosto de galho de árvore e cuspe de mosca, disse ele, devolvendo a garrafa.

Jack se sentou entre os pinheiros, a uma distância segura da casa fumegante. Os gêmeos se sentaram de pernas cruzadas, pegaram tabaco e papel para enrolar. Jack agitou a garrafa e analisou as bolhas. Elas formavam bolas iridescentes que tremeluziam ao subirem à tona e depois se desbastavam em minúsculos grãos de luz, pelo menos sessenta por cento de álcool. Dá pro gasto, pensou Jack, mesmo o gosto sendo horrível. Eles poderiam aguar, pôr um pouco de cor, um tanto de carvão, iodo ou casca de árvore, vender como uísque envelhecido. Cricket sabia um truque para fazer isso sem os procedimentos ou ingredientes essenciais, mais de uma vez eles tinham produzido uma leva de uísque de milho com água de brejo, a bebida ficando marrom não por causa do fumo ou das cascas de árvore que proporcionam a coloração defumada do uísque, mas por causa dos sedimentos de barro na água, destilada só uma vez e sem muito entusiasmo, em um latão remendado, um radiador velho em cima de um balde de lata servindo como serpentina para resfriar, a bebida coada no imundo chapéu de feltro de Cricket. Ainda assim, a sede de álcool era tão grande que os homens vinham e compravam. Às vezes eles não conseguiam mais que um punhado de notas, talvez uns 10 dólares pela porcaria toda.

Vocês dois não deviam estar de vigia?, perguntou Jack.

Qual é, Jack, com você aqui?

O que o velho Pete Hodges ia fazer?

Acha que ele ia prender *você*, Jack?

Cara. Eu ia gostar de ver uma coisa dessas.

O outro gêmeo balançou a cabeça, concordando, e os dois tragaram seus cigarros, pensativos.

Jack olhou para a casa em chamas. Tomou um gole generoso da garrafa e se deitou sob os pinheiros, as mãos embaixo da cabeça, e ficou olhando para as árvores arqueadas e as nuvens vagarosas.

HOWARD DECIDIU QUE ficaria longe da choupana de Penhook. Iria subir a colina e ganhar um bom dinheiro e pronto. Trabalharia no acampamento da serraria por mais uma estação, guardaria o ordenado e sua parte da colheita de tabaco, ficaria longe dos jogos de carteado e da bebida e no inverno estaria em casa de novo, e talvez a bebê já estivesse mais forte e o choro, terminado. Eles quitariam a dívida da casa e sairiam de lá. Era fácil se convencer de que era o melhor a fazer.

Naquela tarde, Talmedge Jamison viria de Rocky Mount com o alambique, o milho e a cevada, as leveduras já preparadas, as caixas já prontas e à espera de serem usadas. Poderiam começar a mistura no dia seguinte, e, se o tempo ajudasse e eles conseguissem um pouco de açúcar ou melaço, em dois dias poderiam fazer a leva. Talmedge levaria a bebida para Roanoke no seu DeSoto, em caravana com uns outros sujeitos que conhecia, uns caras de Shootin' Creek e Burning Bag, homens que tinham carros grandes de motores potentes para subir as montanhas, cortinas nas janelas para esconder os garrafões e as latas, homens que tinham armas e que ao volante eram agressivos e mortalmente velozes.

Howard jamais fizera um *blockadin'*, e nem planejava fazer. Se os xerifes da região ou a ATU pegassem um sujeito numa destilaria, eles quebrariam tudo e, se você não conseguisse escapar, levariam você em cana e você talvez ficasse preso por umas semanas e só. Já o transporte de longas distâncias era outra coisa: perseguições em alta velocidade, acidentes e troca de tiros. Não era com o Condado de Franklin que você tinha que se preocupar. Os agentes da lei locais não perseguiam os comboios que rasgavam o condado em alta velocidade; na maioria das vezes, faziam vista grossa, ainda mais se molhassem suas mãos com alguns dólares. Mas os agentes da

ATU eram conhecidos por sua tenacidade e por resistirem a propinas, e se você fosse pego com um carregamento grande saindo do condado ou em Roanoke estaria lidando com gente que não conhecia, diferente dos xerifes locais, e aí você estava encrencado. Sem contar os bandos de foras da lei itinerantes, homens desesperados que vinham das profundezas das colinas ou mesmo gangues do norte que tentavam arrancar dos caipiras uma carga de bebida de graça. Era o mundo para além de Snow Creek e do Condado de Franklin que representava a variável desconhecida. Deus me livre morrer num carro, pensava Howard. Prefiro ir a pé.

Quando Howard acabou o serviço, tinha uma serpentina bem apertada de quase dez voltas e 1 metro de altura, só um dedinho menor que a circunferência do barril: um condensador perfeito. Os homens tinham teorias diferentes quanto ao número de voltas necessárias para se produzir a melhor bebida, mas, em geral, mais voltas significavam maior superfície de contato para condensação e bebida mais pura. Howard tirou os tampões e começou a rodar a serpentina para escoar a areia que ficara lá dentro. Quando não dava para arrumar cobre, os homens das colinas usavam tubulação elétrica, radiadores, canos de chumbo, ferro, qualquer coisa por onde a água pudesse passar. Ele já tinha visto passarem bebida num radiador velho e enferrujado de um Ford T, pegarem água de um brejo que era banhado por estrume com certa frequência e coarem o uísque em um saco de pano velho, usando nada mais que açúcar e um pouco de milho. Na verdade, um radiador servia melhor como serpentina, pois a tubulação delicada era como fios que envolviam um bloco, condensando o vapor ao longo de centenas de voltas e passagens em vez de apenas uma dúzia, que era o que se conseguia com um cano de cobre bem entortado. Mas a parte de dentro dos radiadores soltava chumbo na bebida. Quando havia demanda alta e dinheiro disponível, havia quem fizesse álcool com água e açúcar, colorindo a bebida com uma espécie de suco de tabaco. Demorava muito fazer bebida de qualidade. E quem se importava se uns ianques ficassem cegos? Howard chegara a beber aquela coisa por um tempo, conhecida como *popskull*, *sugarhead* ou *rotgut*, mas normalmente só quando não tinha mais nada ao alcance.

Howard pôs a serpentina nos ombros e começou a voltar pela mata. Lambia os lábios de vontade de beber. Descobrira o que todo bêbado sabe:

que uma boa bebida tem o poder de parar o tempo. Por algumas horas o mundo avança para trás, os campos passam correndo sob seus pés, sua mão se fecha firme ao redor do gargalo da garrafa, suas costas voltam a ser um pistão, as montanhas se erguem e formam uma coroa reluzente à sua volta. Ninguém pode dizer que isso não é vida, essa ilusão cotidiana, um fantasma de possibilidades seguido por vômitos paralisantes, tripas revoltas, manhãs turvas, dores de cabeça pesadas. Mas era melhor que nada.

Ele pagaria as dívidas com os irmãos e pronto. Jack iria entender e lhe dar mais tempo. O irmão mais novo sempre parecia acreditar nele, sempre leal. Pensou então que deveria contar a Jack o que vira na guerra. Deveria contar sobre o oceano e como ele se movia, como fazia você se sentir pequeno, como ele encolhia seu mundo a uma mínima gotícula. Howard se deteve ao lado de um olmo enorme e descansou um pouco, uma das mãos no tronco manchado. Fechou os olhos e confrontou sua humilhação mais recente: que seu irmão mais novo sabia que ele estava bêbado em uma vala no sopé do monte Turkeycock no momento em que cortavam a garganta de Forrest. Howard sabia que isso permanecia dentro do peito do irmão mais novo como uma faca enferrujada.

A LEVA FOI CONCLUÍDA durante a noite, e na manhã seguinte, quando Jack rolou para fora do saco de dormir, viu Cricket agachado no alpendre fumando um cigarro. Algumas lufadas da fumaça do alambique saíam da casa, como se a construção estivesse evaporando aos poucos, tal qual a cabeça de um homem suado fumegando no inverno. O rosto de Cricket ainda estava enegrecido, e, quando Jack se aproximou, ele arreganhou os dentes podres e apertou sua mão.

Vem ver o que a gente tem aqui, disse ele, e conduziu Jack para dentro da casa.

Cricket e os gêmeos tinham passado a bebida diretamente para um velho tanque de aquecer água previamente selado. Usando umas sobras de cano de cobre, conectaram o tanque ao encanamento do poço que levava água à casa. A tia Winnie tinha uma bomba para puxar água de uma cisterna no porão, ligada a um poço profundo que havia bem atrás da casa. No banheiro do andar de cima, ela tinha uma privada com sistema de descarga e uma pia com torneira de água fria e quente. O tanque de água quente tinha capacidade para 240 litros, e nos últimos dias eles tinham conseguido encher quase tudo.

Tá vendo, disse Cricket. É assim que vai funcionar.

Eles estavam no banheiro do andar de cima. Lá fora os gêmeos ainda dormiam, deitados sob o sol como gatos de fazenda. A cabeça de Jack pulsava um pouco por casa do uísque que ele bebera: pouco, mas o bastante para nocauteá-lo. Suas últimas lembranças da noite anterior eram dos gêmeos rolando em volta da discreta fogueira, brigando e berrando, a calça de alguém pegando fogo, seguido por soluços e, depois, roncos profundos. O banheiro tinha um vaso sanitário manchado de ferro, com uma caixa de descarga acoplada, além de uma pia de metal rasa tão enferrujada nas junções que quase se formavam buracos. Na parede estava pendurada uma paisagem mal pintada: colinas, uma cerca, o que um dia devia ter sido um cavalo ou uma vaca.

Foi a tia Winnie que fez, disse Cricket, indicando o quadro.

Não me diga.

O lance é o seguinte, começou ele, o sujeito vem comprar birita, traz o próprio galão.

Cricket brandiu uma garrafa de vidro.

Tudo parece normal, continuou, só mais uma bela casinha de montanha, a gente aqui tomando conta do lugar e tal. Bom, em algum momento, depois de falar a palavra mágica, o homem pergunta se pode usar o banheiro, e a gente diz que sim, porque ele já pagou. E aí a gente diz, usa a água quente, que é boa mesmo, ou alguma coisa assim. E aí ele vem aqui.

Cricket segurou a garrafa aberta embaixo da torneira de água quente e girou a válvula. Algumas voltas barulhentas, um estrondo amorfo na parede e, então, uma água escura seguida por um fio de uísque quente. Cricket encheu a garrafa, fechou a torneira e pôs a rolha, triunfante.

O sujeito enfia a garrafa no bolso, continuou Cricket, e dá no pé.

Cacete, Cricket, disse Jack, isso é a coisa mais idiota que eu já vi na vida.

Cricket olhou para a pia manchada. Ficou balançando a garrafa um tempo e depois a colocou no bolso de trás. Jack saiu para o alpendre. No canto da clareira, um dos gêmeos estava agachado com a calça arriada, retorcido feito um cachorro, uma das mãos num tronco de árvore. O outro estava a uns poucos metros dele, parecia inseguro sobre o que fazer enquanto o companheiro estava tão compenetrado. Jack sabia que Cricket e os gêmeos queriam sua ajuda especialmente porque sua presença afastava os xerifes e mantinha tudo em ordem no que se tratava de freguesia.

Qual é, Jackie, disse Cricket à porta. Vai dar certo. Espera só pra ver.

Os gêmeos o olhavam com expectativa, um deles com a calça nos tornozelos.

Acho melhor a gente ir atrás de uns fregueses, disse Jack. Porra, Mitchell, levanta as calças. Ninguém vai comprar a merda do uísque com essas suas bolas por aí.

NÃO DEMOROU MUITO para os homens começarem a aparecer. Os Mitchell passaram a manhã dirigindo o Pierce-Arrow de Cricket e espalhando a notícia por vários postos de gasolina em Sontag, Penhook e Burnt Chimmey. Lá pelas 16 horas, uma dúzia de homens perambulava pela sala de estar empoeirada, alguns no jardim, falando baixo, garrafas nos bolsos das calças, todos esperando sua vez de usar o banheiro. Cinquenta centavos o copo, 1 dólar por garrafa de meio litro. Alguns homens levaram consigo moringas, e Jack calculava o preço de acordo com o tamanho, sentado na cadeira de balanço no alpendre, recolhendo a grana. Cricket ficava agachado do lado de fora do banheiro, sorrindo e bebendo. Jatos finos de fumaça saíam das frestas do assoalho, e o cheiro de mistura era avassalador dentro da casa. Os gêmeos ficaram de vigia na estrada. Jack não sabia no que eles estavam de olho, pois muitos dos homens que subiam a pé, a cavalo ou em geringonças diversas poderiam ser qualquer coisa.

Eles tinham juntado quase 40 dólares quando as senhoras apareceram. Estava escurecendo, e os homens se encontravam na clareira, de preguiça, bebendo, jogando baralho, a música de um rádio saindo pela porta aberta. Sentado no alpendre, Jack contava trocados quando a senhora encarquilhada, pisando forte nas botas de couro, subiu os degraus. Levava mais umas senhoras a reboque, todas elas com pelo menos 80 anos.

Os gêmeos Mitchell vieram correndo pelo jardim até o alpendre, ambos suados e sem camisa, os rostos contorcidos de medo, entoando vozes estranhas e infantis.

Tia Winnie!

Tia Winnie, tá fazendo o que por aqui?

Tia Winnie parou para perscrutar os gêmeos, seu rosto idoso caído sobre si mesmo em uma cascata de rugas. Parecia uma estátua, com os ombros altos quase tocando as orelhas. Seu vestido era de guingão mal cosido, com pontos de costura que mais lembravam grampos vagueando pelo tecido grosseiro. Os cabelos desbastados em fios finos, como os fiapos de um pedaço de pano, mal chegavam ao pescoço.

Quem é você?, perguntou ela.

Somos nós, eles falaram em coro.

Hein?, disse a tia Winnie.

Seus sobrinhos, um deles explicou.

Cal e Eddie, disse o outro.

Os homens no alpendre e no jardim começaram a sair de fininho, como se estivessem só passeando ou vagamente interessados em algo que surgira bem longe do casebre. As duas senhoras atrás da tia Winnie espreitavam os gêmeos. Eram, sem dúvida, parentes dela. Depois de passar um momento olhando os dois de cima a baixo, tia Winnie deu de ombros e, pisando firme, atravessou o alpendre e entrou na casa, as duas senhoras logo atrás.

Devem ser os meninos da Nattie, disse a tia Winnie. Uma baita duma mentirosa, aquela mulher, mas que importância isso tem agora.

Os gêmeos olharam para Jack.

Agora sim a coisa toda danou, disse ele.

Os homens saíam do casebre numa torrente. Jack estava ligeiramente bêbado, e aquela sensação eufórica foi logo se transformando em um aborrecimento nebuloso. Tia Winnie marchou direto para o quarto, parecendo não ter notado nada de incomum. As duas senhoras se sentaram no sofá e, depois de ajeitarem as saias dos vestidos, tiraram agulhas de tricô de suas enormes bolsas. Tia Winnie saiu do quarto e ficou à porta que dava para o corredor, mãos na cintura.

Tia Winnie!, gritaram os gêmeos.

Alguém aqui tem que arrumar alguma coisa pra comer, disse a tia Winnie para suas visitas.

Jack subiu para o banheiro, onde Cricket estava acocorado junto à porta, garrafa na mão.

O que foi?, perguntou Jack.

Tem alguma coisa errada com essa birita, disse Cricket, balançando a cabeça tristemente.

É melhor você ir lá embaixo ver quem chegou, disse Jack.

Tem um velho aqui dentro, explicou Cricket, apontando para o banheiro com um movimento de ombro.

Tira ele daí, ué.

Acho que eu não consigo, respondeu Cricket, com um sorriso impotente.

Jack empurrou a porta do banheiro, que se abriu poucos centímetros, logo batendo em alguma coisa. Ele forçou com o ombro até a porta ceder, e um homem gritou. Dois velhotes estavam encostados na pia, segurando garrafas de uísque. Um deles, um sujeito desgrenhado com a barba manchada de fumo, estava com as calças arriadas até os tornozelos. Pelo menos a torneira não tá aberta, pensou Jack, e fechou a porta.

Seus velhos de merda, fora daí, sussurrou para a porta. Estamos fechados!

Quando ele voltou para a cozinha, tia Winnie estava abrindo uma lata gigante de feijão, daqueles de cestas básicas distribuídas pelo governo. Os gêmeos, ainda sem camisa e molhados de suor, estavam lá, boquiabertos. As outras duas senhoras tricotavam, e Cricket estava acocorado junto ao sofá. Caindo de bêbado. Subia uma fumaça pelas frestas do assoalho em volta dos pés de Cricket, como se ele estivesse agachado sobre uma fogueira em brasa. Tia Winnie lançou para ele um olhar desagradável.

Eu conheço você, rapaz, disse ela.

Sim, senhora, grunhiu Cricket.

Seus olhos estavam vermelhos, e ele oscilava sobre os calcanhares.

Seu infiel, disse tia Winnie. Por que você não tá na igreja, que é o que devia fazer?

Eu tentei, tia, respondeu Cricket.

Pois não tentou o suficiente, retrucou tia Winnie.

Cricket parecia prestes a cair no choro. Os braços cruzados sobre os joelhos franzinos. A casa estava em silêncio exceto pela tia Winnie se digladiando com a lata de feijão e pelo rangido das tábuas do assoalho sob os pés oscilantes de Cricket. Os gêmeos estavam postados ao lado da porta e pareciam prontos para sair correndo.

Você tem que encontrar o Senhor, disse a tia Winnie. Aí a sua vida vai endireitar.

Eu tentei, repetiu Cricket com a voz mole.

A cabeça dele caía entre os joelhos. Tinha apenas 21 anos e uma careca crescendo entre os redemoinhos sebentos dos cabelos.

Tava indo tudo bem, contou Cricket. Até o desgraçado do pastor fugir com a minha mulher.

Cricket começou a chorar. Uma das senhoras se levantou e foi até o banheiro.

Eita, isso não vai dar certo, falou um dos gêmeos.

Que fedor é esse?, quis saber a tia Winnie. Cheiro de morto abraçado com gambá.

ERA DIA DE pagamento na serraria, e os homens faziam fila ao cair da tarde para receber o dinheiro. Forrest ficava atrás de uma enorme serra de mesa, com uma caixa de metal e o livro de contas, riscando os nomes com um toco de lápis. Howard estava na fila com os demais, um nó no estômago enquanto esperava Forrest fazer a contabilidade. Tateava um pedaço de papel dentro do bolso. *Leite, 3 litros, 35 centavos. Pão, 3 bisnagas, 20 centavos. Bife de alcatra, 1 quilo, 90 centavos. Farinha, 1 dólar. Gordura, 85 centavos. Vitaminas, 2,50 dólares. Nove dólares para os remédios e a conta do médico.* Junto com seu dinheiro, Howard pegou os ordenados de Jack para guardar, 12 dólares e alguns trocados.

Depois que o dinheiro foi distribuído, Howard desmontou as pesadas serras, enrolou as lâminas em sacos de lona e as trancou nas resistentes caixas. Os outros homens vadeavam ali em volta, rindo e contando piadas, fazendo planos para a noite. Howard começou a suar, a pele formigando. Não bebia desde o dia anterior, e os músculos das pernas pareciam tensos que nem arame esticado.

No alto da colina, na mata ao lado do acampamento, Howard estava diante dos restos de uma fogueira. Suas costas doíam um pouco, a seiva espessa do trabalho descendo pelo pescoço até a barriga. Ele observava as folhas dos álamos; elas ondulavam viradas para cima, as lívidas faces de baixo se movendo para lá e para cá bem no alto das copas. Deve ter uma outra camada de vento, pensou Howard, que corre pela parte mais alta das árvores, pequenas rajadas de vento. Enquanto ele observava, os álamos começaram a vibrar forte, acompanhados pelo sobressalto nas lamúrias das cigarras, ou seria a lembrança dos gritos das serras ecoando em sua mente? Os músculos de suas pernas pareciam prestes a se romper, o corpo todo retesado. Howard baixou a cabeça, tateando as contas nos bolsos, mexendo a mandíbula, rangendo os dentes.

Estava esfriando, o sol atrás da montanha e as sombras alongadas, e Howard se vira e desce até o local do acampamento e pega uma carona para Rocky Mount com mais uns outros. Os homens berravam com vozes indefinidas; moviam-se diante dele como formigas cruzando o asfalto. Sentado na caçamba de uma caminhonete que chacoalhava na estrada de terra, Howard se sentia uma estátua em meio à tempestade.

Ele permanecia em silêncio na companhia dos homens queimados de sol, que pararam num posto de gasolina. O irmão de alguém ofereceu uma garrafa grátis de conhaque de damasco recém-preparado, e todos ficaram na despensa do armazém passando a garrafa até a esvaziarem. Eles davam tapas nas suas costas, cutucavam seu bíceps gordo, contando histórias que ele nem ouve direito, suas vozes abafadas como se viessem de debaixo d'água. Ele olha de relance para seus rostos, que brilham de suor, mas sobretudo para a garrafa de líquido cor de cobre que passa de mão em mão. Depois, de volta à caminhonete, lá vão eles para a casa de um outro sujeito, em um bairro pobre de Rocky Mount. Gim de banheira, coisa bruta, mas Howard toma o que lhe oferecem. É como engolir lama quente, os homens tossem e cospem, depois enrolam cigarros em um parapeito sujo, teias de aranha, insetos aprisionados, alguém sintoniza o rádio na WSM e surge Olaf the Swede entoando canções de dança em celeiro com sua voz nasalada, mas ninguém ri, enquanto no jardim todo lamacento um homem se acaba lamentavelmente e cai e sai rolando até a cerca, a cara cheia de vômito. Um cão se enrosca em uma corda, fica preso, latindo com fúria. Howard abre uma nova garrafa e manda a tampa rodopiando para a escuridão. O nó ardente em suas costas começa a desaparecer, as palavras vêm quando ele precisa delas; ele se sente em compasso com o movimento do mundo.

Algumas horas depois Howard se viu num outro carro, quem dirige é Talmedge Jamison, que mastiga tabaco e cospe no assoalho enquanto os outros homens se acotovelam e a fumaça toma a cabine. Talmedge vai moendo as marchas, o carro rateando para subir o monte Grassy rumo ao norte da cidade. Howard nem percebe quando param no posto de Forrest, está pensando no baralho, na capacidade que só ele tem de ver as cartas antes de todo mundo. Sente as mãos leves e rápidas; ele superou o mundo e agora é o elemento primordial, aquilo que acende o estopim, e ele vai vencer. Segura com força o maço de dinheiro no fundo do bolso. Esses desgraçados desses caipiras, pensa Howard, eles só têm massa de pão na cabeça. Caminha a passos largos até o posto, acena para Maggie, que fuma encostada na grelha, e batuca os dedos no balcão. Forrest vem dos fundos com um prato de salame e maçãs e, ao vê-lo, para e lhe lança um olhar demorado. Howard o encara de volta, agora sorrindo, e bate de novo os dedos rudes no balcão. Forrest acena com a cabeça e vai até a mesa onde os outros homens já estão reunidos, comendo nacos de carne gordurosa com as mãos, arrastando cadeiras e se arrumando em torno na mesa, rindo, os olhos brilhando com a euforia do jogo. Passam a primeira garrafa para Howard, que gira a tampa e a arremessa por sobre os ombros antes de dar um gole imenso, e os homens todos riem.

Howard sabe que vai ganhar. Alonga as costas largas, os dedos entrelaçados no alto da cabeça. Sente-se ágil, afiado, a mente desperta. A mão perfeita, as cartas alinhadas, a sequência perfeita. Ele sente isso no fundo da sua alma perdida.

Tia Winnie estava cozinhando legumes no fogão quando os três homens entraram. Não tiraram o chapéu, e Jack logo viu que não tinham cara de quem queria comprar uísque, principalmente porque dois deles carregavam machados nos ombros. O terceiro tinha uma espingarda, e todos os três levavam pistolas na cintura. Jack gelou, sentado no sofá ao lado das duas senhoras tricoteiras, a caixa de cigarro com o dinheiro aos seus pés. Cricket estava no banheiro, e os gêmeos haviam desaparecido. Ele acabara de contar a grana e agora tentava calcular se tinham conseguido lucrar alguma coisa, tarefa em que era atrapalhado pelos ocasionais goles na garrafa. Um dos sujeitos era corpulento, usava gravata e suspensórios.

Quem é que manda aqui?, perguntou Charley Rakes, girando sobre os calcanhares.

Sua cara em formato de ovo estava vermelha de esforço e calor. Escorregou o machado dos ombros e o deixou cair, a lâmina fincou no chão. Tia Winnie tirou os olhos da panela, observou as novas visitas por um momento, o machado tremulando com a lâmina fincada no assoalho, depois voltou para seus legumes. O outro homem com machado, franzino e abatido, era Henry Abshire. O terceiro, que levava a espingarda cruzada no peito, vestia um terno completo e gravata-borboleta, com rodelas de suor debaixo dos braços e em volta do pescoço. Jefferson Richards afrouxou o colarinho e fez um gesto para Rakes conferir o resto da casa.

Só não quero ver bala voando por aqui, murmurou a tia Winnie.

A sala ficou em silêncio, os únicos sons eram a colher de pau da tia Winnie batendo na panela e os leves clique-cliques das agulhas de tricô. Charley Rakes foi até os fundos da casa. Os outros dois pareciam não notar Jack sentado no sofá com as senhoras tricoteiras, e ele pensou que seria melhor mesmo ficar ali quietinho, sem se mexer. Ouviu-se o rangido de uma porta se abrindo e então grasnidos, e Charley Rakes voltou para a sala arrastando Cricket pelos tornozelos, e ele se esborrachou no chão feito uma lagarta sob o sol. Depois se sentou, esfregou os olhos e ficou encarando os homens e seus machados.

Você vai contar pra gente três coisas, rapaz, falou Charley Rakes. Cadê o alambique, cadê a bebida e cadê o dinheiro?

Cricket olhava para ele sem nada entender. Jack sabia que as coisas não estavam indo bem e, com um leve movimento de pés, começou a puxar a caixa de cigarros para debaixo do sofá bem devagarinho.

Mas que merda, Charley, disse Henry Abshire. Tá na cara que o alambique tá no porão.

Abshire enxugou a nuca com um paninho e, passando o machado de um ombro para o outro, apontou para a cobra de fumaça que subia por um nó da madeira do assoalho.

Dá uma olhada na fumaça. Pode nos dar licença, minha senhora?

Tia Winnie, mexendo os legumes, ignorou-o.

As senhoras se importariam de dar um pulinho lá fora?

Esquece, disse Richards. Deixa elas aí.

Rakes levantou Cricket pelo colarinho. Cricket caiu de novo imediatamente, amontoado sobre os quadris, a cabeça caída.

Rakes começou a estapear a cara de Cricket, de um lado para o outro.

O dinheiro, meu filho, cadê o dinheiro?

Jefferson Richards praguejou baixinho e, girando devagar, desceu o cano da espingarda até o rosto de Jack. O buraco do cano parecia extraordinariamente largo, e Jack sabia que isso era porque ele nunca tinha olhado uma arma assim tão de perto.

Você, disse ele. Cadê o dinheiro?

Jack levantou as mãos com cuidado e deu de ombros. Richards o encarava, fazendo pequenos círculos com o cano da espingarda em volta do nariz de Jack.

Como se chama?

Jack.

Jack de quê?

Jack Bondurant.

Richards sorriu e soltou um breve assobio com seus lábios molhados.

Minha Nossa, disse Charley Rakes. Ei, Henry, esta espelunca aqui é dos irmãos Bondurant!

É, confirmou Abshire, este aí é o mais novo deles.

Falaram que a gente podia encontrar você aqui, falou Rakes. E, olha só que coisa, aí está você. Mas que burrice da sua parte.

Mostra pra ele, ordenou Richards, mostra pro investigador onde está o alambique.

Jack se levantou devagar, as mãos caídas ao lado do corpo. Entre seus pés, metade da caixa de cigarros já estava debaixo do sofá. Abshire avançou e puxou Jack pela camisa.

Anda logo, rapaz, disse ele. Vamos ver isso.

No porão, Abshire inspecionou o alambique, contornando-o com passos lentos, passando o dedo pelas gotas que restavam nas juntas, batendo no tubo, seguindo os canos que iam até o tanque de água quente. O investigador tinha uma expressão pálida e exausta, como se tivesse acabado de acordar de um demorado cochilo. Abshire deu umas pancadinhas no tanque, e as reverberações abafadas ecoaram no porão.

Caramba... essa é nova, disse Abshire. Superou tudo que a gente vê por aí. Dá até dó de meter o machado.

Quando subiram as escadas, Richards e Rakes estavam colocando a tia Winnie e as tricoteiras para dentro do quarto. Esperem aqui, minhas senhoras, disseram eles. Caso de polícia. Vai levar só um minutinho. Tia Winnie levou consigo a panela de legumes, e sua testa mantinha a costumeira expressão de aborrecimento. Cricket continuava jogado no chão. A caixa de cigarros estava sobre a mesa da cozinha.

Você tem que dar uma olhada, Jeff, disse Abshire. Essa é nova.

Jeff Richards entregou a espingarda a Rakes, pegou a caixa de cigarros e usou apenas uma das mãos para mostrá-la a Jack, como se fosse uma Bíblia.

E você disse que não sabia onde estava o dinheiro.

Ninguém me perguntou, alegou Jack. Perguntaram pra ele.

E apontou para Cricket.

Enquanto falava, Jack tinha a sensação aquosa e etérea que vem com o medo intenso, as juntas se desfazendo, derretendo. Jeff Richards forçou um sorriso e acenou de leve com a cabeça antes de se virar e descer as escadas para ver o alambique com Abshire. Charley Rakes sorriu para Jack, os dentes de baixo manchados de fumo, como uma fileira de bolotas na boca. Cutucou o peito de Jack com o cano da espingarda.

Vocês ainda não entenderam, não é? O esquema agora é outro, e vocês têm que se enquadrar.

Rakes baixou a espingarda, apontando-a para a região entre as pernas de Jack. Olhou para Jack e balançou a cabeça.

Você tá com alguma arma, de qualquer tipo?, perguntou.

Não.

Revólver, faca, nada?

Não.

É sério?

É.

Você é burro *mesmo*.

Houve um tinido estridente no porão, o som de metal batendo em metal, e no instante seguinte Rakes se moveu e fez um arco rápido e curto com a espingarda. Jack se esquivou, sobressaltado, e o cano acabou indo pousar na sua bochecha, num golpe oblíquo. Ele tropeçou para trás, mas recuperou o equilíbrio, esfregando o rosto e depois olhando a mão para ver se tinha saído sangue. Rakes parecia aborrecido por não ter acertado o golpe da maneira que queria, então apontou a espingarda para o rosto de Jack mais uma vez.

Vem cá, disse ele. Mais pra frente.

Muitas outras pancadas de metal soaram no porão à medida que os homens atacavam o alambique com os machados. Jack avançou devagar, e, quando estava a um palmo do cano apontado para seu rosto, Rakes deu--lhe uma estocada e acertou os dentes de Jack, que conseguiu virar a cabeça um pouco, e sentiu a arma descer sobre seu lábio superior, esmagando-lhe as gengivas. Ele rodou e caiu de joelhos, as mãos cobrindo a boca e o sangue começando a escorrer.

De pé, ordenou Rakes.

Jack tinha medo de olhá-lo, de olhar novamente para o cano da espingarda. Não queria mais que Rakes acertasse seu rosto. O ritmo dos tinidos no porão estava acelerando, cada golpe repercutindo nas tábuas do assoalho. Jack se levantou, o corpo meio de lado em relação a Rakes, as mãos em torno da boca. A porta da frente estava entreaberta, e lá fora no jardim vultos se mexiam. Jack pensou em gritar para chamá-los. Ele sabia que Rakes queria machucá-lo de verdade.

Você não é assim tão valentão, disse Rakes. Eu achava que os irmãos Bondurant eram um bando de filhos da puta bem durões.

Então Rakes deu um passo para trás a fim de pegar impulso e socou as costelas de Jack, um gancho de direita que o arremessou contra o batente da porta, e ele saiu para o alpendre cambaleando e arfando. Rakes estava bem atrás dele, e, girando a espingarda no ar, acertou a lateral do seu joelho. Jack tropeçou e caiu, rolando do alpendre para o jardim escuro. Os vultos se moviam na escuridão, barulho de passos, sussurros. As tias? Os gêmeos? Alguém por favor me ajude, Deus, ele pensou, por favor meu Deus. Um embrulho no estômago o fez salivar. A luz do batente da porta brilhava em seu rosto, e ele podia ver a silhueta volumosa de Rakes no alpendre, balançando a arma nas mãos. A náusea cresceu e Jack começou a vomitar na terra. Ao longe soaram dois tiros de espingarda, ecoando pelas colinas. Rakes se endireitou e apertou os olhos para a escuridão.

Isso é terrível, disse Rakes. Não vai dar certo.

Ele voltou para dentro da casa e deixou a arma ao lado da porta, encostada na parede.

Mas eu vou te dar pelo menos uma surra bem dada, disse Rakes. Levanta.

Jack se encolheu em posição fetal no meio da lama. Não consigo levantar, pensou ele. Não consigo levantar de jeito nenhum, e, se eu conseguir, ele vai me acertar de novo. Será que aqueles dois tiros tinham sido os gêmeos? Será que tinha mais alguém vindo? Por favor, que seja Forrest ou Howard. Por favor, Deus.

Eu mandei levantar!

Rakes o pegou pelos ombros e o pôs de pé. Jack ficou com o queixo colado no peito e os braços na frente do rosto. Um lado de sua boca estava inchado e dormente, e o sangue corria pelo seu pescoço e por sob a camisa. As cigarras interromperam seu coro nas árvores escuras.

Vão te pegar, balbuciou Jack. Vão matar você.

É mesmo?, falou Rakes. Isso não vai adiantar muito pra você agora, vai?

Rakes acertou um tapa em cheio no seu rosto, uma nuvem de sangue que era como bruma.

Falam tanto, disse Rakes, sobre os malditos irmãos Bondurant. Mas que diabos, vocês não são merda nenhuma. Você diz praqueles seus dois irmãos que da próxima vez a gente vem pegar eles. Você *diz* pra eles.

Jack não conseguia pensar em mais nada, só no golpe seguinte. Rakes estava agarrando sua camisa e o sacudindo para a frente e para trás como a uma criança. Por um breve segundo Jack abriu os olhos e viu que seus braços, dobrados, estavam entre os de Rakes e que só de mexer o punho ou o cotovelo já acertaria bem na sua cara gorda. É isso, *agora*, *agora*, *agora*, Jack pensava consigo mesmo. Mas seus braços não se mexiam e ele continuou de cabeça baixa e então Rakes o segurou com uma das mãos e começou a bater com a outra, os golpes atingindo o lado da cabeça de Jack, seu pescoço, esmagando sua orelha, Jack se contorcendo, tentando se defender, Rakes o sacudindo, o braço o atingindo com uma cadência uniforme, até que ele descarregou toda a sua força na têmpora de Jack e sua espinha ficou adormecida e ele desabou no chão. Antes de perder a consciência, Jack se ouviu soluçando, chorando, *por favor, chega, chega,* e a última sensação do mundo foi esta, de uma humilhação quente como sangue.

Capítulo 10

Forrest viu Howard chegar com o pessoal da serraria, sorrindo feito um tonto, um grupo barulhento com a boca torta de álcool, homens em macacões sujos de barro, camisetas manchadas, chapéus-coco surrados, pontas de charutos mascadas, olhos injetados, o corpo de Howard se avultando sobre todos eles, parecendo uma aberração de circo mambembe. Quando enfiavam as mãos nos bolsos para pegar os maços de dinheiro amassado, torrentes de serragem se derramavam no chão.

Forrest evitava deliberadamente qualquer envolvimento com os jogos, em especial quando seu irmão estava na mesa, mas sabia que hoje Howard tinha os ordenados de Jack. Ao esvaziar os cinzeiros, Maggie olhava para o pequeno monte de notas e moedas que se empilhava entre os antebraços carnudos de Howard. Ao passar por Forrest no balcão, rabiscava um número no bloco, atualizando-o de quanto o irmão estava perdendo, e, conforme o jogo avançava, Howard parecia transpirar em seu esforço para respirar. Forrest ficava atrás do balcão, contando as cifras na caixa registradora. Os outros homens da mesa olhavam Maggie com toda a atenção que ousavam ter, o vestido de algodão branco com flores douradas, os braços nus. Ela jamais lhes sorria ou os olhava nos olhos, e, quando saía de perto, eles sussurravam entre os dentes. *Puta merda, a garota é tão bonita que a cara dela devia estar numa moeda.*

O rádio tocava o *National Barn Dance*, um programa de música country transmitido de Chicago. Andrew Jenkins, "The Blind Newsboy", cantava "The Death of Floyd Collins" em uma voz aguada. Ao passar por Forrest, Maggie lhe lançava um olhar vazio que dizia que seu irmão não iria parar até perder tudo.

Já era quase de manhã quando os homens foram embora do Blackwater, e, depois do carteado, Forrest fez uma omelete rápida e comeu na frigideira mesmo, encostado na pia. Depois de limpar tudo, ele apagou as luzes e subiu. Parou à porta do quarto de Maggie para ver os cabelos escuros dispersos sobre o travesseiro, as linhas de suas longas pernas sob a colcha. Se Forrest bebesse um pouco mais que de costume, depois de um tempo sua mão escorregaria pelo batente da porta ou seus joelhos se dobrariam e ele iria cambaleando para seu quarto e cairia na cama de casaco e tudo e dormia durante o resto da manhã. Às vezes dormia de verdade ali de pé, encostado no batente, os olhos semifechados, as mãos caídas ao lado do corpo ou tateando o pequeno pedaço de madeira que levava no bolso. Outras vezes ele ficava lá por tanto tempo que se esquecia de dormir, até que a luz atravessando as cortinas ou o latido do cão ao longe na estrada fazia Maggie se mexer, e então Forrest ia para seu quarto trocar de camisa, saía para os fundos e bombeava água gelada do poço, e se despia e esfregava o corpo com a água fresca e uma lasca de pedra-pomes. Quando Maggie descia as escadas depois de pentear os cabelos, Forrest já fritava bacon e batatas no fogo, o rosto impassível, os olhos límpidos. Olhando para ele, era impossível saber se tinha dormido ou não.

Naquele dia Maggie acordou, agitada com alguma coisa, e viu Forrest no vão da porta. Ela estava envolvida pelas sombras dos lençóis, de forma que Forrest não pôde ver a expressão em seu rosto. Ela puxou as cobertas, mas Forrest se virou e foi para a sala. Depois de alguns instantes, Maggie se levantou e o seguiu, e quando ele virou viu seu corpo nu brilhando no escuro.

No sofá, Forrest segurou o rosto dela entre suas mãos ásperas e roçou os lábios pela sua testa, suas bochechas e seu pescoço. Ele cheirava a milho azedo, poeira e suor, e ela pôs o queixo e a boca na dobra de seu pescoço e beijou suavemente sua cicatriz, de uma ponta a outra.

Sob a luz mortiça das estrelas lá fora, ele olhava em seus olhos enquanto a puxava para si. Forrest queria ser leve com ela, segurá-la com candura como se protege um pássaro entre as mãos, e em seu peito ele sentia o calor e a pulsação acelerada do coração de Maggie. Quando ela ergueu os olhos para ele, era como se houvesse uma pergunta desenhada nas linhas finas de sua testa.

Eles não disseram nada, e quando tudo terminou e ele por fim dormiu ela o cobriu com uma manta. Ele adormeceu como um garotinho, contorcendo-se e chutando, e ela esperou até que sua respiração ficasse calma e seu corpo relaxasse para voltar a seu quarto.

SEGUNDA PARTE

Recebi uma carta de Hemy. Isso foi depois de ele ter escrito e publicado o livro *The Torrents of Spring*, e achei a carta mais paternalista que eu já havia recebido na vida.

Na carta, ele falava sobre o que aconteceu como algo fatal para mim. Ele havia, segundo disse, escrito o livro em um impulso, pois tinha apenas seis semanas para fazê-lo. O objetivo era acabar, de uma vez por todas, com a ideia de que havia algum valor no meu trabalho. Ele tinha odiado fazer isso, disse, por causa de sua consideração pessoal por mim etc., mas o fizera em nome da literatura. A literatura, eu precisava compreender, era maior que nós dois.

Memórias de Sherwood Anderson

Abshire, que asseverou não ter tirado a arma do coldre, disse que, depois, foi até os rapazes e falou para Jack que nem ele nem Rakes estavam com medo e que, embora um carro tivesse fugido, a melhor coisa a fazer era se entregar e "engolir". Então Rakes sacou a arma, Abshire continuou contando, e disse aos rapazes que eles estavam presos, mas Jack se virou, como se fosse sacar o revólver, e Rakes atirou, pois Abshire não conseguiu segurar o braço de Jack.

Forrest, ao ouvir o tiro, correu para cima deles, e Rakes disparou mais uma vez, derrubando-o na estrada coberta de neve.

"O investigador Abshire dá sua versão da troca de tiros com os irmãos Bondurant", *The Roanoke Times*, 11 de junho de 1935

Em breve não haverá mais individualidade. Ouça o suave ronronar dos milhares de novos aviões bem alto lá no céu. As abelhas estão pululando. Novos enxames formando-se. Trabalhe rápido, homem.

Memórias de Sherwood Anderson

Capítulo 11

1934

SHERWOOD ANDERSON PAROU no posto Blackwater no início da tarde. Estava com seu velho casaco de fazenda e calçando botas enlameadas e não fazia a barba havia alguns dias. Passara os últimos três dias esparramado na cama do seu quarto de pensão, lendo cartas e escrevendo para Eleanor, futucando os dedos do pé e sonhando acordado, adiando a investigação dessa pista fundamental. Só chegou a admitir para si mesmo que estava com medo até entrar no estacionamento. É claro que você está, pensou ele, seu idiota. O clima ficara quente ao longo do dia, e ele suava dentro do casaco. Havia dois carros parados ao lado da construção, um deles coberto com lona, mas via-se que era um belo conversível. Um jovem de cabelos grossos e negros que estava à sombra do alpendre ficou vendo Anderson se aproximar em seu veículo. Quando Anderson parou em frente à bomba de gasolina, o jovem correu até ele.

Precisando de gasolina, patrão?

Anderson saiu do carro e aprumou o chapéu de acordo com o sol. O interior do posto parecia escuro e vazio. O jovem rodava a manivela com energia, enchendo o globo de vidro de combustível da bomba.

Tem alguma coisa gelada pra se beber lá dentro?

Tem sim.

Dentro do posto estava escuro e fresco; Anderson tirou o chapéu e ficou parado à porta até seus olhos recuperarem o foco e ele conseguir ver onde era o balcão. Cheiro de bacon e fumo; um rádio em uma prateleira perto da janela tocava música baixinho. Anderson se sentou ao balcão e ficou batucando os dedos até perceber que havia uma mulher do outro lado, lendo revista e fumando.

Olá, disse Anderson.

Olá.

Tem alguma coisa gelada pra beber?

Refrigerante?

Tem de laranja?

Claro.

Ela largou a revista e foi até o refrigerador. Seu cabelo preto e liso estava amarrado na nuca. Fora ela, o posto estava deserto. Ela colocou a garrafa de refrigerante na frente de Anderson e ele pôs uma moeda no balcão. O vestido dela estava impecavelmente passado, as bordas do tecido na gola tinham recortes ondulados, da cor das folhas do outono. A roupa lhe caía muita bem em volta das pernas, deixando-as mais finas e alongadas. Fazia muito tempo que Anderson não via um vestido assim. Nada do velho e obsessivo puritanismo dos americanos por aqui, pensou ele.

A mulher pegou a moeda de 25 centavos e abriu o caixa, e, quando ela deu o troco, Anderson balançou a cabeça e o empurrou de volta. Ela jogou a moedinha em uma caneca ao lado do caixa e voltou para sua revista.

Como se chama este lugar?

O quê?

Qual é o nome deste lugar, deste posto?

A maioria chama de posto Blackwater.

Blackwater é o rio? Aquele mais atrás na estrada, que passa debaixo da ponte?

Aquele é o Maggodee. Mas faz parte do Blackwater.

Anderson tomou um gole do refrigerante. Estava velho e sem gás e enjoativo de tão doce. Devia estar na geladeira há anos, calculou Anderson. Ninguém comprava refrigerante ali, sem dúvida. Maggie pegou a revista. Era um catálogo de compras por correio — das lojas de departamentos Montgomery Ward. Ele decidiu que podia arriscar.

Meu nome é Anderson.

Ela arqueou as sobrancelhas por um breve instante. Foi a primeira vez que realmente olhou para ele.

Maggie.

Me diga uma coisa, Maggie, começou Anderson, não quero incomodar você, mas eu estava aqui pensando se você não teria algo um pouco mais forte para beber.

Ela o encarou com seu belo rosto sem expressão alguma. Lembrava a Anderson as ciganas, ou as índias. O olhar vasto, quilométrico, que não dizia nada. Uma tremenda jogadora de pôquer, pensou.

Você sabe como é, continuou Anderson, se um sujeito quiser alguma coisa um tantinho mais forte para beber.

Aqui tem Coca, café e água. É isso.

Anderson bebeu o refrigerante.

Você é daqui?, ele quis saber.

Ela baixou a revista mais uma vez e soprou fumaça para o teto.

Não exatamente.

De onde?

Não muito longe.

Anderson bebeu um pouco mais do refrigerante e deu uma olhada no recinto. Havia gordura brilhando na grelha. Talvez servissem algo de manhã, ele pensou. Mas aposto que os caras vêm aqui só para ver a Maggie, para vê-la trabalhar. Havia certa rigidez no rosto da jovem, como se ela tivesse vivido um pouco mais que as outras moças da sua idade, que Anderson calculou ser uns 30 anos, e essa maturidade emprestava uma beleza fria a seus traços.

Há quanto tempo você trabalha aqui?, perguntou ele.

Já faz um tempo.

Casada?

Não.

Olha, eu não sou nenhum tarado, sou homem de família. Só estou puxando conversa. Viajo muito e não tenho com quem conversar, entende?

Claro.

O que fazia antes de trabalhar aqui?

Muita coisa.

Por exemplo?

Coisas de fazenda. Tecelagem.

Você trabalhava numa tecelagem?

É.

Onde?

Martinsville. E umas outras na Carolina, antes disso.

E era bom?

Tranquilo.

Trabalho pesado?

Não muito. Tratavam a gente bem.

Sindicato?

É.

E como eram as outras moças?

Gente boa. A maioria era bem legal.

Por que você saiu?

Meu pai morreu.

Sinto muito.

Não foi nada.

Os olhos negros de Maggie continuaram fixos nele, ou um pouquinho acima de seus ombros, ele não sabia ao certo, e Anderson sentia que algo pesava sobre suas costas. A banqueta em que ele estava sentado rangeu. Ele ouviu vozes, dois homens falando; era o rádio. Isso é pior que arrancar dente de mula, pensou.

Como você chegou aqui?

Peguei carona.

Lá da Carolina?

É.

Você pegou bastante carona, hein?

É. Mas agora eu tenho carro.

Anderson olhou lá para fora e viu que o garoto tinha acabado de encher o tanque do seu carro. Mas que trabalho, pensou ele. Era aquele lugar o ponto central do tráfico de bebida do Condado de Franklin? Deu um gole no refrigerante doce. Todas as mulheres da região que ele tinha conhecido até então eram daquele jeito. E a Willie Carter Sharpe? Ainda estava à solta, o estado inteiro atrás dela, homens da ATU esquadrinhando as colinas.

Se ele não agisse rápido, o artigo da *Liberty* iria por água abaixo; Anderson vira outros jornalistas em Rocky Mount, xeretando, fuçando, catando informações sobre o julgamento.

Então, continuou Anderson, tentando retomar a conversa, quem é o dono aqui deste posto?

Forrest Bondurant.

O mesmo que foi baleado em 30, junto com os irmãos?

Aham.

Aconteceu por aqui, não foi?

Logo ali na estrada, perto da ponte.

Anderson se pegou tentando escutar atentamente qualquer outro movimento no posto. Pela janela ele via o garoto lá fora encostado na bomba de gasolina, olhando adiante para a estrada. Maggie deu uma tragada no cigarro. Nada mais se movia.

Ele tá por aqui?, Anderson quis saber.

Não.

Sabe quando volta?

Ele não tem horário certo.

Se você tivesse que chutar uma hora...?

Diria que ele pode chegar a qualquer momento, respondeu ela.

Então acho que eu vou ficar por aqui.

Maggie deu de ombros.

Anderson saiu e olhou para a estrada poeirenta, os olhos apertados. Pagou a Everett o dinheiro da gasolina e o jovem foi na direção dos fundos do local, sumindo de vista. Dois rapazes em um DeSoto enferrujado pararam, compraram 50 centavos de gasolina e entraram. Ele se encostou no capô do carro e tentou refletir se era boa ideia ficar esperando por aquele homem, pois duas pessoas o haviam desaconselhado a conversar com ele. Um homem cujo comércio de bebidas parecia conversa fiada. Depois de um tempo, Anderson foi até os fundos do posto e encontrou Everett Dillon agachado sobre um pneu, lendo jornal.

Alguma notícia?, perguntou Anderson.

Everett não levantou os olhos, só baixou um pouco a folha.

Diz aqui que o Roosevelt tem uma abotoadura pra cada dia do mês.

É, já ouvi essa história, falou Anderson. O que acha que isso quer dizer?

Acho que não quer dizer nada, respondeu Everett, no máximo quer dizer que eu tô aqui sentado neste pneu velho pensando nessa abotoadura toda.

Os rapazes saíram com salgados e garrafas de refrigerante, pularam no carro, e, quando o som do motor desapareceu depois da curva, tudo voltou ao silêncio.

Anderson ficou sentado em seu quarto pensando em Willie Carter Sharpe na noite lá fora, naquele exato instante rasgando a escuridão a bordo de seu cupê envenenado, descendo a montanha feito um trenó no gelo, os garrafões de bebida rolando no porta-malas quando ela fazia uma curva em duas rodas, uma mulher impetuosa, com cabelos de fogo que crepitavam pelas janelas, uma chaminé que deixava um rastro de enxofre. A estrada seguia até um abismo lamacento onde homens armados e de chapéus pretos aguardavam com maletas de dinheiro. Tudo isso parecia tão absurdo. Mesmo se fosse verdade, qual era o sentido? Uma história curiosa, sem dúvida, mas não a mais instigante da região. Aquelas outras pessoas, pensava Anderson, aquela gente comum que se arrastava dia após dia mesmo diante de perspectivas tão desoladoras, essa era a história que o interessava. E Maggie. Aquela era uma mulher digna de começar uma história, imaginava Anderson, esboçada no vazio de seus escassos detalhes e silêncios. Era isso o que ele sempre conseguira fazer, afinal.

Bill Faulkner lhe dissera exatamente a mesma coisa em sua casa de Nova Orleans, quando os dois iam descendo a Chartres, Faulkner mancando por causa do "ferimento de guerra", que se provou ser uma mentira. Mais uma. Os dois conversando sobre escrever, sobre os Estados Unidos, os negros, as mulheres. Na época, Anderson sentira que as conversas dos dois eram da maior importância, e, quando aquele homem pequenino mancava a seu lado pela Canal, ele olhava para aquele escritor mais experiente com amor e respeito incontidos, seus olhos escuros brilhando. Por que mentir para ele, Anderson não sabia. Talvez fosse a bebida. Mas então, em 1926, Faulkner fez o prefácio de *Sherwood Anderson and Other Creoles*, uma caricatura de Anderson como um artista de rua velho e flácido. Quando Faulkner saiu de seu pequeno apartamento em Nova Orleans, deixou para trás uma velha mesa de jogos e um monte de garrafas de uísque de milho. Dissera a

Anderson que precisava beber para conseguir dormir à noite; sem isso era impossível.

Anderson se sentou na beirada da cama e tirou os sapatos. Não trabalhar lhe machucava; ele canalizava sua mente para coisas esquisitas. Estava furioso com os vendedores, com todos aqueles malditos habitantes locais que nunca diziam nada, com seu próprio trabalho. A água do poço estava baixa e ele balançava um balde empoeirado. *Dark Laughter* tinha ido bem, vendendo mais que qualquer outra coisa que havia escrito. Lembrou-se de *Ulisses* e de como sentira a cadência das sentenças lhe fazer o coração pulsar quando o lera, como sentira que, sim, este é o novo lugar da ficção; em nossos corações e mentes ao mesmo tempo. Sentira que poderia fazer aquele tipo de encantamento em um estilo inconfundivelmente americano, seu estilo. Agora aquele desgraçado do Hemingway estava dando uma volta em Paris, pensou Anderson, perambulando de um café a outro de braços dados com uma mulher alta e muito maquiada (*não exatamente uma mulher*, alguns diziam) e lendo para os americanos presentes algo que ele chamava de *The Torrents of Spring*. Anderson sabia que era uma paródia de *Dark Laughter* e sentia que era uma das coisas mais cruéis que já lhe haviam feito.

Para começar, fui eu que falei para aquele filho da puta ir morar em Paris!

Gertrude Stein escreveu para dizer que aconselhara Hemingway a não publicar o livro e que isso tinha abalado a amizade deles, mas foi pouco reconfortante. Anderson lembrou-se de Hemingway subindo aos pulos a escada de sua casa em Nova Orleans, expansivo e gritando e carregando um enorme saco de papel com queijo de cabra, linguiça, picles, vinho e pãezinhos para eles saborearem. Parecia que ele estava sempre entrando nos lugares com estrondo, seus braços cheios de plenitude, os despojos de seu charme e sua sorte. Ele mudava todos os cenários que adentrava. Anderson levara Hemingway para conhecer Liverwright em Nova York e o iniciara na escrita. Apenas alguns anos antes, suas palavras estamparam a quarta capa de *In Our Time*: "Hemingway é jovem, forte e cheio de alegria, e ele sabe escrever."

No dia seguinte, 13 de outubro de 1934, Sherwood Anderson foi a pé da pensão até o Little Hub para tomar um café da manhã tardio. Um dia fresco e ensolarado de outono, e as ruas pareciam um pouco mais animadas que o habitual. O restaurante estava bastante barulhento, grupos de homens às mesas e nos corredores, falando agitadamente em tom abafado. Em um canto, um sujeito esmurrava a mesa de fórmica: *Você sabe muito bem quem foi!*

Anderson pediu café, ovos e bacon ao balconista. O restaurante ficou quase em silêncio quando ele entrou, os homens que antes conversavam agora voltavam-se para seus pratos.

Me diz uma coisa, amigo, Anderson falou para o balconista. O que é que tá acontecendo?

O balconista, de avental manchado e chapeuzinho, ficou olhando o freguês por um momento, depois pegou um jornal e o jogou na frente de Anderson. *The Roanoke Times.* Manchete: INVESTIGADOR E PRISIONEIRO MORTOS A TIROS EM FRANKLIN.

> O investigador Jefferson Richards foi assassinado ontem à noite, por volta das 21h30, na estrada que liga Rocky Mount e Callaway, próximo à Antioch Brethren Church. Também foi morto o detento Jim Smith. Ambos foram encontrados na estrada com múltiplos ferimentos a bala.

Esse é o mesmo Richards, perguntou Anderson, que estava aqui aquela noite, quando aquela mulher morreu na rua?

O balconista, fritando alguma coisa na grelha, fez que sim com a cabeça pontuda.

> Cada centímetro do automóvel no qual os homens estavam, um Ford 1931, foi crivado de balas, a maioria das quais, até onde se pode saber, teria sido disparada por espingardas. Há 13 marcas de tiros desse tipo na parte traseira do carro, 12 buracos no teto e 24 no vidro do para-brisa. Richards teve no mínimo 15 perfurações, de espingardas e pistolas.

Anderson olhou em volta para os homens espetando ovos e batata rosti com seus garfos e levando-os à boca. Assassinado no meio da noite enquanto transportava um preso. Alguém, pensou Anderson, queria ter certeza de que Richards morreria. O balconista serviu a comida e verteu o café.

NAQUELA TARDE, DE volta à pensão, Anderson ficou de frente para o espelho. Primeiro os dois homens no hospital são liberados e desaparecem. Um milagre terem sobrevivido. Um ficaria preso à cadeira de rodas pelo resto da vida, o outro... bem, Anderson vira o que lhe tinham tirado, e sabia que faria muita falta. À noite, parecia a Anderson que seu rosto era como o de um operário, o rosto de um homem que tinha visto e feito muita coisa. As bolsas sob os olhos, o traço austero na boca, a compleição sombria. Mas talvez fosse só a bebida, pensou ele. Não estava enganando ninguém ali, sem dúvida.

Anderson olhou para a garrafa de uísque sobre a mesa de cabeceira, uns poucos dedos de líquido límpido e cintilante. Talvez um pouco daquilo fosse exatamente do que ele precisava. A força real, a verdadeira dádiva da coisa, era sua habilidade em desnudar ilusões benévolas: o álcool permitia que um homem considerasse a dura realidade do necessário, aquilo que se pendurava em seu pescoço como um colar de ferro. A lógica verdadeira, clara e irrestrita. *A lógica da white mule.*

Com o antebraço, Anderson alisou uma folha de papel em branco sobre a mesa.

Querida Eleanor,

Espero que você esteja bem, que seus amigos e parentes da Califórnia estejam bem e sua viagem, agradável. O trabalho em Rispshin continua. O velho Ball está cada vez mais confiante. Os homens da região continuam a me surpreender com seu trabalho.

Mês passado, um velho serrano desceu e pediu para trabalhar com as pedras. Eu queria alguém que fizesse uma lareira de pedra em forma de arco. É difícil mexer com pedras desse jeito. Esse cara estava mais perto dos 100 que dos 70. Andava curvado até quase a metade do corpo por causa de uma espécie de tumor no estômago. Ball e eu rimos dele e o deixamos lá, fazendo seus cálculos. Ele media com uns pedaços de fios sujos que amarrava em diferentes comprimentos, resmungando consigo mesmo durante todo o processo. Depois ele voltou para casa para talhar as pedras. Imaginamos que não voltaríamos a vê-lo. Uma semana depois, um homem nos contou que o velho tinha morrido.

Ball disse que, só por capricho, deveríamos ir lá ver o que o idiota tinha feito, então subimos a montanha e fomos à sua casa. No quartinho dos fundos, ele espalhara todas as pedras. As medidas estavam corretas, os talhos eram perfeitos e polidos, exatamente como eu os imaginara. Estão agora na lareira, no lugar a que pertencem.

Desejo voltar a Ripshin, mas, sobretudo, desejo voltar para você. Contudo, sinto que posso tocá-la, mesmo daqui. Eu lhe escrevo de um dos abismos mais sombrios da terra, sem dúvidas. É um lugar de silêncio.

Capítulo 12

Jack voltou para a casa do pai em Snow Creek e seu rosto amanheceu com hematomas escuros e amarelados, sua orelha esquerda rasgada e inchada e uma sutura apertada na lateral da face. Tinha um vergão pulsante no lábio superior, o estreito semicírculo do calibre 12 de um cano de espingarda. Quando Granville veio do celeiro, Jack percebeu que o pai passara a noite toda acordado. Ele o olhava solenemente do outro lado da mesa durante o café da manhã, sua barba hirsuta salpicada de pó e palha. Emmy serviu pãezinhos quentes e Jack empunhou o garfo e a faca, mastigando devagar, tentando não fazer caretas de dor.

Vou precisar de você agora de manhã, disse Granville.

Jack aquiesceu e levou a colher com ovos amanteigados até o rosto dolorido.

Jack caminhava pelo caminho de barro até o estábulo. Subia fumaça da fogueira do lado de fora, e Granville estava parado à porta. Jack estranhou seu pai: estava muito curvado e numa posição esquisita; apenas poucos anos antes ele o veria subir as paredes do celeiro de fumo e puxar com as próprias mãos as placas de metal para remendar o teto. Agora seu velho parecia frágil, os ombros caídos para a frente, e os cabelos eram só umas franjas grisalhas sobre as orelhas, o pescoço manchado e ressequido pelo sol. Lembrava, cada vez mais, a imagem breve e vaga que Jack tinha do avô.

Veterano da Guerra de Secessão, o avô de Jack se casara e ficara viúvo relativamente jovem e nunca mais parecera interessado em mulher ou em se casar novamente. Viveu até os 94 anos, e até seus últimos meses caminhava com os filhos pelos campos no fim do verão e tomava a frente nas matanças de porco no inverno, descarnando grossos nacos de carne viva nas gamelas escaldantes. Morreu quando Jack tinha 6 anos, e as suas lembranças do avô se resumiam ao velho sentado na beira da cama no quarto dos fundos da casa de Snow Creek desbastando pequenos pedaços de madeira de castanheiro que ele revirava nas mãos rugosas. Jack recordava que o avô às vezes punha Forrest no colo enquanto trabalhava, o garoto arrebatado de admiração pela lâmina reluzente e pelas formas que ganhavam contorno diante de seus olhos.

Por fim, o avô de Jack faleceu devido à idade avançada e em devaneios dos horrores da Guerra Civil. No início do conflito ele entrou para o 57º Batalhão da Virgínia, que era chamado de Engolidores de Fogo de Franklin e formado por homens do condado que se alistaram juntos. O 57º da Virgínia foi o único regimento a romper as linhas da União na Batalha de Gettysburg, durante o Assalto de Pickett, aquela malfadada tentativa de subir a colina percorrendo quase 1 quilômetro em campo aberto para atacar a parte central da trincheira de Grant, protegida atrás de um muro de pedra. Os soldados da União abriram fogo de metralhadoras e estilhaços contra os virginianos que subiam a encosta, e a torrente de chumbo ceifou homens em grandes leiras de sangue e ossos. Aquele campo virou uma verdadeira carnificina, mas ainda assim o 57º avançava gritando como em uma fantasia viking. Os Engolidores de Fogo de Franklin arrebentaram com o muro da União, mas os reforços tardaram e o momento se perdeu, ao que a vanguarda do exército foi massacrada à queima-roupa, e, ao ver os poucos sobreviventes batendo em retirada, a retaguarda da Confederação perdeu a força por completo.

Certo dia de verão após a morte do avô, Forrest, vasculhando entre as coisas do quarto dos fundos, encontrou a caixa robusta dentro da qual o velho guardava suas formas de madeira talhada. Forrest levou a caixa para o jardim e se pôs a brincar na grama; quando Jack se aproximou, Forrest o mandou de volta para dentro de casa debaixo de berros e chutes.

Era uma coleção de figuras militares esculpidas, algumas com chapéus, rifles e botas, além de sacos de dormir amarrados no peito. Havia mais de cinquenta, e quase todos pareciam estar vivendo os primeiros espasmos da morte ou da loucura. Homens correndo de mãos vazias, alguns olhando para trás por medo de seus perseguidores invisíveis. Outro homem encolhido em posição fetal, abraçando a própria barriga; vários deles sem membros, engalfinhando-se com seus tocos. Um homem carregava um torso sem cabeça e dois outros se travavam em um abraço mortal, impossível saber se estavam brigando ou um socorrendo o outro. Havia alguns simplesmente parados, segurando o rifle, olhando para o chão. Um oficial apoiado na espada, torniquetes nas pernas. Um porta-estandarte cambaleante, a bandeira pendendo para a frente. Um homem de pé com as pernas afastadas, braços abertos e cabeça para trás, como se esperasse ser arrancado da terra e subir para o céu. Um homem de joelhos cobrindo o rosto com as mãos, sem chapéu nem rifle. Todos pareciam pertencer ao mesmo lado da guerra.

Naquela tarde, quando a mãe viu Forrest no jardim com os bonecos, ela logo os recolheu, e depois Granville, sério e silencioso, deu uma surra no filho e o mandou nunca mais tocar naquelas figuras. Mas Forrest tinha cismado com aquilo, de forma que roubou os soldados logo depois e os escondeu na mata, para brincar quando quisesse. Mesmo depois de muitas surras ele não revelou onde os tinha colocado, então por fim os pais o deixaram em paz. No meio da floresta, quando ninguém estava vendo, ele colocava os homens em formação, encenando a batalha e movendo as peças no desenrolar do combate.

No ESTÁBULO, UMA fêmea malhada de Hereford estava sobre as patas da frente, os joelhos tortos na palha lamacenta. A vaca bufava a cada respiração, os olhos fechados, as costas arqueadas como uma ponte e o traseiro tremendo. Jack não conseguiu deixar de praguejar diante dessa lamentável cena de agonia.

Há quanto tempo?, perguntou ele.

Ontem de noite, faz umas dez horas.

Granville foi até a vaca e lhe afagou a cabeça; o animal se contorceu contra sua mão enquanto ele lhe passava os dedos pelas orelhas. Um regato de sangue corria pelas pernas traseiras da vaca e se empoçava na palha junto a uma espiral de corda que subia até uma roldana presa ao pilar no centro do estábulo. As mangas da camisa de Granville estavam arregaçadas e seus braços, besuntados de sangue até os bíceps; Jack entendeu que o pai já estivera dentro da vaca e que isso significava que o bezerro estava com o traseiro ou a cabeça para cima, ou coisa pior, e que agora o que eles iriam fazer era tentar salvar a mãe, se possível. As tripas de Jack começaram a se revirar e ele tossiu nas costas da mão. Desde garoto que ele evitava essas coisas com sangue, castração, matança de porcos, descorna de gado, parto. Seu pai fazia pressão; era necessário para manter a fazenda em funcionamento. Quando garoto, Jack tremia e chorava ao ver o pai enfiar a mão ensanguentada na carcaça de um porco para arrancar as entranhas viscosas. O sangue, porém, não era o pior; o que o incomodava era rebentar, rasgar e furar o corpo de outro animal. Fora os sons: o zurro de uma vaca em agonia, o berro de uma fêmea virando um lamento borbulhante, o gemido de um coelho ferido arrastando as patas traseiras pelo campo, enquanto Jack assistia a tudo atrás de uma cerca de pedra.

O que quer que eu faça?, perguntou Jack.

Granville estava com as mãos na cintura vendo a vaca arquear as costas com muita força e babar espuma, a cabeça torcida, encarando os dois homens. Jack tocou com cuidado as crostas da própria orelha rasgada. Quando acordara naquela manhã, uma mancha da cor de ferrugem cobria metade do travesseiro. Seria bom se ele simplesmente falasse, pensou Jack. Só chegasse e falasse.

Granville puxou da parede uma corda enrolada, uma serra de fio, e deu na mão de Jack as alças da serra. Foi para trás da vaca e fez um laço na ponta do cabo.

Quando eu encaixar isso no lugar, disse ele, você põe essa serra pra funcionar, garoto. Tem que agir rápido.

Granville arregaçou as mangas e então, apertando o laço da serra de fio no punho, adentrou a abertura inchada, logo enfiando o braço até o cotovelo. Fechou os dedos da outra mão sobre um ponto do fio e também a escorregou para dentro, ao que a vaca cambaleou, suas costas tremendo enquanto Granville trabalhava dentro dela, os braços enfiados até acima do cotovelo. Jack deixou o fio bem esticado e agachou-se segurando as alças; ele via seu pai de perfil, a bochecha pressionada contra o traseiro largo da vaca. Granville mexeu lá dentro do bicho por alguns instantes, a vaca tremendo e babando, o sangue escorrendo pelas patas traseiras em arroios estreitos, cobrindo a camisa e a calça do velho. Quando ele fez um sinal com a cabeça para Jack, o jovem rapidamente manipulou as alças, serrando com o fio até seu pai fazer outro sinal. Depois de cada vez, Granville recolhia os braços devagar, cobertos de sangue e de uma gosma grossa e cinza, e retirava um osso de perna cuja ponta era um pequeno casco preto. Jogava a perna na palha e enfiava as mãos de novo.

Depois de meia hora, Granville enfiou o braço com uma corda e a amarrou em torno do pescoço do filhote. Jack firmou uma bota na viga principal e puxou a corda por cima da cabeça, de costas para o pai e a vaca. Primeiro nada se mexeu, depois a vaca se agitou ainda mais e soltou um urro doloroso, e então ele conseguiu começar a puxar a corda, uma mão depois da outra, não queria olhar para trás. Um som pesado e úmido, e Jack ouviu o corpo do bezerro se espatifar no chão do estábulo. Largou a corda e arfou com as mãos nos joelhos, as palmas e os braços doendo de esforço. Pequenos raios de sol passavam pelas fendas do telhado e cruzavam o chão. Pela primeira vez, ele atentou para os outros ruídos, o som do mundo despertando lá fora. Passou o braço pela testa, enxugando o suor pegajoso que marcava seu rosto e fazia arder o vergão do lábio inchado.

Quando Jack finalmente olhou para trás, viu que seu pai cobrira a carcaça do bezerro com um velho saco de ração. Granville estava junto à cabeça da vaca, afagando-lhe o rosto, os olhos gigantes do bicho negros de medo e piscando devagar, o corpo já não mais arqueando nem se contorcendo, e Jack, aliviado, soube que o animal iria sobreviver. Alinhados próximo ao saco de ração estavam os membros do bezerro, molhados, coisas nodosas que pareciam artificiais, mais como ossos secos ou madeira velha que qualquer parte de coisa viva. Jack olhava aquilo descrente; algo em seu corpo se contorceu e ele deixou escapar um gemido involuntário. Havia seis patas ali, seis patas dispostas ordenadamente. Lá fora, os cães começaram a latir no canil.

Que coisa, murmurou Granville, ainda afagando suavemente o focinho do animal com ambas as mãos. Caramba.

Alguém deu partida em um trator longe dali, devia ser Barbour trabalhando no campo de feijão, e o ar sobre suas cabeças de repente pareceu vivo de insetos, do zumbido das moscas. Nunca vi uma coisa dessas, disse Granville.

A vaca estremeceu e depois começou a vibrar com violência, como se estivesse sacudindo o corpo para se secar, e um novo rio vermelho, o sangue mais brilhante que Jack já vira, começou a emanar do animal em gotas vaporosas. Granville segurou a cabeça da vaca quando suas patas finalmente se dobraram e a criatura tombou no chão, os olhos se abrindo e se fechando languidamente, a boca entreaberta, a ponta da língua rosada para fora, e, de joelhos, o homem a segurava enquanto ela morria.

JACK FICOU COM HOWARD na serraria naquela semana. Quando os dois dividiam uma garrafa em volta da fogueira, Jack sempre tinha vontade de contar a história de certo dia quando era garoto, aos 12 anos. Uma tarde de primavera, o depósito atrás da escola, o calor e o som de um trovão, o enxofre forte em seu nariz, e ele tentava explicar as coisas que vira quando estivera debaixo da terra e como a sombra dessas visões se inseria em sua vida. Era difícil para Jack, pois a paleta da sua experiência era muito limitada, mas, como muitos outros jovens, ele estava convencido de que seu destino era diferente do destino dos outros que se engalfinhavam ao seu redor. E, como os da maioria dos jovens, os sentimentos de Jack sobre isso se cristalizavam a partir de muitos eventos distintos de quando era garoto. Aquele dia no estábulo com a porca que nunca morria, aquela vez que George Brodie batera à porta deles à meia-noite, o dia em que o relâmpago o atingira. O mundo tal qual ele conhecia era formado por esses eventos, e com eles Jack tinha certeza de que abriria caminho até o novo final que era só seu.

A PRIMEIRA COISA foi a quietude no ar, a casinha do banheiro externo rangendo no sopé da colina, a longa fileira de árvores escuras, e então uma lufada de fumaça de enxofre queimando o nariz de Jack enquanto ele caminhava todo duro e esquisito que é como caminha um garoto precisando desesperadamente urinar. Nuvens negras se revolviam acima das árvores, contorcendo-se como músculos e tendões. As copas dos pinheiros chacoalharam, e então Jack foi cegado por uma poderosa luz e lançado para a frente, caindo na grama. O ar crepitou como fogo consumindo madeira e ardeu em calor. Depois tudo ficou escuro.

O vento agitou as cortinas da escola e despejou a chuva, estrondando no telhado de latão feito uma rajada de tiros e avançando em linhas dançantes até o corpo inerte de Jack.

Naquele mesmo momento a Sra. Rufty surrava Cricket Pate com uma tira de couro por ele ter dormido em aula, os olhos do rapaz parecendo pendurados enquanto o couro estalava em seu pescoço fino.

Jack ficou alguns minutos estirado na grama. Ainda não conseguia enxergar nem se mover, mas sabia que estava vivo, ainda apegado à vida, fragilmente atado a ela como a alguma espécie de corda amarrada a uma nuvem que se perdesse na distância. Era uma sensação doce e voluptuosa, Jack poderia ficar se balançando naquela corda para sempre. Mas, em vez disso, uma visão se abriu sob seus pés e ele começou a sonhar com uma ilha em um oceano, um lugar que jamais vira, cheio de lagartos monstruosos e pássaros que davam passos pesados por florestas densas, procurando larvas entre troncos podres e samambaias. A ilha era circundada por rochas, seixos imensos do tamanho de pequenas colinas, e, nessas pedras, cães estranhos com aparência de peixe latiam e mergulhavam nas águas azuis, o céu repleto de pássaros a rodopiar, pássaros brancos com listras laranja e cinza, gritando para as formas negras de leviatãs sob a superfície, as enormes sombras que faziam a água se erguer contra a muralha de rochas quando passavam. Jack podia ver, através das escuras pedras, florestas e águas, a maquinaria debaixo de tudo. Podia ver as engrenagens poderosas rangendo nos eixos, o pêndulo oscilando, uma articulação em U presa à junta, as correias serpentando, pistões bombeando dentro das câmaras, enormes pilhas de aço batendo e fechando dobradiças presas por parafusos, depois abrindo de novo, descarregando uma porção de faíscas. Debaixo de tudo isso, Jack via moedores de rocha que rasgavam canais pela terra, a lava viscosa se movendo em rios subterrâneos e desaguando em mares de fogo.

Quando Jack acordou, estava ensopado, caído numa poça d' água na grama a alguns metros do banheirinho externo. Alguém gritava da porta dos fundos da escola, um quadrado de luz, a silhueta de um garoto, uma mão estendida para sentir a chuva, a outra segurando o batente da porta.

Jackie!

Seus olhos estavam abertos, mas sua mente continuava mergulhada nas rochas negras e engrenagens, o som de seu nome parecia vir ecoando das câmaras do maquinário da terra. Jack olhou para os degraus do banheirinho, tentando determinar o que eram. Rolou o corpo e se sentou, a chuva se derramando sobre seu rosto, e olhou para a escola, escura contra a colina. Quem chamava era Forrest, seu irmão mais velho. A Sra. Rufty o mandara ir encontrar o irmão — *O que ele tava fazendo lá fora na chuva?*

As botas de Jack haviam sido arrancadas e seus pés estavam sarapintados de vermelho e queimavam como se em chamas. O dilúvio o castigava como se tivesse alguém puxando algo através de sua nuca, como se fios de suas entranhas estivessem fluindo para cima, para a chuva. Ele esfregou a nuca, depois coçou os pés inflamados. Suas botas estavam a alguns metros dali, escurecidas, o couro fumegando na chuva. Mais uma vez Forrest o chamou.

Jack pegou as botas e subiu correndo a colina. Como a chuva o tinha ensopado, ele não percebeu a bexiga já vazia e a barra da calça torrada.

Alguns dias depois, à tarde, Jack deixou a serraria, pegou emprestado o Pierce-Arrow de Cricket e foi até a Dunkard Church em Burnt Chimney. Ficou sentado com a garrafa entre os joelhos saltitantes, o chapéu puxado para baixo, olhando a torrente de Dunkard arrastando sua prole, vários Ford T com crianças tristonhas amontoadas nos bancos de trás. Na porta da frente da igreja, um senhor de casaco preto comprido e barba cheia apertava as mãos dos homens e das mulheres calorosamente e, tomando os braços dos homens, beijava-os na boca. A velha igreja fora construída bem no início do século anterior, de forma que suas tábuas descoloridas estavam um tanto empenadas, as vigas do frontispício cediam à gravidade, dando um aspecto frouxo à construção. A leste, o céu sobre o monte Smith parecia pesado de uma luz roxa.

Na luz escassa, Jack não conseguia discernir as pessoas; conhecia muitas delas dos tempos de escola. Muitas famílias do Condado de Franklin tinham algum parentesco com os Dunkard, e todos sabiam que a cada ano, na última lua cheia do verão, eles se reuniam para o Banquete do Amor, quando os membros da congregação trocavam demonstrações de afeto e de esperança para o ano seguinte. Jack tomou um gole do fundo da garrafa e limpou na manga do paletó a boca e o rosto suado, a crosta do lábio ardendo, moscas saindo dos campos baldios e, descuidadas, vindo bater no para-brisa. Jack pensou no pai segurando a cabeça da vaca enquanto ela morria. Várias pernas enfileiradas, todas finas como gravetos. O resto da semana fora perdido. Jack vagara pela serraria, desatento, quase perdera a mão sob uma pilha de tábuas, tropeçando em tocos de madeira, distraído. Naquela tarde, pegara uma garrafa de Howard e, sem dizer uma palavra, deixara o irmão atiçando o fogo e fazendo broa de milho com fatias de tomate para o jantar.

A torrente de Dunkard estancou e o campo emudeceu. O olhar do barbudo da porta da frente atravessou o estacionamento e se deteve em Jack, que se abaixou no banco e esperou. O homem bateu as palmas das mãos uma vez, o ruído ecoando pelo prado às escuras, e depois foi para dentro, onde um feixe de luz se acendeu por um momento e logo se apagou, a escuridão quase completa. Após alguns instantes, uma cantoria enfadonha começou a se fazer ouvir de lá da igreja. Jack se esticou para ver se passava alguém na estrada e então saiu do carro.

Lá dentro havia um pequeno vestíbulo, paredes inacabadas de tábuas de pinho, uma fileira de casacos pendurados em pregos, uma lamparina a óleo sobre uma mesinha entre as duas portas que levavam ao salão principal. O barbudo de casaco comprido estava entre elas, observando Jack entrar, um sorriso torto nos lábios. Como a maioria dos Dunkard, tinha o bigode raspado. Ele foi até Jack e estendeu as mãos.

Seja bem-vindo, irmão.

Jack ficou parado, congelado, quando o barbudo tomou suas mãos e aproximou o rosto. Recuou a cabeça rapidamente, levando as costas da mão à boca.

Saúde os irmãos com um beijo caridoso, disse o barbudo.

Desculpa, respondeu Jack.

Que a paz esteja com você, continuou o barbudo, e em todos os que estão em Cristo Jesus.

O barbudo indicou os cabides, mas o visitante balançou a cabeça. Então ele pôs a mão nas costas de Jack e o fez passar pela porta da esquerda.

No salão principal, quase uma centena de paroquianos se alinhava em longas fileiras, homens de um lado, mulheres do outro, os bancos um de frente para o outro, todos cantando. Treliças de arame nas paredes prendiam os chapéus de abas largas dos homens e as toucas das mulheres. No meio do salão, sete homens entre cadeiras, baldes e cobertores empilhados. Um pequeno púlpito com uma Bíblia aberta. Uma cruz feita com dormentes de trilhos pendurada no forro. O calor era inacreditável, e Jack logo se arrependeu de não ter pendurado o casaco. Houve uma pausa, e um dos homens do meio do salão, um idoso de barba branca e indisciplinada, entoou, bem devagar, uma série de cânticos. Depois de outro intervalo, o homem a seu lado repetiu os versos, agora com uma harmonia, cantados em tom monótono. Quando terminou, a congregação inteira repetiu toda a melodia da estrofe. Cantavam em ritmo lento, modulando cada palavra com tal paciência que os versos resultavam quase ininteligíveis, notas a plenos pulmões que ficavam gravadas no ar. Lamparinas a óleo nas paredes lançavam círculos tremeluzentes de luz, a atmosfera espessa de fumaça, pinho e suor.

Why should I be affrighted
At pestilence and war,
The fiercer be the tempest,
The sooner it is o'er

Algumas cabeças se viraram para ver Jack entrar, depois voltaram os olhos para o meio do salão. Os homens, em camisas bem-passadas e de colarinhos brancos, estavam de pé, as costas retas como postes. Do outro lado, as mulheres usavam vestidos compridos e singelos sob longas capas negras, cabeças cobertas com pequenos véus de renda, faixas de panos, golas altas e mangas compridas. Jack preferia ter se sentado discretamente num banco dos fundos, mas não teve escolha: o único lugar vago que conseguia enxergar era na ponta do primeiro banco, logo depois da porta. Ninguém tinha hinário, e ele não via nenhum tipo de livreto de músicas, então, como todos os outros, ficou olhando para o centro, para os sete homens de pé, as cadeiras e baldes, a cruz simplória pendurada, piscando por causa do suor que escorria por sobre seus olhos e pelo seu rosto. Estremeceu ao sentir um bafo de milho fermentado; ele fedia a álcool.

The way is so delightful,
I wish to travel on,
Till I arrive at heaven,
To receive a starry crown

O que a princípio parecia uma confusão de sons começou a se separar, a se compartimentar, e aos poucos Jack sentiu que podia discernir vozes individuais: o homem ao seu lado, a mulher à sua frente, as entonações guturais dos pregadores. Podia escolher uma voz para escutar, seguir o movimento das notas, depois voltar ao caudaloso rio da multidão, depois escolher outra. Logo se prendeu a certo timbre agudo e indeciso.

To receive a starry crown
Till I arrive at heaven,
*To receive a starry crown**

A cantoria acabou e um dos homens que estavam no centro do salão foi até o púlpito e começou a pregar. Todos baixaram as cabeças. Jack olhou para as fileiras de mulheres e garotas a sua frente. A maioria tinha feições germânicas, bem constituídas, olhos muito separados, uma dobra extra nos pescoços de pele branca quando elas se curvavam sobre as mãos entrelaçadas. A igreja ficou em silêncio, exceto pela arenga áspera do pregador, e Jack, o único com a cabeça erguida e os olhos abertos, esquadrinhou atentamente as fileiras de mulheres até seus olhos caírem sobre a pequena cabeça morena da bandolinista. O pregador brandiu o livro:

---

* Por que temer / A peste e a guerra / Quanto mais feroz a tempestade / Mais rápido ela acaba / O caminho é tão agradável / Eu quero continuar / Até chegar ao céu / Para receber uma coroa estrelada / Para receber uma coroa estrelada / Até chegar ao céu / Para receber uma coroa estrelada. (*N. do T.*)

> Quem deu crédito à nossa pregação? E a quem se manifestou o braço do SENHOR?
> Porque foi subindo como renovo perante ele, e como raiz de uma terra seca; não tinha beleza nem formosura e, olhando nós para ele, não havia boa aparência nele para que o desejássemos. Era desprezado, e o mais rejeitado entre os homens, homem de dores, e experimentado nos trabalhos; e, como um de quem os homens escondiam o rosto, era desprezado, e não fizemos dele caso algum.

Quando o pregador terminou, Jack tentou chamar a atenção de Bertha Minnix. Ela olhava para os sete homens que conferenciavam sobre a mesa, um dos quais era seu avô, R.L. Minnix. Em tons graves, pareciam oferecer e recusar o direito de pregar, passando as Bíblias de um para o outro.

Fique à vontade, irmão.

Não, eu não... você, irmão, você faz a leitura?

Não, irmão, por favor, você tem toda a licença.

Não eu, irmão. Eu vou aguardar o chamado.

Fique à vontade, irmão, você tem minha licença. Pode fazer a leitura?

Jack jamais vira um bando de pregadores tão relutantes em pregar. Na Igreja Batista de Snow Creek, que frequentava quando menino, às vezes não tinha quem conseguisse fazê-los parar de falar, e se, com muita boa vontade, eles passassem a palavra, uma dúzia de malditos agricultores agarrava a chance com unhas e dentes. Por fim, o pregador mais velho consentiu em falar, o avô de Bertha, e toda a congregação se sentou para ouvir o sermão. Jack ficou aliviado por se sentar; de pé não conseguia deixar de ficar balançando no lugar. Um zumbido baixo vinha dos fundos, como se houvesse uma fogueira enorme crepitando lá fora. Ele foi se inclinando para o lado, quase encostando num sujeito sentado no seu banco, para tentar ver Bertha por um ângulo melhor, já que agora ela estava escondida atrás de uma mulher de cara achatada da primeira fileira. Jack só conseguia ver uma parte do queixo e a ponta do nariz quando ela erguia o rosto para o pregador, de pé em frente à mesa e oscilando um pouco, a Bíblia na mão estendida. Jack não ouvia nenhuma palavra do monótono sermão, e a igreja estava inerte, e o suor escorria pelas suas costas e pela parte interna das suas pernas, os pés assando dentro das botas. A bebida que ele engolira no carro fervia no seu estômago.

Depois do sermão, os pregadores alinharam sete cadeiras no centro do recinto. Vários homens e mulheres, Bertha Minnix inclusive, foram à frente, onde se sentaram e começaram a desamarrar o cadarço das botas. Os pregadores puseram os baldes de metal diante das cadeiras, arregaçaram as mangas e amarraram compridos aventais de algodão nas cinturas. Depois que os paroquianos haviam tirado as botas e as meias, os pregadores ficaram de joelhos, mergulharam um trapo de pano no balde e começaram a lavar os pés dos fiéis. As mulheres mantinham as saias longas no lugar, esticadas até o tornozelo, olhando um pouco acima das cabeças dos pastores que relavam seus pés com pedaços de pano. Ouvia-se um murmúrio baixo no salão, e então outro cântico, lento e resoluto, começou, como se obedecesse a um sinal secreto. A música parecia flutuar sobre Jack, e ele só ouvia o insistente zumbido grave, crescendo até se tornar um ruído agudo vindo de cima, como algo sendo triturado.

Bertha usava botas de amarrar, como todas as outras mulheres ali, uma dúzia de pequenas fivelas, cadarços pretos, meias pretas e curtas. Estendeu seu pé pequenino, lívido e delgado para que o pregador o alisasse com o tecido. Quando os homens ajoelhados se moviam, Jack vislumbrava por entre eles o pé da moça, o lampejo de um calcanhar de marfim. Ele se concentrou naquele pedaço de pele pura e nua, a brancura indecorosa, e um arrepio passou por sua espinha. O ruído de trituração ficou mais alto, e Jack, olhando em volta, achou estranho, pois ninguém mais parecia notar.

Depois que os pés das sete mulheres foram lavados, elas trocaram de posição e pegaram os baldes e aventais para lavar os pés dos homens. Bertha, com delicadeza, pegou um pé nodoso e o mergulhou no balde com água. Depois, os homens da primeira fila, ao lado de Jack, começaram a desamarrar as botas e tirar as meias. As duas primeiras mulheres, as cabeças baixas, ajoelhou-se na outra ponta da fileira, à esquerda de Jack, e se pôs a lavar pés. As demais mulheres, ainda nos bancos, começaram um cântico lento. R.L. Minnix, a barba comprida sacudindo, entoou um verso sobre a cantoria.

> Não ameis o mundo, nem o que há no mundo. Se alguém ama o mundo, o amor do Pai não está nele.

Jack limpou o nariz e se atrapalhou com as botas. O irritante som de metal a se esgarçar tomava o salão, martelando como uma forja de ferreiro, e ele sentiu o chão começar a tremer. O chulé das pessoas enchia o ambiente, um cheiro forte e fermentado. As botas de Jack estavam salpicadas de lama e ele brigava com os cadarços endurecidos de barro. Não usava meias. Tirou as botas e olhou para os próprios pés, sujos de terra e couro, as unhas amarelas, a pele com cascas de feridas e partes em carne viva. O cântico se elevou, o som inchando feito cigarras nas árvores do crepúsculo, lutando para superar o crescente clamor metálico. A visão de Jack se embaçou de repente e ele tossiu seco. Tem alguma coisa errada aqui, pensou. Ele conseguia ver apenas o contorno das coisas, as formas que subiam e desciam no canto de seus olhos enquanto mirava os próprios pés, a cantoria zumbindo nos ouvidos.

> Porque tudo o que há no mundo, a concupiscência da carne, a
> concupiscência dos olhos
> e a soberba da vida, não vem do Pai, mas sim do mundo.

Então Bertha estava ajoelhada a seus pés, o balde ao lado, a água fria refletindo o rosto de Jack, sua expressão de horror, os olhos fixos, e Jack passou a mão na frente do reflexo para ver se era de verdade antes de olhar para ela. Bertha olhou para cima, a delicadeza do queixo inclinado, a boca desenhando uma linha firme. Mechas de cabelo preto sobre a testa, colocadas atrás das finas voltas da orelha. Seus olhos eram cinza, suaves e joviais. Jack se agarrou ao banco da igreja e se retorceu que nem gato. As serras giratórias rasgaram o sótão, o estrondo dos gumes, as lâminas lacerando o céu.

> Ora, o mundo passa, e a sua concupiscência; mas aquele que faz a vontade de Deus permanece para sempre.

Todos os pregadores de pé lado a lado olharam para ele com expressões perplexas. Jack sentiu o chão rodar e tentou manter o equilíbrio se segurando no banco. Um súbito raio de luz, e, enquanto Jack via os homens se aproximarem dele, a barba comprida de R.L. Minnix, triangular e prateada, parecia uma espada de dois gumes saindo da boca do velho, uma espada larga atirando feixes de luz. Jack olhava embasbacado de horror aquela fila de homens de preto avançando, sete homens, a espada saindo dos lábios do pregador como uma língua de aço.

Sentiu um calor repentino, um toque quente, e, olhando para baixo, viu as mãos de Bertha segurando com delicadeza seu pé, os dedos envolvendo seu tornozelo e seu calcanhar. A linha firme da boca de Bertha tremeu, e então um leve sorriso surgiu no canto dos seus lábios.

Jack puxou o pé e se lançou para fora do banco, pisando o balde e derrubando os homens a seu lado, a água caindo no chão, o cântico entoado pela congregação agora vacilando e se interrompendo, diminuindo até parar. Jack podia sentir os olhos sobre si, e deu alguns passos e se agachou, e pôs as mãos nas orelhas para aplacar o barulho dilacerante que explodia no forro. Mas parecia não adiantar. R.L. Minnix dizia alguma coisa, fazendo gestos na sua direção, e então Jack correu para a porta, trombou contra ela, o chão oscilando sob seus pés enquanto ele cruzava a antessala às pressas e saía para a noite, correndo descalço pelo estacionamento como um homem cruzando o convés de um navio em mar agitado e açoitado pelas ondas.

Capítulo 13

Jack estava sentado no balcão tomando café e comendo um prato de pãezinhos com geleia de maçã quando Tazwell Minnix parou no posto Blackwater, na manhã seguinte. O pai de Tazwell, R.L. Minnix, estava no banco do passageiro, cochilando tranquilamente. O orvalho era um tênue traço sobre a grama, e o ar ainda estava levemente fresco, pois o calor mortífero de agosto ainda não havia se instalado. No estacionamento, Tom C. Cundiff estava espancando um homem até fazê-lo perder os sentidos.

Por um momento a cena no posto atingiu Jack como uma espécie de cerimônia espiritual: um sujeito de paletó sujo e sem chapéu ajoelhado no estacionamento, mãos unidas em súplica ao homem de pé à sua frente, uma figura estranha de chapéu-coco empoeirado, suspensórios e camisa suada. Um pequeno grupo sob o alpendre de teto baixo, assistindo a tudo sem muito interesse. Uns poucos olharam para o veículo que tinha parado junto às bombas de gasolina. R.L. tinha a cabeça caída no peito e ressonava baixinho. Tazwell desligou o carro ao lado da bomba de combustível e desceu da caminhonete, observando o episódio peculiar que se desenrolava. O homem de joelhos chorava.

Por favor, Tom, implorava o homem, não me bate mais. Eu juro que te deixo em paz.

Um lado do rosto do homem ajoelhado era uma máscara vermelha de rios de sangue. Alguns chumaços de cabelo e pedaços de couro cabeludo estavam grudados na sua testa, feridas vivas, e ele rogava com as mãos trêmulas.

Por favor, Tom, por favor. Já chega.

Os braços de Tom C. Cundiff estavam soltos ao lado do corpo. Ele segurava uma pistola em uma das mãos, que estava cheia de respingos de sangue, e a manga da sua camisa encontrava-se manchada até o cotovelo. Tazwell ficou paralisado de horror. Cundiff olhou para ele languidamente, os olhos como orifícios negros, o rosto retorcido de cólera.

Por favor, Tom.

Houve certa agitação entre os homens parados no alpendre e eles começaram a abrir caminho para alguém. Tazwell viu um vulto no batente da porta, um homem alto e rijo com uma cicatriz entalhada sob o queixo que observava a cena solenemente. Um jovem de cabelo grosso e preto cruzou correndo o estacionamento até Tazwell.

Tom, disse Forrest da porta, já chega.

Gasolina, senhor?, ofereceu Everett Dillon.

John Horsely começou a soluçar, as mãos entrelaçadas na frente do corpo. Cundiff soltou um suspiro breve e, pegando um rápido impulso nos calcanhares, deu um murro tão forte no lado da cabeça de Horsely que o cabo da pistola rachou. Horsely caiu de lado feito uma árvore cortada, os pés se debatendo. Cundiff jogou um pedaço de papel amassado sobre o corpo caído e cuspiu um viscoso jorro preto nas costas do homem.

Essa é a sua maldita resposta, disse Cundiff. Fala pro Carter Lee enfiar tudo no rabo!

Os homens no alpendre começaram a se dispersar. Cundiff estalou os suspensórios e mascou o tabaco para o outro lado da boca antes de voltar para dentro. Forrest ficou olhando a massa inerte de Horsely com uma expressão vazia. Tazwell foi correndo até o sujeito espancado, ajoelhou-se ao lado dele e sentiu a pulsação sob o colarinho ensanguentado. O couro cabeludo era uma confusão de sangue e pele rasgada, mas o homem ainda respirava.

Mas o que está *acontecendo* aqui?, perguntou Tazwell.

Alguém tem que levar ele pra Rocky Mount, disse Forrest.

Jack saltou da banqueta e pôs as mãos em concha no vidro da janela para ver melhor.

Esse homem não trabalha pro xerife?, Tazwell quis saber. Não é o John Horsely?

É, respondeu Forrest. Ele mesmo.

Tazwell olhava em volta, desesperado. Alguns rostos apareceram nas janelas, reluzindo sob o sol da manhã, inclusive a cara aturdida de Jack.

Eu vim aqui, explicou Tazwell, pra falar com o seu irmão, Jack.

As cigarras deram seus acordes estridentes nas árvores do outro lado da estrada. Moscas-varejeiras zumbiam sobre a cabeça de Horsely, pousando nos pegajosos chumaços de cabelo, rastejando pelo seu pescoço e seu rosto.

Você sabia que seu irmão foi assistir nosso culto ontem de noite? Na Brethren Church, em Burnt Chimney. Nossa cerimônia do Banquete do Amor.

O mais vago dos sorrisos passou pelo rosto de Forrest.

Sei onde é.

Bom, ele foi lá, disse Tazwell, e ou estava bêbado ou maluco.

Forrest só o encarava.

Tazwell pegou o papel amassado que Tom C. Cundiff jogara e o alisou. Era uma intimação para comparecer ao tribunal.

Aquele homem atacou um agente da lei, disse Tazwell.

É, disse Forrest. Devia saber que não era boa ideia aparecer aqui sem arma nenhuma e sozinho, ainda mais quando o Tom tá há dias mergulhado no uísque. Você vai levar ele?

O quê?

Tô falando do Horsely aqui.

Tazwell olhou para trás e viu o rosto atônito e horrorizado do pai pelo vidro do para-brisa. Jack se afastou da janela e se sentou ao balcão.

Carregaram o investigador para a caçamba da caminhonete, e, depois que eles foram embora, Forrest entrou e recostou no balcão. Jack apalpava a crosta da orelha e espalhava as migalhas no prato.

O que aconteceu com a sua cara?, Forrest quis saber.

Não foi nada.

Ah não?

Maggie raspava a grelha com a espátula, um cigarro apertado entre os lábios, o vestido de marfim decorado com rosas pálidas. Jack sabia que ela estava ouvindo. Cundiff saiu trançando as pernas, murmurando coisas consigo mesmo, e ligou o carro e arrancou; os homens do alpendre foram se dispersando. Forrest abriu o caixa, puxou um maço de notas e começou a contar.

Ouvi falar, começou Forrest, sobre o que aconteceu lá na casa da Winnie Mitchell. Você e o Cricket Pate.

Quem te contou?

Isso faz diferença agora?

Jack tomou um gole de café. Maggie veio e encheu novamente a xícara. Ele viu um leve sorriso no rosto dela, os lábios se abrindo em volta do cigarro. Ah, meu Deus, pensou Jack, quem mais sabe? A porra do condado inteiro?

A questão é, disse Forrest, o que você vai fazer a respeito?

A pergunta deixou Jack desconcertado.

O que *eu* vou fazer?

Assim que acabou de falar a frase, Jack se arrependeu.

Tá esperando que outra pessoa cuide disso?, disse Forrest.

Felizmente para Jack não havia mais ninguém no posto além de Maggie. Ele se mexeu na banqueta, desconfortável, e coçou o peito do pé com a sola da bota.

Não foi o que eu quis dizer, falou.

Forrest deixou o maço de dinheiro sobre o balcão e se aproximou de Jack. Cerrou um punho e esmurrou o balcão bem ao lado do prato vazio. Maggie veio e, no caminho para a cozinha, retirou o prato e o garfo. Por um instante Jack achou que ela lhe lançara um olhar de compaixão, mas não teve certeza. Ela saiu para os fundos, o vestido sussurrando contra a porta vaivém.

É o seguinte, disse Forrest. Enquanto você for meu irmão, é melhor você nunca mais deixar isso acontecer. Entendeu?

Entendi.

Acho que você não entendeu.

Mas e se eu não conseguir?, retrucou Jack. Você sabe, eu não sou... que nem você e o Howard. Eu *nunca* fui igual vocês.

Forrest agarrou o braço de Jack com a outra mão e abaixou-se para ficar ainda mais perto do rosto do irmão.

Só tem um jeito, disse Forrest. As pessoas vão ficar sabendo, e você vai sofrer por causa disso um bom tempo, talvez o resto da vida. *Faz* alguma coisa pra mudar isso. Se aqueles animais lá enxergarem o seu medo nem que seja por um segundo, eles vão sair atrás de você, e aí já era.

Eles me mandaram dizer que vêm atrás de você da próxima vez.

Eu sei.

Forrest jogou o maço de dinheiro dentro da gaveta do caixa. Depois de um instante, Jack viu um tremor de algo parecido com cansaço passar pelo rosto do irmão.

Se quer fazer parte do negócio, disse Forrest, então é melhor você se preparar pra fazer o que for necessário.

Eu tô preparado, respondeu Jack. Pode acreditar.

Você quer a grana, mas não quer o trabalho.

O pescoço de Forrest se mexia muito, a linha branca da cicatriz ondulando a cada frase.

A gente controla o medo, disse Forrest. Entendeu? Sem esse medo, a gente tá é morto.

Capítulo 14

1929

Algumas semanas depois, no início do outono, os três irmãos foram de carro até a casa de Jamison, perto do monte Thorton, para um encontro. Havia um celeiro empoleirado em um pequeno morro próximo à mata atrás da casa, cercado por automóveis e meia dúzia de cavalos. Jack notou vários carros novos, veículos que não se viam nas redondezas de Franklin: alguns Packards, um sedã Auburn, um cupê Dodge novo, um Buick Series 121 bicolor.

Alguém aqui tá ganhando uma grana, pensou Jack, e nós três aqui, no Ford acabado do Forrest!

Ao passarem pelo Buick, ele sentiu o aroma do couro macio através da janela, o relevo das costuras, a alavanca do câmbio polida. Motor de oito cilindros em linha, bloco de aço fundido, 150 cavalos de potência. Aquela belezinha chegava nos 100 *fácil*. Aquele vigor sob seus pés, a rotação suave em suas mãos, a guinada do torque. Jack pensou que, se conseguisse um carro novo, nada mais o incomodaria até o fim de seus dias.

Quando os irmãos passaram pela porta, Jack se surpreendeu com a quantidade de homens ali dentro e com os muitos rostos que nunca tinha visto. Forrest dissera que teria gente de todo canto do condado: Smith Mountain, Linville, Sontag, Boone's Mill, Penhook, Ferrum, Calloway e até mesmo alguns caras das áreas fronteiriças dos condados de Patrick, Henry, Floyd, Pittsylvania e Bedford. Depois de apertarem a mão de alguns e menearem a cabeça em cumprimento a outros, os irmãos se posicionaram em um canto, encostados na parede. Os outros ficaram perambulando por ali, maldizendo o frio, esperando que algo começasse. Algumas garrafas de conhaque de maçã davam voltas, mas a maioria dos homens não estava bebendo. Jack reconheceu alguns rostos: Roosevelt Smith, J.O. Shively, Arthur Land, Irvin Goode, Gummy Coleman, Posey Webb, George Barbour, Homer Johnson, Tom C. Cundiff, C.T. Cooper, Jimmy Turner, Walter "Golada" Hatcher, Aubrie Kendrick, Talmedge Jamison e G.T. Washburne. Havia pelo menos mais uns vinte que ele não conhecia ou de quem só tinha ouvido falar, como os irmãos Duling, da West Virginia, donos de um território que se estendia até o Condado de Floyd e mais além. Aqueles homens eram os maiores nomes do negócio de bebidas, não míseros garotos com uma chaleira na mão fazendo uma leva ou outra no meio do nada, gente como Cricket e os Mitchell. Jack ficou impressionado com a quantidade de grandes destilarias operando na região e com o tanto de álcool que se produzia. Golada Hatcher era um dos maiores negociantes de Franklin, e Roosevelt Smith, J.O. Shively e alguns outros tinham cartéis que se espalhavam por vários condados. Jimmy Turner, um homem já na faixa dos 40 que vendia *shine* em Penhook, estava sentado em um balde virado de cabeça para baixo, George Barbour e Homer Johnson em pé ao seu lado.

Pessoal, começou Turner, agradeço por terem vindo. Como vocês sabem, aconteceram umas mudanças e eu acho que a gente tem que se juntar pra acertar as coisas. Aqui nesta sala tem camaradas nossos de várias organizações, até o pessoal do Tom Carter lá de Roanoke.

Jimmy Turner tinha bigode grosso e eriçado e um sorriso torto, e era conhecido por ser calculista e não tolerar gente imbecil.

A gente ficou muito tempo, falou Turner, podendo tocar o nosso negócio aqui em Franklin sem ninguém esquentar a cabeça. Mas ultimamente tava dando problema. A gente sabe que a ATU vai ficar aparecendo de vez em quando e quebrando uns alambique e botando as fotos no jornal.

Ele deu uma risadinha, e alguns praguejaram baixinho.

O pessoal do xerife, por exemplo, prosseguiu Turner, sempre deixou a gente em paz. Fingia que não via e tal. Mas agora a ATU tá aparecendo mais por aqui e o Hodges tá sendo pressionado. Como sempre, todo mundo tá de bico fechado, então a gente não tem tido muito problema, mas a ATU tá dificultando o transporte pra fora do condado e até chegando nos postos que tem no caminho, por exemplo o do Shively, em Penhook, o do Hatcher, no leste, e o Bondurant, em Blackwater.

Turner acenou para cada um dos homens à medida que citava seus nomes. Forrest pareceu não registrar a menção, seus olhos calmos e vazios.

Alguns de vocês, continuou Turner, já sabem que o gabinete do xerife fez uma oferta, pra deixar tudo um pouco mais fácil pra todo mundo...

Ou seja, pagar um cafezinho!, vociferou Tom C. Cundiff.

Ele segurava uma garrafa aberta, mãos trêmulas. Parecia que tinha dormido no celeiro. Alguns homens vaiaram e começaram a murmurar.

Chame do que quiser, gritou Turner, mais alto que todos eles, mas a gente teria algo em troca por esse dinheiro. Pras coisas correrem bem, é preciso engraxar os trilhos.

Por que não bota as cartas na mesa logo?, falou Cundiff. Fala quem é que teve a ideia desse plano. O *xerife*... O Hodges não manda nem no próprio pinto. Isso aí é coisa do Carter Lee. Os fiscais vão xeretar só onde ele quer!

Calma, Tom, interrompeu George Barbour, não precisa ficar bravo por causa disso.

Os homens começaram a berrar: Ei! Quem tá dando as ordens aqui?

Ninguém tá dando ordem nenhuma, gritou Turner, a gente ainda tá no comando das coisas. O que a gente tem é uma oferta de jogo limpo. Do alambique até a fronteira do condado, tudo garantido. Acho que vale a pena gastar algum dinheiro nisso. Os postos vão ter que pagar a parte deles. O Hodges e o pessoal dele vão despistar os fiscais, vão mandar eles caçar uns fantasmas. Menos risco pra todo mundo, e todo mundo ganha mais grana.

Quanto é a sua parte, Jimmy?, gritou alguém.

Os homens reunidos murmuravam, inquietos. George Barbour, um gordo de pescoço largo, cuspiu fumo no chão.

Igual à sua, disse Barbour. Igual à de qualquer um aqui.

Mas que merda, falou Cundiff. Foi pra isso que vocês chamaram a gente aqui?

Cundiff se virou para a plateia. Seu rosto estava em chamas, e o chapéu-coco, apoiado bem atrás na cabeça.

Quem tá dando as ordens aqui é o Carter Lee, disse ele. Aquele maldito procurador. Essa história toda só serve pra encher o bolso dos figurões. Eu nunca paguei propina pra ninguém e não é agora que eu vou pagar!

Cundiff abriu caminho pelo meio dos homens, xingando, e bateu a porta do celeiro. Alguns riram. Esse é o velho Tom, diziam, mas Jack percebeu que muitos ali pensavam do mesmo jeito.

Ele que vá embora, disse Turner. Isso só vai piorar as coisas pra ele mesmo. Olha, vai ter um depósito de material no velho armazém de fumo em Rocky Mount, tudo que a gente precisar. Pode ser até que um ou outro encontre a sua serpentina velha lá. Açúcar, levedura, até lâmina de cobre a gente vai poder pegar no armazém e na loja do Simpson, na cidade. Um investigador vai tomar conta de cada distrito e vocês vão ficar responsáveis por reunir o dinheiro de cada um no distrito. Então, vamos espalhar a notícia pra todos os produtores e negociantes que vocês conhecem na sua área. O investigador vai passar toda semana, recolhendo e marcando no livro-razão. Tudo fica registrado pelo Jeff Richards e ele guarda os recibos. Simples assim.

E quanto custa?, alguém berrou.

A gente ainda não chegou num número exato, disse Turner, mas deve ser uns 10 dólares por carro cheio, mais 20 por mês pra continuar na jogada.

Os homens assobiaram e xingaram, bateram nos chapéus, e Jack via a expressão de desgosto e desaprovação em seus rostos. De vez em quando eles molhavam a mão de Hodges e de outros investigadores de polícia da área, um pouco de dinheiro ou umas garrafas de birita para fazerem vista grossa; normal. Mas aquilo já era outra coisa. Aquilo era um sistema implantado em toda a região, sem exceções. Significava que o sujeito não podia nem decidir o preço da própria bebida.

Olha só, disse Barbour, por essa quantia vocês não vão ter *nenhum problema*. Nada de perder produto, nada de cadeia, sem problema na hora de transportar. A gente pode se concentrar no que a gente faz melhor e deixar o resto pro xerife. Fora o acesso fácil a todos os materiais que a gente precisar. Olha só, vocês sabem que a Proibição já está perto de acabar, mais dia menos dia. É claro que ainda vai ter campo pra bebida não tributada em áreas secas da Virgínia, mas a gente tem a chance de ganhar uma boa grana enquanto a coisa ainda tá boa pro nosso lado.

E se a gente não pagar?, falou Forrest.

O recinto ficou em silêncio, e todos se voltaram para os irmãos encostados na parede. Jack empinou o queixo e tentou parecer tranquilo.

Como é?, perguntou Turner.

O que o Carter Lee vai fazer se a gente não pagar?

Forrest, começou Barbour, a gente tava esperando que você topasse, porque o seu posto é um depósito central pra quem vai pro norte e pra Roanoke.

Vai dedurar ele?, gritou um homem lá do fundo.

Calma aí, pessoal, disse Barbour. Não é assim. A gente só tá tentando explicar como funciona a coisa. Quem não quiser entrar na jogada vai ter que se virar sozinho, como sempre foi. Agora: não vai ter proteção; então, quando a ATU aparecer, é esse cara que vai perder o alambique e a mercadoria. Se os federais quiserem uma destilaria, o Hodges vai dar uma destilaria pra eles. Mas não vai ser uma das nossas. Ninguém vai dedurar ninguém. Isso não vai mudar.

Mais uma vez, todos se viraram para Forrest e o celeiro ficou em silêncio. Ele mexia a mandíbula, e a cicatriz rasgada em seu pescoço se eriçava. Jack sabia que muitos daqueles homens prefeririam ficar do lado de Forrest e fazer o que ele decidisse, seja lá o que fosse. A propina limitaria os lucros dos pequenos fabricantes ao mínimo, mal cobrindo os custos. E os estoques para uso particular? E se alguém quisesse fazer alguma bebida para si mesmo e os amigos, ainda teria que escarrar a propina? Então qual era a diferença entre aquilo e os impostos que o governo cobrava? Forrest encarava Turner e Barbour como se quisesse entender a que espécie eles pertenciam.

Então o Hodges e o pessoal dele vão vir atrás de mim se eu não pagar?

Bom, gaguejou Turner, não é isso o que eu estou dizendo. Só estou falando que você não vai ter proteção. Eu sei que uns investigadores jogaram duro com o Jack aqui. Esse tipo de coisa não vai acontecer no novo sistema.

Os homens do celeiro inspecionaram o rosto de Jack à procura de ferimentos, e ele rogou uma nova série de pragas sobre Charley Rakes por mais essa humilhação.

E é claro, completou Turner, a gente não quer os investigadores ou a ATU aparecendo toda hora no seu posto, fuçando tudo por lá. Isso afetaria todo mundo.

Ninguém me perturba agora, disse Forrest. Os federais nunca aparecem no meu posto.

É porque eles não são bobos, alguém gritou, e algumas risadas nervosas escaparam.

Forrest se virou e disse, dirigindo-se a todos os presentes:

Quem quiser passar bebida pelo meu posto, em vez de negociar com o governo, disse ele, pode vir comigo. A gente vai arrumar lugar pra todo mundo. A gente vai continuar negociando livre e sem atravessador, como sempre foi.

Alguns homens assobiaram e aplaudiram, mas a maioria ficou em um murmúrio indeciso e desconfortável, em silêncio.

Os tempos estão mudando, Forrest, disse Barbour. Não dá mais pra fazer as coisas como antigamente.

Acho que a gente vai ter que ver isso na prática, disse Forrest.

Ele se pôs em movimento, e Howard abriu caminho pela aglomeração de homens até a porta, todos se afastando para criar uma nítida avenida para o corpo de Howard. Ao seguir os irmãos, Jack sentia olhares intensos sobre seu rosto. Sabia que, naquele momento, os homens respeitavam a coragem deles, queriam ter colhões pra fazer uma coisa dessas. Mas Jack queria mesmo era que eles ficassem e assumissem a reunião, puxassem Turner e Barbour de lado e conversassem um pouco. Se Forrest quisesse, ele poderia ter todos do seu lado, e aí eles virariam a mesa. Jack sentia que ele tinha o poder para fazer isso; se Forrest o deixasse falar, ele botaria um pouco de razão na cabeça daqueles homens e mostraria que eles só precisavam ficar juntos e botar Carter Lee e seus comparsas pra fora. Quem poderia detê-los? Turner tinha razão, a organização daria muito mais dinheiro, mas por que Carter Lee tinha que ser o chefão? Por que não Jack e seus irmãos? Mas ele também sabia que Forrest não queria nada disso. A organização de Forrest era ele mesmo, então Jack estufou o peito ao passar pela porta e seguiu seus irmãos para o brilho do sol lá fora.

Capítulo 15

1934

O XERIFE HODGES tinha uma sala no tribunal, ao lado do gabinete do procurador da comunidade, mas nunca aparecia por lá. Sempre que Anderson ia ao edifício, deparava-se com uma série rotativa de sujeitos — investigadores, aparentemente — lendo jornal ou fumando cigarros, e todos eles diziam a mesma coisa: que Anderson teria que falar com o xerife Hodges e que não sabiam nada sobre o julgamento em aberto. Um desses sujeitos, um rapaz de cara rosada que não devia nem ter passado da adolescência, se apresentou como investigador Hodges, aparentemente o filho do xerife. Nenhum deles usava qualquer tipo de uniforme.

Hodges também estava em trajes civis, mas era fácil distingui-lo, pois era o único com um .38 na cintura dentro do restaurante Little Hub. O local transbordava com os habituais clientes da hora do almoço, mas Anderson conseguiu uma banqueta ao lado do xerife e pediu um café. Hodges devorava frango frito com batatas no balcão e nem levantou os olhos para ele. Anderson começou perguntando sobre os feridos do Hospital de Rocky Mount.

Dois rapazes de Shootin' Creek, fica lá em Floyd, disse Hodges. É o que a gente sabe.

Nenhum suspeito?

Meio difícil arrumar suspeito, respondeu Hodges, quando não tem testemunha nenhuma e as duas vítimas não querem falar. Eu devia dizer que não *podem* falar, porque o cara capado tá pra morrer a qualquer momento. Não apareceu ninguém pra reivindicar o corpo ou se dizendo parente.

Na verdade, eles foram embora.

Como é que é?

Receberam alta semana passada.

Devo confessar que eu tô surpreso. Não achei que fossem conseguir.

Será que tem alguma coisa a ver com esse julgamento?, Anderson quis saber.

Hodges enfiou uma batata frita na boca, o queixo brilhando de gordura.

Willie Carter Sharpe está sob custódia?, perguntou Anderson.

Não sei dizer.

Então vocês não prenderam ela?

Não. Isso é coisa pros federais. Pelo que a gente sabe, ela não tá aqui em Franklin.

E o assassinato de Jeff Richards?

O que que tem? Não posso falar sobre uma investigação em andamento, você sabe.

Hodges deu de ombros. A grelha chiava com as cebolas sendo fritas, e a sineta da porta tocava sem parar, de tantos fregueses entrando e saindo. Anderson pôs uma das mãos sobre o balcão, ao lado do prato de Hodges. O desgraçado não tá nem me dando atenção, pensou.

Eu vi um comboio, disse Anderson, passando bem aqui na frente, faz alguns dias, de noite. Teve um acidente. Eu vi o senhor lá.

É?, disse Hodges.

Uma mulher ficou seriamente ferida.

Ferida nada, disse Hodges, ela *morreu*.

Parece que havia uma confusão com os homens da ATU... correto? Richards estava lá. Só estou tentando entender as coisas por aqui.

Não tem nada pra entender, Hodges o cortou.

Só negócios, nada fora do comum?

Hodges virou o rosto. Agora eu o atingi, pensou Anderson.

É que parece que ninguém dá muita importância, continuou Anderson. Como se fosse tudo normal. Como se nada incomum estivesse acontecendo.

Isso aí.

Bom, não parece comum.

Hodges limpou a boca e jogou o guardanapo no prato. Fez sinal para o balconista trazer mais café.

De onde você é?

Marion, respondeu Anderson.

Estou falando da sua cidade natal. Onde você nasceu e cresceu?

Anderson sentiu seu rosto corar. Seria possível que ele o conhecesse? Será que o pegariam em uma mentira tão ridícula?

Como sabe que não cresci em Marion?

Se você precisou me fazer essa pergunta, observou Hodges, então obviamente não é de lá.

Bom, disse Anderson, de onde eu venho não temos carros cheios de bebida rasgando a cidade toda noite com mulheres ao volante, nem homens castrados recebendo seus testículos de encomenda no hospital, com todo mundo parecendo não se importar nem falar nada sobre essas coisas.

Bem-vindo ao Condado de Franklin, disse Hodges, e se levantou da banqueta, puxando a carteira.

Por minha conta, falou Anderson, e bateu uma nota de 1 dólar no balcão.

Ah, não, senhor, disse Hodges. Seria antiético.

Anderson o seguiu até o carro.

Escuta, será que eu posso ir junto com o senhor pra falar com Carter Lee?

Você vai ter que pedir pra falar com ele. Não sou secretário do homem.

Toda vez que eu passo lá, sou dispensado por um investigador. Seus investigadores. E até pelo seu filho. Já estive lá mais de três vezes.

Hodges entrou no carro e baixou o vidro da janela.

Veja bem, aqueles rapazes do hospital, disse Hodges, eles estariam mortos se ninguém tivesse ligado pra polícia avisando. Não tem conspiração nenhuma por aqui. Então, por que você não volta pra Ohio ou pro

Kansas ou pra onde quer que você tenha nascido e deixa a gente cuidar disso.

Desde a morte de Jeff Richards a cidade ficara mais calma, uma quietude distinta, e os cidadãos, já reticentes, pararam de falar por completo. Anderson passara tardes inteiras em uma ou outra mercearia local, aquecendo-se junto ao fogo, refrescando-se sob um ventilador, bebendo café e comendo pecãs frescas ao lado de moradores locais que se refestelavam em suas cadeiras inclinadas, botas surradas sobre a estufa de aquecimento, sem emitir palavra alguma. Famílias inteiras apareciam para comprar mercadorias, as crianças vagando langorosas pelo estabelecimento, arrulhando umas com as outras em sua linguagem secreta. Talvez aquele antigo rumor sobre as famílias serranas fosse verdade, pensou Anderson com um sorriso, talvez eles *realmente* desmamem os filhos com leite e *moonshine*. Quase nenhum diálogo ocorria entre os adultos, a não ser para tratar da transação corrente.

Agora, numa coisa todo mundo do condado *falava*: em fumo. O tabaco prendia-se aos lábios dos homens como uma redenção. Eles pareciam acreditar que, se repetissem a palavra vezes suficientes, *'bacca*, a entoação, o encantamento, o som desse termo traria boas colheitas e de repente o Condado de Franklin floresceria para a prosperidade. Naquele verão, Anderson viu homens, meninos e meninas andando por entre as fileiras de fumo durante horas a fio em um calor devastador, fileiras que se estendiam pelas colinas até o infinito; eles se abaixavam para puxar lagartas dos talos e folhas, larvas gordas e brancas muito compridas que se contorciam na palma da mão quando arrancadas, as pequeninas cabeças pretas balançando, bocas abertas procurando comida. Atiravam as lagartas nos baldinhos que carregavam e depois juntavam tudo e queimavam — uma cena que Anderson não quis testemunhar. Os garotos tinham o hábito de pular esse processo final, apenas pegavam as lagartas e lhes arrancavam as cabeças enquanto andavam, curvados e cuspindo o dia todo. As lagartas podiam arrasar uma plantação, e eles precisavam ter certeza de que elas tinham morrido. Essa certeza era a coisa mais importante.

Depois, a colheita das folhas de tabaco, que ocorria muitas vezes na temporada. Quando as folhas da parte de baixo ficavam maiores e mais largas devido ao sol do verão, as pontas começando a virar, tinham que ser arrancadas separadamente e colocadas em um saco, mais andanças intermináveis pelas fileiras de fumo em meio ao pó e ao calor. Anderson ficava sentado no capô de seu carro assistindo aos homens e garotos pisarem, depois se agacharem e puxarem algumas folhas em grandes maços que eles chamavam de "mãos". Quando o vento soprava, as frondes de tabaco ondulavam juntas como campos cheios de gente, encapelando-se feito multidões em marcha, e Anderson se lembrava de seus tempos de guerra espanhola, as longas filas de pés azuis e vagantes, pele queimada pelo vento, sede.

Depois, era preciso carregar as mãos de folhas até o celeiro de tabaco, pendurar os pesados aglomerados nas vigas, em alturas variadas, dentro de altos celeiros de madeira revestidos de barro mas com algumas fissuras para proporcionar ventilação. O calor tocava as folhas de leve, secava-as até ficarem douradas e, depois, marrons cheias de pontilhado. Pendurar e descer as mãos era um processo árduo. O ar nos celeiros era inacreditavelmente abrasador, empoeirado, sufocante e abafadiço, e os rapazes trabalhavam rápido.

Um amigo escritor que por um breve período tivera uma plantação na Carolina do Norte havia contado a Anderson como preparara seu campo queimando lixo sobre o solo, cobrindo-o com rede de pesca e depois cuidando dos tenros brotos. Ele disse que tinha passado semanas com os joelhos chafurdados na terra, podando as plantas com diligência e puxando as folhas com cuidado ao longo da estação, sempre atento às larvas e às lagartas. Esse amigo não tinha veículo na época, então alugara uma caminhonete para levar o tabaco até o leilão. Centenas de homens expunham seu fumo em feixes empacotados no armazém de Winston-Salem, e, de manhã, os compradores das companhias de tabaco circulavam com papel e caneta, discutindo a qualidade do produto e fazendo propostas. O primeiro grupo de compradores chegou até o tabaco desse homem e disse: "Vejam só essa bagunça!" No fim, ele só ganhou dinheiro suficiente para cobrir o aluguel da caminhonete. Aquela estação inteira de trabalho fora em vão. Anderson concluiu que, a despeito do suave ondular das folhas perfumadas, plantar fumo — todo o processo de manutenção e colheita

— era o empreendimento agrícola mais terrível, ingrato e debilitante que ele já tinha visto.

No fim de outubro de 1934, Anderson voltou a Marion para passar o inverno e inspecionar o trabalho em sua casa. Enquanto Ripshin era construída, ele ficava a maior parte do tempo no jardim recém-aberto, fumando e vendo os homens trabalharem, fincarem postes, aplainarem vigas, quebrarem rochas. Era uma casa de pedra, a primeira desse tipo que se erguia na região de Marion. Mas o homem contratado para supervisionar a obra, o serrano velho e robusto chamado Ball, assegurara-lhe que eles podiam fazer o serviço, e parecia que podiam mesmo, pois a casa estava quase pronta. Anderson passou férias sossegadas em Ripshin, com Eleanor e a família dela.

No começo da primavera ele já estava de volta a Franklin, na pensão. O indiciamento estava para sair em breve, e havia rumores de que Willie Carter Sharpe estava sob custódia e iria depor.

Os editores da *Liberty* mandaram telegramas querendo saber sobre seus progressos. Sem respondê-los, Anderson deixou a correspondência dobrada em um bolso do paletó. Eles que se danem, pensou. Não vou ficar refém disso. Eu vou lá ver essa desgraçada dessa mulher e escrever a matéria de uma vez e acabar logo com isso.

Willie Carter Sharpe, *a única pessoa, homem ou mulher, que conseguia descer o monte Grassy pisando fundo num Ford* — a famosa montanha localizada ao norte de Rocky Mount, no distrito de Burnt Chimney, do Condado de Franklin, próximo a Roanoke. A Estrada do Álcool, como alguns a chamavam, mas só no norte; desde que ele chegara em Franklin, Anderson nunca ouvira ninguém usar esse apelido. Estava começando a pensar se não era só uma invenção dos metropolitanos, mais um sonho de um Velho Oeste, agora ali no sul montanhoso, a fantasia de uma cultura de fronteira.

Quando voltou para a pensão, Anderson ficou sabendo que outro investigador de polícia havia morrido no último outono. Charley Rakes falecera na própria cama, de pneumonia, em 14 de outubro de 1934, dois dias depois de Jefferson Richards. Já estava morto no dia em que Anderson conversara com Hodges no Little Hub. Ambos os investigadores estavam para testemunhar perante o júri, e morreram apenas duas semanas antes. Um depois do outro; eficiente, pensou Anderson. Charley Rakes morrera, ao que parecia, no sossego do próprio lar, e não havia investigação em andamento ou evidência de crime.

Só negócios, nada fora do comum. Ele reservou o quarto da pensão por mais dois meses.

Capítulo 16

1929

ERAM QUASE 2 HORAS e Jack estava sentado no Model A de seu pai, vendo a forma corpulenta de Howard puxar o carrinho de mão penosamente no escuro. Estavam em uma estrada vicinal escondida, bem no sopé do monte Turkeycock. Jack vestia o terno de sarja preta que pegara do pai naquela noite, junto com o carro. No banco do passageiro, alguns mapas dos condados de Franklin, Bedford e Roanoke, além de uma maleta velha de papelão com algumas mudas de roupa. O porta-malas do carro estava lotado, com 160 litros da *crazy apple* que Howard fizera, em galões de 20 litros cada, e mais outras quatro garrafas debaixo de um cobertor no banco traseiro. Jack empurrou o afogador do carro, e o motor passou de uma tremedeira barulhenta para um ronronar suave. Atrás dele, Cricket Pate estacionou seu Pierce-Arrow em ruínas, carregado com mais 120 litros de *popskull*, aguardente feita nos restos de um alambique retalhado que ele reconstruíra em algum fosso bolorento. Um .38 escurecido estava no bolso de Jack, que ele pegara emprestado do irmão mais velho.

Howard desapareceu na mata escura. Não disse palavra alguma, e Jack sabia que era porque o acordo não lhe servia; produzir e vender tudo bem, mas ele não queria que Jack fizesse o transporte. Jack não ligava que Howard jogasse fora seu salário na jogatina do posto Blackwater, mesmo que estivesse endividado. Pagava sua parte com bebida e algum trabalho. Cricket Pate conhecia um sujeito logo depois da fronteira, em Burning Bag, um dos sócios de John Carter, o homem que comandava o comércio de bebidas em Roanoke e que pagaria 1,25 dólar por litro daquela boa *crazy apple* e 90 centavos pela aguardente. O terno, a maleta e a sacola com a amostra eram uma opção de última hora, uma leve esperança de se passar por bom vendedor. Cricket disse que também se vestiria melhor, mas seu terno comido por traças e seu carro não enganariam ninguém, e Jack sabia disso. Assim que chegaram à rota 33 e rumaram para norte, Jack começou a se sentir um grande idiota e se arrependeu de ter se preocupado com disfarces, só queria fazer aquilo como os outros vendedores. Seriam rápidos, mas não pareceriam fugitivos, resolveriam tudo e estariam de volta antes do amanhecer e, se tivessem sorte, poderiam passar completamente despercebidos.

O Model A guardava o cheiro de seu velho pai: suíças e tabaco para cachimbo, meias de algodão e bala de alcaçuz. Jack empurrara o carro para a estrada logo depois que Granville fora dormir e ligara o motor quando já em movimento. Se fizesse tudo no tempo certo, estaria de volta a Snow Creek antes das 6, com o tanque cheio, e seu pai nem ficaria sabendo. Na partilha, Howard ficaria com um quarto, Cricket, com 50 dólares, e o restante era de Jack. Ganharia algo em torno de 250 dólares, nunca tinha visto tanto dinheiro na vida. Ele brigava com o Model A na curva, os pneus cantando na estrada sinuosa. Um terno novo, as botas de couro macio até os joelhos e com fivelas de bronze, um chapéu de feltro cor de marfim, um carro novo: teria dinheiro suficiente para dar entrada em um carro próprio, e com mais uma meia dúzia de levas de bebida teria dinheiro suficiente para pagar o resto. Um conversível, alguma coisa com brilho e potência.

Contornaram Cook's Knob pela estrada estadual 219, cheia de barro seco e cascalho, uma névoa baixa saindo dos campos de tabaco descuidados que se esparramavam na escuridão como baleias encalhadas, matas de pinheiros e eucaliptos se adensando conforme eles rasgavam a estrada rumo oeste, em direção ao Condado de Floyd. Cruzaram a fronteira pouco depois das 3 horas, um bom tempo de viagem, e ainda não tinham visto uma vivalma além dos guaxinins nas valetas da estrada, o cheiro dos gambás pairando pela noite. Não havia luar, e a luz fraca dos faróis rompia a escuridão. Jack estava quase desapontado: uma viagem sem percalços, e sua camisa começando a secar com o vento fresco.

Alguns quilômetros depois da fronteira do condado, Cricket piscou os faróis e Jack parou em um posto de gasolina. Burning Bag, ou Running Bag — ninguém sabia direito —, era uma área muito conhecida, assim como Shootin' Creek ou Blackwater Creek, por ser uma espécie de entreposto, um ponto de ligação entre o mundo daqueles que saíam das árvores das montanhas e o daqueles que tinham carros e dinheiro. Burning Bag era central no comércio de uísque e tinha sua cota de esfaqueamentos e trocas de tiros desimportantes, brigas ao pé da fogueira e surras no estacionamento, tudo isso envolvendo homens sem nome e que não constavam em registro algum. O posto no qual Jack e Cricket pararam não tinha placa, as bombas cheias de ferrugem acumulada reluzindo na escuridão, uma pocilga sem divisões internas com marcas de fogo evidentes em uma das paredes. Já havia três carros estacionados; eles podiam ver pela janela a iluminação a gás queimando oscilante, enquanto sombras se moviam resolutas pelo ambiente, e Jack voltou a sentir o medo na boca do estômago. Esse território era de John Carter, comandado quase exclusivamente por seu filho, Floyd, o homem que se casara com Willie Carter Sharpe e depois se divorciara. Eles pararam atrás dos outros carros e desligaram os motores.

Cricket dissera que conhecia um sujeito chamado M.O. Walsh, trabalhador itinerante de ferrovia que negociava compra e venda de bebidas quando estava sóbrio. Três homens fumavam encostados na parede do posto, os chapéus baixos. Motoristas. Uma fresta no casaco de um deles revelava uma arma presa ao cinto, com um cano de no mínimo um palmo de comprimento. Não pareceram notar a presença de Jack e Cricket. Um outro homem, sentado na mureta de cimento, cuspiu.

Cricket, exclamou o homem sentado, que se levantou, dando um tapa nas coxas. Tinha uma barba de quatro dias de quem passara esse tempo bebendo sem parar, e olhos em chamas sob o gorro.

Os dois trocaram cumprimentos e Cricket apresentou M.O. Walsh a Jack.

Eu te conheço, disse M.O., com um leve sotaque irlandês na voz. Ouvi falar de vocês de Blackwater. Seu irmão é aquele que tomou um talho na garganta, né? Ouvi falar que ele saiu andando e tomando *white mule* pelo buraco do pescoço.

Vamos ao que interessa, disse Jack, não temos muito tempo.

O que você trouxe aí?

Tenho 240 litros, disse Jack, de *crazy apple* de qualidade, a melhor de Franklin. E mais 120 de *rotgut*.

Que nem é tão ruim assim, acrescentou Cricket.

Espera aqui, então, disse M.O. Vou falar com o Floyd.

M.O. entrou no posto, desaparecendo na escuridão atrás da janela engordurada e coberta até a metade com jornal. Cricket e Jack acenderam cigarros e se recostaram em seus carros. Os outros três motoristas ficaram encostados na parede, como totens negros, seus rostos se iluminando por breves instantes quando os cigarros eram diligentemente levados aos lábios, uma tríade de bocas fazendo bico. Depois de alguns minutos, a porta do posto se abriu com estrondo e um homem de terno completo e chapéu-coco ajustado na cabeça saiu a passos largos. Floyd Carter era tão alto quanto Jack e andava curvado como uma foice. Seu terno de risca de giz feito sob medida era claramente bem novo, embora estivesse desgastado nas costuras e manchado nos punhos. Sua face longa e equina era grossa e estava perfeitamente barbeada. Ele parou em frente a Jack e Cricket e colocou as mãos nos bolsos com convicção, M.O. logo atrás.

Vocês têm mercadoria pra descarregar, disse ele.

Isso, respondeu Jack.

O M.O. disse que são 240 de *crazy apple* e 120 de *rotgut*.

Isso.

Ouvi dizer que o procurador botou os bagos de vocês numa prensa lá em Franklin.

Sombras se movimentavam no posto e homens pisavam a lama atrás de Jack. Ele estava ensopando a camisa de suor de novo, e a arma no bolso do paletó pesava que nem um jugo de chumbo.

Mas que droga hein, disse Floyd Carter. Xerifes escoltando carregamentos toda semana, reduzindo o preço pra todo mundo. Eu dou 1 dólar pela *apple* e 50 centavos pelo outro.

Jack olhou para Cricket, que estava distraidamente puxando fios do paletó.

Mas a gente não acertou, disse Jack, que seria 1,25 pela *apple* e 90 centavos pelo outro?

A gente acertou?, objetou Carter. A *gente* quem?

Jack apontou para M.O., escondido atrás de Carter. M.O. lambeu os lábios.

Sr. Carter, disse ele, acho que a gente pode fazer uma proposta melhor pra eles.

Ora, e por que diabos eu ia querer fazer uma coisa dessas?, retrucou Carter.

Bom...

Me desculpem, rapazes, disse Carter, mas esse é o preço em vigor. Se não gostaram, podem dar meia-volta pra Franklin. Tenho certeza de que os xerifes vão fazer o mesmo preço pra vocês, e não vai ter reclamação.

Meu nome é Jack Bondurant. A gente veio do posto Blackwater.

Sem tirar os olhos de Jack, Carter bateu as costas da mão no peito de M.O., levantando uma nuvem de poeira. Os lábios carnudos de Carter se esticaram em um largo sorriso e revelaram uma série irregular de dentes amarelados.

Porra, garoto, por que não disse antes? Vamos entrando, Jack.

Carter se virou e conduziu Jack para dentro do posto, onde a luz a gás oscilava em uma parede e algumas velas formavam poças de parafina sobre a mesa. Alguns homens estavam sentados em volta da mesa, onde a luz mal os alcançava, de forma que só se podia distinguir suas mãos na penumbra. Um pote aberto, um saleiro e um prato com carne desidratada e ovos cozidos. Jack acompanhou Carter até uma sala dos fundos, com outra luz a gás, que revelava uma pia enferrujada e uma cristaleira alta com painéis decorativos. Um gordo estava de pé num canto com uma espingarda aninhada nos braços.

Olha, disse Carter, colocando o braço em volta de Jack, acho que a gente pode chegar a um acordo.

O hálito dele exalava um odor desagradável de ovos, e via-se sob o chapéu que seu cabelo liso estava salpicado de flocos de caspa. Jack não sabia o que fazer, e estava aflito por ter sido separado de sua mercadoria, deixando apenas Cricket lá fora para tomar conta daquele monte de bebida. Aquele homem tinha sido casado com Willie Sharpe, a bela da montanha e rainha do *blockadin*? A arma no bolso de Jack se chocou contra alguma coisa igualmente dura e metálica no paletó de Carter, mas ele pareceu não notar. M.O. Walsh entrou na sala com uma garrafa em cada mão, uma de *crazy apple* e a outra de *rotgut*. Depois de colocar ambas na pia, ele abriu as tampas e derramou um pouco da bebida dentro de vidros de geleia, e então verteu um gole de cada em dois pires.

Agora se manda, disse Carter.

Walsh fez um leve meneio para Jack e se arrastou porta afora. O homem com a espingarda se moveu um pouco, esticou o pescoço.

Sempre bom checar, disse Carter. Você entende.

Carter acendeu um fósforo e o atirou em um dos pires. Uma chama azulada subiu, vacilante, faiscando. O açúcar do *rotgut*, pensou Jack. Carter atirou outro fósforo no segundo pires. A *crazy apple* queimou com uma chama mais alaranjada, mais fraca, porque tinha menos álcool, mas era mais pura. Então, Carter sacudiu as garrafas e as levantou contra a lâmpada a óleo, avaliando as bolhas com olhos experientes. Piscou para Jack.

Cá entre nós, certo?, cochichou Carter.

Ele se inclinou para perto do ouvido de Jack.

Os outros garotos, continuou ele, não estão conseguindo mais que 1 dólar.

Carter abriu a cristaleira e retirou de lá um cofre. Acendeu uma vela de sebo sobre a mesa e começou a contar notas de um maço tão grande que faria uma mula engasgar. O homem com a espingarda parecia pendurado na penumbra como um casaco velho, a arma uma alabarda congelada sobre seu corpo.

Prontinho, disse Carter, 240 litros a 1,25 dá 300, e 120 litros a 90 centavos dá 108. Ele entregou a Jack os dois maços de notas.

Carter passou o braço em volta de Jack mais uma vez.

Bem-vindo à Midnight Coal Company!, disse Carter. Vamos descarregar, hã? O que me diz?

Quando eles terminaram de transferir os galões, Carter enfiou a cabeça na janela do carro de Jack.

Ei, diz lá pro velho Forrest que Floyd Carter mandou lembranças. Andam dizendo por aí que o desgraçado do xerife tá mandando em tudo lá em Franklin, mas eu tenho pra mim que o velho Forrest e o grandalhão do Howard não vão se dobrar pra um bundão qualquer! Diz isso pra ele!

Jack entrou na fazenda empurrando o Model A e o deixou onde seu pai o havia estacionado na noite anterior. Ainda não tinha dado 5 horas, Emmy não estaria acordada, então ele se encostou no capô por um momento e ficou observando as estrelas que brilhavam sobre as colinas. Os campos de fumo começavam a tomar forma, os tocos secos delineando suas sombras, e a noite estava tão silenciosa que Jack podia ouvir o murmúrio do ribeirão Snow no sopé da montanha. Fumou um cigarro e contou o dinheiro mais uma vez: 230 dólares, mais uns trocos. O trabalho de uma semana. O futuro surgia como aquela alvorada que despontava à sua frente, e ele abriu um sorriso e bateu os calcanhares na grama antes de entrar em casa e se livrar do terno do pai.

Na tarde seguinte, Jack estava na loja Slone provando aquelas botas de couro vinho em seus pés cheios de bolhas. O interior era tão macio quanto ele imaginara, e os 2 dólares agora pareciam insignificantes. Ele também escolheu um sobretudo de pelo de camelo, um chapéu elegante para combinar, luvas de couro com botões perolados para dirigir, duas camisas com colarinho, uma gravata-borboleta de caxemira e um terno completo de risca de giz feito na Inglaterra. Experimentou tudo nos fundos da loja e saiu com suas roupas velhas em uma trouxa, que entregou a Slone.

Vou vestido com elas. Pode queimar essas aí.

No caixa, encheu a mão de charutos e ao pagar bateu com as notas no balcão. Slone não o olhou nos olhos, nem uma vez sequer, mas Jack não se importou, ocupado em se admirar no espelho da loja enquanto Slone contava o troco. Nos fundos da loja, um grupo de homens murmurava atrás de um jornal, balançando a cabeça.

O que é que houve?, perguntou Jack, apontando com o queixo.

Slone pegou um exemplar do jornal de Roanoke e o jogou sobre o balcão. A manchete dizia, em letras garrafais: NOVO PÂNICO EM WALL STREET!

Me dá uma daquelas câmeras Brownie também, disse Jack. Vai que eu quero tirar uma foto minha com o meu carro novo.

Slone pegou a câmera e a entregou.

Outro dia eu volto aí, disse Jack.

Espero que sim, senhor, respondeu Slone, e fez um meneio com a cabeça brilhantinada.

Jack foi dali direto à loja de carros e acabou gastando 200 dólares em um Model A Sport Business Coupe ano 1928, azul-escuro, com bagageiro em vez de assento externo reversível. Motor de 40 cavalos de potência, câmbio manual de três marchas e freio nas quatro rodas. O velocímetro, um círculo cujo ponteiro ia para lá e para cá dentro de um pequeno visor, chegava aos 120 quilômetros por hora. O porta-malas comportava 240 litros, fácil; ele iria reforçar as molas para carregar o peso extra, e Cricket garantiu que poderia colocar um carburador aspirado para aumentar a potência; talvez até pudessem raspar os pistões para acrescentar cilindradas, se conseguissem as ferramentas certas. De qualquer forma, para Jack esse era o primeiro passo em seu novo negócio, o início de um império. Ele tinha todas as expectativas de que em poucos meses iria até Martinsville para comprar um V8 Lincoln, talvez um Packard 8 Phaeton ou um Club Sedan. Saiu da loja com o Model A, fumando uma cigarrilha, o chapéu levemente enviesado, a capota baixa, embora o dia estivesse frio por ser começo de outono. Os 20 dólares no bolso faziam um bom peso contra a coxa. Agora Forrest teria que apoiar o seu plano; era muito fácil e ele tinha a garantia de Floyd Carter.

Imaginou a expressão no rosto de Bertha Minnix quando ele saísse do carro com seu terno novo, seu sobretudo de pelo de camelo, suas botas brilhantes. Daria a câmera fotográfica de presente para ela, percebeu agora que tivera isso em mente o tempo todo. Ela parecia ser do tipo que gosta de tirar fotos. Jack viu o brilho no rosto dela, os lábios finos se torcendo nos cantos, acanhada, os dedos tateando o cabelo macio ao redor do pescoço. Jack forçou os quatro cilindros até que as válvulas sibilassem, passou a marcha e voou pelas curvas, os pneus novos lançando cascalho, terra e poeira sobre o acostamento. Não havia muitas estradas no Condado de Franklin em que se pudesse passar dos 50, exceto pela rota 33 e umas outras, mas pelos cálculos de Jack ele logo teria sua chance.

Tenho que causar boa impressão, pensou, depois daquele vexame na Dunkard Church. Um homem totalmente diferente. Um homem elegante e promissor, um empreendedor, um homem que faz as coisas acontecerem e faz isso com sua própria astúcia. O mundo estava mudando, evoluindo, e o homem que não acompanhasse o passo seria deixado para trás na poça de lama. É, pensou Jack, tá na hora de fazer uns galanteios. Já passou da hora de eu me separar da ralé.

Capítulo 17

1929

O FORD CORTAVA uma estrada de cascalho logo ao sul de Penhook, próximo à fronteira do Condado de Pittsylvania. Então passou para um trecho poeirento que subia um pouco e mais adiante caía num pequeno declive: ali era o acampamento temporário da serraria, em uma clareira entre dois arvoredos de pinheiros e abetos. Na clareira, um barracão grande, feito de toras de madeira e chapas de metal descartadas, erguia-se sob a luz do sol, ladeado por algumas construções menores. Atrás do barracão, bem perto das árvores, havia uma grande caldeira enferrujada sobre a grama. Suas chaminés tortas tinham cerca de 7 metros de altura e estavam escurecidas por causa do alcatrão. Uma caminhonete estava parada sob uma das extremidades do barracão, ao lado de uma alta pilha de toras de pinheiro ainda por cortar: um Ford T velho e sem rodas apoiado sobre blocos e cuspindo grandes nuvens de fumaça preta. Uma correia fora enganchada no eixo traseiro e laçava uma série de toras para uma serra mecânica de dentes grandes. Madeira em vários níveis de processamento se acumulavam em montes e pilhas, o chão coberto por serragem de cheiro forte até a altura dos tornozelos de quem passava por ali. Na clareira, os homens trabalhavam em duplas sobre enormes toras apoiadas sobre cavaletes, forçando serras manuais para a frente e para trás com movimentos irregulares e violentos;

outros amarravam toras às mulas para que os animais as arrastassem até o barracão. Outros, ainda, manuseavam a serra de fita debaixo do barracão, e mais alguns se ocupavam em aplainar as toras e empilhá-las.

Forrest estava de pé junto a uma das extremidades da mesa, forçando a ponta de uma tora de pinho contra a lâmina da serra. Seu macacão estava coberto por lascas de madeira, a camisa suada e com as mangas arregaçadas. Ele estava sem chapéu, o cabelo embaraçado pelo suor e pela serragem. Jack trabalhava em uma mesa sob o barracão, aplainando um bloco maciço de madeira, cortando longas tiras das bordas. Do outro lado da clareira, próximo à entrada da floresta, Howard puxava uma serra com outro homem. Algumas mulas amarradas a um vagão de transporte descansavam ao sol, fuçando as gramíneas esmagadas pelo pó.

Quando o automóvel estacionou junto ao barracão, Forrest deu uma rápida olhada naquela direção e continuou a manejar a tora sobre a mesa. Os homens agachados com as serras pararam, soltaram as alças e se endireitaram, secando a testa na manga da camisa. Howard olhou de relance para o carro, depois acenou com a cabeça para o homem à sua frente e voltou a trabalhar na tora, seu forte torso estremecendo a cada movimento. Jack pousou na plaina na mesa quando os dois sujeitos saíram do carro. Ambos usavam gravatas largas e curtas, chapéus baixos, botas enlameadas e calças presas por cintos. O rosto amargo e sem energia de Charley Rakes estava contraído numa careta devido ao sol. Abshire era menor, de feições finas e boca delicada. Eles passaram pelos homens que trabalhavam aos pares nas serras e seguiram até o barracão.

Lá vamos nós, pensou Jack. Pode ser agora, então é melhor ficar preparado, seu bunda-mole. Duvido que o Forrest vai deixar esses caras escaparem depois do que fizeram com ele, e com o Howard por aqui também aposto que vai ser divertido. Vou me preparar, pensou Jack, e participar um pouco da briga.

Assim que os homens se aproximaram, Forrest chutou um grande interruptor no chão, e a serra começou a girar vividamente, produzindo um ruído agudo. Ele abaixou o chapéu e empurrou a tora ao longo do encaixe que prendia a lâmina. Rakes e Abshire recuaram quando, com um grito estridente, a lâmina entrou em contato com a tora, atirando serragem para todos os lados. Por alguns minutos todos ficaram observando a tora deslizar em direção à serra, que a dividia em uma linha perfeita. Forrest estava agachado na extremidade, usando um gancho de ferro para ir puxando a torra e se inclinando sobre ela. Então Rakes tirou um revólver do paletó e o apontou para a cabeça de Forrest.

Jack deu um passo à frente e olhou para Howard, ainda serrando o tronco na entrada da floresta. A serra circular começou a soltar fumaça quando atingiu a tora, ao que um garotinho saltou de trás de uma pilha de madeira com uma lata de óleo e habilmente lubrificou a lâmina. Depois, correu de volta para seu lugar junto à pilha de madeira, onde se agachou sobre o pequeno bloco de madeira que ele talhava com um canivete, sério, mas com um olho na arma de Charley Rakes. Forrest se curvou sobre a tora mais uma vez, e Rakes desviou o braço em direção ao Ford T e deu um tiro na sua direção que passou pelo motor da máquina de Forrest, mas o *poc* mal foi ouvido em meio ao barulho da máquina. Sem olhar, Forrest puxou a tora da serra e chutou o interruptor novamente. Viu o motor cuspir óleo pelo buraco do tiro, começando a queimar e soltar fumaça, crepitando até parar. Então, na clareira o que se ouvia agora era apenas o som da serra de Howard, rosnando enquanto trabalhava mais alguns instantes, e logo esse ruído também cessou. Algumas das mulas se agitaram em seus arreios, e o silêncio se fez.

Forrest lançou um cuspe seco na serragem.

Droga, Charley, disse Abshire, e secou a testa suada com a manga da camisa.

Outros homens que trabalhavam no moinho de madeira largaram suas serras e plainas e começaram a sair do barracão em direção à sombra das árvores. Jack percebeu que as testemunhas preocupavam Abshire. Charley Rakes foi até a grande caldeira. Abriu a porta do forno com um chute e golpeou o cano com os nós dos dedos. Forrest passou o dedo no buraco quente que a bala fizera no motor.

Escuta, disse Abshire, você tem que pagar a sua cota se quiser fazer bebida. Você e os seus irmãos.

Rakes voltou para perto deles, os dedos enganchados no cinto esticado.

Vou te dizer uma coisa, começou Rakes, se vocês botarem essa caldeira pra funcionar, vão queimar a bebida de uma dúzia de chaleiras de uma vez só. Podem instalar a coisa toda bem aqui. Melhor do que as porcarias que vocês andam fazendo lá nas montanhas de noite.

Forrest olhou para os homens na sombra. Todos eles assistiam com as mãos nos quadris, e Howard limpava as mãos no macacão, de cabeça baixa. Que diabos houve com ele?, pensou Jack. Rakes cutucava a serra de mesa, empurrando com seu dedo gordo um rastro de serragem ao longo da prancha. Estava a apenas alguns centímetros da serra grande. Jack viu que Forrest olhava para uma velha barra de metal que eles usavam para atiçar a caldeira. Uma pilha de lenha recém-cortada ali perto. Então ele se virou e apontou para Rakes.

Você vai pagar por essa bala, disse Forrest, com calma.

Abshire tirou as mãos dos bolsos. Howard colocou o chapéu e começou a atravessar a clareira, o rosto rígido. Lá vamos nós, pensou Jack, e começou a se esgueirar rumo ao lado oposto do barracão, para abordá-los pelas costas.

Tá me ameaçando, rapaz?, disse Rakes, dando a volta na mesa e levando a mão ao revólver.

Vai com calma, Charley, aconselhou Abshire.

Rakes puxou um pouco a arma, o dedo indicador de prontidão.

Você se acha muito machão, né, seu filho da puta?

É muito simples, Forrest, falou Abshire. Ou a gente recebe o pagamento, ou a gente destrói os alambiques. Todos eles.

É isso aí, falou Rakes, a gente vai explodir a merda toda. E o seu posto logo depois dos alambiques, entendido?

Charley Rakes parou em frente a Forrest, ergueu o revólver e apontou para seu peito.

A gente não tem medo de você nem dos seus irmãos, disse Rakes, como certas pessoas por aí. Pergunta pro Jack o que ele fez da última vez que eu peguei ele num alambique. Pergunta se ele não chorou que nem menininha.

As cigarras cantavam lá no alto nas árvores, e os trabalhadores permaneciam nas sombras, ombro a ombro, só observando. Howard aproximara-se silenciosamente pela clareira até o barracão e parara alguns passos atrás dos dois homens, os braços ao longo do corpo, a cabeça ainda abaixada, de forma que não se podia ver seu rosto sob o chapéu. Jack estava agora junto ao carro dos investigadores, 10 metros atrás deles, indo lentamente na direção deles, por trás. Abshire olhou o grupo de homens que os observava.

Merda, disse Abshire, vamos embora, Charley. Leva a grana lá no escritório, Forrest. Estamos dispostos a perdoar uns meses, mas você vai ter que dar pelo menos 60 pra começar, já que tá atrasado.

Os investigadores se viraram e foram para o carro. Jack se afastou para deixá-los passar. Abshire olhou para Jack, sacudiu a cabeça e entrou no veículo. Rakes se deteve por um momento, olhando para Jack como se não o reconhecesse.

Ei, garoto, disse ele. Sua cara já sarou?

Jack não disse nada. Encarou o rosto gordo e suado de Rakes, perfurando-o com o olhar.

Você grita muito, garoto, provocou Rakes. Parece um porco guinchando.

Rakes olhou de relance para Forrest, ainda de pé sob o barracão. A sombra pesada de Howard estava ao seu lado.

Entra no carro, Charley, disse Abshire.

Você vai deixar os seus irmãos te meterem em coisas que você não sabe lidar, disse Rakes.

Eu sei me virar, respondeu Jack. Não se preocupa.

Rakes deu mais uma risadinha.

Quanta ameaça por aqui. Ladram muito e não mordem.

Depois que o carro dos dois pegou a estrada, os homens voltaram para seus lugares, cuspindo nas mãos e pegando novamente as alças das serras. Jack foi até seus irmãos sob o barracão. Um dos homens falava alto, um sujeito magro com bigode torto, chamado Whit Boitnott.

Eu não preciso aguentar essa merda, disse ele. Tanta arma, o que é que um homem vai fazer com isso?

Ele acendeu um cigarro com as mãos trêmulas.

Vai acabar matando todo mundo se ele não abrir os olhos. Não dá pra trabalhar com esse tipo de...

Forrest fechou a cara, pegou a barra de ferro e a lançou sobre Whit com um movimento rápido. Whit recuou, agachou-se e levantou os braços. Gritou quando a barra passou por cima de sua cabeça. A barra de ferro foi voando para a clareira e se fincou no chão, balançando, e os homens começaram a rir. Whit se levantou aos tropeços e correu para a floresta, protegendo o pescoço.

Ed, Tyler, disse Forrest, podem alimentar a caldeira, quero ela pronta e presa na serra.

Os homens começaram a preparar a velha caldeira, outros foram para a pilha de lenha e esvaziaram o compartimento de cinzas. Os irmãos saíram para o lado.

Cundiff, Jamison e o resto, eles estão pagando?, Jack quis saber.

O Cundiff não, respondeu Howard. Não vai pagar. Acho que além dele só tá faltando a gente.

Olha, disse Jack, a gente precisa fazer alguma coisa. A gente precisa pegar aquele merdinha do Rakes.

A gente não precisa fazer nada, disse Forrest.

Que não precisa!, rebateu Jack, eu já fiz. A gente levou 400 litros pra Burning Bag umas semanas atrás. O Floyd Carter disse pra gente levar mais sempre que der.

Forrest se virou para Howard com um olhar incrédulo, genuinamente surpreso. Howard olhava fixo para um ponto no peito de seu irmão, as mãos na cintura.

Ele tem pontos de entrega em todos os lugares, continuou Jack, e a gente vai levar mais assim que o Howard fizer mais uma leva. Faço parte do grupo dele agora, a Midnight Coal Company.

Ah, é?, disse Forrest.

É.

Você não sabe nada sobre o Carter e a Midnight Coal.

Eu sei que eles vão ficar com a nossa bebida por um bom preço. Sei que eles tão ganhando dinheiro. Diferente da gente.

Forrest enfiou um dedo na clavícula de Jack.

Você não sabe de porra nenhuma, disse ele. Floyd Carter logo, logo vai usar você pra engraxar as botas dele. Você não vai ter nenhum tipo de garantia com eles.

Posso cuidar de mim mesmo, rebateu Jack.

É? Agora você pode?, disse Forrest.

Olha, insistiu Jack, tem aquela mulher, a Sharpe, produzindo mais que qualquer um aqui no condado, e ainda não pegaram ela. Porra, se a gente tiver que pagar pra produzir e depois pagar de novo pra mais alguém transportar, parece que a gente tem que tirar eles do caminho. A gente ganhou quase 400 nós três. Eu e o Cricket fizemos o transporte. Dá pra fazer até de olho fechado, ainda mais agora que eu tenho o meu próprio carro.

Forrest bateu a serragem do chapéu e pareceu ouvir uma voz vindo das árvores.

O Howard tem alambiques bons, disse Jack, e a gente tem alguns carros e podia conseguir mais alguns. Eu sei que você sabe onde a gente pode arranjar material. A gente podia montar vários alambiques grandes, fazer 1.000, 1.500 litros por vez. O pessoal do Floyd Carter vai ficar com tudo o que a gente tiver pra oferecer. Depois que a gente conseguir vender algumas vezes, os outros vão parar de pagar e a coisa toda vai engrenar. Eu mesmo dirijo o carro principal. E se o Rakes e o Abshire tentarem parar a gente, juro por Deus que eu mesmo atiro no Rakes.

Você vai atirar nele?, disse Forrest.

Juro que vou, disse Jack.

Quando uma coisa dessas começa, sentenciou Forrest, é difícil parar depois.

É só a gente ficar de olho, disse Jack. E a gente para quando quiser.

Forrest encarou o irmão nos olhos.

O que faz você pensar, disse Forrest, que depois que começar você vai *querer* que pare?

ASSIM QUE ELES DEIXARAM o acampamento naquela noite, Jack começou a elaborar em sua mente a logística do plano. Forrest concordou em procurar fornecedores de cobre de grande calibre para alambiques novos e maiores. Se Jack e Howard conseguissem construí-los, eles começariam a ter grandes produções no início da primavera, quando o clima esquentava. Jack não tinha dúvida de que dava para ganhar muito dinheiro; sua parte nos lucros seria suficiente para comprar um lugarzinho em algum canto, talvez em Roanoke, e deixar a serraria e a casa do pai para sempre. Forrest já fez isso antes, pensou Jack, aliás foi assim que ele conseguiu o dinheiro para comprar o County Line. Uma pequena estaca pra começar alguma coisa minha, tomar o meu lugar de direito, estar no controle. Não vou mais ferrar com as minhas costas serrando madeira e colhendo tabaco em troca de umas migalhas.

Naquela tarde, Howard atravessou o bosque em direção a um grande descampado. A oeste, sobre o monte Fork, o sol estava baixo e brilhava sobre o capim opaco e a palha seca. Uma dúzia de bois hereford vermelhos e brancos se espalhava sobre a encosta até o outro lado do vale, grandes áreas cobertas de verde e de pedra, as vacas farejando tufos de alfafa e trevos. O gado se virou para ver o homem que surgia da floresta.

Howard pulou uma cerca de arame farpado e desceu a montanha a passos largos rumo a um celeiro de tabaco que ficava sobre uma pequena elevação; parecia uma ilha. O gado abria caminho para ele, e alguns saíram correndo, bufando, os olhos em desespero. O celeiro de tabaco fora construído no estilo padrão daquele tempo e também dos cinquenta anos seguintes, um estilo muito comum naquela parte do condado: alto e estreito, talvez 7 por 10 metros, com toras acastanhadas e cheias de fendas que durariam para sempre, pregadas em cruz e seladas com pasta de lama vermelha, e um telhado de metal que logo ficava manchado e ganhava uma cor forte de ferrugem. O celeiro se erguia sobre uma fundação de pedras bem colocadas, e tinha um fosso para o fogo nos fundos e dois dutos de pedra separados sob o solo, para fazer circular a fumaça e aquecer o ambiente, de modo a secar as folhas de fumo penduradas. A porta de tábuas de pinheiro era fechada com um gancho de arame e um bastão, uma pedra grande servindo de degrau. Lá dentro, no espaço vazio, o cheiro de tabaco era forte, um cheiro penetrante e seco que ia direto para o cérebro.

Howard ficou parado por um instante no celeiro poeirento, deixando que seus olhos se acostumassem à escuridão. O vento cantava contra o teto de metal e uma parte do gado mugia lá fora. Seu macacão estava coberto por serragem, e tinha as altas botas enlameadas do riacho que ele atravessara. Estava cansado e seus braços doíam até os ossos; passara o dia todo amarrando toras às mulas e manuseando a serra. Em algumas semanas o acampamento seria desativado por causa do inverno e Howard sabia que ficaria nas montanhas, com ou sem os irmãos. Não ia para casa havia mais de uma semana. No fim do expediente, ele largava a pesada serra, secava as mãos no macacão e ia embora do acampamento, enquanto o restante dos homens jantava. Ia direto para o vale, percorrendo a pé os 5 quilômetros que seguiam junto ao riacho e contornavam o lago, até esse campo. Logo atrás da próxima colina ficavam sua casa, sua esposa e sua filha.

Com as mãos estendidas na escuridão, Howard foi até a parede do outro lado do celeiro de tabaco. Encontrou a pilha de sacos de pano e a frágil moita de folhas de fumo e, dando a volta em torno, achou uma garrafa de 2 litros com tampa de metal. Só pelo peso, sabia que estava praticamente cheia, e, segurando-a perto do rosto, quase podia ver as gotas no vidro quando a girava, o líquido claro se espargindo em silêncio. O cheiro doce e pungente de milho apodrecido subiu para o seu rosto. Howard ficou ali no celeiro escuro, segurando a garrafa junto ao peito, respirando, ouvindo o vento bater no telhado, pensando na arma que ele vira apontada para seu irmão aquela manhã e em como o tiro ressoara na clareira. O pânico desesperador em sua garganta e a fúria familiar lhe dominando os braços. Seu irmão mais novo olhando para ele, esperando que fizesse alguma coisa. Em pé, sob o sol, em uma fila de outros homens que só observavam o cano da arma apontada.

Howard abriu a garrafa e tomou um gole demorado, e então pousou o rosto na dobra do braço e soluçou um pouco.

Do lado de fora, o gado suspirava, dedicando a tarde ao extenso campo de capim e à visão do lago tranquilo.

LUCY ESTAVA SENTADA na cozinha com a bebê no colo. Uma lâmpada a óleo tremia fracamente sobre a mesa. Uma panela de repolhos fervia sobre o fogão e enchia o ambiente fechado com o cheiro denso de folhas e banha de porco cozinhando. Howard esvaziou os bolsos, tirando algumas coisas que furtara da serraria: um pedaço de linguiça, um naco de carne de porco, um pequeno saco de biscoitos duros. Lucy o olhava fixo, aconchegando a bebê contra o peito, esperando amamentá-la. Howard sabia que ela o estava observando à procura de sinais de embriaguez, mas estava tão cansado que não se importou muito.

Ouvi dizer que vai tudo fechar, disse Lucy. Que os investigadores vão acabar com o negócio do Forrest.

Onde você ouviu isso?, perguntou Howard.

Por aí.

Lucy mudou a bebê de posição em seu peito. Howard se irritou por estar discutindo essas coisas ali em sua casa, com sua mulher. O novo sistema deixara as pessoas mais intrometidas: esposas e vizinhos falavam sobre isso, agora todo mundo parecia saber do negócio de todo mundo. Acho que isso não importa, pensou Howard, se ninguém mais precisa ter medo de saber. Quando a lei comanda o negócio de bebida, quem é que vai te prender?

Nem sempre, disse Howard, é verdade o que as pessoas dizem.

Então não vão fechar o negócio de vocês?

Howard pegou as notas de dólar amassadas no bolso e as bateu na mesa.

Por acaso tá parecendo que a gente faliu?

Lucy puxou a pilha de dinheiro sobre a mesa e juntou as notas, contando-as com uma das mãos. A bebê estava quieta e parecia quase rosada, uma boa mudança em comparação com a criatura de rosto vermelho-escuro e choro incessante que antes existia naquela casa. Ela dormia no peito de Lucy, aparentemente satisfeita. Já sua esposa parecia pior, pensou Howard, enfraquecida e desgastada, parecia estar desbotando, como se sua cor estivesse se transferindo para a filha deles.

Não é suficiente, disse Lucy.

Eu sei.

A gente precisa de dinheiro. Você sabe disso. Tem uma série de contas pra pagar e a dívida com a mercearia do seu pai... se é que ele faz questão que a gente pague.

A gente vai pagar.

Então você e os seus irmãos estão com alguma carta na manga?

Não se preocupa com isso.

Ah, eu tenho que me preocupar, disse Lucy. Alguém nessa casa tem que se preocupar.

Eu vou sair rapidinho.

Howard, disse Lucy, já tem tanto álcool pra se beber por aí.

Ela embalava a bebê com carinho.

Parece que nunca é suficiente, concluiu ela.

Eu tenho bastante mercadoria armazenada, disse ele.

Lucy olhou fixo para ele, seus olhos de um azul límpido, a bebê aninhada em seu pescoço. Howard olhou pela janela da frente. As mariposas se aglomeravam na varanda, jogando seus corpos peludos contra a janela de vidro.

Um dia, disse ela, aquela garrafa vai ficar vazia e você não vai poder fazer nada.

Não se eu puder evitar.

Ah, Howard, quanta bebida tem nesse condado? No mundo?

Vou tentar descobrir, disse Howard, e saiu.

Mais tarde, naquela mesma noite, Howard iria a um bar de luz fraca e, já fora de casa, através da janela, veria sua esposa amamentando sua filha. Ganhava algum dinheiro e o trazia para ela, depois seguia seu caminho; esse era o acordo que tinham. Quando Howard olhou a cabeça loira de sua filha apoiada em sua mulher, soou nele uma nota musical longa e baixa, mas não era ternura nem afeto. Ele passou os dedos pelo dinheiro amarrotado no bolso do macacão.

Várias vezes, pensava Howard consigo mesmo, eu tive tanto dinheiro no bolso que era de fazer engasgar uma mula, mas, que desgraça, isso nunca fez a menor diferença.

Capítulo 18

Naquele inverno, Forrest providenciou um carregamento de folhas de cobre de grande calibre e muitos metros de tubulação para os novos alambiques, investimento que consumiu parte significativa de suas economias. Certa manhã, Jack e Howard foram a Rocky Mount buscar a carga no pátio ferroviário, os trilhos e o cascalho cobertos por uma fina camada de gelo. Depois que o pacote de dinheiro trocou de mãos, um guarda-freios enérgico vestido em um macacão os conduziu a um vagão de cargas e o escancarou. Dentro dele havia pilhas de lâminas de cobre que chegavam a mais de 1 metro de altura e dezenas de pacotes de tubulações de cobre. Dava para construir cinquenta alambiques, com serpentinas e coifas.

A nossa carga é tudo isso aqui?, perguntou Jack.

O guarda-freios assoou o nariz num lenço sujo.

Porra, garoto. Tá achando o quê, que mais ninguém faz bebida aqui na área?

O sujeito então abriu outro vagão, onde havia pilhas de mais de 2 metros de sacos de açúcar e caixas de fermento para bolo.

Pelo visto, disse o guarda-freios, daqui a uns meses o condado todo vai tá nadando em álcool!

Enquanto eles pegavam os materiais, alguns homens esfarrapados espiavam vagões de carga abertos e depois desapareciam na mata. Em uma das extremidades do terreno, uma dúzia de homens estavam agachados em torno de uma pequena fogueira, se aquecendo. O guarda-freios cuspiu no chão, nervoso, e pegou outro fumo de mascar.

Merda, disse ele. Vocês se viram aí. Tenho que resolver umas coisas.

Ele desatou do cinto um cassetete de couro e avançou sobre os homens, que começaram a se levantar e a juntar suas coisas.

HOWARD CHAMOU CUNDIFF e Jack chamou Cricket Pate, e durante os meses de janeiro e fevereiro eles construíram quatro alambiques de mil litros e modelaram coifas resistentes e serpentinas. Trabalhavam em um barracão próximo à choupana de Howard, com foles e uma fornalha improvisados, todos de torso nu, e ao final de cada dia as paredes de lata do barracão estavam brilhando de calor. O local que Howard arranjara em Turkeycock era com certeza o melhor, e eles combinaram de preparar o campo para uma expansão, removendo mais moitas e árvores e deixando uma espessa cortina de mata no lado descoberto da montanha para bloquear a luz e o vapor. Cundiff montou um conjunto provisório de anéis de metal vazados, que forneciam uma mistura de gás e ar através de uma bomba de pneu. Segundo ele, isso deixaria a temperatura mais equilibrada e impediria a perda de calor.

No final da primavera de 1930, Jack completou 20 anos e voltou para a casa de seu pai temporariamente, para ajudar na colheita do fumo. Howard e Forrest iam à fazenda durante a retirada das lagartas e, depois, ajudavam na posterior colheita das folhas e na defumação. O projeto desacelerava com os irmãos trabalhando nos campos, ainda que algumas tardes, quando tinham tempo, Howard e Jack subissem até Turkeycock e ajudassem Cundiff e Cricket nos alambiques. Não havia como escapar, e Jack sabia disso. Embora fossem apenas 3 hectares de terra, era a melhor faixa de solo que o pai deles tinha, e o dinheiro era vital para o velho continuar pagando as contas e manter a mercearia funcionando. Os negócios estavam drasticamente fracos naquele ano, o tráfego na estrada reduzido a itinerantes e andarilhos desempregados. Vários dos fornecedores de Granville pediram falência ou simplesmente desapareceram, e as prateleiras da loja estavam mal abastecidas. Granville costumava dar aos filhos uma parte do que ganhava com o tabaco, o suficiente para compensá-los pelo trabalho e tempo que haviam perdido na serraria, mas todos eles sabiam que isso não aconteceria aquele ano.

Jack achou estranho deitar na velha cama de corda que ele antes dividia com o irmão, ouvir o rangido lânguido das cordas de cânhamo e o vento cantando no telhado, sua irmã Emmy cozinhando e limpando a casa e passando as tardes na antiga cadeira da mãe, à janela. Jack tinha a impressão de que Emmy estava determinada a renunciar completamente à juventude e seguir direto para a meia-idade. Ela sente falta da Mãe, com certeza, pensou, e das irmãs também. Pensar em Emmy e em seu sofrimento desde aquele tempo fez os olhos de Jack se encherem d'água numa daquelas longas tardes que ele passava arrancando os brotos da plantação. De repente, Jack se sentiu culpado por ter se reintegrado com o mundo. Com que frequência pensara em Belva May e Era nos últimos anos? E em sua mãe? Como ele tinha conseguido seguir a vida assim tão fácil enquanto Emmy continuava de luto? Ele se endireitou na fileira de fumo e secou o rosto com a manga da camisa.

Certa manhã, Jack deu uma procurada no celeiro de feno que havia em frente à casa, do outro lado da estrada, e encontrou um saco de pano grande. Começou a enchê-lo com uma mistura de terra, palha e barro. Granville estava no quintal, queimando lixo em um tonel, abanando as chamas brumosas com o chapéu. O sol havia avançado por sobre o monte Turkeycock e agora inundava de luz o campo e a estrada. A primavera fora seca e o verão prometia ser ainda pior. Aos domingos, as igrejas de todo o Condado de Franklin ficavam cheias de agricultores de tabaco. Na cozinha, Emmy enxaguou as mãos e os braços depois de lavar a louça do café da manhã, a água gelada do poço jorrando sobre sua pele branca.

Quando o saco estava cheio, Jack amarrou bem a abertura com barbante, cuja ponta lançou por sobre uma viga, deixando-o pendurado na altura de sua cabeça, um saco de pano oscilante, de massa irregular, com pedaços de palha espetados para fora e soltando terra. Jack fez uma pose de boxe, como as que tinha visto em fotos, e bateu quando o saco veio balançando para cima dele. Começou a bater mais forte, detendo o impulso do saco quando ele vinha para a frente. Depois de uma sequência de golpes, suas juntas ficaram estouradas, e Jack praguejou e afagou as mãos, massageando os dedos.

Ouviu-se um ruído de pedregulhos lá fora e Howard entrou no celeiro. Ele estava com as mangas da camisa arregaçadas e carregava um rolo de barbante embaixo do braço. Jack parou o balanço do saco. Howard se deteve por um momento, olhando-o com ar zombeteiro, e então foi até o saco e o empurrou com os dedos carnudos, cutucando o pano gasto. Olhou para o irmão mais novo e sorriu ironicamente.

Tá fraco, Jimmy Braddock, disse ele.

Vai pro inferno.

Vamos dar uma melhorada nisso aqui.

Howard desamarrou a corda e baixou o saco até o chão. Usando uma pá, quebrou um pouco de terra seca e o encheu mais, até que ele assumisse uma forma cilíndrica e a terra dura se compactasse. Depois, pegou alguns sacos de pano sobressalentes e os rasgou em tiras.

Uns colegas do exército que me ensinaram, contou Howard.

Ele então enrolou as tiras de pano em volta da mão de Jack e entre os dedos, apertando com firmeza.

Assim você não acaba com a sua mão, explicou Howard.

Quando as mãos de Jack estavam bem envolvidas, Howard deu um passo para trás e fez um sinal com a cabeça, ao que Jack bateu no saco, sem força, envergonhado por fazer isso na frente do irmão. Deu alguns socos com a direita.

Ei, disse Howard, para de querer enganar com essa postura. Você tem que girar o corpo com o movimento. E tem que usar a esquerda primeiro, poupar a direita.

Howard disparou alguns socos diretos com a esquerda no saco pendurado.

Jack tentou uma combinação de direitas e esquerdas. Howard agarrou o saco para impedi-lo de balançar.

Outra coisa que você precisa é de um bom gancho, disse ele. A maior parte dos caras bate muito aberto, acabam ficando desprotegidos.

Simulou então alguns socos abertos e lançou uns ganchos.

Os seus ganchos têm que ser curtos e firmes. Têm que descer o ombro.

Howard ficou em posição diante do saco e curvou um pouco o ombro esquerdo.

Agora manda um gancho com força, ordenou.

E disparou um gancho curto no meio do saco.

Agora, disse ele, você faz assim quando atacarem. Vai ser um soco de direita, sabe, porque os caras são destros, a maioria. Ele dá um soco de direita...

Howard se abaixou um pouquinho e moveu a cabeça para o lado.

... e aí, quando ele errar o soco, vai ficar totalmente desprotegido pro gancho.

Howard disparou dois ganchos rápidos no saco.

Jack posicionou os pés e praticou alguns socos, cruzados de direita e ganchos de esquerda. Howard assistia com os braços cruzados no peito.

Você tá planejando surrar alguém?

Que nada, respondeu Jack. Só vendo como eu me saio.

Howard pegou o barbante, secou a testa na manga da camisa e apertou os olhos para o sol.

Nunca acontece do jeito que a gente planeja, disse Howard. Depois do primeiro movimento, tudo é novo e nada sai como a gente tinha pensado.

Certo, disse Jack.

Vou te dizer, você só precisa saber uma coisa. Uma coisa que o velho Forrest sabe muito bem. Que você precisa bater primeiro, bater com toda a força que tiver, e depois continuar batendo até o cara cair, e aí você bate ainda *mais*.

Jack concordou com a cabeça.

Tem muito homem, continuou Howard, que gosta da *ideia* de brigar, mas bem poucos gostam de apanhar. Você pode fazer um homem desistir bem rápido com esse primeiro golpe. Um bom direto de esquerda no nariz e a maioria já vai desistir. A gente tem que tomar cuidado é com esses caras que *gostam* de apanhar.

Olhando para o irmão, Jack percebeu que jamais pensara em Howard como um ser humano sensível, nunca tinha considerado que ele alguma vez tivesse tido um pensamento ou um plano sensato sobre qualquer coisa. Sempre o imaginara como uma espécie de máquina ou de animal, reagindo ao mundo de maneira instintiva. Esse pensamento o deixou inquieto e constrangido.

Tá seco demais, disse Howard, chutando a poeira.

Então ele saiu pelos fundos do celeiro para o campo. O saco balançava de leve, rangendo. Jack tentou imaginar o rosto de alguém no tecido, primeiro o sorriso prepotente no rosto risonho de Wingfield, e deu um murro em seu nariz com a direita, seguido por uma sequência de golpes. Então viu o rosto de Charley Rakes, sua cabeça de ovo, estendendo as mãos e segurando Jack pelos ombros. Experimenta me acertar de novo, pensou Jack. Posicionou os punhos junto ao queixo e disparou uma série de socos firmes.

Capítulo 19

1930

AO FINAL DE MAIO, os alambiques em Turkeycock produziam 800 litros por semana, com Jack e Cricket fazendo as viagens noturnas para Burning Bag sem incidentes. Jack comprou mais alguns ternos, um relógio de bolso e um Dodge Sport Coupe novinho, e começou a guardar dinheiro para um grande Packard ou algum outro furgão. Ele tinha 400 dólares embrulhados em um pano e escondidos sob uma tábua solta em seu antigo quarto, e olhava os produtos na cidade como um homem sem queixas nem noção de qualquer outra coisa além de si mesmo. Foi uma época esplêndida, e, entre os campos de tabaco do pai, os alambiques e as viagens noturnas, Jack começou a planejar sua corte a Bertha Minnix.

Jack esperava escondido na loja de materiais agrícolas sempre que Tazwell Minnix fazia sua habitual visita. E, quando o homem entrava, Jack saía em direção à sua caminhonete no estacionamento. Bertha ficava na cabine, tomando uma garrafinha de refrigerante ou folheando as páginas de um catálogo, as janelas abaixadas para que pudesse sentir o vento fresco. Ela forçava os olhos através do para-brisa sujo para captar a aparição imponente que vinha pelo caminho de madeira, terno e gravata-borboleta, botas engraxadas e perfeitas, uma cigarrilha nos lábios e o rosto risonho, como se não houvesse nada melhor que um passeio em um dia de primavera. Jack se virava e inclinava o chapéu para ela, e Bertha permanecia sentada no banco da frente, com o catálogo no colo, perguntando-se o que aquele tolo estava tramando. Depois de algumas semanas, a vontade de Jack aumentou e ele foi até o carro, sabendo que teria em torno de seis minutos antes que o velho saísse da loja com seus sacos de ração.

Bertha o fitava com olhos desinteressados e uma expressão fixa no rosto. Vestia uma blusa escura, abotoada até em cima. Ela instintivamente levou as mãos ao colarinho e, então, de volta para o colo. Jack apoiou o pé no estribo e atirou a cigarrilha no chão.

Bom dia, disse ela.

O que acha de dar um passeio comigo um dia desses?, perguntou Jack, acenando com a cabeça na direção de seu carro, estacionado do outro lado da rua.

Estou esperando meu pai, respondeu ela. Mas imagino que você já saiba disso.

Hum. Não. Só pensei que talvez você quisesse dar um passeio.

E por que eu faria isso? Eu não preciso ir a lugar nenhum.

A gente não precisa *ir* a nenhum lugar, é só um passeio.

Jack virou a cabeça quando a porta da loja de rações foi aberta. Um outro velho saiu com um saco bojudo sobre os ombros e começou a descer a rua.

Você deveria ter medo de meu pai pegar você aqui. Conversando comigo.

Por quê?

Você sabe. Ir a um culto daquele jeito. Depois sair de lá que nem um doido. Você tem problemas mentais?

Não era bem assim que Jack tinha imaginado a cena. Ele alisou o paletó e conferiu o relógio, apertando os olhos sob o sol para enxergar os ponteiros.

Não tem problema se for isso mesmo, disse Bertha. Eu tenho um primo que nunca nem sai de casa.

Não tem nada de errado comigo, respondeu Jack. Um doido usaria um terno destes, por acaso? Teria um carro daquele? Que, aliás, já é o meu segundo. E eu só tenho 20 anos.

Bertha olhou para o carro de Jack por alguns instantes. Ele achou que ela ficou devidamente impressionada. As coisas estavam se ajustando.

Acho que não, respondeu ela. Mas isso não explica por que você agiu feito um maluco. Meu pai disse que você estava bêbado, mas eu nunca tinha visto um bêbado daquele jeito.

Eu só não queria ninguém lavando meu pé, só isso.

Bertha soltou um *tsc* de desdém e fez uma careta.

Jeito engraçado de demonstrar isso. Vejo que você comprou botas novas.

Tudo isso é novo. Este terno aqui foi feito sob medida, em Richmond.

Hmmmm.

Jack passou a ponta da bota pela poeira do chão e olhou para a janela da loja de rações.

Olha, eu não tenho nada pra dizer sobre aquilo, falou, além de que eu me arrependo.

Bom, já é alguma coisa.

E aquele passeio?

Você sabe que eu estou esperando o meu pai.

Mais tarde, então.

Bertha pareceu considerar a ideia por um momento. Passou os dedos pelo catálogo sobre seus joelhos.

Você não é o tipo de homem com quem uma garota deveria passear, disse ela. Eu sei quem você é.

Ah, é? E quem eu sou?

Jack não conteve o sorriso, e ergueu a mão para fingir que coçava os lábios.

Um dos Bondurant, e isso já basta. O que falam sobre vocês não costuma ser coisa boa.

Ah, é?

É. Meu avô diz que vocês são os piores rapazes que já existiram em Franklin.

Jack examinou a frente da loja para ver se havia algum movimento. Bertha colocou o braço para fora da janela, e uma fina porção de sua pele branca surgiu debaixo dos punhos da camisa, estendendo-se até suas delicadas mãos de porcelana. Jack percebeu que estava cerrando os punhos e enfiou as mãos nos bolsos. Uma umidade se espalhou pela base das suas costas.

Você sabe onde fica o sítio do meu pai?, perguntou Bertha.

Sei.

Eu termino as minhas obrigações por volta das duas, disse ela. Seu relógio vai lhe informar o horário. Se você aparecer lá no final da estrada, talvez eu dê um passeio com você.

Jack quase engasgou, sua boca ficou pálida.

Amanhã, então?

Bertha riu, uma risada alegre e musical. Isso arrebatou a ambos, e de repente eles se sentiram tolos diante daquele mistério todo. Jack estava a ponto de explodir por dentro e descer a rua correndo, feito um pregador inflamado.

Que jeito engraçado de se cortejar uma garota, Jack Bondurant, disse Bertha. Você está me cortejando, não está?

Te vejo amanhã, então, disse Jack, e se afastou, atravessando a rua no mesmo momento em que Tazwell saía da loja com os sacos de ração em uma carriola, sua filha dentro da caminhonete mexendo no cabelo indolentemente.

No DIA SEGUINTE, Jack tentava se concentrar em dirigir. Bertha desenrolou o lenço da cabeça e o colocou sobre o assento entre eles. O Dodge escalava a colina ruidosamente, fazendo barulho conforme subia e descia os sulcos da estrada. Não chovia fazia semanas, mas quando ele foi buscá-la estava garoando de leve, e ele a encontrou debaixo de um olmeiro no fim da estrada, vestindo um suéter longo e preto, bermudas vermelhas e meias até os joelhos. Jack tentava desesperadamente imaginar um jeito de divertir Bertha, agora que ele a tinha em seu carro. Assim que pegou o caminho rumo ao sul, percebeu que não tinha plano algum, não sabia para onde iriam nem o que fariam quando chegassem lá, mas naquele momento não podia se concentrar em nada além da estrada à sua frente e do perfume da garota ao seu lado. A fragrância o atingiu como algo que ele conhecia bem: nas tardes de verão, próximo ao riacho, sobre uma cerca, ou algumas vezes dentro de casa, através de uma janela aberta, depois da chuva, quando o vento estava ameno, vinha de repente uma onda suave de madressilva em flor, o perfume intenso do verão, um aroma doce misturado com terra, água e céu. Jack não sabia se esse era o cheiro natural dela ou se era algum tipo de perfume, mas parecia um vislumbre de verão naquele dia simples de maio, um instante de sol.

Vou embora qualquer dia desses, disse Jack. Embora desse condado.

Ah, é?

Talvez pro Texas, ou pro oeste ou qualquer outro lugar. Quem sabe alguma cidade mais moderna.

E o que vai fazer lá?, perguntou Bertha.

Ué. Qualquer coisa. Tudo. Me estabelecer.

Dentro do carro estava esquentando à medida que eles conversavam, formando gotículas de condensação no para-brisa. Jack agora podia sentir o cheiro da umidade no suéter dela secando.

E você?, perguntou ele.

Ah, eu estou bem aqui.

Mesmo?

É. Quero terminar os estudos. Você ouviu falar que talvez fechem a fábrica da Coca?

É? Por quê?

Você não lê jornal? O condado está em sérias dificuldades.

Eu não.

Bom, tem gente perdendo o emprego por toda parte. Meu pai diz que a culpa é do Hoover. Fica amaldiçoando ele desde de manhã até de noite.

É mesmo?

Acho que eu vou ficar por aqui mesmo, disse Bertha. Perto da minha família.

Não entendo por que você quer fazer uma coisa dessas.

Bertha franziu as sobrancelhas, e Jack entendeu que tinha passado dos limites. Não havia outra saída senão continuar. Acelerou um pouco mais o carro.

Bom, explicou ele, é que eles estão sempre... te impedindo de fazer as coisas. Eu conheço bem os Dunkard.

Bertha abaixou a cabeça, e Jack temeu ter ido longe demais.

Pode dar essa impressão, disse Bertha, mas não é bem assim. Gostamos de estar uns com os outros. Nos divertimos muito juntos.

Não consigo imaginar isso, falou Jack.

Ele forçou o volante na curva para desviar de um buraco aberto na estrada e, então, derrapou, fazendo com que o carro deslizasse na lama por um momento. Bertha o olhava fixo, com uma expressão atônita.

O que é que você sabe?, perguntou ela. Você aparece na nossa igreja e depois foge que nem um lunático e acha que conhece a minha família? Você não sabe o que fazemos, como é lá em casa.

É, respondeu Jack. Tudo bem.

Então não diga uma coisa dessas.

Tudo bem. Me desculpe pelo que eu disse.

Ah, não tem importância, disse Bertha.

Mas você não tem vontade, insistiu Jack, de simplesmente... viver por conta própria?

Claro, mas isso não significa que eu tenha que ir pra longe. Viver por conta própria não tem nada a ver com distância.

Merda, pensou Jack consigo mesmo, ela tá me fazendo parecer um idiota. Ela não acredita em nada disso.

Bom, então, quando eu for embora, disse ele, talvez leve você comigo.

Bertha olhou para fora, ficou observando os campos de fumo secos e uma insignificante plantação de alfafa que se estendia sobre a colina. Um pensamento terrível traspassou o coração de Jack: ainda não tinham passeado nem cinco minutos e a garota já estava morrendo de tédio. Pelo menos a chuva tinha diminuído e o sol surgia atrás das nuvens. Ele segurou o volante com uma das mãos e enfiou a outra no bolso do paletó.

Comprei uma coisinha pra você.

Ela o olhou desconfiada, como se ele tivesse acabado de garantir que podia fazer o carro voar. Jack então tirou a câmera fotográfica do bolso, segurando-a entre o polegar e o indicador, os olhos ainda na estrada. Estava com medo de ver a expressão dela. Bertha pegou a câmera dos dedos de Jack e a revirou nas mãos, examinando cada um de seus lados.

Não posso aceitar.

Não é nada de mais.

É uma daquelas câmeras.

É.

Eu nunca tive uma câmera.

Bom, agora você tem.

Eu não sei como usar.

Ué, falou Jack, é só olhar naquela janelinha e apertar o botão. Não tem mistério.

E eu vou tirar foto do quê?

Jack pegou uma estrada lateral, próxima ao sopé do monte Fork, não muito distante da fazenda de seu pai em Snow Creek. Percebeu que tinha seguido nessa direção firmemente, por razões desconhecidas. Talvez estivesse desejando um território familiar.

Aqui, disse ele. Eu tiro uma foto de você e depois você pode tirar uma foto minha. Que tal?

Ele estacionou o Dodge numa pequena paragem na estrada, próxima a um campo de galhos secos, amolecidos pela chuva rápida. O chão já absorvia a umidade para suas profundezas, os sulcos da estrada endurecendo. Eles desceram do carro para a luz do sol.

Você encheu o seu carro de lama, disse ela.

Aqui, falou Jack, fica do lado da árvore que eu tiro uma foto sua.

Espere um segundo, pediu Bertha, e então tirou o suéter, revelando uma blusa branca de mangas curtas e um lenço vermelho-sangue amarrado ao pescoço. Jack achou que de bermudas e blusa ela compunha uma figura altiva e divina, inclinada sobre o galho da amoreira, um dos pés sobre o tronco, agarrando um ramo da árvore. Ela se arrumava e fazia poses, sorrindo e virando os olhos para cima.

Não se mexe, mandou Jack, espera eu tirar a foto. Agora fica parada, pra eu poder tirar.

Bertha adotou uma pose de lado, o olhar longe da câmera, fixo na estrada e nos campos além, sua boca numa linha rígida. Jack bateu a foto.

Por que você parou de sorrir?

Porque é assim que se tira foto, Jack, tem que fazer uma cara séria. É assim que fazem as estrelas de cinema, lá na Califórnia.

Ela puxou a câmera das mãos dele.

Agora você.

Jack se empoleirou no carro, sentado no capô com os pés no para-choque. Ocorreu-lhe que era exatamente isso o que queria quando comprara a câmera. Havia tirado fotos antes apenas algumas vezes, quase todas quando garoto, em encontros familiares e outras ocasiões, mas nenhuma delas com suas novas regalias, posando sobre seu carro novo.

Boa, disse Bertha.

Espera aí.

Ele pegou um charuto novo e o colocou entre os dentes, e empurrou a boina para trás, bem jovial. O sol atingia diretamente seu rosto, de forma que ele era obrigado a fechar um pouco os olhos, mas Jack imaginou que isso lhe daria um ar imponente, suas botas cruzadas de um jeito despojado à frente. Ele ia pegar o relógio quando ela bateu a foto, e, como ela sorriu e levou a mão à boca, ele decidiu não reclamar.

Capítulo 20

1930

Emmy deixou cair um pano de prato aquela manhã, e então soube que ele receberiam visita antes do pôr do sol. Ela disse a Jack que a visita lhes traria más notícias ou coisa ainda pior. Na cozinha, Jack olhava para a irmã, parada em frente à pia de olhos fechados e abraçando o próprio tronco esguio, e refletia sobre a possível mudança no destino.

Bom, disse Jack, então vamos nos preparar pra receber seja quem for.

Os três irmãos se reuniram para comer, depois de terem passado a manhã arrancando brotos no campo do pai. Era julho, e o tabaco seco despontava a muito custo da terra queimada, os brotos finos e amarelados. Seu pai e seus irmãos pareciam dispostos a persistir na farsa da colheita. A seca esgotara a terra a ponto de deixá-la rachada, e Jack achava que eles deveriam se concentrar nos alambiques.

A mercearia de Granville estava quase deserta, ele só abria para receber pagamento atrasado dos fregueses, já estava cansado de se defender dos olhares miseráveis que pediam esmola em forma de produtos. Deixava aberta a casinha da fonte,* do outro lado da estrada, para que todos pudes-

* *Springhouse*: pequena casa erguida sobre uma fonte de água, usada geralmente para refrigerar os produtos ali armazenados, por ser um local mais fresco. (*N. do E.*)

sem beber um pouco de água fresca, mas não podia dar mais nada. O trabalho na serraria do Forrest também começou a decair, pois a mão de obra sumira do condado. Incapaz de pagar pelos serviços, a população regressou aos velhos métodos de agricultura comunitária, dependendo, assim, dos trabalhadores disponíveis. Muitos voltaram direto para a lavoura de subsistência, outros enviaram seus jovens para o oeste, em busca de emprego nas colheitas na Califórnia. A câmara municipal de Rocky Mount, na tentativa de impedir que homens sem destino saltassem dos vagões, contratou espécies de seguranças para a estação de trem; a incumbência deles era enxotar os maltrapilhos à base de pancadas, enfiá-los de volta nos compartimentos vazios e trancar as portas, para que só saltassem na cidade seguinte.

Naquela tarde, os três irmãos viram a garota vindo de longe, cruzando o campo de sorgo e trevos vermelhos que se estendia da casa para o norte até a encosta do monte Fork. Ela surgiu das árvores a meio quilômetro de distância, uma nuvem fina de poeira vermelha circundando seus pés. Sissy Deshazo andava com a cabeça jogada para trás, balançando-a em um movimento estranho, como se estivesse observando o céu. O dia estava pesado de umidade, e nuvens baixas preenchiam cada centímetro do céu. Ela usava sua melhor roupa, uma camada de terra vermelha cobrindo a barra do vestido. Sissy Deshazo estava chorando, seu rosto moreno e queimado pelo sol do verão coberto de lágrimas. Seu avô tinha morrido, o velho Little Bean Deshazo, que trabalhara com Granville e o pai dele nos campos de fumo. Falecera durante a noite, e Sissy fora enviada para dar a notícia aos vizinhos e convidá-los para o velório, que seria naquela tarde. Os Deshazo moravam no condado havia tanto tempo quanto os Bondurant, logo após a primeira cadeia de colinas, uma das poucas famílias de negros da área de Snow Creek. Jefferson Deshazo, irmão mais velho de Sissy, trabalhara para Forrest no restaurante County Line, e a própria Sissy tinha passado dez anos cozinhando e fazendo limpeza na casa dos Bondurant após a morte da mãe deles. Little Bean, seus filhos Willy, Benjamin e Horace e todos os filhos dos seus filhos já tinham ido à casa dos Bondurant para matar porcos ou cortar lenha, e todas as crianças brincavam muito com Jack e seus irmãos.

Então, depois que Emmy serviu o jantar, os irmãos se arrumaram, lavaram os rostos e vestiram calças que pegaram no baú do antigo quarto de

Jack, enquanto Sissy Deshazo voltava pelo campo, retornando à casa do avô. Forrest foi até seu carro e pegou uma caixa cheia de jarras de 2 litros de conhaque de pêssego para levar, depois deu a partida e foi à mercearia do pai comunicar-lhe o ocorrido. Jack e Howard se sentaram na varanda e ficaram esperando Forrest retornar com Granville.

Jack estava apreensivo com a ideia de ir a um velório; o último funeral de que ele se lembrava era o da própria mãe, e, como seus irmãos estavam todos ali, havia uma estranha reminiscência daquela ocasião. Jack sabia que Little Bean estava chegando aos 90 anos, um homem velho e de membros finos como gravetos que vivera uma vida brutal em certas épocas e que, no fim das contas, já poderia ter morrido havia muito tempo, mas ainda assim lhe parecia que alguma espécie de injustiça fora cometida. Talvez fosse o rosto riscado de lágrimas de Sissy, geralmente uma garota carrancuda de quem Jack na verdade nunca gostara muito. Perturbava-o saber que Little Bean jamais tivera mais que uns poucos dólares no bolso durante toda a vida, que morrera tão pobre quanto nascera, e o mundo parecia conspirar para garantir o mesmo destino para muitos outros.

Howard tirou uma jarra da caixa e, olhando para Jack, bateu de leve na lateral do nariz. Jack sorriu, e Howard sacudiu a jarra cheia de pêssegos em pedaços antes de arrancar a tampa, que foi parar no terreno. Eles beberam da embalagem, o conhaque doce e inebriante, uma bebida verdadeiramente agradável, e ficaram observando o horizonte derreter na frente deles. Jack havia comido duas tigelas grandes de broa de milho em farelos com torresmo embebido em leite coalhado, e o conhaque parecia aquecer o conteúdo de suas entranhas e relaxar seus joelhos inquietos. Howard ficou sentado em silêncio, a boca rígida, os lábios cerrados, enquanto a bebida ia deixando as faces de ambos vermelhas.

Vamos ter que aumentar a produção, disse Howard. Esse '*bacca* não vai vingar.

Eu sei.

Howard levou a bebida até a boca e olhou para o horizonte.

Você ficou sabendo do idiota do Wingfield?, perguntou Howard.

O quê?

Como eles estavam ocupados colhendo tabaco, Howard contou ao irmão, Granville tinha contratado Marshall Wingfield, que voltara da universidade, para fazer aragem com mula e preparar a terra para o centeio de inverno. O pai de Jack colocara um sino na mula para poder ouvir de dentro de casa quando Wingfield estivesse trabalhando e, assim, pagar-lhe justamente. Wingfield chegou bem cedo, comeu com vontade o café da manhã que Emmy preparara e desceu a colina com a ceifa sobre o ombro, a mula a reboque. O sino começou a soar com regularidade. Algumas horas depois, Granville desceu à nascente e resolveu ir ver como Wingfield estava indo; era uma extensão de terra virgem, que não recebera plantação nas últimas estações e sobre a qual ele havia passado o rastelo e queimado a relva na primavera anterior. Um solo duro e pedregoso, e Granville sabia que Wingfield gastava mais tempo com os livros do que com o arado, então ele atravessou o estreito riacho para o outro lado da mata que cobria o vale feito um cachecol, seguindo o som do sino. Encontrou Wingfield estendido embaixo de um grande arbusto, o chapéu sobre os olhos, o sino nas mãos, e ele o balançando apaticamente de um lado para o outro. A mula pestanejava no campo ensolarado.

Quando os outros zombaram de Wingfield por causa dessa história, ele negou o ocorrido e insinuou que Granville Bondurant estava ficando senil e que devia ter imaginado tudo.

Jack ficou furioso, mas Howard pareceu não se importar muito.

Ei, disse Howard, todo mundo por aqui sabe que o Wingfield é um grande de um imbecil.

Mesmo assim, pensou Jack, lembrando-se da última vez que tinha visto Wingfield, na casa dos Mitchell, esnobando na brincadeira das espigas na debulha do milho. Beijando Bertha Minnix. Lembrando-se dos olhos dela cintilando quando ofereceu o rosto para ele. Jack tinha vontade de segurar aquele pescoço grosso e branco de Wingfield e esmagá-lo como purê de batata. Mas a bebida provocava um efeito diverso sobre a mente de Jack, em comparação com o que a maioria dos homens sentia, e mais do que depressa aquela imagem se dispersou. Por um momento os dois irmãos ficaram sentados, quietos, passando a bebida de um para o outro e olhando o céu sobre o campo. Jack sentia-se bem com o silêncio entre eles, e se concentrou na deliciosa passagem do meio-dia para a tarde. Era um ótimo conhaque, e logo o que, apenas uma hora antes, lhe parecera uma situação lamentável para os Deshazo e para si próprio agora se oferecia a Jack como uma oportunidade para experimentar os grandes momentos da vida e do viver na terra em companhia de outras pessoas. Refletiu sobre sua vida e suas experiências com os Deshazo e concluiu que eles eram pessoas fortes e que ele daria os pêsames com a honra e a humildade merecidas por um homem que tinha vivido tanto tempo. Todos devíamos ter a mesma sorte, pensou Jack. E ficou feliz por seu irmão estar ali com ele, e Emmy, sua irmã mais nova, na velha cadeira de balanço da mãe, à janela, olhando a estrada.

Jack, eu preciso do dinheiro, disse Howard depois de um tempo. Preciso ganhar mais do que a gente ganhou.

Assim que essa babaquice terminar, respondeu Jack, a gente vai botar todos os alambiques pra funcionar e o maldito dinheiro vai fluir que nem um rio. Espera só pra ver.

Howard abriu um sorriso sincero.

É, disse ele. É, é o que a gente vai fazer.

Forrest voltou sozinho. Granville tinha coisas a fazer na mercearia e não era sensato desperdiçar um bom dinheiro. Prestaria suas condolências mais tarde. Emmy não quis ir, e os irmãos sabiam que ela não conseguiria suportar a presença da morte, ainda que não fosse na família. Assim, os três irmãos tomaram mais uma dose na varanda e depois se puseram em movimento.

Quando chegaram à casa dos Deshazo, uma cabana de pau a pique atarracada, construída em uma leve depressão, com partes acrescidas ao longo dos anos para acomodar os vários membros do clã, viram que sem dúvida não se tratava de uma ocasião solene. Havia meia dúzia de carros estacionados no terreno sujo, várias carroças de aluguel e um bando de cavalos e mulas velhos. Apesar de ser ainda o começo da tarde e a temperatura estar acima dos 25 graus, saía fumaça da chaminé, e uma grande fogueira queimava no terreno da frente da casa, com crianças correndo ao redor do fogo, perseguindo umas às outras com varetas. Todas as janelas e portas estavam escancaradas e se enchiam de luz. Assim que saíram do carro eles puderam ouvir o som inconfundível de mulheres chorando, lamentações em uma língua aparentemente ininteligível, misturadas a gritos, cantos, som de rabeca e risadas altas.

Nem vamos precisar daquele conhaque, observou Howard.

Enquanto as crianças corriam e gritavam em volta da fogueira, Jack viu um homem de calças rasgadas deitado com o rosto no chão de terra, um cachorro farejando entre suas pernas.

Mesmo assim, acho que eu vou levar, disse Forrest.

Quando os três homens chegaram à porta, chapéus nas mãos, Forrest segurando a caixa cheia de bebidas, uma mulher imensa e negra feito carvão, com um lenço escarlate na cabeça, veio cumprimentá-los. Ela fez um aceno solene com a cabeça e então indicou com um gesto que entrassem na sala lotada.

Sou Ida Belle, ela se apresentou. A segunda filha de Little Bean.

Prazer em conhecê-la, disse Forrest.

Sentimos muito pelo Little Bean, disse Jack.

Jack nunca tinha ouvido falar de Ida Belle, e ocorreu-lhe então que Little Bean devia ter gerado alguns filhos que não viviam em Snow Creek, talvez nem mesmo no Condado de Franklin. A casa estava cheia de gente, todas as pessoas se balançando ao som do tocador de rabeca, que marcava com o pé nas tábuas do assoalho o compasso de uma música que Jack nunca tinha escutado. As pessoas se recostavam nas paredes da sala, se balançando de leve, e um segundo círculo dentro desse primeiro se mexia com maior intensidade, batendo os pés no compasso e cantando. Uma fumaça pairava feito cortina pelo cômodo, um cheiro pesado de chulé, micose, incenso, fumo e madeira queimando. Uma série de garrafas era passada de mão em mão, e todo mundo bebia livre e abundantemente. Ida Belle colocou a caixa de Forrest no centro do círculo, perto de algumas outras coisas: umas poucas jarras de bebida, sacos de tabaco, doces em conserva, pernis de porco inteiros e em sacos de papel, ovos, pratos com pãezinhos caseiros, um espelho de mão, caixas de rapé, colares de contas, um par de botas evidentemente já bem usadas. Os irmãos eram os únicos brancos ali.

Deus me livre, resmungou Forrest, e, quando Jack seguiu a direção de seu olhar, viu o convidado de honra em um canto, cercado por carpideiras que cantavam com o braço sobre os ombros dele: o corpo de Little Bean dentro de um terno em farrapos, exibindo uma rigidez cadavérica, os olhos amarelados e arregalados e a pele do rosto começando a se dilatar e a inchar, de forma que mal se parecia com ele. Um cigarro aceso fora colocado entre seus dedos inchados, e as pessoas se revezavam derramando copos de uísque de milho em sua boca aberta, o líquido escorrendo pelo queixo até a camisa.

Vários dos homens da família Deshazo foram apertar as mãos dos irmãos e agradecer-lhes por terem vindo. Ofereceram, repetidas vezes, álcool de vários tipos, e cerca de uma hora depois Jack saiu pelos fundos da cozinha para respirar um pouco. Howard se sentou à mesa e ficou catando pedaços de carne de porco de uma tigela e bebendo de uma outra jarra, indiferente. Forrest ficou recostado na pia com os braços cruzados e as sobrancelhas franzidas. O músico estava tocando um tipo de escocesa, o volume e o ritmo cada vez mais fortes, e a maior parte das pessoas na sala batia os pés, levantando uma camada de pó que adentrava a cozinha como um nevoeiro. Homens e mulheres estavam apoiados nas paredes da pequena cozinha, se balançando com a música, alguns de olhos fechados, como se já tivessem adormecido. Jack, ali de pé, começou a identificar os sons que começavam a se separar em sua mente; sentiu que poderia escolher e ouvir uma partícula de som de cada vez — as vozes cantando em cadência, a rabeca chorando, as tábuas do assoalho rangendo —, poderia ouvir cada coisa individualmente, e teve a impressão de que esta era a segunda vez que isso lhe acontecia, a primeira tendo sido no Banquete do Amor na igreja Dunkard. Jack sentiu que o que estava experimentando era, de alguma forma, parte de algo oculto, um domínio reservado aos músicos; seria isso o que Bertha ouvia quando tocava seu bandolim? Mais que um catálogo de sons, parecia a própria construção da música, um sentimento belo e poderoso, como manipular os elementos básicos do mundo.

Então o volume da música pareceu aumentar significativamente e, por alguns instantes, Jack olhou para seus irmãos, procurando um sinal de que eles também tivessem percebido, mas eles pareciam não notar. Ele segurava um cigarro entre os dedos, a cinza já com 3 centímetros de comprimento; Jack o atirou no chão. Quando foi que eu acendi esse cigarro?, pensou. Um ruído como que de metal retinindo, depois um som forte de algo se rebentando começou a se formar sobre ele, e Jack olhou para o teto retorcido e manchado, perguntando-se o que poderia estar acontecendo lá em cima. Era uma espécie de carnaval diabólico tomando lugar no sótão, com máquinas de triturar ferro comandadas por demônios. O tronco largo de Howard oscilava sobre a mesa, e ele segurava o rosto entre as mãos. Tinha bebido 1 litro de uísque de milho puro e meia jarra de conhaque, o suficiente para derrubar um touro. O som intenso vindo do teto tornou-se um rugido, abafando a música arranhada da rabeca. Parecia que a casa estava sendo rasgada em duas. Será que alguns desses idiotas tinham ido lá pro sótão?, pensou ele. Vão desabar pelo teto. Ele viu que Forrest o olhava intrigado, então apontou para cima e fez um gesto de incompreensão. Forrest olhou para o forro e balançou a cabeça, dando de ombros.

Tá ouvindo isso?, gritou Jack, mais alto que a balbúrdia de sons.

Isso o quê?, disse Forrest.

O som intenso então passou para algo metódico e mecânico, e o chão começou a vibrar. De novo não, pensou Jack.

Howard virou a jarra e bebeu até as últimas gotas, sua garganta deglutindo dois, três goles. Meu Deus, Jack se espantou, homem nenhum consegue fazer isso!

O chapéu de Howard estava sobre a mesa, ao lado de seu forte antebraço. O alto de sua cabeça era um redemoinho de cabelos sujos, brilhando de tão oleosos e suados. Howard segurou o vidro a sua frente por um momento, depois o esmagou contra a mesa, com a mão espalmada. Forrest piscou languidamente, e Jack sentiu o chão vacilar sob seus pés e quis fugir, sair daquela casa. Howard levantou a mão e pareceu admirar os cacos de vidro ensanguentados que salpicavam sua palma.

Um homem barbudo que estava encostado à parede com os olhos semicerrados e pesados balançava a cabeça no opressivo compasso da música. Quando seus olhos cruzaram com os de Jack, ele lhe fez um aceno quase imperceptível de cumplicidade.

É, isso aí. Você tá ouvindo, rapaz.

Houve uma pausa, em que tudo parecia estar paralisado, e então Howard empurrou a cadeira para trás, levantou-se com dificuldade, sorriu um sorriso tenso para Jack e caiu de cabeça sobre a mesa, quebrando-a bem no meio. Howard se debatia no chão entre restos de vidro quebrado, madeira estilhaçada e pontas de cigarro. As pessoas próximas à mesa pularam para longe, xingando, e desviavam daquele homem rolando no chão. Forrest pegou o chapéu do irmão e, ao se aproximar dele pelas costas, enfiou-o na sua cabeça quadrada, depois o agarrou pela camisa e o ajudou a se erguer nos joelhos. A cozinha se esvaziava, todo mundo indo em disparada para a porta, praguejando aos berros, tropeçando nos restos, pisoteando o vidro quebrado. Forrest continuou segurando Howard e o empurrou até fazê-lo sair pela porta dos fundos, a tela se chocando contra a lateral da casa em um estrondo agudo.

Lá fora estava escuro feito breu, exceto pela área alcançada pelo feixe de luz que vinha da porta da cozinha, de forma que Jack teve que ir tateando até sentir a camisa de Forrest, e depois seguiu os irmãos pelo quintal. O intenso ruído ainda estava sobre ele, vindo do céu, e o chão parecia tremer sob seus pés como em um terremoto. Um grande carvalho se erguia na escuridão, sua casca brilhando em escamas prateadas. Howard se recostou na árvore e começou a vomitar. As pessoas continuavam gritando dentro da casa, e, quando os olhos de Jack se ajustaram à escuridão, ele viu que a cor do céu era agora de um azul profundo e limpo, uma única estrela brilhando acima dos campos que se estendiam para além do quintal.

Um grupo de homens veio da cozinha e cercou os irmãos. Estavam agitados. Jack continuou com as mãos nas costas de Howard e Forrest se pôs na frente dos dois quando os homens começaram a rodeá-los. A luz da janela pousou sobre o rosto de Howard, e Jack viu os fios avermelhados que escorriam de sua boca. Seu corpo se contraiu e vomitou uma golfada de sangue que parecia vir direto de sua enorme cabeça de cavalo. Um homem sem camisa gritava obscenidades para eles, seu torso brilhando de suor. Os outros se ajuntaram atrás dele. Os pés de Jack queimavam, e, quando ele olhou para baixo, viu que suas botas estavam cobertas pelo sangue de Howard.

Vocês não respeitam porra nenhuma!

O grupo cresceu contra eles; os homens estavam inflamados, incoerentes e vorazes de bêbados, e Jack viu que queriam confusão e que incitavam o sujeito sem camisa para a briga. Eles o pressionaram, ao que o homem sorriu e puxou uma navalha curta da bota.

Corta esse branquelo maldito!

Ele se abaixou e rodeou Forrest em um semicírculo. A navalha estava aberta e a lâmina curva reluzia conforme o homem sem camisa a balançava para a frente e para trás nos movimentos súbitos e quase femininos de seu punho. Forrest permanecia ereto, as mãos caídas junto ao corpo, e Jack via que seus ombros estavam tranquilos e relaxados.

Então Forrest ergueu a mão esquerda bem devagar, até a aba do chapéu. Quando seus dedos estavam em torno da aba, ele tirou o chapéu com cuidado e, num movimento casual, atirou-o para as sombras. Um segundo depois de ter a mão novamente livre, os ombros de Forrest se curvaram um pouco e sua mão direita disparou, o corpo se torcendo como uma mola, atingindo o homem sem camisa bem nos dentes e produzindo um som metálico que Jack jamais esqueceria.

As mãos do homem sem camisa voaram para cima com a surpresa, e ele voou para trás sobre o grupo, que se abriu em dois no mesmo instante. O soco-inglês de metal estava solto nos dedos de Forrest, uma grande quantidade de sangue aspergido cobria sua mão e seu antebraço. Os homens gritaram em uníssono no momento do golpe, mas depois pareceram atingidos pelo silêncio e se afastaram. Jack sentiu uma presença em suas costas: era Howard, de pé, seu rosto repulsivo num horror de sangue e bile, seus olhos meras fendas. Ele sorria.

Howard se aproximou de Forrest e o grupo de homens se dissolveu na escuridão, alguns correndo de volta para a casa. Jefferson Deshazo estava lá, o tronco ereto. Ele trocou um olhar com Forrest, que permanecia no mesmo lugar, o soco-inglês balançando, e naqueles segundos alguma negociação se deu entre eles. Forrest acenou com a cabeça e Jefferson se virou, voltou para a casa recolhendo as mulheres e crianças que, reunidas na porta, espreitavam a escuridão. Para Jack, parecia que o bramido vindo do alto estava virando um grito. O homem sem camisa estava deitado sobre a grama, quieto, os braços estendidos, ainda segurando a navalha, sua boca um buraco sanguinolento. Jack podia ver pedaços de dentes esmigalhados sobre seus lábios vermelhos. Ajoelhando-se na grama macia próximo ao homem inconsciente, Jack fechou os olhos e tapou os ouvidos com as mãos para bloquear o som.

Capítulo 21

1930

As MARGENS DO ribeirão Blackwater eram como uma saia levantada que revelava ossos velhos; espessos sistemas radiculares se espalhavam, desesperados por água, serpenteavam as bordas e depois voltavam para a terra seca. As paredes altas do vale estreito estavam cobertas por árvores esbranquiçadas; quase metade das folhas já tinha mudado de tom, manchas vermelhas e amarelas em meio ao verde. Jack e Bertha estavam de pé observando as águas escuras, agora um lento escoar de folhas de bétula, as folhas largas salpicadas de laranja e dourado. Bertha mexia as folhas com um galho seco.

É como se o outono viesse em agosto, disse ela. Parece deslocado.

O *'bacca* não vai sair nesse calor, notou Jack.

Bertha concordou com a cabeça. Jack reparou que, ao contrário da maioria das pessoas que ele conhecia, ela não fazia aquela associação quase irrefletida entre o clima e o que acontece nos campos, entre o progresso das estações e o lucro da colheita. Era algo que eles tinham em comum.

A última das chuvas, no início de abril, dera lugar a um longo período de estiagem, céus em labaredas, sem nuvens, reluzindo de pó. Os primeiros brotos seriam colhidos em poucas semanas, e o gado magro procurava a água escassa no leito do rio, enterrando o focinho no fundo de qualquer porção tenra de lodo. Os peixes se aglomeravam nas correntes de água e os garotos mergulhavam para pegar bagres e carpas com as mãos. Os faróis que varriam o campo durante a noite os encontravam vivos e de olhos brilhantes, enquanto bandos de cervos desciam as montanhas desesperados por água, esturricados e desafiadores. As antigas superstições reergueram suas cabeças grisalhas, e, viajando pelas matas do Condado de Franklin naquele verão, podia-se às vezes encontrar uma cobra pendurada em uma árvore, presa pela cabeça: uma súplica ancestral para que os deuses da floresta trouxessem as chuvas de volta. Campos de fumo amarelos e atrofiados cobriam a região. A terra vermelha se espalhava pela superfície em meio à erva dispersa, o pó subindo ao ar por não haver vento algum, como transpiração, a seca sugando a secura, e qualquer pedaço de lama era aproveitado até o fim por cachorros, porcos e cavalos. Depois de poucos minutos de varrido o chão, já era possível traçar desenhos com o dedo na poeira. Os homens ficavam com as mãos nos bolsos, as cabeças baixas, roçando as botas no solo, sonhando com aguaceiros fortes e repentinos. Sabiam que, quando o tabaco morresse, os tiros começariam. Em agosto, até as crianças ficaram quietas, ou melhor, ficaram apáticas, vagueando até os riachos secos em pequenos grupos, sonhando com gelo. No verão de 1930, mulheres de todo o sul do estado da Virgínia pararam em suas cozinhas empoeiradas e choraram.

Jack e Bertha estavam sentados sob um extenso aglomerado de castanheiras que avançavam dobradas sobre a água. Havia filas de cágados sobre as raízes. Bertha contemplava o rio, e Jack ficou aliviado por vê-la contente em estar sentada ali com ele em silêncio, vendo as folhas caírem na água e o céu ficar violeta com a chegada da noite sobre a montanha. O carro de Jack estava parado no campo de grama e de trevos vermelhos atrás deles, o motor estalando no calor. Jack queria ir algum lugar em Rocky Mount ou Roanoke, mas Bertha sugeriu que se sentassem à beira do braço do ribeirão Blackwater que corria pela fazenda dos Minnix.

Sabe ali, bem onde você parou o carro?, começou ela. Quando eu era menina, minha irmã e eu uma vez plantamos 10 quilos de milho naquele lugar. Meu pai disse que a gente só podia nadar depois que terminasse. Então a gente plantou tudo ali.

Aposto que vocês não se safaram dessa, brincou Jack.

Até o outono, sim. De qualquer jeito, a gente conseguiu ir nadar. Um dia muito parecido com o de hoje.

Jack espiou as pernas dela, cuidadosamente cobertas por meias até os joelhos, presas nas calças de equitação; ela vestia uma blusa branca, levemente amarrotada, que estava úmida de suor. Seus sapatos marrons sem salto estavam gastos e cheios de vincos.

Quer ir nadar agora?, perguntou ele.

Acho que não.

Ele queria fazê-la corar. Mas, em vez disso, ela apenas ficou olhando as águas, pensativa.

Você vai à igreja com frequência, Jack?

Não muita frequência.

Que tipo de frequência, então?

Minha mãe levava a gente na Igreja Batista de Snow Creek quando eu era pequeno. Acho que já faz um bom tempo que eu não volto lá.

Jack arrancava alguns ramos de capim que margeavam o ribeirão, fazendo uma pequena pilha ao lado dos joelhos.

Deve ter sido difícil pra você, disse Bertha.

O quê?

Sua mãe.

Ah, é, disse ele, foi sim.

E também as suas irmãs.

Jack olhou para o recorte da montanha, procurando as novas linhas de energia que se desenrolavam na porção norte do condado. Vaga-lumes piscavam na mata ao longo das margens do riacho e em uma abertura no céu azul-escuro. Por um instante ele se lembrou das irmãs, seus corpos estendidos no chão, lado a lado. Sua mãe, o rosto coberto por uma manta. Emmy sentada no chão da cozinha, chorando, o rosto brilhando das lágrimas, a boca aberta em um pranto silencioso.

Que outros instrumentos você toca?, perguntou Jack.

Ah, eu sei tocar quase qualquer coisa de corda. Mas toco mais bandolim, rabeca e banjo. Toquei piano algumas vezes também, no Clube Ruritan de Roanoke.

Eu achava que os Dunkard eram contra tocar música.

Bertha sorriu para si mesma.

Nem todos. Alguns não gostam. Mas meu pai deixa. Quase todo mundo na minha família toca alguma coisa. Quando a gente era criança, meu avô deu instrumentos pra todos. Depois de um tempo, minhas irmãs pararam de treinar, então eu comecei a tocar os delas também. Você gosta de música?

Ah sim, gosto sim.

Quando Bertha riu, Jack viu um brilho, e então percebeu que ela quase nunca mostrava os dentes. Os caninos de cima e de baixo tinham pontas afiadas e eram um pouco virados para dentro.

Toca alguma coisa?, Bertha quis saber.

Que nada, respondeu Jack, a gente nunca teve nada disso. Mas também, mesmo se tivesse acho que eu não ia tocar. Prefiro ouvir, dançar. Meu irmão Forrest tem um rádio e ele consegue pegar os programas lá de Wheeling e de mais uns outros lugares. Vou comprar um pra mim um dia desses.

Você gostou do culto da nossa igreja?, perguntou Bertha.

Claro.

Não foi o que pareceu.

Bom, é uma coisa engraçada, disse Jack. Foi a música. Tava legal no começo. Não era que nem os hinos das igrejas batistas, mas era bom também, o jeito como as vozes... bom, você sabe. Mas aí alguma coisa meio que mudou dentro de mim. Eu conseguia ouvir cada uma daquelas pessoas lá cantando, uma de cada vez. Como se eu pudesse separar elas.

Acho que eu sei o que você quer dizer, disse Bertha. Eu também ouço isso algumas vezes. Quando estou tocando, geralmente. Consigo captar o que todo mundo está tocando.

Eu tava bêbado, você sabe.

Eu sei. Mas não muda nada. Você ouviu o que ouviu mesmo assim. Eu ouço música na minha cabeça mesmo quando não tem nada tocando. Você também?

Acho que sim, respondeu Jack.

Eles ficaram em silêncio por um instante, e a noite caiu enquanto isso; o murmúrio baixo do ribeirão contra as margens, o ruído crescente dos grilos vindo das moitas de flores do campo. Ele começou a pensar em seus irmãos, na colheita morrendo. Seu pai podia compensar a perda com a renda da mercearia, mas Howard não. Forrest teria que concordar em fazer levas maiores, mas agora Jack se pegou pensando que preferia as coisas como eram antes. As imagens daquela noite na casa dos Deshazo ressurgiram em sua mente, o espetáculo terrível de Howard, seu rosto despedaçado, a forma como Forrest se moveu com tamanha agilidade. Aquele som vindo do sótão que mais parecia estrelas enferrujadas se movendo.

Parei de beber, declarou Jack. Nem mais uma gota pra mim.

Mesmo?

Aquela noite, na sua igreja, prosseguiu ele. Como eu ia dizendo, a música tava... muito boa. Nunca tinha ouvido nada igual. Mas aí tudo mudou de novo. Parecia... era como se estivessem arrancando o telhado, como se o ar na minha cabeça estivesse... rasgando. Que nem trovão, ali na igreja. E ficava cada vez mais alto.

Deve ter sido o álcool, você não acha?

Talvez, respondeu Jack. Mas sei lá. Eu já fiquei bêbado um monte de vezes antes e nunca tive uma coisa dessas. Mas o pior foi quando eu comecei a ver coisas. Tipo o seu avô, os pregadores, eles vieram pra cima de mim, sabe? Tinha uma... uma espada saindo da boca dele. Por isso é que eu saí correndo.

Uma espada?

Depois de alguns instantes, Bertha soltou uma risada branda.

Isso é... uma espécie de visão.

Vai que eu tava doido, disse Jack. Vai que eu *sou* doido. Peraí, eu tenho uma coisa pra você.

Jack correu até o carro e voltou com um embrulho bem grande.

Eu não sabia direito o tamanho e tal, Jack se desculpou, mas eles disseram que podem ajustar do jeito que você quiser.

O pacote estava envolto em papel de seda dourado. Bertha pegou a ponta do barbante que fechava o pacote.

Jack, não acho que isso seja uma boa ideia.

Abre logo, vai.

Dentro havia três vestidos de cetim e seda, um deles com acabamento em pelica, uma bolsa coberta por contas em motivos florais, dois cachecóis bordados e um conjunto de lenços de seda. Ela tirou cada uma das peças e depois as colocou de volta no papel. Os vestidos eram como respingos de cores reluzentes contra o chão seco, longos e elegantes. Os olhos dela se encheram de lágrimas.

Não gostou?

Não faz diferença se eu gostei, disse ela. Eu não posso aceitar essas coisas.

O dinheiro não importa, disse Jack. Eu tenho bastante, e o que eu gastei nisso não vai me fazer a mínima falta.

Bertha se recostou e cruzou os braços.

Guarde tudo, disse ela. Por favor, embrulhe tudo de novo. Por favor!

Jack, desajeitado, juntou as coisas, enrolou-as no papel e as amarrou de novo com o barbante.

Eu só queria te dar uma coisa legal, disse ele. Qual é o problema?

Bertha secou o rosto com os dedos, se recompondo.

Onde você acha, disse ela, que eu iria usar alguma coisa desse tipo?

Sei lá.

Você acha que eu poderia voltar pra *casa* usando tudo isso... essas coisas?

Você não gostou?

Não faz diferença se eu *gostei*, Jack, eu não tenho onde *usar* isso, entendeu?

A água do ribeirão estava preta agora, seguindo pela curva rumo a um túnel escuro formado pelas árvores que mais parecia uma boca aberta. Jack sentiu a amplidão do campo às suas costas. Olhou para os próprios dedos, todos sujos de grama.

Vou te levar pra um outro lugar, disse ele. Vou te levar pra um lugar onde as pessoas usam roupas assim todo dia.

E o que faz você achar que eu *quero* isso?

Bertha contemplou o céu que escurecia. Uma faixa branca de estrelas pairava sobre o riacho e a montanha. Droga, pensou Jack, e agora?

Ficaram quietos por algum tempo. Jack podia sentir a presença dela deitada na grama a seu lado, como uma estrela gigante no chão. De repente ele se sentiu nu, e teve arrepios apesar de a noite estar quente. Não vou voltar atrás agora, pensou ele.

Você está ouvindo música agora?, perguntou Bertha.

Aham.

E como é essa música?

Ah, é bem bonita, respondeu ele.

Capítulo 22

1935

A MERCEARIA BONDURANT, em Snow Creek, ficava em um vale profundo junto à rota 22, a estrada subindo muitas centenas de metros dos dois lados até o alto do monte Turkeycook. O pequeno grupo de velhos reunidos ao pé da estufa de aquecimento indicou a Sherwood Anderson a casinha da fonte, do outro lado da estrada: lá ele encontraria Granville Bondurant. Era abril, e o fogo estava apagado, mas Anderson notara que, independentemente da estação, o fogareiro era sempre o ponto focal, o sustentáculo que agregava os homens e lhes embalava a conversa. A cabana caiada ficava à sombra de salgueiros e bordos-doces com brotos em flor. Uma nuvem de joaninhas pululava no beiral do telhado, e o ar esfriou sensivelmente quando Anderson se aproximou da porta. Lá dentro, o piso e as paredes baixas eram cobertos de musgo e brilhavam como uma gruta subterrânea, e Granville estava enchendo um balde de metal com a água da fonte, que jorrava da bica com força. Antes que Anderson dissesse qualquer coisa, Granville pareceu sentir sua presença e se virou.

Fica à vontade, se serve aí.

Ele fechou a torneira, o balde quase cheio, e, depois de colocá-lo no chão, mergulhou uma caneca na água e tomou um gole.

Obrigado, vou querer sim.

Anderson bebeu da caneca, a princípio surpreso com o frescor, depois com a doçura da água. Era diferente de tudo o que já havia provado, pura, quase picante, deixava um leve sabor cítrico, e ele tomou o resto. Granville o analisou quando ele devolveu a caneca.

Maravilhosa essa água, disse Anderson.

Nunca tinha tomado a água do ribeirão Snow, hã?

Nunca tinha tomado nada parecido com *isso*. Meu nome é Sherwood Anderson.

Granville Bondurant. Prazer.

Sem pressa, ele encheu outra caneca para Anderson.

Pra onde tá indo o senhor?

Lugar nenhum, na verdade, respondeu Anderson. A água do ribeirão Snow é boa assim por todo ele?

Umas melhores, umas piores. Essa aqui é especial.

Bastante pressão na mina.

Mais de sessenta anos, já.

Granville foi arrastando os pés até a porta enquanto Anderson saboreava mais um pouco da água.

Tá vendo ali as montanha?, perguntou Granville. Quase tudo calcário. Que nem essa pedra aqui.

E apontou para um afloramento de calcário azul sob o salgueiro.

É por isso. O calcário filtra a água. Essa aqui é aberta e de graça pra todo mundo.

Anderson achou que podia arriscar.

É por isso, disse ele, que tudo é bem criado por aqui, hein?

É. Cavalo bom. Gado forte.

Parece a água que eu tomei uma vez no Kentucky. Deve ser por isso que é popular entre os *shiners*, hein?

Granville apertou os olhos.

Deve ser. De onde é o senhor?

Marion.

Ah. Muito chão de lá pra cá. Bom, vamos pra mercearia esticar as canela.

Eles saíram da casinha da fonte, Granville empunhando o balde de água prateada.

Sr. Bondurant, será que eu podia fazer umas perguntas pro senhor sobre os seus rapazes?

Granville parou, e os dois ficaram ali de pé na beira da estrada, e Anderson achou que era um sinal de consentimento.

Lá pra dezembro de 1930, começou Anderson. Quando os seus filhos foram baleados no Maggodee.

Não tem nada que eu posso te dizer que o senhor já não sabe.

Talvez, disse Anderson. Só estou curioso acerca dos eventos que levaram a esse incidente. Os jornais não são muito claros. E o que aconteceu depois. Parece que as acusações contra o investigador que disparou os tiros, Charley Rakes, foram retiradas bem rápido.

É.

O senhor pode me dizer por quê? Só estou tentando entender a história.

Granville pousou o balde no chão. Fora da sombra fresca da casinha da fonte, o sol estava inclemente. Um carro venceu a colina ao norte e veio descendo a estrada, passou rangendo pelos dois homens. Granville ergueu a mão para cumprimentar, o motorista levantou os dedos da direção. Eles ficaram vendo o carro chiar para subir o monte.

Olha, Sr. Anderson, por que o senhor não diz logo o que quer?

Como?

O assunto da conversa do senhor.

Não quero criar confusão, senhor, só estou interessado na história.

O senhor é federal?

Não.

Granville digeriu a informação sem o menor esboço de reação.

As gentes aqui, disse ele, têm o costume de ficar cada um na sua.

Já percebi isso, disse Anderson. Só estou tentando entender como alguns garotos acabam indo parar numa ponte no fim do inverno com três carros cheios de álcool, e por que um investigador atira neles a sangue-frio.

Eram tempos difíceis, disse Granville. Ninguém aqui tinha muita coisa.

Eu sei.

A vida dos meus meninos é da conta deles.

Entendo.

O rosto de Granville parecia indicar que o assunto estava encerrado, mas ele continuou ali, na beira da estrada, o balde de água no chão. Será que o fato de seus filhos serem infames, contrabandistas e criminosos era motivo de sofrimento para ele? As pessoas não pareciam ter muitos problemas com bebida ilegal em Franklin, muitas pareciam até associar a atividade a um dever quase cívico; a bebida fazia de um sujeito qualquer um bom cidadão, um "verdadeiro" habitante do Condado de Franklin.

Tem quem diz, retomou Granville, que fazer uísque é uma coisa que fica no sangue. Bota as garras no sujeito e não solta mais.

Ele deu de ombros e limpou no macacão as mãos sujas de terra.

Meus meninos foram bem criados, fiz o melhor que podia. Perderam a mãe e duas irmãs na epidemia de 19.

Lamento muito, disse Anderson.

Foi duro pra eles, principalmente pro meu mais novo.

Jack, não é?

Granville se virou para ele e o olhou nos olhos, perscrutando o rosto de Anderson.

O senhor tenha um bom dia, Sr. Anderson. Volta aí qualquer dia pra beber da água.

QUANDO VOLTOU DE Snow Creek aquela tarde, Anderson vagou pelas ruas de Rocky Mount, deixando que o arrastar de seus passos o levasse à insensibilidade. Um cartaz na vitrine de uma loja na Orchard Avenue chamou sua atenção: *Comício hoje à noite: Liga Anticomunista da Virgínia.* Isso fez com que ele se lembrasse, pela primeira vez em meses, das marchas dos veteranos da Grande Guerra, dos quebra-quebras, das manifestações na Union Square em 1930. Ficou se perguntando se o povo de Franklin, os garotos Bondurant e os habitantes de Snow Creek haviam tomado conhecimento ou se importado com essas coisas. Ele próprio, será que também não dava a mínima? Anos antes, em Nova York, os líderes do Partido Comunista haviam pedido um encontro com Anderson, e ele aceitara. Repreenderam-no por causa da carta aberta que ele escrevera ao presidente Hoover, publicada no *Nation.* Na carta, Anderson dizia que os dois haviam tido a mesma criação e que ele compreendia os suplícios de Hoover. A corrupção do poder, a influência dos bajuladores e os lacaios que mandavam as nobres intenções às favas. Os comunistas alegaram que isso só iria angariar simpatia a Hoover.

Pois então, argumentou Anderson, meu intuito foi exatamente esse, ilustrar as influências destrutivas que cercam o presidente, as forças que estão crescendo na América.

É tudo dinheiro, disseram eles. Esse é o mal, e o presidente é parte do problema. Eles quiseram repreender Anderson, mas na época ele não ligou. Eu estava expressando o meu ponto de vista, defendeu-se ele, não o de vocês.

Anderson estava cansado dos comunistas e de suas arengas. Lembrou-se de seus dias no Harlem com Bertrand Russell, o grande pacifista vivendo sua vida de razão, o elegante porta-voz dos oprimidos. Certa noite, num clube noturno, o anfitrião trouxe duas negras para a mesa deles. Ambas eram muito bonitas e era evidente que tinham dinheiro e elevada condição social. Anderson conversou com uma delas durante quase todo o jantar e depois dançou com as duas. Ele se lembrava de suas risadas melodiosas, seus olhos escuros e meigos, o jeito lânguido das duas de fazer comentários. Foi uma noite muito agradável, e Anderson se sentiu jovem e revigorado. Mais tarde, Russell o abordou na rua, segurando-o pelo cotovelo, as sobrancelhas desgrenhadas saltando. Estava aborrecido a respeito da dança com as negras.

Não se faz uma coisa dessas, meu velho, disse ele, *não se faz mesmo.*

Isso vindo de um homem que achava que as crianças deveriam ser criadas pelo estado.

O velho lorde Russell.

Anderson despertou de seu lamentoso devaneio ao ver as calçadas repletas de pessoas. Estava subindo a Orchard Avenue contra a maré de gente que avançava, dezenas de homens e mulheres, jovens e velhos. A densidade era chocante, pois ele tinha a ideia de que a maior parte do Condado de Franklin continuava esparsamente povoada. Uma aglomeração, por algum motivo qualquer? Não havia nada de severo nos rostos da multidão, cumprimentavam Anderson quando passavam por ele, as expressões risonhas, os ombros curvados. Não, as fisionomias daquelas pessoas estavam acesas pela luz da alegria. Estavam apenas apreciando a tarde. Para onde iam? Para onde ele ia? Em meio à massa, Anderson teve a impressão de que todo mundo estava aproveitando o dia e se sentindo parte da vida, enquanto ele tentava apenas percorrê-la. Por que sempre tinha essa impressão?

Quando chegou à East Court Street, ele entendeu aquilo tudo: a fábrica da Coca-Cola. O apito da tarde soara e o turno de funcionários estava de saída, felizes por haverem cumprido mais um dia de batente, pensou Anderson, todos voltando para casa. Estavam embrutecidos pelo trabalho, pelo esforço e pela repetição, as mentes embotadas pelas máquinas? *Poor White* se revelara um fracasso, mas, vendo aquelas pessoas, Anderson sentia que dissera uma coisa naquele livro que era tão verdadeira quanto qualquer outra coisa que escrevera. Se apenas eles pudessem se dedicar aos estudos, às atividades intelectuais... mas para quê? Por quê, se uma tarde gloriosa se abria diante de seus olhos, seu trabalho já feito e esquecido?

O Operário Americano marcha.

No quarto da pensão, havia um bilhete endereçado a ele que havia sido passado por debaixo da porta.

Sr. Anderson,
O senhor quer falar comigo. Amanhã às 3 da tarde.
Respeitosamente,
C. Lee.
Procurador do Condado de Franklin.

No gabinete do procurador, o que chamava mais atenção era uma cabeça de cervo pendurada na parede atrás da enorme mesa de trabalho. Carter Lee usava um terno leve de linho azul-claro; seu chapéu fedora estava no canto da escrivaninha.

Isto aqui é madeira de lenha de nogueira, disse Carter Lee, batendo com os nós dos dedos na mesa. Uma beleza, não é não?

Anderson concordou e sorriu.

Foi o senhor que abateu aquele alce?

Mas é claro.

Carter Lee sorriu abertamente, as bochechas coradas de prazer.

Sabe lá no vale, perto de Staunton? Meu irmão tem um pedaço de terra por lá, dá pra se divertir um pouco.

Já caçou por aqui?

Ih, rapaz, disse Carter Lee, pra mais de quarenta anos que não tem cervo aqui em Franklin. Só nos anos de seca. A sede é mais forte que o medo da morte.

Por que será?

Não tem como saber ao certo, respondeu Carter Lee. Sempre foi terra de tabaco essa área aqui. Não é à toa que sempre caçaram veado. Eu li seu livro, *Dark Laughter*, sabia? Interessante. Está escrevendo um livro novo?

Anderson foi surpreendido por essa primeira menção à sua obra no Condado de Franklin.

Não, respondeu ele. Estou aqui só por causa da matéria. Tenho uns jornais em Marion e...

Eu sei tudo sobre esses jornais, disse Carter Lee, interrompendo-o com um gesto. Aquele Buck Fever é uma piada mesmo. O senhor tinha que botar num livro.

Talvez eu faça isso, respondeu Anderson. Mas estou aqui para falar de outras coisas.

Carter Lee pareceu ficar verdadeiramente desanimado com a resposta; suas sobrancelhas caíram em preocupação.

Sem dúvida que tem umas histórias boas por estas bandas.

Isso é verdade, disse Anderson. Ainda mais com esse julgamento da conspiração, hein?

Carter Lee fechou a cara e se recostou na cadeira. Anderson tirou um cigarro do maço que estava em cima da mesa. Calma, pensou Anderson, esse cara quer fazer uma queda de braço à base de sorrisos e bom humor. Basta um golpe direto pra isso acabar. Ele acendeu o cigarro e Carter Lee empurrou um pesado cinzeiro de vidro na direção dele.

Suposta conspiração, o senhor quer dizer, retrucou Carter Lee. Mas o senhor *sabe* que eu não posso falar disso.

Compreendo, falou Anderson.

Não tem nada que se possa fazer. Dá raiva de pensar que a gente tá só perdendo tempo.

Willie Carter Sharpe está sob a sua custódia?

Carter Lee sorriu, bem-humorado.

Aham. Mas não foi serviço nosso. Pegaram ela em Saint Louis, escondida na garagem de uma mansão de contrabando. A gente arrastou ela aqui pra Rocky Mount uns dias atrás.

Posso falar com ela?

Não. Vai ter que esperar o julgamento, igual a todo mundo.

E quanto ao assassinato de Jeff Richards?

Temos umas pistas, a investigação segue firme.

Só isso? Ele levou vinte tiros.

Aham.

E Charley Rakes?

Bom, o coitado do Charlie não teve muita sorte. Pneumonia não é jeito de se morrer.

Entendo. Então será que podemos falar sobre aquele incidente em que os Bondurant foram baleados, no ribeirão Maggodee?

Carter Lee fez que sim e revirou uma gaveta.

Faz quase cinco anos.

Eu sei, disse Anderson.

Saiu tudo nos jornais, lembrou-lhe Carter Lee. O senhor pode ler tudo nas edições da época.

Mas nunca houve uma investigação oficial, disse Anderson, por parte do seu gabinete.

Nem tinha necessidade, disse Carter Lee. Era uma situação muito clara. Chegaram a um acordo.

Que tipo de acordo?

Carter Lee vasculhava uns papéis, pegando alguns do meio da bagunça. Ele não está nem vendo o que tem nessas folhas, pensou Anderson.

O senhor precisa entender uma coisa sobre esses garotos, prosseguiu Carter Lee. Eles não são do tipo santinhos, tá me entendendo? Não são do tipo que a gente chamaria de bons meninos. Estão metidos nisso até o pescoço desde que largaram as fraldas.

Parece que aquele investigador queria todos eles mortos, disse Anderson.

Carter Lee se inclinou por sobre a mesa, os olhos semicerrados. Sua pele era macia e imaculada, como se ele usasse cremes e hidratantes caros. Suas unhas estavam impecáveis, as meias-luas perfeitamente brancas. Dois grossos anéis de ouro, uma aliança de casamento. Pelo visto, dava mais dinheiro coibir a produção de bebida ilícita do que propriamente produzir, pensou Anderson. No fim das contas, a lei se saía muito melhor naquela história toda.

Aqueles garotos, continuou Carter Lee, acordaram naquele dia já com as armas na mão. Sempre ameaçavam os representantes da lei.

Mas então como é que Jack Bondurant foi baleado com as mãos para cima?

Bom, brincou Carter Lee, às vezes as pessoas fazem coisas esquisitas quando estão na mira de um revólver.

Ele se recostou na cadeira e entrelaçou as mãos atrás da cabeça.

Alguns sujeitos, prosseguiu ele, parece que querem mais é ir atrás daquilo que pode acabar com eles. Chamam masoquistas, uma bela palavra. Tem muita gente assim aqui em Franklin. Parece que aqueles garotos tavam cavando a própria cova, é só isso.

Carter Lee continuou tagarelando mais alguns minutos sobre a história do Condado de Franklin e mais uns outros assuntos, e Anderson se viu incapaz de prestar atenção. Ele observou a cabeça do cervo e fumou mais um cigarro. Não iria conseguir nada com aquele sujeito. Um fiador de meias verdades. Nascera mentiroso e ia morrer mentiroso.

Ele se despediu de Carter Lee e cruzou a praça do tribunal a fim de voltar para a pensão. A brisa fresca nas ruas trazia o aroma do campo circundante, e Anderson se lembrou mais uma vez de seu tempo em meio ao milho. Durante muitas horas ele caminhava por entre as espigas, e à noite deitava-se entre uma fileira e outra, ficava vendo as folhas tapando as estrelas, ouvindo o zumbido dos insetos em seus ouvidos, sentindo o cheiro intenso da lavoura. O cheiro da vida. Percebera isso ao escrever *Tar*, a história de sua juventude, naquele apertado quarto da casa da fazenda em Troutdale, cercado por um mar de milho. Naqueles dias, Anderson se sentia um místico do milho, a um só tempo seu acólito e pregador. Lera quase todo o *Tar* em voz alta naquele milharal, para os corvos e os insetos, e naquele ano tinha declarado à esposa que um livro deveria ser escrito para ser lido em voz alta no meio de uma plantação de milho; *só* assim seria americano e verdadeiro. Mas que diabos, pensou ele, eu não consegui fazer nada direito até criar Tar na minha mente e começar a viver por ele. Foi a mesma coisa com George Willard. Um homem de muita imaginação que tenta manter os pés na realidade, no mundo do trabalho, um mundo de homens reais com mentes quietas. Será que *Dark Laughter* poderia ser lido em um milharal? Ou *Perhaps Women*? Como ele se afastara daquele sentimento essencial?

Em seu quarto de pensão, Anderson tentou escrever uma carta para Eleanor. Virou um copo pequeno do conhaque de pêssego que comprara num posto em Sontag e tentou invocar a imagem de Eleanor sobre a qual poderia projetar seu amor. Em vez disso, pensou na forma angulosa de Maggie em seus vestidos vistosos, fumando atrás do balcão do posto Blackwater. Um tanto parecida com sua primeira mulher, Tennessee, em sua charrete. O conhaque era doce mas saboroso. Anderson alisou uma folha de papel sobre a mesa.

Eleanor,

Em muitos sentidos, este lugar é igual a qualquer outro. Também aqui o velho amor artesão foi estrangulado pelas mãos da indústria, e todos caminham pela noite quente como se fosse a última de suas vidas.

Mesmo assim, a terra parece se erguer em cadeias. Muita complicação em uma terra tão simples. Me sinto velho e sozinho. É isso o que torna a beleza possível, é claro, toda essa complexidade e textura na paisagem. Se a terra não tivesse todos esses traços, se fosse o mundo liso, e lisas todas as pessoas que existem nele, então veríamos tudo num instante. Seu vazio plano e hediondo.

Nas colinas de Franklin e nas ruas aqui vejo que ainda restam traços de beleza. Então, por que quando fecho os olhos vejo o vazio liso, essa horrível monotonia que a tudo engolfa?

À noite, na cama, posso jurar que há algo pairando no escuro lá fora, uma forma vasta que se avulta e se aproxima sem cessar. Cai sobre mim como um fardo pesado.

A história vai vir, eu acho, mas tive outra ideia aqui, um novo livro, talvez. Acho que vai ser meu último trabalho, e o meu melhor. Se apenas eu sair do lugar antes que essa coisa flutuante chegue, vai ficar tudo bem. Só não sei se consigo.

A promessa de Winesburg, *aquele livrinho maldito, chegou a se realizar?*

Capítulo 23

1930

Bertha Minnix estava no fim da estrada, vestindo um macacão masculino combinando com um cardigã de lã escura, o cabelo preso sob uma boina desajeitada. Jack a rodeou com o carro e ela já estava dentro antes mesmo de ele parar. Um áspero dia de novembro, o céu cinza, o vento implacável, e as árvores transformadas de grandes maços de vermelho e dourado a fios retorcidos. Bertha estava corada de expectativa e Jack não conseguia parar de sorrir enquanto pisava fundo no Dodge pelas estradas esburacadas rumo a Snow Creek e ao monte Turkeycock.

Papai fez a ordenha hoje de manhã, começou Bertha, e mamãe ficou vendo ele trazer as vacas pra perto da casa, e ele tirou o leite delas bem ali do lado da porta da cozinha, quatro baldes de leite, e depois ele levou as vacas de volta pro pé do morro.

Jack enfiou uma cigarrilha entre os dentes e riscou o fósforo no painel do carro. Usava um paletó de pelo de camelo que ia até os joelhos e luvas de couro para dirigir que tinham suas iniciais gravadas.

Bom, continuou Bertha, aí a Mãe disse pra ele: Por que você trouxe as vacas até aqui pra tirar o leite delas? Por que simplesmente não ordenha lá mesmo? E o Pai respondeu: Ora essa, acho que é mais fácil pras vacas carregarem o leite até aqui em cima do que pra mim!

Esse seu pai é um palhaço mesmo, comentou Jack.

Olha essa boca!, advertiu-o Bertha, e deu-lhe uma leve cotovelada nas costelas.

Eles pararam em uma estrada de terra alguns quilômetros a leste do sopé da montanha. Jack estacionou na sombra de uma mata de bétulas e bordos. Começaram a caminhar em direção à encosta, e, enquanto andavam sobre o tapete de folhas secas, Bertha pegou na mão de Jack.

Quando eu era pequena, contou ela, a gente pisava nessas folhas assim e fazia de conta que o barulho era das nossas anáguas de seda.

Ela ficou um pouco sem graça e sorriu de lado para Jack.

Indo pros bailes, continuou ela, um monte de meninas juntas, a gente andava na ponta do pé e fazia de conta que estava de vestido longo indo pra festa. Uma tora de madeira atravessando o riacho era a calçada da cidade. Mais do que tudo no mundo eu queria ir a um baile chique. E aqui estou eu.

Bertha ergueu um pouco a barra do macacão, que era comprido demais para ela.

Espera só, disse Jack.

Depois de um tempo eles se separaram; Jack apontou para o poste que servia de referência para onde tinham parado e disse para ela ir andando em ziguezague pelas árvores, não em linha reta, e que desse pelo menos uns 15 passos.

Vai de leve, pediu ele, para de chutar as folhas e tenta não pisar nos galhos. Não esquece, o sinal é um único grito: *Vem gente!* Não volta pro carro.

Ela bateu uma continência exagerada.

É sério, disse ele.

Eu sei.

Bertha se posicionou longe de Jack, à esquerda e um pouco atrás. Ele os guiou pela montanha e por um platô com grama alta, depois novamente por matas densas e cravejadas de rochas de calcário que irrompiam da terra.

Bertha já tinha ouvido falar sobre as proezas de Willie Carter Sharpe e começou a encher Jack de perguntas.

Ela tem diamante incrustado nos dentes, disse Bertha. Não é demais? Dizem que ela tem carros espalhados pelo estado inteiro, escondidos em vários lugares, só pra ela usar, e que ninguém consegue pegar ela.

Não sei se eu acredito nessas coisas todas, rebateu Jack.

Você tá é com inveja, provocou Bertha. Ela é a contrabandista mais rica e mais famosa aqui das nossas bandas, e você fica incomodado.

Não é isso.

Eu li em algum lugar que além de tudo ela é linda. Você conhece ela?

Já vi ela por aí, disse Jack.

É mesmo?

Só tô dizendo que não é tudo assim que nem eles falam no jornal.

Jack jamais tinha colocado os olhos em Willie Carter Sharpe, mas os outros, inclusive Forrest, já. Os gêmeos Mitchell falavam que a tinham visto em um posto de Shootin' Creek, comandando uma caravana de carros grandes. Eles contaram a Jack que ela parecia artista de filme, com paletó masculino, fumando charuto e rindo com os homens. Disseram que era tão alta quanto qualquer sujeito ali, com cabelos escuros e compridos, salto alto e joias de diamantes sacolejando nos pulsos. Talmedge Jamison contou a Jack que a vira em Roanoke. Disse que era baixa e roliça que nem barril, boca torta e olhinhos de porco: *Feia de doer*, contou Jamison. Ela passara com caravanas pelo posto Blackwater, na direção da fronteira do condado, mas Forrest dizia apenas que não dava para acreditar nos jornais. Jack lera algumas das histórias e desdenhava do sensacionalismo. Nos últimos meses, conhecera muito bem o tédio massacrante, o medo na boca do estômago, a exaustão e o pânico dos *blockadin'*. Bertha não acreditava quando ele tentava descrever. Bom, pensou ele, vou mostrar a ela como a coisa é de verdade. Não faria mal algum, e talvez assim ela visse que ele é que era o cara; Sharpe era só uma fantasia dos jornais. Jack queria poder lhe contar a verdade, que também *ele* pensara que seria daquele jeito, que ele comprara a mesma história, e que tinha muita vergonha por ainda acreditar que aquela ilusão pudesse se materializar, aquela visão romântica, sua vida transformada.

A gente andou fazendo umas transações com o Floyd Carter, disse Jack.

É mesmo? O ex-marido dela?

É. Lá em Burning Bag. Um dia desses aí.

Dizem que esse lugar é terrível, comentou Bertha, homens atirando uns nos outros todo dia.

Ah, não é bem assim.

Jack desejava um novo jeito de impressionar a mulher que agora levava seu coração a tiracolo como uma sacola de compras. Tinha uma vaga noção de que a grandeza que ele queria atingir demandaria a mão firme de Bertha. Andando pelas árvores, Jack tirou o chapéu e ajeitou o cabelo fino e lambuzado de brilhantina com aroma de limão, sorrindo consigo mesmo.

Depois da clareira, faltaria apenas subir uma encosta íngreme e atravessar uma cerca viva de mirtilos e tasnas. Jack começou a assobiar uns 100 metros antes, e, quando chegaram à clareira, viram Cricket Pate acocorado junto à fornalha do alambique com um balde de cimento. Os seis alambiques de cobre já estavam queimados de carvão depois de apenas uma temporada de uso. Caixas de mistura estavam alinhadas em fileiras de dez; em muitas delas, os conteúdos se agitavam e enchiam o ar de um cheiro inebriante. Cricket pestanejou algumas vezes e fixou os olhos na aparição de Bertha Minnix.

Cricket, disse Jack, essa aqui é a Srta. Minnix.

Jack mostrou a Bertha as caixas de misturas e explicou o processo. Ela mergulhou os dedos na infusão borbulhante e afastou a espuma, mas não tomou a cerveja bruta. Cricket mexia a bebida com uma tábua enquanto Bertha bisbilhotava o local, tropeçando nos entulhos que tomavam o lugar: sacos de açúcar, lascas de madeira, engradados de galões de 20 litros. Jack mostrou a fonte, uma bica gorgolejante que minava de uma parede de calcário no alto da montanha, a água correndo pelas pedras até pequenos tanques e depois descendo por canos até o acampamento.

A gente pode fazer 4 mil litros por semana, Jack se vangloriou. É difícil no frio, sem toda uma turma de ajudantes, mas o Cricket aqui se vira muito bem. Quando ficar quente, a gente vai botar pra quebrar e inundar o vale de Snow Creek de birita!

Bertha parecia totalmente concentrada no trabalho dos alambiques e acompanhou de perto enquanto Cricket e Jack enchiam um deles com a mistura fresca das caixas, o sol já se pondo atrás da montanha. Quando se atingiu a temperatura correta, o barril começou a sacudir, ressoando um som de madeira batendo, e Bertha se debruçou sobre o tubo de condensação para ver as primeiras gotas se desprenderem do barril fumegante. Dentro de seus trajes folgados, ela parecia um vagabundo magrelo, mas, quando se virou, arrebatou Jack com seu sorriso e seus olhos cor de ardósia. Minha Nossa, pensou ele, vou sentir isso por um bom tempo.

Vem cá, disse Jack, você trouxe a sua câmera?

Ela vasculhou os bolsos com muita atenção e então sacou a Brownie.

Me dá aqui, disse Jack, deixa eu tirar uma de você. Cricket, cai fora daí.

Cricket se agachou atrás do barril de resfriar.

Não, protestou Bertha. Os seus irmãos vão ficar bravos.

Não esquenta. Só fica aí parada um minutinho. Vai ficar bom.

Não tá muito escuro?, perguntou Bertha. Tá escurecendo depressa, ah se tá.

Humm, disse Cricket, acho que vem tempestade aí.

E enfiou o dedo na terra.

Talvez fosse melhor a se mandar, disse ele. Hein Jack, o que me diz?

Bertha estava ao lado do alambique quente, e, quando olhou para Cricket, acocorado, de macacão e jaqueta velha, os joelhos na altura das orelhas, parecendo uma espécie de gafanhoto vagabundo, ela balançou a cabeça e riu, e deu um passo à frente para se afastar do alambique. Foi aí que Jack tirou a foto.

Pronto.

Um assobio agudo irrompeu da mata, uma, duas, três vezes. Jack gelou, a câmera ainda nas mãos. Cricket se levantou e começou a vasculhar freneticamente por entre os sacos de juta. Jack aprumou o ouvido; um ruído firme e longínquo. Bertha agarrou seu braço.

O que foi? O que é isso?

Ouviu-se um berro de algum lugar acima deles, bem no alto das rochas: *Vem gente!*

Quem mais tá aqui?, Jack quis saber. Quem tá lá no alto do morro?

Jack ouviu estalidos na relva, alguém subindo a montanha pelo mesmo caminho por onde eles haviam chegado. Os espinheiros forneciam uma ótima cobertura, mas não permitiam quase nenhuma vista para o sopé do monte. Ele precisaria subir mais para ter uma boa visão. Jack saltou sobre o alambique e, pisando na coifa, pulou para os galhos do olmo mais próximo. Subiu o suficiente para ver toda a extensão da encosta até a relva do platô. A grama alta se remexeu e quatro homens emergiram do meio das árvores, todos de terno e gravata, dois deles com machados nos ombros, os outros dois embalando espingardas. Ele pulou da árvore e caiu no chão.

Xerifes, disse Jack. Pra onde agora?

Cricket apontou para o alto da colina.

Correr até a gruta, depois leste, seguindo o riacho.

Ah meu Deus, Jack, o que a gente vai fazer?, disse Bertha.

Ela saltitava de um lado para outro, como um animal pronto para fugir. Jack segurou sua mão.

A gente corre, disse ele. Fica junto de mim.

E empurrou Cricket para a mata.

Vai logo, desgraça!

Cricket saiu correndo, Jack e Bertha atrás dele.

Em um afloramento rochoso a uns 40 metros acima da destilaria, Howard Bondurant estava agachado como uma gárgula em ruínas, vendo os xerifes subirem a montanha. Levantara a gola para se proteger do vento gelado e baixara a boina de lã até os olhos. Uma garrafa de meio litro vazia estava equilibrada sobre uma pequena rocha de calcário. Tinha visto o irmão subir com a garota, os dois irem até o acampamento, Bertha explorando as coisas com os olhos vivos de uma mulher que queria um pedaço de um mundo que não era dela. Sentia-se estranhamente alheio ao perigo que se aproximava, aos xerifes, que chegariam ao acampamento em poucos minutos e destruiriam os alambiques diante de seus olhos. Howard só pensava em como o irmão mais novo atraíra um monte de agentes direto para a destilaria, praticamente abrindo caminho.

Os xerifes chegaram correndo à clareira, com as armas em punho e chamando uns aos outros. Howard viu Charley Rakes afundar a mão no preparado de cerveja. Pensou em Jack sendo surrado pelos punhos daquele mesmo homem e estremeceu. Abshire apoiado no machado, distraído, acendendo um cigarro. Jefferson Richards rindo e batendo os nós dos dedos no alambique escurecido. A amplitude do vale ondulava feito água diante de Howard, os picos dos montes vizinhos parecendo barcos no mar.

Howard se levantou, entrelaçou os dedos e alongou os braços acima da cabeça, as vértebras estalando na espinha arqueada. Suspirou, pegou a garrafa e a levou à boca aberta, capturando as últimas gotas do líquido viscoso. Pesou o vidro na mão por um segundo, olhando para o vale flamejante de fogos dourados, a pequena serpente do ribeirão Snow, as colinas de Rocky Mount. Um espesso amontoado de nuvens vinha rolando do leste. Cairia uma tempestade.

Que pena pelo tabaco, pensou ele. As coisas podiam ter sido diferentes. Talvez nada disso tivesse acontecido.

E então arremessou a garrafa na cabeça oval de Charley Rakes.

Eles seguiam numa linha pela face da montanha, acompanhando o riacho. Podiam ouvir os xerifes no acampamento, passando com dificuldade pela mata fechada, o chão repleto de madeiras podres e frutas caídas, Bertha abrindo caminho como uma verdadeira serrana, e Jack teve que se maravilhar com a graça atlética da moça enquanto corriam juntos, pulando tocos e moitas. Estavam a algumas centenas de metros do acampamento, contornando a montanha, e Jack sentia que tinham conseguido escapar; não havia ninguém os perseguindo e eles já não podiam ser pegos com tanta distância de vantagem, não a pé.

Cricket, sussurrou Jack.

Cricket diminuiu o passo e se agachou sobre as folhas, esperando que Jack e Bertha o alcançassem. Quando chegaram, Bertha apoiou os braços em uma árvore, respirando fundo, e Jack pôs as mãos nos joelhos e cuspiu seco várias vezes.

Era o Howard? Aquele berro?

Cricket fez que sim, pestanejando.

Espera aí, disse Bertha, o que foi que aconteceu lá?

Jack, é melhor a gente ir, disse Cricket. Eles vão seguir a nossa trilha até aqui logo, logo.

Bertha afastou do rosto as mechas de cabelo suado, sua blusa branca riscada por pedacinhos de tronco de árvore e por seiva de moitas. Limpou as mãos nas pernas do macacão. Nuvens grossas se revolviam sobre a montanha, e, sob as árvores, a escuridão se fez densa. Jack ia responder quando o indefectível *bangue... bangue... pou, pou, pou* de tiroteio ecoou pela encosta da colina, vindo do acampamento. Duas explosões de espingarda, depois tiros de pistola.

Ah, meu Jesus, falou Bertha.

Jack e Cricket se olharam, a expressão de Cricket revelando uma estranha angústia que Jack jamais vira no rosto do amigo.

Ah, Jack, eu sinto muito, disse ele. Eu sinto muito.

Estavam atirando em Howard, pensou Jack. Os desgraçados estavam atirando no seu irmão. Ou ele estava atirando nos desgraçados.

A espingarda, lembrou Jack. Cadê?

Num buraco, atrás do barril de mistura, respondeu Cricket.

Vai, Cricket, leva ela. Encontro vocês de noite no posto.

O quê?, disse Bertha. Não me deixa sozinha!

Gritos ao longe, no acampamento, indistinguíveis. Howard estava sozinho, em desvantagem.

Eu preciso voltar lá, disse Jack.

Ele pegou a mão de Cricket e a colocou no braço dela.

Vai, droga!

Jack se virou e correu de volta o mais rápido que pôde, enquanto mais tiros voavam pelo vale escuro.

Charley Rakes estava erguendo o machado para descarregá-lo sobre o alambique quando uma garrafa passou zunindo por seu ombro e explodiu na coifa.

Que diabos...?

Charley Rakes largou o machado e tomou a espingarda das mãos de Jeff Richards.

Que que foi, Charley?

Rakes apontou a arma para o alto da colina, e os outros viram a silhueta de Howard em uma rocha acima deles, de pé, as pernas afastadas, os braços soltos ao longo do corpo, um borrão contra o céu violeta.

Quem é aquele desgraçado?

Howard ficou olhando os homens se juntarem, apontarem as armas para ele, a ponta dos canos das espingardas feito pequenos insetos pretos em suas mãos. Quando Rakes atirou, Howard viu o jorro de faíscas e luz e sentiu o projétil passar zunindo, soprando suas calças, a bala se despedaçando nas pedras. Rakes disparou de novo, mais uma vez a uma altura baixa, e Richards desatou a puxar o gatilho da pistola, os projéteis passando zunindo pela cabeça de Howard, um estilhaço chicoteando em seu ouvido, um som de murmúrio de abelha. O vale ecoava os ruídos, e Howard continuava lá, vendo os homens tentarem matá-lo. Pareciam pequeninas criaturas selvagens se arrastando na poeira.

Você, desce daí!

Eu juro que vou atirar de verdade se você não descer aqui!

Howard se virou e sumiu na mata. Para os homens lá embaixo, foi como se alguém tivesse apagado a luz; a escuridão da floresta caiu sobre eles.

Pra onde ele foi?

Cala a boca e tenta escutar!

É aquele grande filho da puta do Howard.

Certeza?

Então Howard estava descendo, os homens podiam ouvir seus passos esmagando a vegetação rasteira, e se amontoaram, as armas formando um perímetro de defesa.

Joga uma luz ali!

Howard estava com a mente limpa ao se aproximar. Os olhos quase fechados, meras fendas, e ele descia a colina a passos largos. Sentia-se relaxado e desperto. A escuridão parecia não o afetar; contornou um toco com agilidade, a imagem brilhante dos quatro homens como um farol na floresta que escurecia rapidamente. Ele iria avançar e explodir no meio deles, acabar com todos eles.

JACK PEGOU A espingarda enquanto Abshire botava fogo em um galho de pinheiro. Jack se agachou atrás dos barris de mistura, a apenas uns 15 metros dos quatro homens que olhavam para a colina furiosos, apontando as armas para a escuridão. Ele podia ouvir Howard descendo o morro na direção deles, rasgando pela mata feito um cervo ferido. Trovões abalaram as árvores. Abshire levantou a tocha, iluminando o grupo, e Jack se escondeu atrás dos barris, segurando a espingarda. Não sabia se estava carregada. Não havia cartuchos no saco, e ele tinha medo de abrir para conferir. Só me resta torcer pra ter bala, pensou.

Quando ele aparecer, mete bala, ordenou Jeff Richards.

Jack teve a impressão de que Howard ia direto para a clareira, direto para as armas dos xerifes. Mas que diabos ele tá fazendo? Jack fez barulho atrás dos barris e fechou os olhos.

Ei!, gritou ele.

Mas que merda, tem outro!

Quem tá aí?

Fica de olho que ele tá descendo!

É melhor vocês caírem fora, disse Jack. É melhor irem embora já.

A resposta foi uma saraivada de tiros de pistola na sua direção aproximada. Uma bala perfurou a caixa atrás da qual ele estava escondido, a mistura vazando pelo furo e se empoçando em seus pés. A luz da tocha tremeluzia acima dele. Jack não sabia dizer se estavam vindo para cima dele ou não. Levantou a espingarda com uma das mãos e mirou para o lado dos xerifes, só que alto, e puxou o gatilho. Os dois projéteis partiram, fazendo a arma chicotear na mão de Jack. A luz da tocha se apagou imediatamente e alguém gritou.

Deus do céu!, ouviu-se um deles berrar.

Merda! Pega a luz, Henry!

Jack ouviu Richards gritar.

Ele tá aqui!

Um disparo de pistola, baques e grunhidos, botas pisoteando as folhas.

Jack espiou por entre as caixas e, na esparsa luz da tocha que caíra no chão, viu Howard saltando da mata que nem um demônio. Os xerifes fraquejaram e recuaram, um deles já no chão, protegendo a cabeça. Usando a força do salto no meio deles, Howard esmurrou o corpo de um homem que tentava escapar, acertando-o no ombro, e Jack viu o braço destroncado, os ângulos estranhos dos ossos sob a camisa. Charley Rakes estava de quatro, procurando a arma, Jefferson Richards se afastando da luz, correndo colina abaixo. Abshire cambaleava, um lado do rosto coberto de sangue. Ele agarrou o homem caído, que gemia e segurava o próprio ombro, tentando ajudá-lo. Howard permanecia calmo sob a luz tremeluzente da tocha, vendo os três se debaterem no chão. Rakes ergueu os olhos para ele, tateando as folhas à procura de uma arma.

Eu vou te matar, seu desgraçado!

Jack se levantou e apontou a espingarda para Rakes. Sabia que ansiava ver o homem se humilhando, clamando por sua vida. Botaria o cano na cara dele e o faria implorar. A escuridão parecia apartá-lo dos outros e da arma em suas mãos. Jack avançou contra Rakes, a espingarda junto à cintura.

Ei, Rakes, gritou Jack. Lembra de mim?

Rakes virou a cabeça, seu rosto se alterando, os olhos se arregalando. Antes que desse três passos, Jack já havia engatilhado os dois cães e puxado o gatilho. Ele se surpreendeu; era como se seus dedos tivessem agido por conta própria. Howard também olhava para ele, o rosto límpido como água. Os cães bateram nas câmaras sem cartucho com um sólido baque. Então Howard pisou na tocha, lançando todos eles às trevas.

Vamos embora, Charley!, berrou Abshire. O Richards se mandou!

Jack congelou, piscando os olhos no escuro. Houve mais ruídos de esforços, lamentos penosos do homem do ombro quebrado. Um leve vislumbre de movimento, braços em torno de corpos, passos e tropeços. Mais um tiro, o raio de luz iluminando apenas os galhos das árvores e o braço estendido que segurava a pistola. O estalo e o gemido de um ricochete perto do ouvido de Jack, a bala rebentando na mata. Jack se agachou rápido, os braços protegendo a cabeça. Ele não queria mais acabar com Rakes; quando os cães bateram em câmaras vazias, ele desistiu. Queria sair dali correndo. O tamborilar da chuva nas árvores, depois um súbito aguaceiro rugindo. E então a voz de Howard no escuro, próxima dele, clara e calma.

Vai, Jack. Agora.

Jack correu colina abaixo, avançando para a tênue linha do horizonte atrás das árvores.

JACK CHEGOU À casa do pai no raiar do dia. Estava morto de cansaço e sujo de lama, correra a noite toda pelo nevoeiro negro, cruzando a montanha e depois seguindo ao longo do ribeirão Snow. A tempestade fora breve e o chão já estava seco. Quando ele despontou no caminho da casa, Granville estava de saída para a mercearia e passou pelo filho sem nenhuma palavra ou olhar. Jack cambaleou até o quarto, caiu na cama e dormiu até o meio-dia, quando foi, por fim, despertado pela luz do sol e pelo som de vozes do lado de fora. Na cozinha, comeu alguns pães, acompanhados de muitos copos de água gelada. Enquanto bebia, foi assolado pelas atrocidades da noite anterior; os investigadores voltariam durante o dia para destruir os alambiques. Voltariam com mais homens e mais armas, e iriam dinamitar o local. Milhares de dólares em suprimentos e materiais, toda uma temporada de trabalho e o lucro potencial, tudo por água abaixo. Não podiam tê-lo seguido, ele tomara cuidado, e não havia trilha visível. Ele estremeceu e bateu o copo na pia, estilhaçando o vidro e cortando a palma da mão. *Merda merda merda.* Não devia ter levado Bertha até lá; era tão ridiculamente óbvio. Howard sabia. Forrest botaria a culpa nele.

Ficou vendo o sangue escorrer pela lateral da mão. As vozes fora da casa continuavam, duas pessoas conversando no alpendre. Uma delas era sua irmã, Emmy, e a outra, um homem que ele não reconheceu. Ela falava de um jeito estranho, suave e melodioso, como se estivesse se dirigindo a uma criança.

Marshall Wingfield estava encostado no pilar do alpendre, pernas cruzadas, vestindo um terno claro e com um lenço em volta do pescoço. Levava um chapéu de palha nas mãos.

Ei, Jack, saudou-o Wingfield.

Suas bochechas estavam coradas, e ele abriu um sorriso para Jack, endireitando-se e estendendo a mão. Emmy estava sentada com recato, olhando para os próprios braços, cruzados sobre o colo. Tinha um pequeno ramo de flores no vestido, amarrado com um laço. Seus cabelos opacos caíam dos dois lados do rosto, e ela não levantou a cabeça.

Wingfield agarrou a mão de Jack, apertando forte, sorrindo.

Tudo bem, meu velho?, disse Wingfield.

Emmy não erguia a cabeça. O carro de Wingfield, um Dodge cupê novo, brilhava no gramado. As folhas do pequeno corniso do jardim se reviravam, mostrando os lados de baixo, e as nuvens se acumulavam. Vai chover de novo, pensou Jack. Mas que droga.

Acho que você se cortou, disse Wingfield.

Wingfield ergueu a mão de Jack manchada de sangue. Jack olhou para os regatos vermelhos que corriam por seu braço, respingando na calça. Wingfield mantinha a mão longe das roupas, fazendo o possível para sustentar o sorriso simpático. Seu terno parecia pulsar com uma luz branda e brilhante.

Belo terno, disse Jack. Bonito mesmo.

Jack golpeou forte com a mão ensanguentada, um soco direto que pareceu vir de dentro de seu peito e que acertou a bochecha rosada de Wingfield com um som de beijo estalado.

Jack!

As mãos de Jack foram velozes, e, quando Wingfield se curvou, mãos no rosto, Jack disparou uma série de ganchos de esquerda na cabeça, até que o outro se esparramou pelo jardim.

Mas que diabos deu em você?, gritou Wingfield.

Jack avançou sobre ele. Primeiro a esquerda, pensou, use a esquerda e arrume pro cruzado de direita. Botou o pé esquerdo em cima de Wingfield, que estava agachado, mãos erguidas em defesa. Jack se abaixou e lhe deu um murro de esquerda na testa, uma, duas, três vezes, a cabeça de Wingfield sacudindo e suas mãos indo mais para cima, ele tentando se proteger com os cotovelos. Uma rajada de vento, e o barulho de coisas se dilacerando começou mais uma vez, primeiro mais baixo e depois subindo até um berro agudo. Bem quando Jack viu uma abertura para a direita, Wingfield caiu sentado na grama, uma expressão apática no rosto. O som do céu invadia seus ouvidos, a terra se rasgando. Dessa vez eu consegui, pensou Jack, avançando sobre Wingfield.

Levanta, seu filho da puta!

Ele queria finalizar a série de golpes; Wingfield estava atrapalhando tudo. O som lacerante oscilou e se interrompeu, e Jack parou, confundido pelo silêncio repentino. Wingfield se arrastava para longe dele, arfante, o terno sujo de grama nas costas, ele tateando em busca do chapéu. Jack se virou e viu o rosto contorcido da irmã o olhando com horror, uma convulsa expressão de agonia. Emmy respirou fundo e voltou a gritar.

Capítulo 24

1930

GRANVILLE FECHOU A mercearia mais cedo e foi buscar Jack na casa em Snow Creek. Seguiram para oeste, rumo ao monte Haw Patch, até a fazenda dos Jamison, para cortar lenha. Com os alambiques dinamitados, reduzidos a um buraco de cobre retorcido dentro da montanha, Jack ficou morando com o pai, ajudando na fazenda e basicamente evitando os irmãos.

Cai fora, Forrest tinha lhe dito quando ele aparecera no posto Blackwater alguns dias depois.

Não foi culpa minha, Jack se defendera. Ninguém seguiu a gente, eu juro.

Cai *fora*, porra.

Jack não viu Howard por muitas semanas, mas ficou sabendo que o irmão estava aparentemente ileso e de volta à serraria de Forrest. Também não tinha visto Cricket, nem ouvido nada sobre ele; sua cabana na colina estava vazia, seus poucos pertences espalhados pelo chão sujo, como sempre. Bertha, a quem Jack vira apenas de passagem pela cidade, tinha dito que Cricket a deixara em casa e só, mas ele não tinha sido preso, então Jack imaginou que estava tudo bem com seu amigo. A lavoura de tabaco estava arruinada, e Jack tinha uns 40 dólares dentro de uma latinha de sopa no porta-malas do carro. Forrest iria se arranjar, mesmo que logo tivesse que fechar a serraria para o inverno e que o posto Blackwater estivesse perdendo fregueses; Carter Lee mandara dizer que todos estavam proibidos de fazer negócio, legítimo ou não, com os Bondurant. Quanto a Howard, tudo e mais um pouco que ele tinha estava nos alambiques.

A fazenda dos Jamison ficava no sopé do monte Thornton, no oeste do Condado de Franklin, um trecho acidentado e coberto de árvores, com terra dura até grande profundidade. Granville seguiu a trilha poeirenta que passava pela casa de madeira e chegava até os pastos pontilhados pelo rebanho. Finas linhas de fumaça subiam dos campos contíguos às encostas. A derrubada havia terminado, e os homens puxavam os troncos com juntas de mulas, rolando e carregando os enormes troncos até as carroças, para que fossem levados colina abaixo, enquanto outros queimavam montes de folhas. Quase todos os homens robustos do sul do condado estavam lá.

Jack se juntou a Howard no corte dos troncos, enquanto o pai foi ajudar os mais velhos a tocar as parelhas de mulas e de cavalos e a desbastar os galhos menores. Forrest não estava lá. Howard vestia apenas camiseta e suspensório, seu corpo fumegando no ar fresco do outono. Jack tentou encontrar no rosto do irmão algum sinal de seu estado de espírito, mas Howard apenas se concentrava na tarefa. Era um trabalho difícil e traiçoeiro: as raízes úmidas pareciam borracha, e os pés escorregavam e se torciam. Muitas vezes Jack deixou o machado ricochetear em uma raiz e por pouco não cortou a perna ou os pés. Era preciso golpear as raízes no ângulo certo. Por fim, eles entraram em um ritmo simples, Jack fincando a raiz e Howard cortando-a com seu enorme machado.

A Lucy veio?, Jack quis saber.

Veio.

Tá fazendo a comida?

Deve estar.

Os dois trabalharam em silêncio por mais uma hora, e Jack deduziu que Howard julgava não haver nada para se falar. Mas onde estava Cricket? Eles já tinham ficado na pior antes, muitas vezes, e a reação normal de Cricket era uma espécie de derrotismo taciturno e um período de hibernação. Bertha dissera que ele estava aos prantos, pedindo muitas desculpas durante os quase 5 quilômetros que eles caminharam até onde ele escondera o carro.

Coisa estranha; ele parecia bem sóbrio naquela noite, pensou Jack. Devia estar com medo, sentindo-se derrotado. Jack decidiu que daria um pulo na cabana dele mais uma vez, só para garantir que Cricket estava bem. Diria que ele e seus irmãos iriam protegê-lo.

Jack e Howard trabalhavam num tronco escuro de castanheira que havia deitado raízes quase verticais. Colocaram em volta nacos de argila e calcário, e a raiz principal parecia uma flecha negra feita de músculos, da grossura da cintura de Jack. Eles por fim conseguiram passar uma corrente em volta da árvore e G.T. Washburne chicoteou seu par de cavalos, enquanto Jack e Howard talhavam a raiz com machados.

O que que você contou pro Forrest?, perguntou Jack.

Howard puxou o machado da madeira.

Contei o que aconteceu.

A seiva corria de cada golpe dado na carne fibrosa, as raízes cobertas por uma fina penugem. Jack pensou em como o esforço combinado desses pequeninos pelos dava vida à árvore, bebendo delicadamente as gotas de umidade, sugando milhares de litros de água para alçá-los ao tronco e às folhas

Falou alguma coisa sobre a Bertha?

Aham.

Jack parou de cortar e se apoiou no machado.

Mas que merda, Howard, por que você foi contar pra ele?

Porque foi uma tremenda burrice.

Eles não seguiram a gente. Certeza.

Tremenda burrice, insistiu Howard.

Bom, disse Jack, todo mundo erra.

Howard se deteve por um instante, uma mínima pausa na machadada, depois deu um golpe rápido e certeiro. Então saiu do buraco e jogou o machado de lado. Merda, pensou Jack, agora eu lasquei tudo. Por um momento Howard olhou para ele, a mesma expressão vazia de sempre, depois se virou e fez um gesto para Washburne, que atiçou os cavalos, e, com um som dilacerante, o tronco foi arrancado do chão. Howard pôs as mãos nos quadris e ficou olhando o buraco negro na terra, as pontas de raízes retorcidas, as pedras, o barro vermelho, e parecia refletir sobre alguma coisa por alguns instantes. Tirou as luvas e as bateu contra a coxa. Olhou em volta por um minuto e então se virou para Jack com um sorriso breve.

Bora arrumar umas birita?

Os irmãos se juntaram a um grupo de homens reunidos em volta de uma pequena pilha de nós de pinho. Aubrie Kendrick pegara um garrafão de sua caminhonete, e todos bebiam, passando a bebida de um para o outro lentamente, e conversavam sobre o progresso do trabalho. Jack puxou os gêmeos Mitchell de lado.

Vocês viram o Cricket?

Não.

Nem sombra dele.

Jack passou direto o uísque de milho quando o garrafão chegou às suas mãos, ao que Howard sorriu, pegou a bebida e lhe deu um soco forte no braço, apontando para o outro lado do vale. Três carros se afastavam lentamente da casa, as mulheres com a comida, e os homens começaram a vestir os casacos. Depois de mais alguns goles ligeiros, Aubrie Kendrick botou o garrafão de volta no piso da caminhonete, antes que as mulheres pudessem ver.

Quando elas chegaram, estenderam cobertores em um trecho de gramado plano e distribuíram tigelas de milho verde, salada de folhas com lascas de presunto, torresmo, picadinho de carne, pratos de pães caseiros cobertos com guardanapos e caçarolas de broa de milho esmigalhada. Dick Jamison chegou junto aos homens que continuavam reunidos no canto.

Bom, tá na mesa, disse ele.

Jack encheu o prato e se sentou em um tronco perto do pai, que comia um pedaço de broa. As esposas sentaram-se ao lado dos maridos, e as jovens solteiras ali presentes, a maioria delas amigas de Wilma Jamison e de suas filhas, fizeram sua própria roda em um cobertor, suas vozes suaves flutuando até onde estavam os homens. A luz começou a enfraquecer; tochas de nós de pinho foram acesas, e as mulheres enrolaram xales de lã nos ombros. Howard estava um pouco afastado, conversando baixinho com Lucy. Jack não a via fazia meses, e ficou espantado com sua aparência pálida, magra e sardenta, parecia mais uma garotinha que uma mulher de quase 30 anos. Jack só conversara com ela umas poucas vezes, a primeira na ocasião do casamento simples realizado na Igreja Batista de Snow Creek. A família dela era de Smith Mountain, pobres criadores de porcos sujos, com uma dúzia de crianças dispersas em um terreno lamacento e incultivável na encosta da colina, e Lucy parecera feliz por se livrar deles e ir viver em uma pequena choupana em Penhook. A segunda gravidez de Lucy parecia ter consumido ainda mais suas formas já franzinas, e ao vê-la ali, de bota e vestido de chita, segurando um prato e olhando para Howard, Jack notou suas olheiras pesadas. Era evidente que a segunda criança também não estava indo bem. Eles precisavam de dinheiro, e Jack sabia que isso feria Lucy como uma chaga. Ela se virou e o pegou olhando para ela; Jack desviou o olhar, constrangido.

Howard se aproximou com seu prato cheio de milho, torresmo e pão, tudo coberto com molho de carne. Sentou aos pés do pai e começou a escavar o prato com uma colher. Os três comeram juntos, às vezes se entreolhando e falando de como ficaria o tempo e de como estava a comida. O suor de Jack secou em seu corpo, e seus pés e mãos ficaram gelados, e ele se arrependeu por não ter trazido mais um par de meias.

Como tá a Lucy?, Jack quis saber.

Tá bem, respondeu Howard, molhando um pão no molho.

Como vai a bebê?, murmurou Granville, sentado no tronco.

Na casa da mãe dela, disse Howard. Do mesmo jeito, acho.

Howard mastigava, seus olhos semicerrados fitando uma linha de árvores negras sobre os campos. As mulheres recolhiam os pratos e dobravam os cobertores, dois garotos corriam um atrás do outro pelo terreno lavrado. Jack esticou as pernas, cruzou as botas novas à frente do corpo. Seu pai escondeu a cara no prato, um pouco rápido demais. Que diabos, pensou Jack, o velho não deixa escapar nada. O carro, as roupas, as horas no alto da montanha. Jack se sentiu um imbecil por essa patética tentativa de disfarçar as coisas, essa conspiração para enganar o pai. A noite estava chegando e o vento aumentava, espalhando fagulhas das tochas de pinho.

Você vem?, Howard perguntou ao irmão.

Jack olhou para o pai, que continuava a examinar o prato vazio.

Acho que sim, respondeu Jack.

Howard aquiesceu, ergueu o corpo pesado e entregou seu prato a Lucy, que estava em meio a um pequeno grupo de mulheres. Quando ela pegou o prato das mãos do marido, tocou seu braço, levantou o rosto e disse alguma coisa que Jack não conseguiu captar. Howard fez que sim, ao que

Lucy se virou e recolheu mais alguns pratos e tigelas do cobertor. Ela subiu em um carro com muitas outras mulheres, que riam e acenavam para os homens, alguns dos quais as chamavam de volta ou lhes pediam para ficar. Jack se pôs ao lado do pai e os dois ficaram vendo os carros descerem a colina e cruzarem o vale até a casa. Jack pensou na imagem de Bertha sob a amoreira, segurando um ramo, a boca desenhando uma linha empertigada. Mas que diabos, ele pensou, eu preciso me aprumar e fazer as coisas direito.

Os homens se juntaram em torno de Howard, brincando e dando tapas em seus braços. Ele sorria, as mãos enfiadas nos bolsos.

Sentado junto a Jack, Granville grunhia enquanto roía um pão.

Vou te dizer uma coisa, meu filho, começou Granville, se aquele menino tivesse uma mansão, ele queimava ela inteirinha.

E balançou a cabeça, olhando para o filho mais velho.

Bom, concluiu Granville, acho que vou deixar vocês cuidarem disso.

Ele espanou as migalhas do macacão e foi andando até seu carro.

Os homens que permaneceram acenderam uma fogueira e logo ficaram quentes da bebida, voltando a suar diante do fogo, passando as garrafas de mão em mão e rindo alto. Howard se sentou num tronco largo, bebendo mais que qualquer outro ali, e seu rosto foi ficando apático, os olhos fixos em algum ponto pouco além de seu nariz. Dick Jamison chegou à roda da fogueira com um bastão seco de uns 10 centímetros de diâmetro. Ele brandiu o bastão, ao que todos vibraram e se levantaram, pegaram tochas de nó de pinho e o seguiram colina acima, até onde as árvores maiores se espalhavam sobre o chão. Quando a tora foi escolhida, um carvalho bem grande com 1 metro de uma ponta à outra, Dick Jamison largou o bastão no chão e os homens rolaram a tora até ele. Então alguns lançaram dinheiro e os primeiros dois homens cuspiram nas mãos, puxaram as calças e se agacharam, um em cada lado da tora, enfiando os dedos por debaixo das pontas do bastão e firmando a pegada. O dinheiro da aposta em jogo foi empilhado sobre o tronco e preso a ele, em uma bolsa de couro cru, por uma faca. Belcher Whitehead sacou um revólver e disparou para o céu, e os dois homens deram um tranco e tentaram se pôr de pé, fazendo força contra a tora pesada, os outros encorajando-os aos gritos. Houve um pequeno movimento, um berro coletivo, e o tronco começou a rolar bem pouco, um homem levantando seu lado do bastão e forçando as juntas dos dedos do outro contra o chão, o deslizar do tronco colocando mais peso sobre sua parte do bastão, até que suas mãos foram esmagadas e ele gritou de dor e as puxou, caindo de costas. Os homens riram e bateram nos ombros do vencedor, o perdedor ajoelhado na lama, uma garrafa oferecida e um sorriso tímido, notas amarrotadas mudando de mãos.

Então Dink Amdams desafiou Howard, e ouviram-se uivos e assobios de descrença. Jack olhou para Howard, que oscilava sob a luz da tocha, seus olhos meras fendas, a testa franzida. Dink era um sujeito robusto, com peito de barril, pernas que pareciam dois troncos, dedos curtos, costas largas e pescoço grosso. Agora com quase 40 anos, ele era considerado o homem mais forte do condado antes de Howard. Dink não tinha bebido muito; ele tirou o casaco e olhou firme para o bastão. Jack temia que Howard estivesse completamente embotado pela bebida e incapaz de vencer o desafio. Dink vira Howard bebendo, pensou Jack, e achava que aquela era sua chance. Mas então o corpo de Howard deu um impulso e cambaleou até o bastão, e os homens explodiram em vivas. Jack ajudou Howard a se livrar do casaco, os braços moles arregaçando as mangas, o dinheiro começando a se empilhar. Howard passou os braços pelos ombros do irmão, puxando-o para perto, e encostou a boca bem na orelha de Jack. Ele fedia a suor e milho fermentado, o bafo podre de uísque.

Eu já falei pra você do oceano?, sussurrou Howard.

Então ele se afastou e por um momento Jack viu alguma coisa brilhar em seus olhos, as fendas se abrindo aos poucos.

É coisa de maluco, disse Howard. Não sei nem como explicar.

Ele bateu nos ombros do irmão mais novo e deu um apertão que lhe esmagou as costelas. Jack enfiou as mãos nos bolsos; tinha 2 dólares e umas moedas. Os outros fizeram uma roda para assistir.

Eu cubro tudo, gritou Jack. Todas as apostas contra o meu irmão.

O dinheiro se empilhava sobre a tora, até que Dick Jamison pôs um fim naquela confusão enfiando as notas e moedas na bolsa e prendendo-a no tronco com a faca. Dink foi calmamente até seu lado do tronco. Howard esticou os braços acima da cabeça, os pés pouco firmes; depois arrancou os suspensórios e tirou a camiseta manchada de tanto trabalho. Jack, atrás dele, deparou-se com a larga extensão de suas costas, seus ombros como almofadas de carne. Howard se curvou sobre o bastão e Dink fez o mesmo de seu lado.

A arma disparou e os dois fizeram força, os rostos retorcidos para cima, as veias saltando no pescoço pelo esforço. Os braços de Howard ficaram rígidos sob a luz da tocha, grossas veias nos seus antebraços, massas de músculos se revolvendo enquanto ele se agachava e tomava impulso com as pernas, os olhos fechados para se concentrar no esforço necessário. Dink rosnou e começou a estremecer, agitando-se em solavancos regulares, os olhos apertados e a boca num rosnado silencioso. Arroios de suor brotavam do rosto e do pescoço de Howard e corriam por suas costas e seu peito. Os impulsos de Dink começaram a surtir efeito, e o tronco começou a se mover, rolando a cada investida. Os homens do lado de Dink gritaram mais alto ante esse desdobramento, e Jack se esforçava para ficar atrás do irmão no meio da turba, gritando em seu ouvido. Havia quase 30 dólares na tora.

Vai, Howard! Puta que pariu, Howard, vai, vai!

As tochas balançavam ao vento, lançando torrentes de faíscas sobre os homens reunidos na encosta da colina, pulando e gritando.

Então Howard rugiu e suas pernas começaram a se mover, joelhos endireitados, o rosto vermelho; como uma espécie de demônio ancestral surgindo da terra, Howard ergueu o bastão, e a tora rolou por sobre as mãos e os antebraços de Dink.

Dink berrou, e os homens se lançaram sobre a tora para contê-la, mas ainda assim Howard se erguia sobre as pernas. Os homens largaram as tochas e pularam sobre a tora, mas Howard levantou o bastão até quase a cintura. Os gritos de Dink foram sufocados e seus olhos se reviraram, a tora esmagando suas mãos e seus braços. Como se despertasse de um sonho, Jack finalmente avançou e agarrou os braços do irmão, tentando fazê-lo parar. *Howard! Howard! Solta!* Ele gritava na cara do irmão, lutando contra os seus braços lisos de suor.

Howard! Pelo amor de Deus, solta!

Mas Howard continuou fazendo força, os olhos fechados para a noite, até que, por fim, o bastão se partiu e se despedaçou, e Jack foi parar no chão.

Olhando para as vertiginosas luzes das tochas rodopiantes, Jack viu Howard de pé com o bastão quebrado nas mãos, seu rosto uma terrível máscara de angústia. Com um lamento forte e estranho, Howard recuou e arremessou o bastão partido por sobre a cabeça dos homens, para fora do círculo de luz e para dentro da escuridão mais além.

Capítulo 25

1930

Todo mundo em Franklin sabia que Tazwell Minnix tinha uma fazenda limpa e bem organizada em Boone's Mill. No início de dezembro, quando o sol avançava sobre o monte Smith derramando luz sobre as colinas e os campos cobertos de geadas, Jack Bondurant parou o carro à beira do gramado dos Minnix. A grama rangia sob as rodas, as folhas duras e congeladas. Jack desligou o motor e soprou nas mãos.

Tom C. Cundiff fora indiciado por agredir o investigador John Horsely. No tribunal, ele avançou contra Carter Lee e teve que ser acorrentado ao chão. Foi condenado a dois anos de cadeia, e, enquanto era arrastado para fora, jurou retaliação violenta.

Cricket Pate estava morto. Algumas semanas após a destruição dos alambiques, foi encontrado em um baixio do ribeirão Maggodee, a boca aberta e cheia de barro vermelho. Tinha 40 centavos e tocos de cigarro nos bolsos. O braço do ribeirão tinha uns dois palmos de profundidade. O departamento de polícia concluiu ter sido um afogamento acidental, mas todo mundo sabia que isso era uma farsa completa. Não houve velório, mas Forrest pagou por um lugar e uma lápide, e Jack foi ao enterro com um sentimento pesado no coração.

Quando Jack saiu do carro, os cães dos Minnix começaram um coro de ganidos no cercado atrás da casa. Tazwell Minnix tinha uma dúzia de cães de caça que ele mesmo criava e treinava, cães excelentes e sem igual no condado. Jack se endireitou e tirou o chapéu, ajeitando os cabelos e limpando o excesso de brilhantina com o lenço. Escolhera ir com um terno cinza simples naquela manhã, calças com bainha e botas pretas bem engraxadas, um traje que ele apostava traduzir sua seriedade.

Antes mesmo de ele bater, a porta da frente se abriu com um solavanco, Bertha, seu rosto abatido pela angústia.

Ah, Jack, exclamou ela.

R.L. Minnix estava sentado à mesa, mexendo o café. Virou o pescoço e fitou a porta.

Quem tá aí?

Não deixaram ele entrar, disse Bertha. Por que fizeram uma coisa dessas?

E se jogou nos braços surpresos de Jack.

Quando deram a volta na casa, tudo parecia normal, os cães pulando e latindo, Tazwell no cercado entre os animais barulhentos. Ele construíra um abrigo de madeira para os cães ficarem à noite e cobrira o chão com cobertores velhos. Tazwell foi até um cão que estava sozinho nos fundos do cercado. Era marrom e branco, pequeno, um caçula acostumado a levar umas surras. O cão não se moveu quando Tazwell se aproximou, e, chegando mais perto, Jack pôde ver um reflexo de luz no animal, o gelo em suas narinas, os olhos cobertos por uma película de geada cinza. Morrera congelado durante a noite anterior, do lado de fora do canil. Tazwell se ajoelhou ao lado do cachorro e o analisou demoradamente, como a uma imagem sagrada. R.L. cambaleou até ele, apertando os olhos.

Mas que m..., murmurou o velho, deixando o xingamento se perder no ar.

Nunca vi uma coisa dessas no mundo, disse Tazwell.

Bertha agarrou os ombros de Jack.

Por que eles fizeram uma coisa dessas?, Bertha se perguntava. Não deixaram ele entrar no canil!

Quando voltaram para a casa, Bertha já estava mais calma, sua dor começando a virar cansaço. R.L. apertou os olhos para Jack e resmungou consigo mesmo.

Lamento muito pelo que aconteceu aqui, senhor, disse Jack. Se eu soubesse...

Tazwell estava sentado à mesa, com os braços estendidos sobre o tampo.

O que te traz aqui, meu filho? Me diga.

Vim aqui declarar minhas intenções, respondeu Jack. A respeito de Bertha.

Ele abriu o paletó e fechou de novo.

As coisas estão mudando, continuou Jack. Eu sei que já causei problemas pro senhor e quero dizer que lamento por isso. As coisas vão ser diferentes.

Tazwell parecia escutar, mas seu rosto estava incrédulo e franzido, perscrutando Jack como se ele fosse algum tipo de aparição.

A gente sabe, disse R.L., de onde vem o seu dinheiro.

Quero declarar minhas intenções, insistiu Jack. A gente... a gente tem se visto um pouco de vez em quando. Só quero deixar tudo bem claro. Estou dando minha palavra. Vou abrir mão de tudo assim que eu conseguir me estabelecer e comprar um bom pedaço de terra.

O rosto de R.L. se inflamou de raiva. Jack tentou acalmar a respiração, ficou olhando para Bertha, que encarava o piso com olhos arregalados, piscando devagar, o rosto molhado de lágrimas.

Aquele cachorro não tinha nome, murmurou Tazwell. E, sem nome, o pobre não tinha alma.

NA FRENTE DA casa, Bertha se recostou em Jack.

Isso não é certo, disse ela.

Jack passou os braços em volta dela. O vapor de suas respirações os envolvia.

Os cachorros não tinham como saber que ia dar nisso. Foi só azar.

Não, discordou Bertha. Alguma coisa horrível está pra acontecer, eu sinto isso.

DEIXA ISSO AÍ, disse Lucy do batente da porta.

Ela estava cuidando da bebê, a luz da cozinha emoldurando sua silhueta, os quadris escorados no batente, a cabeça da criança embalada na palma de sua mão. Howard estava ao lado da cama, de quatro no chão. Conseguia ver a camada de poeira sobre o machado embaixo da cama, que eles colocaram ali antes de Lucy entrar em trabalho de parto.

Ainda não passou, disse ela.

Lucy se virou e voltou para a cozinha. Uma panela de broa de milho estava esfriando no balcão, ao lado de uma pequena tigela de tomates cozidos. Ela botou um pano de prato no outro ombro e, enquanto a bebê mamava, pôs sobre a mesa um jarro de leitelho, duas tigelas e duas colheres, e aspergiu um pouco de sal sobre os tomates. Um pote de cebolinhas fervilhava no fogão. A bebê dormia quando eles se sentaram, mas acordou assim que Howard se virou e espirrou três vezes seguidas, bem rápido. Ela piscou e gorgolejou, depois voltou a pousar a bochecha no ombro da mãe. Howard jogou alguns tomates na sua tigela com a colher e Lucy partiu a broa.

Ele estava pensando no velho alambique, aquele que usara para fazer umas levas com Jamison e mais uns outros sujeitos alguns anos antes, escondidos numa das ondulações do alto do Turkeycock. A mistura já estava fumegando bem, todos os suprimentos pagos por Forrest, inclusive um carro novo.

Eu posso ir pra casa da minha mãe, disse Lucy. Eles iriam me acolher, eu e ela.

Não, retrucou Howard. Isso não.

Se o tempo ajudasse, em poucos dias eles fariam uma entrega com quatro carros no Condado de Roanoke, para o bando de Floyd Carter, que garantira 1,25 dólar por litro. Sua parte iria sustentá-los durante o inverno. Howard se sentia exausto só de pensar nisso, debruçado sobre a sua tigela de tomates, embora ao mesmo tempo ele soubesse que iria continuar com aquilo. Terminaria de comer, dormiria feito pedra e na manhã seguinte sairia e faria tudo de novo. Lucy empurrou um prato de cebolinhas para ele. Howard olhou para as cebolas fumegando, o odor forte queimando-lhe as narinas.

Você precisa comer isso, disse Lucy. Purifica o sangue.

Howard grunhiu e voltou para seus tomates.

Deus sabe, insistiu Lucy, que você precisa mesmo de purificação. As coisas que você botou pra dentro. Tá vivo só por milagre.

Howard jogou as cebolinhas pra dentro da boca, contemplando os pelos finos nos antebraços de Lucy, que ela alisava com as mãos. Pensou na madeira cortada, nas raízes profundas que eles haviam arrancado, raízes que iam fundo até o interior das coisas. As larvas de gafanhoto grudavam nas raízes, gordas e brancas que nem lagartas, chupando a umidade da matéria suculenta. Ficaram lá embaixo por anos e anos, só esperando o momento certo. Grudar numa raiz na escuridão úmida, só o som do próprio coração, esperando aquele sinal silencioso para surgir. Taí uma verdade, pensou ele, eu já devia tá morto mesmo.

Talvez seja esse o problema, disse Lucy.

Ela mexia na pedra que tinha pendurada em um cordão em volta do pescoço, uma pedra lisa e chata que Howard encontrara na barriga de um cervo. O pingente supostamente a protegia de venenos e de mordidas de cachorros, e Howard gostava de sua opalescência perolada, como ficava bem na clavícula dela. A bebê balbuciou alguma coisa, contente.

Talvez, insistiu Lucy, tudo isso que você botou pra dentro, pode ser por isso que as nossas crianças nascem assim.

Pronto, pensou Howard, ela finalmente disse. Ele teve um ataque de raiva, e seus dedos agarraram a mesa. Ele poderia despedaçar o móvel com as mãos ou jogá-lo para o outro lado da casa como se fosse uma moeda. Começou a imaginar isso em sua mente, como seria. Lucy viu a expressão em seu rosto e se levantou rápido, afastou-se, segurando a bebê com os dois braços. Howard olhou para as próprias mãos, as juntas arranhadas e feridas pelo corte da lenha e pelo jogo de rolar a tora.

Mas que diabos, pensou ele, pra que tudo isso?

Eu não consigo me arrebentar. E olha que eu tento.

FORREST PÔS A maleta no balcão que os separava.

Que isso?, perguntou Maggie.

O dinheiro. Estou te dando.

Maggie acendeu um cigarro.

E o que é que eu vou fazer com isso?

Não sei. O que você quiser.

Ela pareceu refletir por um momento, depois estendeu a mão e abriu a maleta. Forrest queria avançar e agarrá-la pelos punhos, mas não o fez. Por um instante, ela olhou para as pilhas de notas ali dentro, depois fechou novamente a maleta.

Primeiro, deixa eu te perguntar uma coisa, disse Forrest. Tá bem? E eu quero uma resposta.

Maggie o encarou por alguns segundos, os olhos se apertando, um sorriso meio tenso nos lábios.

Eu não tô à venda. Você pode ter de graça.

Não é isso. É outra coisa.

O rosto de Maggie se fechou e ela foi em direção à cozinha. Forrest a segurou pelos cotovelos, passando os dedos pela sua pele. Quando ele a tocou, ela parou.

Por favor, disse ele. Eu preciso saber o que aconteceu.

Nada, disse ela.

Maggie estava à porta da cozinha, os braços cruzados, de costas para ele.

Como é? Olha pra mim.

Forrest de repente queria o perdão daquela mulher por tudo que ele havia feito na vida.

Me desculpa, disse ele. Fui eu que causei aquela confusão.

Não, respondeu ela. Isso não importa. Não foi você.

Mesmo assim. Olha pra mim.

Ela virou o rosto para ele.

É que eu preciso saber.

Não aconteceu droga nenhuma, disse ela, a voz baixa e medida. Agora você sabe. Nenhum daqueles sujeitos *nunca* fez droga nenhuma comigo.

Ele ouviu os passos dela batendo nos degraus, depois pelo chão, e o gemido das molas da cama. Forrest foi até o rádio no parapeito da janela da frente e apertou o botão. O aparelho crepitou ao ligar e ele sintonizou a estação enquanto fitava a estrada que levava até o ribeirão Maggodee.

NA MANHÃ SEGUINTE, Forrest dava uma olhada na neve pela janela do andar de cima enquanto vestia as meias, o macacão e a camisa de flanela.

O bosque do outro lado do posto ainda parecia morto, a neve peneirada pelas folhas caindo sem desvios e se empilhando ordenadamente junto às raízes retorcidas das bétulas e dos carvalhos. Pequenos montes se acumulavam no parapeito da janela. Esse tempo vai dificultar as coisas, pensou Forrest, ainda mais pra dirigir. Eles precisariam de pás e correntes nos pneus.

No andar de baixo, a cozinha estava escura e fria e cheirava a gordura de bacon e fumaça. Ele acendeu a grelha e começou a fazer o café, depois vestiu o casaco pesado e saiu para limpar as bombas de gasolina e verificar os marcadores. Pensou no depósito que havia atrás do posto, agora vazio, a não ser por latões vazios de 20 litros e engradados de garrafas. O rosto de Everett Dillon, neutro feito um céu limpo quando Forrest lhe dera o dinheiro. Ele aceitara imediatamente. Deve achar que eu posso proteger ele, pensou Forrest.

Durante o inverno, quase todo sujeito que fazia bebida no frio dos confins da Virgínia e do noroeste da Carolina atravessava o Condado de Franklin para descarregar seus produtos. Eram quase todos serranos magricelos e desesperados, a melancolia dominante nos seus rostos, um bando desordenado e fedido de idiotas porcalhões. A maioria ia ao posto de Forrest porque sabia que iria conseguir um bom preço e sem problemas. Forrest era uma jogada certa e estável, o verdadeiro último desejo de qualquer desgraçado. Mas já fazia semanas desde o último comboio, carregamento ou descarregamento. Ele sabia que era Carter Lee. Haviam destruído os alambiques e o interditado, e agora, pensava ele, estavam só esperando que ele erguesse as mãos em desistência.

O toque frio e intermitente da neve em seu rosto fez com que ele se lembrasse daquela noite no County Line, que, por algum motivo, sempre lhe trazia uma sensação de conforto. Ele sentira medo naquele instante, ao se ajoelhar no estacionamento, medo de morrer, e ao pensar nisso teve vontade de voltar para o quarto e se deitar em seu pequeno leito com os cobertores até o queixo. Eles teriam que encarar mais essa. Depois que a desordem invadia o mundo, já não dava mais para consertar as coisas.

Voltando para dentro do posto, ele se perguntou sobre uma possível mudança, algo que estivesse diferente. Uma coisa daquelas não deveria mudar um homem? Forrest cortou algumas fatias de pão, quebrou uns ovos na grelha quente e ficou mexendo as bordas borbulhantes com a espátula. Ele tinha os mesmos desejos e necessidades, o mundo como um todo parecia o mesmo. Seus pés ainda congelavam dentro das botas, seus olhos doíam quando ele preenchia os livros de contas na luz fraca, ele ainda ficava no escuro por horas enquanto os outros dormiam, sua mente se recusando a descansar.

Ouviu-se um farfalhar de roupas e o ruído leve de pés descalços no chão, e então Maggie apareceu ao seu lado. Ela pegou uma xícara no armário para si e serviu um pouco de café. Deu a ele um sorriso débil, os olhos escuros borrados de insônia. Forrest escorregou um ovo e algumas torradas amanteigadas para um prato lascado e o entregou a ela. Maggie ficou junto à janela comtemplando a estrada e mastigando suas torradas. Forrest observou seu rosto enquanto ela observava a neve cair e sentiu o coração se apertar dentro do peito.

Tá fazendo o quê?, perguntou Forrest.

Tomando sorvete, respondeu Maggie.

Ela deu uma mordida na torrada e sorriu.

Forrest sentiu uma súbita urgência de tomá-la nos braços e enterrar o rosto nos seus cabelos. Isso era diferente de tudo o que já sentira. Ele tomou seu café e a observou mais um pouco, e pensou consigo mesmo que na verdade ele era um belo idiota. Será que aquilo era o fim de tudo ou será que havia mais? E o que seria necessário para que ele finalmente aprendesse?

TERCEIRA PARTE

O leitor deve ter em mente que Kit Brandon foi e é uma pessoa de verdade, uma verdadeira mulher americana. Quanto se pode contar de sua história real? Você aí sentado lendo este livro, você também tem uma história, uma história de verdade. Quanto dela se pode contar? Quanto nós escritores nos atrevemos a ousar ao retratar alguém? Quão perto da verdade podemos chegar? Até que ponto nos atrevemos a ser verdadeiros historiadores?

Sherwood Anderson, *Kit Brandon*

Nenhum de nós — nem Hemingway nem eu — poderia ter tocado, ridicularizado seu trabalho em si. Mas fizemos seu estilo parecer ridículo; e, naquele tempo, depois de *Dark Laughter*, quando ele chegara ao ponto em que deveria ter parado de escrever, teve de defender esse estilo a todo custo, porque também ele devia saber à época, no fundo do coração, que já não restava mais nada.

William Faulkner, "Sherwood Anderson:
An Appreciation"

Diálogo no tribunal da corte, durante a investigação do júri, entre Forrest Bondurant e o advogado de defesa Timberlake:

Advogado de defesa Timberlake: O senhor e o seu irmão Jack Bondurant estavam ambos armados, não estavam?
Bondurant: Sim, senhor.

Timberlake: E o senhor segurou os policiais com a sua pistola enquanto Everett Dillon escapava com um dos carros cheio de bebidas, não foi?
Bondurant: Não, senhor. Nem tocamos nas nossas pistolas.
Timberlake: O senhor disse a[os investigadores de polícia] Rakes e Abshire que "alguém vai morrer", a menos que eles o deixassem atravessar a ponte, não foi?

T. Keister Greer, *The Great Moonshine Conspiracy Trial of 1935*

Há um enorme sino preto sem badalo oscilando silenciosamente na escuridão. Oscila cada vez mais, fazendo um grande arco, e eu espero, quieto e amedrontado. Agora ele para e desce devagar. Estou aterrorizado. Será que nada pode conter a queda do sino de ferro?

Sherwood Anderson, *A Story Teller's Story*

Capítulo 26

1935

Durante o verão escaldante de junho, Sherwood Anderson podia ver o cansaço no rosto dos fazendeiros que chutavam a terra vermelha acumulada como flocos de neve junto às construções. Ao percorrer a Main Street de Rocky Mount, ele via os bancos da botica, os balcões do restaurante, a mercearia, tudo vazio.

Melhor comer a sola do sapato antes que acabe, disse um veterano junto à estátua do Soldado da Confederação, erguida em frente à prefeitura, mordendo seu cachimbo, *que nem a gente fazia* lá *em 30, o pior ano da década, juro por Deus*. Diante dele, sob o sol, alguns homens de meia-idade com as mãos nos bolsos, sapatos sujos. *E nem vai ser a última vez*. O céu azul límpido e o sol implacável. Dirigindo pela rua, Anderson via homens parados nos campos secos, mãos na cintura.

Os caixeiros-viajantes sentados à mesa da pensão às vezes falavam sobre a seca, mas não pareciam muito preocupados. O otimismo dos vendedores era irritante e a Anderson parecia uma escandalosa demonstração de falsa esperança. Aqueles homens de pescoços gordos ainda fumavam seus charutos e riam alto, as caras roxas, *Passa aquela torta de volta pra cá, faz favor!* Eles tinham muitos clientes adiante na rua. Discutiam a seca com um otimismo especulativo que fazia o rosto de Anderson se inflamar.

É uma *beleza pros negócios*, declamou um homem roliço de chapéu-coco certa noite depois do jantar, *aqueles* shiners *tão fazendo um negócio danado de bem-feito, vou te contar!* Até que fazia sentido, pensou Anderson. Por alguns dólares, você podia ficar cego por uma semana; por mais um pouco, podia ficar cego pro resto da vida.

As notícias que ele recortava dos jornais mostravam que a seca de 1930 fora igualmente devastadora, e ficava claro que quem vivia de tabaco se voltaria para outras atividades. O *Roanoke Times* publicou uma série de relatos sobre o incidente na ponte do ribeirão Maggodee e sobre os tiros disparados contra os irmãos Bondurant, embora não houvesse nenhuma menção aos motivos ou ao modo pelos quais os irmãos tinham se encrencado tanto com as autoridades locais. Se os rumores sobre a conspiração fossem verdadeiros, seria provável que os irmãos estivessem tentando burlar a extorsão. Então o que os teria levado a fazer uma caravana tão pesada, com quatro carros cheios de bebida, sob a neve de dezembro? Por que os xerifes locais pareciam tão ávidos por acabar com todos eles?

À noite, em sua cama, Anderson ouvia as caravanas de carros rasgando a Main Street em direção à East Church e à estrada 33 rumo norte, para Grassy Hill. O ronco dos motores, primeiro o carro piloto, depois a fila de sedãs a 100, 110 quilômetros por hora passando bem em frente ao tribunal. Às vezes um carro de polícia os seguia, mas não era muito comum. Anderson se acostumou ao barulho e ninguém parecia ligar. Quando ele fechava os olhos, podia ver o movimento nítido na escuridão. O terror indefinido crescia e Anderson tateava à procura do copo cheio de uísque na cabeceira da cama.

NA PRISÃO DE ROCKY MOUNT, Tom C. Cundiff tinha os olhos cheios de raiva dentro de sua cela. Estava agachado sobre o beliche, cutucando o ouvido. Anderson lhe levou um pouco de tabaco e fez algumas perguntas. Na cela vizinha, um negro magrelo sentado no chão com as costas apoiadas nas grades, a cabeça felpuda salpicada de poeira e folhas, parecia não notar Anderson, ou não se importar. Cundiff respondia às perguntas com grunhidos e o ranger das mandíbulas mastigando tabaco. A única reação que Anderson conseguiu veio quando o nome de Carter Lee foi pronunciado;

Cundiff cuspiu e o encarou, os pequenos olhos semicerrados queimando de fúria.

Desgraçado de trapaceiro mentiroso, disse ele. Bota isso aí no seu jornal.

Você tá dizendo que ele é culpado?

Ah se é, é culpado.

Do quê?

Tanta coisa que eu nem sei dizer. De me botar aqui, por exemplo. Cobrar cafezinho.

Propinas?

É. Ele mandava no esquema todo, desde o início. O condado todo tava pagando pra ele.

E você não pagou?

Não, nunca paguei, disse Cundiff. Por aqui é tudo do jeito do Carter Lee. E se você não gostar, acaba aqui no xadrez, ou pior.

Ou pior? O que quer dizer?

Cundiff riu e balançou a cabeça.

O que acha?

Você quer dizer que Carter Lee cometeu assassinato?

Nunca com as próprias mãos, mandou o outro fazer. Mas é ele que manda.

E os irmãos Bondurant, Anderson quis saber, você trabalha com eles?

O rosto de Cundiff se endureceu, o olhar penetrante.

Eles também se recusaram a pagar?, perguntou Anderson.

Cundiff escarrou o tabaco todo na parede e esticou as costas no beliche.

Foi por isso que eles foram baleados no Maggodee?, insistiu Anderson.

Cundiff parecia estar se ajeitando para tirar uma soneca. Anderson acendeu um cigarro e afrouxou o colarinho.

Qual é o problema?, perguntou Anderson.

Cundiff fechou os olhos e relaxou sobre o colchão.

São os Bondurant? Você tem medo deles?

Cundiff pulou da cama feito um gato selvagem, saltando para as grades. Anderson estava de pé, com as mãos nos bolsos, alongando os calcanhares, e o movimento o pegou completamente de surpresa, seu cérebro se sobressaltou, seu corpo reagindo alguns instantes mais lento que seu cérebro. Cundiff enfiou um braço por entre as barras; os dedos grossos se lançaram e passaram a poucos centímetros do rosto de Anderson, arrancando-lhe o cigarro da boca.

Tá com medo, meu senhor? Que que você acha?

Cundiff sorria seu sorriso com dentes faltando. Anderson deu um desajeitado passo para trás e olhou para o fundo do corredor, para a antessala, onde estava sentado um policial, os pés sobre a mesa atrás da porta entreaberta. O negro da cela ao lado o olhava com cumplicidade. Anderson puxou mais um cigarro do maço com deliberada lentidão, tentando olhar nos olhos de Cundiff. Acendeu e tragou profundamente.

Tem alguma coisa que você queira me dizer?, perguntou Anderson.

Não me vem nada em especial, respondeu Cundiff.

Por que todo mundo tem medo de falar nos Bondurant? Só me diga isso.

Vou te contar uma coisa, começou Cundiff. Uns sujeitos cortaram a cabeça do homem com navalha. Deixaram ele lá, pra morrer, nem um dedo de sangue nas tripas, tá entendendo? E se eu te contar que esse homem levantou, andou 15 quilômetros debaixo de neve? O que me diz?

Eu digo que é uma boa história.

O senhor acredita?

Não. É uma fábula. Uma mentira.

Bom, disse Cundiff, então o senhor não tem do que ter medo, tem?

Na antessala, o policial disse que eles iriam mandar Cundiff para o hospício local no dia seguinte, à tarde. Ele ficaria, contra sua própria vontade, sob custódia do procurador Carter Lee. Anderson se sentou no banco; sentia os joelhos moles e a boca seca, e desejou vagamente tomar um trago de alguma coisa forte.

O que o senhor achou do velho Tom C. Cundiff?, perguntou o policial.

Ele estava sorrindo, e Anderson sabia que eles viam Cundiff como um maluco, uma figura bizarra.

Ele mencionou, respondeu Anderson, alguma coisa sobre um incidente em que cortaram a garganta de um dos Bondurant.

O policial fechou a cara, tirou os pés de cima da mesa e examinou as próprias unhas.

Tudo muito confuso naquele caso, ele contou a Anderson. A única testemunha era o sobrevivente, que foi atacado pelas costas e se recusou a dar qualquer mínima informação que pudesse. Nenhuma declaração à polícia.

E eles pegaram quem fez isso?, Anderson quis saber.

Não, respondeu o policial. Esses homens que fazem esse tipo de coisa, a gente não pega. Pelo menos *a lei* não pega.

Anderson deixou a ala das selas sob os ecos dos risos relinchados de Cundiff.

Doido de pedra, vou te contar!, exclamou o policial para suas costas.

ANDERSON PASSOU o dia seguinte no arquivo do *Roanoke Times*, lendo pilhas de artigos, procurando qualquer coisa sobre os nomes que tinha: Willie Carter Sharpe, Tom C. Cundiff, os Bondurant. Os artigos sobre Sharpe abundavam entre 1930 e 1931, depois sumiam, depois reapareciam nos últimos meses. Ela já tinha sido presa uma outra vez, em 12 de maio de 1931, em Rocky Mount, e passara três anos na cadeia federal de Alderson, Virgínia. Dizia no jornal que ela fora vista liderando um comboio uma semana depois de sair da prisão. Agora que havia uma busca em andamento, o apetite do público ansiava por mais façanhas, e os jornais requentavam as histórias e especulavam sobre o papel de Willie na conspiração do Condado de Franklin.

Então Anderson se deparou com um artigo de dezembro de 1928 sobre o incidente no County Line. *Atacado por indivíduos desconhecidos na hora de fechar... um grave ferimento no pescoço... Forrest Bondurant, que deve sobreviver às lesões, conseguiu chegar ao Hospital de Rocky Mount por suas próprias forças... nenhuma pista até o momento.* Talvez ele pudesse chegar a esse história por outro caminho.

Anderson anotou a localização do restaurante County Line e seguiu para lá logo depois do jantar. Enquanto dirigia pelas colinas sinuosas do Condado de Franklin, sentia a velha indignação pulsar que nem sangue em seu peito. Celeiros desmoronando, crianças e quintais enlameados, cercas caindo e casas em ruínas. Nos postos de gasolina, homens de olhos vidrados sob alpendres tortos. Ele sabia que, lá dentro, velhos sitiantes cerravam as palmas das mãos rachadas de frio, o fogareiro apagado, a mulher atrás do balcão com uma expressão grave.

O estacionamento estava quase vazio, o restaurante, às escuras, e Anderson temeu que já estivesse fechado. Localização conveniente, pensou ele, bem na fronteira do condado, fácil acesso para fora da jurisdição dos investigadores à caça. Igual ao posto Blackwater. Ele ficou sentado no carro por alguns minutos. É bem capaz que eu perca essa história da Willie, pensou Anderson, então é melhor ir atrás do que parece ter mais potencial.

Cortaram a cabeça do homem com navalha.

Suas mãos formigavam no volante, e ele sentiu um arrepio percorrer a espinha. O que você está fazendo, cara? Vai logo.

Um negro saiu pela porta da frente carregando dois sacos de lixo, um avental branco amarrado à cintura, cigarro pendurado entre os lábios. Ele jogou o lixo em um latão no limite do terreno e espirrou um pouco de querosene por cima. Jefferson Deshazo ficou parado com as mãos na cintura, olhando para dentro do latão, depois jogou o cigarro lá dentro. Quando as chamas se elevaram, ele se virou e lançou sobre Anderson um olhar deliberadamente demorado. Anderson saiu do carro, e Jefferson se voltou para ver as chamas douradas lamberem as bordas do barril.

Anderson se apresentou ao balconista. Hal Childress ainda penteava o cabelo ralo por sobre a cachola redonda, mas envelhecera nos anos que haviam se passado, e agora afastava-se, cambaleando, do apogeu de sua vida. Quando Anderson apareceu naquela noite, Hal discorreu o relato que repetira inúmeras vezes para muitos homens. Era uma história que ele parecia não se cansar de contar, e ele a narrou mais uma vez para Anderson, com grande deleite. Do início ao fim, Anderson aquiesceu de um modo que lhe parecia cortês e juntou as peças na cabeça. Era uma história e tanto, pensou, mas ele não sabia se acreditava em tudo aquilo.

Então, disse Anderson, o pessoal daqui acha que ele foi andando até Rocky Mount?

Aham.

Quando foi que Maggie saiu?

Não sei. Pouco antes.

Depois de fazer alguns cálculos, Hal disse a Anderson que conhecia Maggie desde que ela era uma menina, no Condado de Henry. Ela era apenas uma adolescente quando foi para a Carolina a fim de trabalhar nas tecelagens. Alguns anos depois, em uma noite chuvosa, o pai dela ficou bêbado e montou na carroça, e, quando a parelha escorregou para dentro de um fosso profundo, o arreio se enroscou em suas pernas e ele foi puxado para a ravina, junto com as mulas desesperadas. Foi encontrado no dia seguinte, pela manhã, no emaranhado de arreios, esmagado sob seus animais feridos e agonizantes. Maggie precisava trabalhar para pagar a casa do pai, e Hal arrumou serviço para ela no County Line. Forrest veio depois e comprou o restaurante, e manteve os funcionários.

Mas que azar, disse Anderson.

Azar não é nada por aqui, retrucou Hal.

Ele então fechou a cara e começou a esfregar uma mancha qualquer no balcão.

É uma garota especial, a Maggie.

Hal esfregava a mancha com o pano de prato, fazendo círculos regulares. Anderson esperou que ele prosseguisse, mas o velho só continuou esfregando.

Como assim?

Hal suspirou e virou para o outro lado, lançando o pano sobre o ombro.

Bom, era uma boa mulher, e era bom trabalhar com ela, vamos dizer assim.

Você a vê sempre?

Faz anos que não vejo.

Hal ficou de costas para Anderson e enxugou o rosto na manga da camisa. Esse homem está abalado, pensou Anderson. E eu também vou ficar.

Se o senhor não vai comprar nada, disse Hal, eu tenho trabalho a fazer.

No dia seguinte, no posto Blackwater, Anderson pediu a Maggie um sanduíche de queijo e se sentou no balcão enquanto ela botava um pão na chapa. Maggie usava um vestido violeta cintilante, ajustado na cintura, com botões de pérola nas costas. O local estava vazio a não ser por Everett Dillon lá fora, nas bombas, desaparecendo atrás da construção e reaparecendo sempre que alguém parava no posto. Anderson pegou seu refrigerante de laranja e ficou olhando pela janela. As cortinas finas praticamente não filtravam a luz branca do meio-dia, e o salão estava quente. Passos rangeram pelo forro. Tem mais alguém aqui, pensou Anderson. Ele arregaçou as mangas e fumou um cigarro enquanto o sanduíche era preparado, Maggie mexendo com a espátula, distraída.

Como vão as coisas aqui no posto?

Maggie virou o sanduíche num prato azul, mergulhou a colher em um pote de verduras cozidas, verteu um pouco do conteúdo ao lado do pão e deslizou o prato para Anderson. Ele deu uma mordida no sanduíche. Estava quente, o queijo amanteigado e crocante.

Maggie afastou-se e se recostou na grelha. Anderson notou que ela tinha uma toalha enrolada na sua cintura, para não manchar o vestido. Ela acendeu um cigarro e deu uma olhada pela janela.

O Forrest está por aí?, perguntou ele.

Não.

Ele volta logo?

Não sei dizer.

Anderson acabou com o sanduíche em quatro mordidas.

Você costuma falar com o Hal, perguntou Anderson, lá do County Line?

Ela se virou e o olhou com frieza, a fumaça saindo pelas narinas. Toquei num ponto sensível, pensou Anderson.

Ontem mesmo eu passei por lá. Ele falou que você trabalhou no County Line.

Ela inclinou a cabeça, um tênue traço de preocupação em suas sobrancelhas. Ele se viu confessando de imediato.

Eu queria saber sobre aquela noite, disse ele, o que aconteceu lá. Quando atacaram o Forrest.

Por quê?

Porque eu sou escritor, explicou ele.

Escreve pra jornal?

Sim e não. Escrevo livros. Olha, eu só tô interessado em saber o que houve.

Maggie arremessou a guimba do cigarro. Os passos lá em cima pareciam ir e vir, cobrindo ritmadamente toda a extensão do quarto.

Que tipo de carro você tem?, perguntou Maggie.

Hein?

Com um meneio de cabeça, ela apontou na direção da janela.

Que tipo de *carro*. Você *tem*.

Um Dodge '33.

Ela deu de ombros e cruzou os braços.

Por quê?, perguntou ele. O que isso tem a ver?

Eu gosto de dirigir, disse Maggie. Gosto de dirigir carros bacanas. Vai que você tinha um carro que eu quero dirigir, foi o que eu pensei.

Se eu tivesse, você me contaria o que aconteceu aquela noite no County Line?

Talvez.

Está falando sério?

Ela lhe lançou um olhar tão condescendente que Anderson se sentiu humilhado. Ele se levantou, e sua banqueta se arrastou para trás e caiu no chão.

Escuta, qual é o trato?, ele quis saber.

Os passos no andar de cima pararam de repente. Todos ficaram quietos por um momento. Anderson pegou o chapéu. Quando deixou 1 dólar sobre o balcão, Maggie abriu um sorriso afetado e se virou em um torvelinho de renda e violeta.

Ele se viu no estacionamento junto às bombas, com a garrafa de refrigerante vazia em uma das mãos, a outra na porta do carro. O calor era intenso e o carro estava pelando.

O que eu estou fazendo? *Ele está aqui.*

Anderson ouviu um som baixo, um rumor de algo acontecendo no fosso atrás do posto, uma confusão de videiras e carvalhos estrangulados, uma espécie de reverberação monótona vindo do fundo do barranco. Ele deixou a garrafa de refrigerante vazia no capô do carro, foi até o fosso e desceu o barranco. Depois que seus olhos se acostumaram à sombra, ele viu que a ravina estava cheia de galões descartados, pilhas de latões, centenas, milhares talvez, empenando e estalando no calor.

NA NOITE SEGUINTE, um domingo, durante o jantar, Sherwood Anderson estava tenso no quintal, chapéu na mão, vendo os outros hóspedes da pensão se reunirem na varanda dos fundos para fumar um pouco antes de comer. Pelas janelas, Anderson podia ver a matrona enchendo a mesa com grossos pedaços de pernil de porco e um monte de milho quente. Ela se movia rápido, aparecendo e desaparecendo na janela iluminada, voltando com travessas fumegantes e sumindo de novo sem levantar os olhos. A empregada negra colocou uma jarra de cerâmica cheia de leite sobre a toalha, enxugou as mãos no avental engomado, parou atrás do batente iluminado para admirar a mesa posta. Os homens na varanda fumavam e se espreguiçavam, vendedores com colarinhos amarelados e maletas de amostras de produtos. Falavam demais. Ele cerrou os punhos ao pensar naqueles idiotas se sacudindo e bocejando, polindo os bicos dos sapatos com as mangas dos paletós, fazendo piadas com a matrona e xingando às escondidas os caipiras que ignoravam seus produtos. Os embaixadores da nova América, os capitães do capitalismo. Empurrando suas futilidades manufaturadas a baixo custo, enquanto o artesão fica sozinho em sua oficina, com lascas de madeira até os joelhos, sem aprendiz, já que todos os jovens vão embora para a cidade, se enfiar no moedor de carne urbano. A ternura das trocas, o valor do ofício: tudo se perdendo, tudo perdido.

Era uma bela noite de verão, quase fria, as nuvens escuras e azuladas vindo do leste. *Death in the Woods*, os cães se alimentando do corpo da senhora. A fome animal do homem; uma coisa que D.H. Lawrence conheceu muito bem e captou com arte e sem piedade. Dreiser, o mestre. A que custo nossas fomes, tão animais, ordinárias e perpétuas, são alimentadas?

Em seu quarto, Anderson se sentou na beira da cama e ficou olhando para a escrivaninha e sua pilha de anotações. Terminou de beber e se deitou, subitamente exausto.

Algo se agigantou sobre ele, uma sensação de peso imenso, e ele abriu os olhos de imediato. Pôs as mãos no rosto e sentiu a face enrugada, o pescoço flácido. Tive meu tempo de beleza, pensou. Quando fechou os olhos, aquilo veio de novo, aquele vulto gigante sobre ele; sua massa escura era como o fim da luz.

Capítulo 27

1930

Forrest viu seu irmão mais novo sair da casa branca da fazenda. A caminho do carro, Jack colocou uma boina de lã, puxando a aba para baixo, suas botas de couro macio bem apertadas, as fivelas de bronze polidas. Forrest desviou os olhos e fitou os campos cobertos de trevos quebradiços e espigas de milho partidas. Nos vales, tudo ensopado; as plantas esturricadas pela seca agora boiavam em charcos lamacentos de gelo.

As pernas de Forrest estavam dobradas, seus joelhos apoiavam o volante. Sob a luz da tarde, a cicatriz branca em seu pescoço brilhava. Jack entrou no carro, afastando um revólver pesado envolto em um pano sujo e um saco de papel com feijão em lata, carne de porco salgada, fatias de mortadela, algumas cebolas grandes, batatas e dois pães. Forrest deu partida e o carro começou a chacoalhar na estrada.

Apertada em uma fenda no lado oeste do monte Turkeycock, uma fina coluna de fumaça subia pelas copas ainda densas das árvores. Um pouco acima, um riacho corria sobre degraus de granito exposto, indo desembocar num pequeno tanque. A água cristalina então passava em tubos de cobre por uma sutil elevação em meio a uma mata fechada até chegar a uma pequena clareira cercada por espinheiros e moitas espessas de amoras-pretas e umbus, onde escoava para dentro de barris de carvalho colocados sobre fundações de tijolos empilhados.

Howard ficou vendo a água encher o barril de condensação. Enfiou dois dedos grossos na água e tocou de leve o tubo de cobre enrolado que descia em espiral até o fundo do barril. As árvores balançavam na brisa fresca que percorria a montanha, e Howard oscilava ao vento, a ponta de suas botas enlameadas se erguendo muito de leve. Havia uma pequena coifa em forma de silo, revestida com uma crosta de argila cozida, sobre um alambique para uísque atarracado e escurecido, uma engenhoca de tempos antigos, o chão em volta marcado de fuligem e cinzas, como uma protuberância emersa do coração ardente da terra. O alambique levava os entalhes em forma de V dos golpes de machado dos fiscais, remendado dezenas de vezes. Atrás, uma dúzia de caixas de mistura estava disposta em duas fileiras, a metade delas contendo uma massa turva de milho batido, centeio e malte. Pilhas de lenha, sobras de tábuas de madeira, pás, sacas de grãos, sacos de açúcar e latas vazias cobriam o chão, tudo submerso em montes de neve enlameada.

A voz de um homem ecoou ao longe, e Howard parou de apalpar a serpentina com os dedos. Foi a passos cautelosos até um carrinho de mão coberto por uma lona, puxou dali a espingarda de cano duplo e verificou se estava carregada. A bruma refrescante do regato pairava sobre o acampamento. Howard viu dois homens se aproximarem vindos do lado oeste da montanha, por uma trilha esvaída que cortava o desfiladeiro. Os traços largos de Howard se abriram num sorriso, e ele saiu pela colina ao encontro dos irmãos.

Mais cedo naquela tarde, num celeiro de fumo de Snow Creek, Forrest entregara a Henry Abshire um pequeno maço de notas. Abshire parecia exausto, o rosto abatido e os olhos pesados.

Vou fazer o possível, disse Abshire.

Não estou pagando pra você tentar.

Mas que diabos, Forrest, cortou Abshire. Você tá devendo uns atrasados pra gente... e se descobrirem que eu encontrei você aqui? Só isso já daria um... Enfim, não é tão fácil assim. Você sabe que eles estão atrás de vocês agora.

Que se dane, disse Forrest. É a mesma coisa de sempre.

Bom, então por que você veio me procurar agora?

Isso é diferente. Não é pra mim.

Forrest deu um tapa no bolso da camisa de Abshire, onde ele enfiara o dinheiro.

Você cuida da sua parte e a gente cuida do resto.

Não posso prometer nada, repetiu Abshire.

Eu posso prometer, disse Forrest, que se tentarem parar a gente alguém vai sair machucado.

JACK SEGUIA OS faróis que desciam a serra do monte Chestnut do outro lado do vale. Howard se curvou sobre as coxas, mexeu o fogo com um galho. Forrest estava de pé, os braços cruzados no peito, a cabeça baixa.

Você acha, perguntou Jack, que o Cricket se afogou mesmo, do jeito que eles falaram?

Não.

Então você acha que foi o Rakes e o pessoal dele?

Forrest balançou a cabeça.

Acho que aquele lá morreu pelas próprias mãos.

Mas por quê?

Medo, talvez.

Jack pensou em seu amigo, no seu sorriso nervoso, na sua figura acocorada nos cantos, em sua brutal lealdade.

Não entendo, insistiu Jack, por que ele ia fazer uma coisa dessas?

Devia ter um motivo, disse Forrest.

Uma brisa soprou rente ao chão, e o espinheiro e as moitas farfalharam, o ar frio rodopiando nos tornozelos dos irmãos.

Não tem como entender esse mundo, continuou Forrest. A gente tem tanta ideia quanto aquele passarinho ali.

Ele apontou para um pássaro na infinita abóbada celeste. Forrest olhava para a ave, sua cicatriz ficando cor-de-rosa na luz desvanecida do fim da tarde.

Tem muita coisa que esse passarinho não sabe, disse Forrest. Mas isso não muda nada, o mundo continua acontecendo pra ele do mesmo jeito.

Jack estremeceu; seus pés estavam gelados. Merda de botas novas, pensou.

Mas que diabos, falou Howard, a única diferença entre o Cricket e a gente é que ele teve colhões pra fazer a coisa. A gente só tá pegando o caminho mais longo.

Depois de um momento, Forrest caminhou alguns metros junto ao riacho desviado, olhando fixamente para o leito. Fisgou uma corda da água e, subindo a correnteza, puxou uma garrafa com um líquido cristalino. Serviu um pouco aos três, em canecas de lata. A mão de Jack tremia ao segurar a caneca, e ele xingou baixinho e cuspiu nas raízes nodosas de um bordo que se curvava sobre a encosta.

O tempo tá fechando, disse Forrest. Vamos ter que passar a noite toda aqui.

A noite silenciou, e cada um deles ficou junto a uma árvore, uma das mãos no tronco e a outra levando as canecas de *white lightning* até a boca. Todo mundo sabia que não dava pra tomar uísque de milho puro sem botar a mão em alguma coisa firme, a menos que o sujeito estivesse no meio de um descampado plano e vazio, mas nesse caso o melhor seria sentar no chão.

Por um momento os três sentiram a colina se encolher sob seus pés. Para Jack, era como o profundo inspirar da montanha enchendo seus pulmões cavernosos, enterrados sob quilômetros de calcário e basalto, as cavernas gotejantes e as infindas galerias de gelo fulgente, fogo e movimento, como ele tinha visto em seus sonhos. Howard virou de lado e espirrou três vezes.

O uísque puro entra na gente que nem faca, dissera Cricket certa vez a Jack: primeiro a ponta afiada, depois quente até o cabo. Não era *rotgut*, a bebida ultradoce que os serranos produziam para vender aos contrabandistas, que a espalhavam entre os desavisados. O estoque particular de um *shiner* era composto pelos mais puros ingredientes, o melhor álcool que se podia fazer; seu gosto e seus efeitos não tinham igual. Depois de alguns goles, até mesmo os bebedores mais durões, homens que engoliam mais de 1 litro por dia havia quarenta anos, e até mesmo os grandalhões como Howard, sentiam a bebida nos ossos, como se algo chupasse o tutano e soprasse fogo branco. O sujeito abria os olhos de novo e as quinas das coisas estavam mais afiadas, as árvores e o sol eram uma coisa só, as nuvens carregadas ao norte se revolviam com uma fúria imponente; um homem fechava a mão e sentia o poder de aço dos dedos, a força veloz das pernas, as colinas se encolhendo diante dele, era tomado por algo que só podia ser descrito como a possibilidade infinita.

Os três ficaram lá, esperando pela suave expiração da montanha, que sopraria o vento para o vale e noite adentro. Jack ergueu a caneca e abriu a boca para dizer alguma coisa, mas não saiu nada.

Capítulo 28

19 DE DEZEMBRO DE 1930

A NEVE CESSOU um tempo depois da alvorada, e os irmãos se prepararam para partir do sopé do monte Turkeycock em um comboio de quatro carros. Estavam com o Dodge de Jack, seu Ford 28, o Business Coupe de Forrest e mais um Chevrolet que ele comprara no dia anterior, todos lotados de mercadoria, entre 50 e 70 galões de 4 litros de *white lightning* em cada. Howard dirigiria o Ford 28 e Everett Dillon, o Chevrolet, e eles iriam acelerar pela 33, rasgar Rocky Mount e o monte Grassy, cruzar o ribeirão Maggodee. A maior parte dos cruzamentos e das rotas principais era vigiada, então eles resolveram tentar a sorte na velocidade, em vez de na discrição. Floyd Carter e sua Midnight Coal Company receberiam o carregamento em um celeiro nas redondezas de Roanoke.

Eles carregaram os carros sem incidentes e se embrenharam pelas trilhas do sopé da montanha. O ar estava fresco e parado, um sol vago atrás das nuvens, estradas desertas. Tiveram que usar correntes de neve nos pneus até chegarem à rodovia. Para Jack, o tilintar e estralar das correntes eram insuportáveis. Circundaram o monte Fork e pegaram a estrada perto de Sydnorsville. Havia rastros leves na via, o macadame visível nos sulcos, e os quatro logo pararam e tiraram as correntes, um processo difícil quando se está com os dedos molhados e adormecidos, pois era preciso desengatar as correntes, empurrar os carros de cima delas e depois parar de novo para recolhê-las. Alguns minutos depois, partiram, Jack à frente. Ele acelerou o Dodge até os 70 por hora, os pneus rodando nos sulcos lamacentos.

Mais dez minutos e estavam na suave ladeira de Rocky Mount, o monte Grassy assomando no horizonte. Forrest ia logo atrás, depois Everett Dillon e Howard na retaguarda. Jack notou que Howard levava uma garrafa no colo quando partiram, mas parecia firme. Mantinham-se colados uns nos outros, e Jack acelerou para 80 quando chegaram às ruas do centro da cidade, das quais haviam limpado a neve. Rasgaram a Main Street, passaram pelo armazém de fumo, suas portas abertas, tudo escuro lá dentro, a chaminé fumegando. Dois homens à porta, um par de carros parados no estacionamento, e, ao passar por eles, Jack viu que os dois imediatamente jogaram os cigarros longe.

Aqui vamos nós, disse Jack para si mesmo, e pisou mais fundo.

Estavam a quase 100 por hora, o comboio se alongando um pouco, pois Everett e Howard tinham dificuldade para manter o ritmo; passaram voando pelo tribunal, e tanto os homens na escadaria quanto as pessoas que tentavam caminhar pelas calçadas enfrentando os montes de neve se viraram para vê-los passar. Jack teve uma vontade súbita de tirar o chapéu e estendê-lo para fora da janela num gesto de efeito, acenar para todos, talvez gritar alguma coisa. No limite norte da cidade, as pistas não estavam limpas, e Jack logo perdeu tração, controle e velocidade. Parou o Dodge e desceu no meio da estrada, e apertou os olhos para a distância da 33, na direção de Rocky Mount. O nebuloso sol da manhã e o contrastante brilho da neve formavam duas faixas indeterminadas de cinza e branco, e ele cobriu os olhos, apertando-os para enxergar melhor. Aparentemente nada se movia.

Correntes, gritou Forrest, rápido!

Os quatro começaram a recolocar as correntes. Ajoelhado no gelo, Jack levava uma dura para fazer sua parte, esticando-as no chão e depois entrando no carro para avançar sobre elas. Howard foi o último a terminar, e, enquanto olhava para o irmão pela janela de trás, Jack viu um borrão vibrante vindo da cidade, separando-se do cinza das construções e da nevasca.

Anda, Howard, anda!

Então Howard terminou e entrou no carro, e Jack disparou, as correntes batendo na neve, o comboio guinando rumo às matas de pinheiros que cercavam Grassy Hill. Antes da primeira curva, quando avançariam por entre os pinheiros, Jack botou a cabeça para fora da janela e olhou para trás. Dois carros tinham parado no mesmo ponto, e os motoristas estavam ajoelhados na frente dos pneus, colocando correntes. Jack puxou o comboio para os 50 por hora e depois de dez minutos eles chegaram ao cume da montanha sem incidentes. A estrada que descia a encosta nordeste era reta e estava quase limpa, o sol da manhã derretendo a neve. Jack parou de novo e pulou do carro.

Quase tudo limpo, gritou ele para Forrest. Vamos tirar as correntes que a gente desce mais rápido.

Forrest fez que sim e repassou a mensagem para Everett e Howard, que tinham parado logo atrás.

Quem é que tá vindo lá?, gritou Jack.

Hodges, disse Forrest. E mais uns outros.

Jack corria para soltar as correntes, o sangue pulsando nos ouvidos. Deviam ter ficado de tocaia, só esperando eles passarem. Seu paletó o apertava, então ele o arrancou e o jogou em cima da pilha de galões. O zunido de carros subindo o monte crescia, e Jack se apressou, as botas escorregando na estrada, e pulou para dentro do carro para tirá-lo de cima das correntes. Quando saiu de novo, viu que não tinha andado o bastante e que parte de uma corrente ainda estava presa sob o pneu. Ele sentou na lama e puxou a corrente com as duas mãos, tentando arrancá-la de sob a roda. O ronco dos motores se fez ouvir e o carro de Forrest parou ao lado dele.

Jack! Anda logo!

Então Howard apareceu ao seu lado, curvou-se e segurou o eixo das rodas, depois se ergueu com um urro, o eixo comprimindo as molas, o pneu se erguendo dois dedos do chão.

Arranca fora, sussurrou Howard.

Jack deslizou para junto dos pés do irmão e enfiou as mãos embaixo da roda, tateando as correntes. O motor quente fumegava, o cheiro de óleo e graxa inundava sua cabeça. Ele achou os ganchos e os desencaixou, e então saiu de baixo do carro. Depois que liberou o pneu, deu um tapa na perna do irmão, e Howard então soltou o carro, deixando-o despencar no chão.

O carro de Hodges alcançava o topo da montanha, com outro logo atrás, levantando uma cortina de neve. Jack podia ver os vultos dos motoristas debruçados sobre os volantes. Estavam a uns 100 metros de distância e se aproximavam rápido.

Vai, vai!, gritou Jack para Forrest. A gente alcança vocês!

Forrest fez que sim e disparou colina abaixo, Everett logo atrás. Howard estava esfregando as mãos na neve, as palmas cortadas e cobertas de sangue. Ele se virou para os carros que avançavam em direção a eles, depois para o irmão mais novo, e fez um sinal mandando Jack correr.

Vou ficar bem atrás de você!

Jack engatou a marcha e começou a descer a encosta, Forrest e Everett desaparecendo ladeira abaixo. Viu Howard entrar no carro, Hodges parando logo atrás. Um homem abriu a porta do passageiro e ficou de pé sobre o estribo, apontando uma pistola. Houve um sopro de fumaça e depois a forte bordoada da bala acertando a traseira do carro de Jack. Quando ele olhou para trás, viu Howard sorrindo para ele através do para-brisa, feito um lunático.

Não, Howard. *Não!*

Howard engatou a marcha a ré, acelerou, soltou a embreagem e disparou para trás. Hodges virou o volante para escapar, mas Howard também virou, indo para cima dele. O homem no estribo estava mirando outro tiro, pendurado na porta, que balançava com as guinadas do carro. Howard arrebentou o para-choque dianteiro de Hodges, esmagou a roda, e o homem do estribo foi arremessado por cima da porta aberta como um boneco de pano e depois ricocheteou para trás, caindo na neve. O segundo carro, com os freios travados, derrapou e acabou batendo no de Hodges, jogando a traseira de seu carro na valeta.

Ah, merda, pensou Jack, e diminuiu a marcha. Hodges tentava abrir a porta, e o motorista do outro carro, que Jack podia ver que era seu filho, saiu cambaleando, as mãos no rosto, sangue escorrendo pelos dedos. Howard tentava ir para a frente, as rodas girando em falso na neve. O homem que fora lançado do estribo estava de joelhos sobre a neve acumulada junto à valeta, afundando as mãos no gelo macio. Jefferson Richards.

Então, um tranco de metal e o carro de Howard avançou, saiu de lado, depois se endireitou e pegou a estrada. Richards achou sua pistola e veio tropeçando, com a neve na altura dos joelhos. Seu rosto era uma máscara de fúria, e ele apontava para o carro de Howard. Jack se encolheu sobre o volante e pisou fundo. *Poc, poc.* Jack ganhou velocidade na descida, indo a

70, 90, cheiro de freios queimando. Uma última olhada para trás: Howard chafurdando numa nuvem branca, o carro de lado, levantando neve. Ele vai conseguir, pensava Jack. Ele vai conseguir.

MAGGIE ESTAVA SENTADA na cama, em seu quarto no andar de cima, quando ouviu os carros zunindo colina abaixo. Foi descalça até a janela que dava para a estrada. O som ficou mais forte, trocas de marchas, então Maggie viu dois carros rasgando a pista, Forrest e Everett. Quando passaram, Forrest diminuiu quase imperceptivelmente, virando a cabeça o mais breve possível na direção dela, e depois se foi. Um terceiro carro, o Dodge de Jack, veio logo atrás, o motor roncando e Jack curvado sobre o volante, o vidro aberto. Depois, silêncio. Maggie olhou estrada acima, para a subida rumo ao monte Grassy. Acendeu um cigarro e puxou a cadeira para perto da janela, fechando as cortinas pesadas para cortar a corrente de ar. Nada de ruído de nenhum dos dois lados. O tecido grosso deixava passar um difuso aro de luz invernal, que ela delineava com a mão.

Um carro voltou rugindo do norte e parou no estacionamento do posto. Everett estacionou o Chevrolet, saltou, correu até seu carro e disparou para o sul, rumo a Rocky Mount. Depois mais um motor descendo a montanha, e ela não se conteve e abriu as cortinas para ver. Um Ford 1928 verde-pinho com Howard ao volante, a traseira amassada, o vidro de trás estilhaçado, a imensa silhueta de Howard ocupando o espaço interno, seu rosto tão concentrado na estrada que Maggie teve a impressão de que ele queria jogar o carro no ribeirão Maggodee.

Depois que o carro desapareceu na curva, Maggie voltou para o quarto, se sentou diante do espelho e ficou escovando os cabelos, vezes sem fim. Quando os tiros vieram por sobre as árvores, Maggie se encolheu na cama, puxou as cobertas até o queixo e fechou os olhos.

JACK ALCANÇOU FORREST e Everett quando eles desaceleraram antes da ponte do ribeirão Maggodee. A mata fechada de pinheiros se abria na clareira que circundava a ponte, e as colinas de ambos os lados pareciam duas corcundas. Forrest parou a uns 30 metros da ponte, Everett e Jack logo atrás. Um carro estava estacionado bloqueando a única faixa da ponte de madeira, Henry Abshire e Charley Rakes de pé em frente ao veículo. Atrás havia mais um carro, com dois homens dentro e o motor ligado. O ribeirão se encrespava quando suas águas escuras passavam sobre as pedras, uma crosta de gelo nas margens.

Forrest saiu do carro e foi andando até Jack, parando diante de sua janela.

E o Howard?

Disse que tava vindo, respondeu Jack. Ele acabou com o Hodges e o outro, jogou os dois na valeta.

Você viu ele escapar?

Da última vez que vi, parecia que ele tava saindo dali, disse Jack. O Richards tava lá, atirando, mas acho que não conseguiu acertar ele não.

Forrest se endireitou e olhou para Rakes e Abshire. Rakes, encostado no capô do carro, sorriu e deu um tchauzinho contido. Abshire fechou a cara e virou para o outro lado.

Você fala com eles?, perguntou Jack. Acha que vão deixar a gente passar?

Talvez.

E o Howard?

Ele alcança a gente, disse Forrest. Você tá com a arma?

Jack pegou o paletó no banco e puxou a pistola do bolso. Era um .38 com trava de segurança, a arma que Forrest lhe emprestara.

Sai do carro e veste o paletó, ordenou Forrest.

E puxou uma arma do bolso, segurando-a na altura da coxa.

Não faz nada, falou, até eu mandar.

Quando Forrest começou a se aproximar da ponte, os outros dois homens saíram do carro, um segurando uma Thompson contra o peito, o outro com uma espingarda. Jack nunca tinha visto nenhum dos dois. Rakes disse alguma coisa para eles, puxou o paletó para cobrir o coldre e pôs as mãos na cintura. Abshire jogou fora o cigarro e foi ao encontro de Forrest. Jack foi até a janela de Everett.

Presta atenção, disse Jack, se acontecer alguma coisa, você dá meia-volta e vai pro posto. Deixa o carro lá e dá o fora. Entendeu?

Everett aquiesceu, as mãos apertando o volante.

Abshire e Forrest trocaram algumas palavras, e então Abshire se virou e saiu andando para a ponte, balançando a cabeça. Forrest se voltou e fez um sinal para Jack guardar a arma, e Jack então a pôs no bolso do paletó, a mão pousada sobre o cabo. Rakes fez um sinal afirmativo com a cabeça para os dois homens atrás dele e veio cruzando a clareira na direção de Forrest, mas passou direto por ele e foi até os carros parados. A pistola escorregava na mão de Jack, e ele mexeu na trava de segurança algumas vezes para sentir como era. Percebeu que seu paletó de pelo de camelo estava sujo de graxa e lama. Mas onde diabos o Howard se meteu? Rakes chegou e olhou dentro do carro de Forrest, depois o de Everett.

O que você tem aí, garoto, perguntou ele.

Nada, disse Jack. Só umas coisas pro posto.

Rakes estufou o peito.

Não falei com você.

Bom, eu tô dizendo, insistiu Jack, ele não tem nada.

Ah é, é?

Rakes passou os olhos pelo amontoado de mantas que cobria os latões no banco de trás.

Pois é, disse Rakes, eu acho que ele não tem nada mesmo.

Então ele foi até o carro de Jack, limpou o gelo do vidro de trás e espiou lá dentro. A vastidão da clareira parecia opressiva a Jack, ele apertou a coronha da pistola e tentou conter a respiração. Forrest devia ter acertado as coisas; eles iriam deixá-los passar. Calma, pensou ele. O Rakes não vai fazer nada, não desse jeito.

Mas você, continuou Rakes, *você* tem, não tem?

Então Rakes se virou, cruzou de volta a clareira até seu carro e se sentou no banco da frente. Abshire foi falar com Forrest mais uma vez, e os outros dois se postaram ao lado do carro, com as espingardas apoiadas nos quadris, viradas para o chão. Jack foi até onde Forrest conversava com Abshire.

Você pode deixar passar todos, Forrest estava dizendo, do mesmo jeito que pode deixar um.

A gente vai ter que pegar os outros dois, disse Abshire.

A gente não vai deixar, Jack interrompeu.

Abshire passou os olhos por Jack e puxou a gola para cima.

Escuta, meu filho, começou Abshire, vamos facilitar as coisas. Um carro não tem nada, então pode passar. E guarda estas porras dessas pistolas!

Você não pode ficar com os outros carros, disse Forrest.

A preocupação no rosto do irmão deixou Jack nervoso, e ele passava os dedos na pistola dentro do bolso. A clareira estava em silêncio e esquentava rápido, era quase meio-dia.

Volta pro carro, disse Forrest. Fala pro Everett dar a volta e ir pra casa.

A gente precisa de todos, insistiu Jack. Eles não podem ficar com nenhum.

O quê?, Abshire o cortou. A gente não tem medo de vocês, meu filho. Vocês vão tomar um pouco do próprio remédio.

Forrest se colocou entre os dois.

Escuta, Henry, disse ele, com calma. Alguém vai morrer aqui se você não deixar a gente cruzar a ponte.

Não seja imbecil, retrucou Abshire.

Forrest se virou para Jack.

Volta pro carro e fala pro Everett ir embora.

Jack se virou e disse para Everett dar meia-volta e ir para o posto. Lá se vão 400 dólares, pensou Jack quando Everett fez a manobra e deixou a clareira. Onde estava Howard? Se eles chegassem a algum acordo e Howard aparecesse, ele poderia estragar tudo. Mas se as coisas engrossassem, ele certamente iria gostar de ter Howard na cobertura.

Depois que Everett foi embora, Rakes foi em direção ao carro de Jack, enquanto Abshire e Forrest ficaram na ponte, conversando.

A gente vai ter que apreender esses carros, disse Rakes. Vocês podem voltar andando pro posto.

Enquanto ele dava a volta para chegar à porta do motorista, Jack enfiou a cabeça pela janela e tirou as chaves da ignição. Rakes sacou a pistola e apontou para Jack, mantendo-o na mira enquanto passava pela frente do carro.

Muito esperto, disse Rakes.

Que eu saiba, retrucou Jack, eu tenho o direito de pegar as chaves do meu próprio carro.

Já falei, Rakes insistiu, a gente vai ficar com o carro.

Jack segurava as chaves na mão, sem saber o que fazer. Estavam na mão direita, do mesmo lado que o bolso com a arma. Ele jamais conseguiria sacar rápido o suficiente.

Foi então que chegou Howard, a traseira do Ford bambeando sem tração e derrapando; ele conseguiu parar a poucos metros do carro de Jack, que nunca tinha se sentido tão aliviado por ver o irmão. O porta-malas estava um forno, e, pelo cheiro, dava para perceber que vazava bebida de alguns dos latões amassados. Uma espiral de vapor subia da traseira do veículo. Howard respirava com dificuldade, os olhos semicerrados.

Agora me dá essa porra dessa chave, ordenou Rakes.

Vou oferecer mais algum dinheiro, pensou Jack. Os 70 dólares que estavam no bolso da frente.

Olha só, disse Jack, eu tenho uma coisinha pra você aqui no meu bolso.

Ele fez menção de enfiar a mão no bolso, e Rakes armou o gatilho.

Vai pegar alguma coisa, garoto?

Eu tenho 70 dólares aqui.

Eu acho que você tá procurando uma arma, disse Rakes.

Jack o viu fechar um olho e baixar o cano para ele, e ergueu as mãos para o céu, esquivando-se no último instante, bem quando Rakes atirou.

Espera!

A bala acertou Jack de lado, bem debaixo do braço. O que ele sentiu foi como um golpe de machado e fez seu torso rodar, seus pés girando na neve. Não chegou a ouvir o estampido da arma, só o eco contínuo do tiro, que parecia ter vindo de muito longe. Ele gritou:

Forrest!

Jack caiu de bruços sobre os cotovelos, a cabeça ainda erguida. Ele não sentia muita dor, só uma sensação quente embaixo do braço e se espalhando pelo peito. Viu Forrest correr em sua direção, mexendo os braços, Abshire logo atrás, arma na mão. Forrest avançava para ele, dentes cerrados, a mão no bolso procurando a arma. Rakes se virou, agachou-se e atirou em Forrest a uma distância de uns 20 metros. Mas Forrest continuou indo em frente, pistola sacada, e nesse momento Jack pensou, Caramba, não é que era tudo verdade.

Então Rakes pôs um joelho no chão, esticou os braços e disparou mais uma vez, e Forrest de repente se dobrou, deu mais alguns passos e caiu de joelhos, as mãos apertando a barriga, a cabeça baixa.

Howard pulou para fora do carro, o paletó esvoaçando sob seus braços como duas asas abertas. Rakes estava de pé na frente de Forrest, que continuava ajoelhado na neve, os joelhos afastados, sentado sobre os calcanhares, as mãos no ventre, imóvel.

Arrá!, exclamou Rakes, *seu filho duma puta, então você se acha muito durão, hein?*

Então ele se virou e apontou a pistola para Howard, que parou, uma das mãos na porta aberta do carro. Rakes armou o gatilho.

Jack queria se levantar, mas sabia que não faria isso, mesmo que tivesse força para tanto, mesmo que tivesse toda a força do mundo.

Abshire veio e baixou o braço de Rakes bem quando ele atirou em Howard de novo, a bala furando a neve num jato branco.

Jack sentiu um espasmo quente nas costelas e pelo peito, e rolou de lado. Uma mancha negra se espalhava pelo paletó, e seu braço esquerdo baqueou no chão, dormente. Olhou para os próprios dedos, para a manga suja da camisa, como se não fossem seus. Então um tremor passou por seu corpo e ele deixou a cabeça cair para trás e viu o céu se contrair e escurecer até ficar do tamanho de um buraco de agulha.

Capítulo 29

Os OLHOS DE JACK pareciam de ferro e sua boca estava tão seca que ele sentiu um terror súbito: alguém tinha enfiado barro pela sua garganta; ele estava se afogando, que nem Cricket Pate. Tentou mexer o corpo e sentiu o tronco preso, algo enrolado em seu peito, o quadril e as nádegas sobre lençóis, e sentia os panos também sobre as mãos. Estava numa cama. O alívio trouxe um borbotão de suor a seu rosto. Uma vez mais, fez força para abrir os olhos. Havia um círculo de vultos escuros ao seu redor. Luz baixa, um lençol branco estendido sobre seu corpo, os pés despontando lá embaixo. Mexeu os dedões. Uma sombra negra se descolou de um canto à direita e se avultou sobre a cama.

Ei, rapaz.

Uma voz desconhecida. Um homem vestindo um terno escuro. Corrente de relógio pendendo do bolso da calça. Uma figura alta e curvada. Jack moveu os lábios, mas não conseguiu falar, parecia ter serragem na garganta Nas entranhas, sentia uma apreensão, um emaranhado sentimento de horror. Cadê meu pai? O homem se curvou para se aproximar do rosto de Jack. Tinha uma cara comprida de cavalo, a barba por fazer, o colarinho sujo.

Parece bem, disse Floyd Carter.

Muitos outros homens se materializaram em volta da cama, homens de casacos longos e chapéus, braços cruzados. Um deles mudou de posição e

Jack viu de relance uma janela; escuro, o vidro riscado de chuva. Que dia é hoje? Floyd Carter chegou mais perto da orelha de Jack.

Achei, disse Carter, que você ia gostar de uma visitinha da Midnight Coal Company, depois de toda a grana que a gente ganhou junto, né?

Ele sorriu, uma boca de dentes de cavalo amarelados, depois se curvou para perto do ouvido de Jack mais uma vez.

Tenho uma coisinha pra você, sussurrou.

Carter ergueu diante do rosto de Jack um pedacinho de papel dobrado, balançando-o de um lado para o outro. Depois, pegou um livro do criado-mudo, abriu-o e contemplou as palavras por um momento. Deu uma risadinha e mostrou aos demais a capa do livro, e então enfiou o bilhete entre as páginas.

Sua garota passou aqui mais cedo, disse Carter, deixou isso pra você.

Ele fechou o livro e mostrou a capa a Jack: a Bíblia Sagrada.

Bertha veio aqui?

Carter afagou o livro, pensativo, esfregou a lombada, depois o colocou de volta sobre a mesinha.

Parece uma boa menina, Jack. Você tem que casar com ela assim que sair dessa cama e cair fora desse hospital.

Forrest, gemeu Jack.

Ele vai ficar bem, disse Carter. Seu pai esteve aqui. Ele e o Sr. Lee. Parece que fizeram um acordo. A procuradoria vai pagar as despesas médicas, e nada de acusação. Acho que vocês podem se acertar com o Rakes depois, hã?

Carter se aproximou do ouvido de Jack mais uma vez.

Escuta, sussurrou ele, tem dois nomes nesse papel. Os dois sujeitos que cortaram o seu irmão. Você dá o papel pra ele, faz favor.

Carter se endireitou e os outros homens começaram a se ajeitar.

Uma bala não basta pra matar o Forrest, você já devia saber disso. Agora vê se se cuida, Jack. Passa lá pra nos visitar uma hora dessas.

Os homens afluíram para fora da sala e Jack esticou o pescoço, os ombros envoltos em bandagens, para ver o criado-mudo, a Bíblia sobre ele, a ponta de um papelzinho para fora, como um marcador de livro.

Lucy estava na cozinha, mexendo um pote de ameixas em calda. A camisola de algodão ficava solta nos ombros, os ossos do quadril aparecendo. A Howard ela parecia tão pequena, tão frágil, que ele tinha medo de que a esposa estivesse doente. Mas Lucy se virou quando ele passou pela porta, um sorriso de alívio em seu rosto, o brilho da saúde em sua testa e em seu pescoço, e se jogou nos braços do marido.

Ah, meu Senhor, disse ela, fico tão feliz por você estar aqui!

Howard se endireitou, inclinou-se um pouco para trás, e os pés de Lucy saíram do chão, ela ficou ali pendurada em seu torso largo, os braços em torno do pescoço dele, repousando em seu peito.

Cadê a bebê?, perguntou Howard, para dentro de seus cabelos.

Dormindo, respondeu Lucy. Dormindo bem. Ah, Howard, ela tá comendo e dormindo tão bem nesses últimos dias. Você tem que ver. Tá todo mundo bem?

Jack vai ficar bom em mais umas semanas, disse ele. O ferimento do Forrest foi bem feio, mas ele vai sair dessa.

Howard podia sentir os ossos das costas e as costelas de Lucy, mas o peso era consistente, densidade e firmeza nos ossos. Ele começou a se mexer, embalando-a de um lado para o outro, os pés dela balançando.

Eu quase perdi eles, disse Howard. Quase perdi os dois.

Ah, Howard, vai dar tudo certo.

Caí com o carro na vala, na descida da colina, tive que empurrar pra sair. Se eu tivesse chegado antes...

Ah, meu Deus, Howard, não fala uma coisa dessas. Não fala, por favor.

Ele sentiu um nó na garganta e arfou.

Você é um homem bom, Howard, você é um homem bom.

Ele sabia que, se quisesse, podia ficar ali de pé segurando-a a noite toda, tamanha era sua força. Mas isso bastava? Lucy enterrou o rosto em seu pescoço.

Não desiste de mim, disse Howard.

Nem que eu quisesse, respondeu ela. Eu sou sua.

Ele a apertou um pouco mais, controlando a força, e ouviu a respiração sair sibilando dos pulmões dela. Lucy se aconchegou em seu pescoço, murmurando.

Não desiste, disse Howard.

NAQUELA NOITE, HOWARD se deitou na cama da sua choupana com Lucy enrolada em seu corpo. A bebê estava no berço, e o quarto escuro parecia suavemente ornado com as respirações dos três. Howard caiu no sono quase de imediato, pois não dormia havia mais de dois dias. Sonhou com uma estrada branca, longa e vasta que se estendia até o horizonte. Quando seus olhos se ajustaram à luz, ele viu que não era uma estrada, mas um rio que feria a tediosa luminosidade do sol, tudo cegando de branco e frio. Suas mãos doíam, e, quando ele as ergueu, viu que estavam machucadas, com cortes profundos e feridas nas juntas. Ao longe, uma figura se destacou do branco, alguém de pé sobre o rio congelado. Howard foi até o vulto, os pés pouco firmes sobre o gelo escorregadio. A figura começou a se contorcer, curvando-se freneticamente. Era Forrest, lançando-se contra o solo. Estava atacando a superfície congelada com um machado, batendo seguidas vezes, fazendo jorrar água e gelo. Howard tentou gritar para o irmão, mas sua voz se perdeu numa espécie de ruído branco, uma sólida nuvem de som. Forrest levantava o machado acima da cabeça com as duas mãos, os pés plantados, as pernas bem abertas, golpeando um mesmo ponto com movimentos muito rápidos, como se fosse movido por uma força estranha. *Forrest*, ele chamou de novo, e ouviu o nome em sua mente, mas sabia que não estava emitindo nenhum som. Podia ver o cabelo ralo na cabeça do irmão, o nariz aquilino, a calça e a camisa de lã, as mãos nuas, e ele talhando o gelo sem parar. Nenhuma cicatriz, nenhuma linha sinuosa sob seu pescoço. Então um outro movimento começou, e, olhando para baixo, Howard viu uma ondulação negra debaixo do gelo, uma sombra se movendo sob eles, uma forma gigantesca com mais de 15 metros de comprimento. *Forrest! Para!*, gritou ele. Mas seu irmão só batia com mais força ainda.

MAGGIE CERROU AS cortinas e o posto Blackwater permaneceu fechado durante as quatro semanas que Forrest passou no hospital. Everett Dillon apareceu alguns dias depois e se deparou com a porta trancada. Era de manhã, e a neve que caíra na semana anterior agora tornara-se uma crosta suja, uma borda marrom na beira da pista. A neve no estacionamento ainda estava fofa e plana, intocada. Everett bateu à porta algumas vezes. A cortina se moveu no andar de cima, e ele viu Maggie olhando para fora. Ele apontou para a porta, chacoalhou a maçaneta, mas ela só deixou a cortina cair e se afastou da janela. Parado ali no estacionamento silencioso, Everett podia ouvir um som baixinho de música vindo da janela.

QUANDO JACK ACORDOU certo dia, Bertha estava sentada junto à sua cama, segurando o pedaço de papel com os dois nomes. Ela perguntou, e ele disse o que era.

Jack, você não pode dar isso pra ele. Não pode.

Por quê?

Bertha enfiou o papel entre as páginas da Bíblia que estava em seu colo e pôs as mãos sobre o livro. Apertou os lábios e ficou respirando fundo pelo nariz.

Você sabe o que ele vai fazer, disse ela.

A caixa torácica de Jack doía tanto que o deixava vesgo. Parecia ser fim de tarde, ou de manhã, talvez. Uma luz incerta.

Jack? Prometa pra mim.

Ele deixou a cabeça virar no travesseiro para a direção dela. O rosto de Bertha estava branco e seus olhos caíam pesados sobre Jack. A janela estava escura, mas ele podia ouvir o vento batendo contra as paredes do edifício. Que horas são?, ele se perguntou.

Você tem que me prometer, disse ela, ou então não vai me ver nunca mais.

ENQUANTO DORMIA IRREQUIETO ao longo das semanas seguintes no hospital, Jack teve sonhos longos e vívidos com seu avô. O velho estava sempre o encorajando, com sua barba açoitada pelo vento, os olhos brilhantes, guiando-o para dentro de uma mata fechada, uma silhueta à porta do celeiro acenando para ele do outro lado de um campo de neve.

Seu avô era um homem diligente, sempre trabalhando e tentando juntar algum dinheiro, mas no fim não conseguiu somar muita coisa. A maioria dos homens da família Bondurant, incluindo Jack e seus irmãos, partilhava a estranha obsessão dos terminantemente pobres: os sonhos com chumaços de notas, com montes de trocados nos bolsos, pequenas pilhas que contavam pequenos sonhos. Eles se fiavam na salvação de uns poucos dólares, mas isso não significava nada, porque seria necessário muito mais para romper os laços com os quais estavam atados desde o nascimento.

Nas palavras muito mal redigidas de seu testamento, o avô de Jack deixou ao filho Granville 1 hectare de terra, duas mulas velhas e um garoto negro chamado Julius, que crescera e fora embora muitos anos antes.

Jack se lembrava do velho sentado na cama, a desbastar suas figuras de madeira; da expressão selvagem no rosto de Forrest quando brincava com elas nas margens do ribeirão, escondendo-as na floresta. Depois de alguns meses, o tempo começou a agir sobre as peças escondidas no oco de um tronco, inchando e distorcendo os traços esculpidos. O bolor as descoloria e os fungos rachavam as fibras da lenha, fazendo com que as entranhas dos homens parecessem irromper. Forrest continuou a brincar com eles até que fossem irreconhecíveis pedaços de madeira podre, pois já havia memorizado quem era qual personagem e que papel interpretava. Mas, por fim, começou a enterrar os tocos mofados quando se desfaziam em suas mãos, dizimando as fileiras ao longo do tempo.

Certa tarde de inverno, Jack viu seu irmão abrir um buraco com uma vareta no chão de gelo junto ao ribeirão Snow. Jack se escondeu entre as árvores da margem do rio, os joelhos ficando úmidos sobre o solo congelado. As tarefas da tarde estavam encerradas, era quase hora do jantar. Quando Forrest terminou o buraco e saiu dali, caminhando pelo campo de volta para a casa, Jack avançou sorrateiramente e, com cuidado, desenterrou a figura. O personagem derradeiro era uma peça audaciosa, um homem montado a cavalo. Inchado e retorcido pelo frio intenso, o homem a cavalo brandia seu chapéu de abas largas, parecia acenar a seus soldados. A outra mão segurava a espada em riste, pronta para o ataque. Seu peito estava pendido para trás, e ele mantinha a cabeça em um ângulo anormal, tombada para o lado e olhando para cima, como se pedisse ajuda a alguém do alto, os instrumentos para encorajar e punir estando a postos em cada mão.

Jack ficou ajoelhado ali na lama gelada por poucos minutos, analisando a figura com atenção, virando-a nos seus dedos dormentes. Seu corpo tremia com violência por causa do frio, e ele colocou a figura de volta no buraco e o fechou com cuidado. Quando se ergueu, viu Forrest no topo da colina, centenas de metros ao longe, uma silhueta inclinada contra o céu índigo, olhando para ele. Forrest ficou alguns minutos lá, imóvel. Depois se virou e sumiu na escuridão atrás da montanha.

Jack esperou uma hora inteira junto ao ribeirão, batendo os dentes, antes de se aventurar a voltar para casa. À mesa de jantar, Forrest era um espectro impassível, e, naquela noite, Jack, com lágrimas nos olhos, implorou à mãe que o deixasse dormir no chão do quarto deles, para que não precisasse dormir na cama que dividia com Forrest.

Que diabos deu em você, meu filho?, exclamou Granville.

Mas a mãe por fim acedeu, e o enrolou em cobertores no chão junto à sua cama.

Na manhã seguinte, Jack acordou com febre e passou a semana suando e chorando, e a mãe cuidava dele com caldos quentes e compressas de álcool. Quando ele melhorou, voltou para a cama do irmão. Forrest jamais falou sobre aquelas figuras em madeira com Jack ou qualquer outra pessoa, e na família nunca mais se voltou a tocar no assunto.

Capítulo 30

1933

Alguns anos depois, Forrest estava no acampamento da serraria, em um trecho de mata fechada perto do monte Smith, supervisionando os homens que carregavam uma carreta grande. O acampamento ficava em uma grota cercada por uma cadeia de colinas, e a estrada era uma serra íngreme. Forrest contratara um sujeito para gerenciar o acampamento, mas mesmo assim ele ia lá com frequência, principalmente em dias de carregamento e transporte, embora estivesse afastado das operações de um modo que o fazia parecer uma presença sombria. O operário que estivesse trabalhando na serra ou aplainando uma tábua erguia os olhos e veria seu perfil anguloso no bosque ensolarado, a cicatriz pontilhada cruzando o pescoço.

Um conjunto de toras de carvalho maduro de 6 metros foi lixado, empilhado e amarrado para o transporte; um trator-guincho o puxaria para fora dali. À primeira curva da serra, Forrest e mais alguns homens foram andando junto à carreta para monitorar o avanço do trator que subia a colina. A elevação fazia a carga sacudir, e, na segunda curva, um som rasgou o céu feito uma manada de animais velozes; houve uma pausa, as toras pareceram vibrar e então caíram da carreta daquele jeito lento e terrível.

Os homens que assistiram à cena disseram que ele nem tentou sair do caminho; em vez disso, Forrest apenas jogou o chapéu para o lado com um movimento rápido e se virou para as toneladas de madeira rolante que vinham para cima dele.

Mas não foi o fim de Forrest. Prenderam Whit Boitnott, o mesmo homem que ele escorraçara de seu acampamento anos antes. Whit fora contratado no dia anterior pelo gerente, que não sabia de nada, e cortara as correias principais da carreta, sob os olhares de alguns outros trabalhadores, nem tentara esconder seu ato; mas, quando foi pego, Whit apenas alegou ter sido um acidente e se recusou a falar qualquer coisa além disso. Enquanto Forrest passou três meses no Hospital de Rocky Mount, encerrado dentro do gesso, as acusações contra Whit Boitnott foram reduzidas a "conduta imprudente" e ele, tendo bom comportamento, cumpriu apenas três semanas de prisão, tudo sob as ordens do procurador da comunidade, Carter Lee.

Forrest parecia um totem deitado na cama do hospital, enrolado em gesso da cabeça aos pés, dois buracos na altura dos olhos e dois canudos no nariz para respirar, além de hastes de ferro atadas a seus membros, que foram amarrados à cama para evitar que ele fizesse esforço ou mudasse de posição. Nas primeiras semanas, Forrest não disse nada, não respondeu a ninguém. Maggie ficava lá principalmente à noite, fumando e olhando pela janela, soprando longas plumas de fumaça contra o vidro. Durante o dia ela tomava conta do posto, com Everett Dillon nas bombas. Forrest ficou inconsciente a maior parte do tempo, e, quando acordado, ficava quieto, seus olhos cinzentos fitando o teto, piscando.

Certa tarde, Bertha e Jack estavam sentados no quarto em silêncio, olhando pela janela para a colina alta e arborizada do monte Grassy, enquanto Forrest dormia um sono pesado atrás deles. As mãos de Jack cobriam as de Bertha, e ele às vezes afagava seus dedos.

Não foi por acaso, disse Bertha. É que nem nas canções do outro mundo.

Ela olhou para Forrest esticado feito um morto, depois fixou o olhar em Jack.

No paraíso, continuou Bertha, que é a vida após a morte, vão cantar sobre esse mundo. É o que o meu avô diz. Todas as histórias, todas as nossas vidas, serão cantadas como hinos. É assim que nos lembraremos delas. É por isso que tudo significa alguma coisa. O problema é que a gente tem que viver nesse mundo antes, temos que aguentar.

Ela tomou as mãos dele, sorrindo de leve para si mesma. Nesse momento, Jack teve a impressão de que alguma parte incompreendida do mundo se rompeu e que seu amor por ela, de alguma forma mais amplo e mais intenso devido à cadeia dos eventos, entrou brilhando no quarto.

CERTA NOITE NO segundo mês, Jack chegou ao hospital justo quando Maggie estava indo embora. Parado à porta, ele a viu correr as mãos pela couraça de gesso que cobria a cabeça de Forrest, traçando as linhas da ondulação de seu nariz, seu queixo, descendo até o pescoço. Ela pareceu seguir com os dedos a linha de sua cicatriz, fazendo um ziguezague sem tirar os olhos dos dele. Jack via que seu irmão a fitava de volta, piscando com força. Na mesa de cabeceira, Maggie deixara uma fotografia dos dois em frente ao posto Blackwater, Forrest com as mãos na cintura, o rosto de Maggie impassível, a boca formando um traço austero. Ao lado da foto estava um pequeno pedaço de madeira embolorada, volteios talhados que lembravam vagamente uma figura.

VEM CÁ, DISSE Forrest a Jack certo dia, no hospital. Tem uma coisa que você precisa saber.

Depois de dois meses, ele ainda estava coberto de gesso da cabeça aos pés. As fraturas em seu crânio estavam cicatrizando e logo ele ficaria com o rosto livre, mas por enquanto ainda espreitava pelas fendas gastas dos olhos, margeadas de sujeira e suor endurecidos, o buraco da boca um orifício desbastado e sujo de comida, bebida e saliva.

Jack estava sentado na cadeira lendo a Bíblia em voz bem baixinha, algo em que Bertha o iniciara e de que Forrest parecia gostar, então os dois passavam muitas horas assim, Jack emitindo seu zumbido monótono por longos dias e noites e Forrest encarando o teto, o leve ruído de sua pele roçando o gesso. Maggie ficava com ele quase todas as noites e gerenciava o posto durante o dia, com a ajuda de Jack e Everett.

Jack pousou a Bíblia no colo e piscou para descansar os olhos. A lâmpada da cabeceira era fraca e o céu escurecia rapidamente atrás das janelas.

Antes que a Maggie chegue, disse Forrest.

Sua voz estava mais grossa e seus lábios, partidos. Jack se inclinou um pouco sobre o irmão, que se esforçava para falar com alguma clareza. Foi então que notou uma espécie de alarmante intensidade nos olhos de Forrest.

Quer que eu chame alguém?, perguntou Jack. Tá sentindo dor?

Os cantos dos lábios de Forrest se torceram para baixo muito sutilmente. Ouviu-se o ruído de sapatos no corredor, e Forrest virou os olhos para a porta aberta, uma moldura de luz difusa.

Aquela noite no County Line, disse Forrest, foi a Maggie que me ajudou.

Ela tava lá?

Forrest fechou os olhos e apertou-os com força, o que lhe exigia certo esforço, e Jack teve a impressão de que seu corpo vibrava dentro do invólucro de gesso, feito um inseto preparando sua nova carapaça.

Depois que eles me atacaram, disse Forrest, ela ainda tava lá, dentro do restaurante. Eu ouvi ela gritando. Enquanto eu tava jogado no estacionamento. Eu não conseguia entender o que tava acontecendo. Não fazia sentido nenhum.

Forrest abriu os olhos e fitou o irmão, os olhos cálidos e injetados. Um coágulo ardente começou a se formar no peito de Jack. Não conseguia nem imaginar o som. Maggie não era o tipo de criatura que gritava.

Ela nunca vai me contar o que aconteceu lá enquanto eu estava jogado no estacionamento, sangrando.

Jack aquiesceu, apertando a Bíblia no colo.

Quando a gente chegou no hospital, prosseguiu Forrest, eu saí andando.

E por que você não contou pra eles?

Forrest deixou escapar uma risadinha seca que logo se transformou numa tosse entrecortada. Quando a tosse passou, ele sorriu para o teto, contente consigo mesmo.

Mas que diabos, disse Forrest disse, eu achei que eu tava *morto*.

Bom, concluiu Jack, acho que eu tenho uma coisa pra te contar também.

Capítulo 31

Setembro de 1934

Era quase meia-noite quando bateram com força à porta de Jack. Bertha estava dormindo na cama, o bebê ao seu lado, soltando pequenas bolhas de saliva furta-cor com sua respiração constante durante o sono. Jack estava deitado no escuro, ouvindo o som dos pulmões dos dois se enchendo. A batida foi forte, e por um momento ele se lembrou do som quando da angustiada visita de George Brodie à meia-noite. Muitas vezes ele desejara que jamais houvessem atendido à porta.

Ele se ergueu na cama, e Bertha agarrou seu braço.

Meu Deus, Jack!

O bebê tossiu e gemeu.

Jack vestiu a calça. A .22 estava em um suporte acima da lareira. Ruídos de pés no assoalho da varanda. As dobradiças da porta estavam intactas, e Jack se posicionou de lado para espiar pela janela. Uma figura alta de casaco comprido e chapéu encarava a porta fechada. Forrest. Jack acendeu a lamparina a óleo e abriu a porta. Atrás de Forrest, ele pôde distinguir a imensa silhueta de Howard no jardim escuro.

Você tinha razão, disse Forrest. A gente sabe onde achar eles.

Quando se atende a porta, pensou Jack enquanto vestia atabalhoadamente o casaco, não tem mais volta.

No Ford V8 ano 32 de Forrest, que seguia rumo norte, Howard suspirou, pegou uma garrafa do chão do carro, arrancou a tampa e a jogou pela janela, para a noite que passava correndo. Virou a garrafa algumas vezes, goles longos e desesperados que enchiam seus olhos de água. Uma espingarda estava deitada em seu colo, e, sobre o banco, havia uma caixa de cartuchos. Enquanto dirigia, Forrest pegou uma pistola de sob o banco e, sem desviar os olhos da estrada, entregou-a a Jack. Era seu .38 com trava no gatilho.

Não saca a arma, disse Forrest para o para-brisa, a não ser que vá mesmo usar. Se for apontar pra alguém, é melhor esvaziar.

Jack enfiou a arma no bolso do casaco, e uma onda de bile apertou seu tronco feito uma prensa. Howard lhe passou a garrafa; Jack deu alguns goles bem grandes e sentiu a bebida relaxar seu peito e suas entranhas. Enxugou a testa na manga do casaco, e o cheiro forte de suor o surpreendeu. O carro logo se encheu com o odor azedo de homens transpirando. Olhando para a nuca de Forrest, Jack sabia que não podia negar nada ao irmão. Ao mesmo tempo, sentia que precisava de algum sinal indicando que era essa a sua hora. Ele não estava pronto. O carro sacudia na estrada esburacada, os faróis cortando as árvores à beira do caminho. O rosto de Howard estava plácido, os olhos semifechados, e Jack sentiu algum conforto nisso.

Cruzaram o condado rumo oeste por quase uma hora e pararam em um posto de gasolina na fronteira do Condado de Franklin, próximo a Calloway, um lugar em que Jack jamais estivera. Embora já passasse da meia-noite, havia oito carros no estacionamento, e, no andar de cima, a luz brilhava através das cortinas finas. Forrest deu a volta por trás da construção, com os faróis apagados.

Eles ouviram música e risadas vindo da janela do andar de cima. Jack tentou identificar a melodia, mas não conseguiu. No banco do passageiro, Howard segurava a espingarda, uma das mãos no cano frio e oleoso, a outra solta sobre o guarda-mato, batucando de leve no ritmo da música.

Jack passou a garrafa de volta para ele, que deu mais um grande gole e a entregou a Forrest.

O feixe empoeirado de luz que saía da janela lá em cima oscilava quando os homens passavam diante dele, formas que piscavam sobre o para-brisa e as árvores mais além. Jack sentiu o céu se erguer sobre sua cabeça e soube que ele estava se abrindo, como uma estrada suave cortando as montanhas, um caminho reto e agradável. Howard pareceu se acomodar no banco Forrest estava de olho na entrada do posto.

JACK PENSOU NA luz da vela, na estufa de aquecimento, suas irmãs enrolando nos dedos dele as linhas de tricô, a língua silenciosa e secreta delas. A mãe o abraçando apertado enquanto lá fora no frio uma fogueira ardia em chamas. Suas irmãs deitadas lado a lado no chão, em um alinhamento impecável, o rosto da mãe coberto por uma manta.

Se arrastou por quase 15 quilômetros na neve com a garganta cortada.

Howard estava pensando em uma coisa que Jack dissera certa noite, em volta da fogueira do acampamento da serraria: *O Forrest nunca vai morrer pelas mãos de outro homem.* Eles estavam bêbados, já era tarde, a mata escura e aberta feito um campo, e, às vezes, em torno da pequena esfera de fogo, Jack dava para fazer afirmações que julgava adequadas à sua grandiosa percepção do mundo.

O Forrest acha, dissera Jack, que o mundo é uma coisa só, mas ele tá errado.

Eu já vi, continuara ele, o que tem debaixo da terra, é uma coisa terrível e linda.

Howard gostava de ouvir o irmão se debater com as palavras, pois os olhos de Jack expressavam tanta sinceridade que era difícil desviar a atenção.

Howard sentiu uma dor chata nas costelas e se ajeitou no banco. Pensou em Lucy e na filha, crescendo e se tornando uma ágil criatura da floresta. Ele ia ficar longe do baralho e guardar algum dinheiro, e no ano seguinte, talvez, arranjar um emprego na indústria têxtil de Martinsville. As coisas iriam mudar para ele. O mundo atrás da janela ficou embaçado. O carro parecia um promontório pelo qual as colinas e árvores e nuvens passavam com uma velocidade incrível. Howard tomou mais um trago, olhou pelo para-brisa barrento e viu mais ao longe o mundo depois deste, e, segurando a espingarda no colo, pensou que era assim que deviam se sentir os carvalhos antigos da floresta, olhando para o sol através das copas, com os dedões enterrados bem fundo no seio da terra. Ele iria aguentar.

DEPOIS DE UMA HORA, alguns homens começaram a sair do posto, uns falando alto e rindo a caminho de seus carros, outros em silêncio com o chapéu baixo e o andar desconcertado de quem perdeu dinheiro. O barulho vindo da janela de cima diminuiu, resumindo-se apenas ao som do rádio crepitando e ao grunhido ocasional da mobília no assoalho. Quando restaram apenas dois automóveis no estacionamento, Forrest fez um sinal para Howard e os três irmãos saíram do carro. Howard escondeu a espingarda debaixo do comprido casaco e tateou os bolsos, sentindo os cartuchos extras. Forrest verificou a carga da pistola, olhando rapidamente para a janela de cima.

Pronto, Jack?, perguntou Forrest entre os dentes.

Ele girou o cilindro da pistola.

Vai ser rápido, então fica por perto.

Jack fez que sim. Seu coração palpitava no peito enquanto eles davam a volta até a frente do posto.

Howard vai primeiro, já na violência pra cima deles, sussurrou Forrest. Vai pegar o primeiro, aí você entra logo depois com a pistola na mão e manda ver com a coronha no segundo. Sem erro, bem em cima dos olhos, tá entendendo? Ele vai cambalear, você pega ele e fica segurando.

Jack pôs a mão na coronha lisa dentro do bolso. Não estava escorregadia demais? Será que ele iria conseguir sacar e apontar a arma, de verdade? Tudo estava quieto e Jack olhava para o espaço branco da porta aberta, a escada de tábuas subindo. Suas roupas de baixo estavam empapadas de suor, as virilhas coçando por causa do calor úmido.

A melodia do rádio pairava no vento fraco e por um momento ficou nítida; então Jack se lembrou: Bertha sempre a tocava no bandolim em casa, cantando suavemente para o filho, a voz igual à de Sarah Carter:

The storms are on the ocean
The heavens may cease to be.
This world may lose its motion, love
*If I prove false to thee.**

Seus irmãos subiram os degraus do alpendre em silêncio. Ficaram no vão da porta, Howard com a espingarda na cintura e apontada para a escada, baixando a cabeça para olhar para cima, Forrest fitando Jack com um olhar sem expressão. Três simples degraus, mas ele não conseguia fazer seus pés subirem. Estava plantado ali, como se o chão houvesse prendido suas pernas. Jack sabia que Forrest o estava observando e esperando, e atrapalhou-se com a pistola escorregadia no bolso, como se estivesse procurando alguma coisa, um raio de luz, uma canção antiga, e fez um gesto de desamparo.

Depois de um momento, Forrest meneou a cabeça na direção do carro, Howard olhou para trás por um segundo, e então Jack viu seus irmãos subirem as escadas.

Jack se sentou ao volante e tirou a pistola do bolso. A arma estava toda ensebada da gordura de seu corpo, e ele a jogou no banco, enojado. Ouviu-se um rápido ruído de cascalho sendo pisado e então Jack viu um homem irromper da entrada do posto, correndo para um carro. Jack pegou a pistola às pressas e, desajeitado, apontou-a na direção do para-brisa. O homem corria sem casaco nem chapéu e não olhou para trás enquanto se debatia para entrar e dar a partida, a ignição esgoelando seguidas vezes; então o carro pegou e escapuliu do estacionamento para a estrada, e Jack voltou a olhar para a janela lá de cima. Ouviu a voz de Forrest falando baixo e grosso, o ruído de uma cadeira ou de uma mesa caindo no chão e os sons de uma briga rápida e desesperada. Por um momento tudo ficou mais uma vez silencioso e então houve um estrondo forte e agudo, que Jack imaginou ser o disparo de uma espingarda, mas, quando o som ecoou sobre o estacionamento, ficou claro que era o grito alto e esganiçado de um homem. Jack sentiu os olhos esbugalharem no rosto, e xingou e bateu no volante.

---

* As tempestades estão no oceano / Os céus podem deixar de existir / O mundo pode parar de se mover, meu amor / Se eu falhar contigo. (*N. do T.*)

Deus do céu!, pensou. Meu Deus... o que é isso?

O grito continuou a soar por um minuto inteiro, no início mais alto, depois decaindo e ficando viscoso. O som enchia a cabeça de Jack e ele olhava fixamente pelo para-brisa, tentando se focar na poeira vermelha e no cascalho sob a luz dos faróis, nos altos pinheiros ao longo da estrada. Howard estava descendo o alpendre, espingarda em uma das mãos e um pequeno saco de papel na outra. Ele foi até o carro, se sentou atrás e colocou o pacote sobre o banco, e Jack viu que o saco estava úmido e manchado na parte de baixo. Howard abriu a espingarda e verificou os cartuchos, depois puxou o casaco sobre o corpo e se recostou. Seus olhos pareciam brilhantes e aquosos, mas seu corpo tinha um aspecto relaxado, e ele não disse nada.

Forrest veio andando devagar à luz dos faróis e deu a volta até a porta do passageiro. Sons de soluços rasgados ressoavam no estacionamento, o som terrível de um homem adulto chorando. De pé do lado de fora do carro, Forrest se abaixou, pegou um pouco de terra e esfregou as mãos uma na outra com rapidez, como se faz em uma manhã fria no campo. Ele entrou e acenou com a cabeça para Jack, que pôs o carro na estrada e seguiu para o leste, devagar, pois a noite parecia incrivelmente escura e os faróis, uma mínima faixa de cor. Ouviu Howard abrindo uma garrafa no banco de trás. O hálito dos irmãos tomava o carro, e Jack sentia o aroma de uísque de milho misturado com um outro odor, o cheiro doce e inebriante de gado nascendo no celeiro em pleno inverno ou de cocho de escaldar soltando o vapor de um porco estripado. Howard jogou a tampa da garrafa pela janela na direção da floresta, e Jack passou a marcha e acelerou rumo às montanhas negras.

Capítulo 32

12 DE OUTUBRO DE 1934

GRANVILLE BONDURANT ESTAVA atrás do balcão de sua mercearia verificando os recibos daquele dia. Meia dúzia de veteranos de Snow Creek vadiavam em volta da estufa de aquecimento, mascando fumo e falando sobre o tempo. Granville já varrera o chão e cobrira a farinha e as caixas de grãos com um pano, o fogo na estufa já abafado. O dia esfriara enquanto a noite caía, o solo úmido por causa das chuvas esporádicas, e os homens estavam dizem que iria gear naquela madrugada. O tema principal da conversa era o assassinato do investigador Jefferson Richards, ocorrido na noite anterior. Ele fora baleado de um jeito pavoroso, no meio da estrada, na altura da Brethren Church, exatamente uma semana antes da data em que deveria prestar depoimento.

Carter Lee fazendo uma limpeza, falou um sujeito barbado, coçando o pescoço.

Queima de arquivo, disse um outro. Muita informação num homem só.

Um carro chegou esmagando o cascalho, e Granville levantou a cabeça, tirando o pó do grafite do lápis de sobre os recibos com um movimento dos dedos. No instante seguinte, um homem imenso em um sobretudo atravessou o estacionamento. A porta se abriu com um solavanco, trazendo uma corrente de ar úmido que veio sussurrar sobre o chão da mercearia;

houve murmúrios entre os homens, e viu-se Charley Rakes transpor o batente. Seu paletó estava aberto, sua gravata, torta, o chapéu baixo. Rakes parou e passou os olhos pelo recinto antes de marchar até a estufa, onde afastou o paletó para trás e ergueu as mãos. Fedia a uísque e suor, e os velhos em volta do fogo murmuraram entre si e se ajeitaram em suas posições desleixadas.

Tá precisando de mais madeira aqui, disse Rakes. Essa porra tá fria!

Já tô fechando, respondeu Granville. Em que posso ajudar, meu filho?

Rakes o encarou, e seus olhos pareciam vorazes sob a aba do chapéu.

Gasolina.

As bombas já foram desligadas.

Então liga elas!

Granville empilhou os recibos sobre o balcão e pousou as mãos uma de cada lado da pequena pilha. Olhou para Rakes, que balançava de leve, o paletó aberto.

O que você quer, Charley?

Rakes, enraivecido, olhou ao redor, depois se voltou para Granville. Levou a mão às costas, sacou uma pistola do cinto e apontou-a para o peito do homem ao balcão.

Eu quero que você saiba de uma coisa, disse Rakes.

Ele se virou e brandiu a arma para todo o recinto.

Todos vocês. Vocês precisam saber de uma coisa.

Calmaê, Charley, disse um dos veteranos. A gente aqui sabe que as coisa tá um pouco...

Vocês não sabem porra nenhuma!, rugiu Rakes. Todo mundo acha que sabe das coisas, mas não sabe é nada!

Rakes se virou para Granville mais uma vez, o braço meio erguido, as mãos apertando a pistola com fúria. De repente ele pareceu exausto, sua cara redonda e vermelha ficando cansada, e ele deu um passo para trás e enxugou a testa com a manga do paletó. Uma chuva leve tamborilava no telhado e na janela, e os homens junto ao fogo arrastavam os pés. Rakes tombou a cabeça por um momento.

Melhor você ir pra casa, Charley, sugeriu Granville.

Rakes enxugou o rosto e apertou a pistola com mais força, erguendo o braço até apontar para o pescoço de Granville.

Por quê? Tá achando que eu devia me esconder em algum lugar por aí, é isso?

Ele se virou e se dirigiu a todos os demais.

E vocês aí?, ele quis saber.

Os velhos encostaram o queixo no colarinho e olharam para a estufa, como se ainda estivesse provendo calor.

Rakes chutou uma banqueta. Não satisfeito, agarrou a borda de um barril e o derrubou. Uma névoa de farinha logo subiu, pairando que nem fumaça, e os homens em torno da estufa começaram a balbuciar coisas incompreensíveis. Rakes olhou para a própria calça, uma das pernas coberta de farinha, e xingou com uma raiva sincera. A pistola ainda em punho, ele foi até o balcão, pegou os recibos e as contas e jogou tudo no chão. Granville recuou um passo e ficou quieto, o rosto impassível. Rakes então limpou o resto do balcão, passando o braço por sobre a superfície e empurrando para o chão enlatados, gomas de mascar e fumo, com grande estrépito.

Eu não tenho medo, Rakes vociferou para toda a mercearia. Eu não tenho medo daquele desgraçado do Carter Lee!

Ele girou e apontou a arma para Granville uma vez mais.

E também não tenho medo dos desgraçados dos seus filhos inúteis!

Rakes respirava com dificuldade; ele enxugou o rosto de novo.

Pro inferno todos vocês!

Ele enfiou o chapéu ainda mais fundo na cabeça e, cortando o ar cheio de farinha, se lançou porta afora. Os homens tossiram e bateram o pó dos casacos e das calças.

Howard veio da despensa e atravessou em silêncio a nuvem branca. Granville ficou atrás do balcão, os olhos baixos enquanto seu filho passava. Se os outros homens na mercearia viram Howard seguir Rakes, não demonstraram.

A CHUVA PAROU e o céu ficou preto. Um tempo depois, Charley Rakes entrou no caminho lamacento que levava até sua casa. Uma luz queimava na janela da pequena choupana e seus cães se puseram a latir nos fundos do terreno. Rakes bateu a porta do carro. Tirou uma garrafinha do bolso e deu um gole, enxugando a boca e o rosto nas mangas do paletó. De um lado da casa, a colina descia íngreme para dentro da mata, o sopé talhado por um braço estreito do ribeirão Blackwater. Uma luz tremeluzia na entrada da floresta. Rakes olhou firme para a luminosidade que oscilava, amarelada. Havia uma vela acesa no início da floresta.

Rakes olhou em volta para todos os lados, girando no mesmo lugar: sua casa, o carro, a mata, o vapor de sua respiração o rodeando. Pôs a garrafa no bolso, sacou a pistola e foi descendo pela lateral da casa até a cerca dos fundos. Perscrutou a floresta, mas a escuridão era vasta e completa, exceto pelo pequeno círculo de luz dourada. A vela estava em cima de um mourão da cerca, a cera se acumulando na base. Rakes ficou ali por um momento, a pistola em riste, os ouvidos atentos. Os cães sentiram seu cheiro e pararam de latir. O ribeirão gorgolejava mais abaixo, e na mata se ouvia a água da chuva pingar e escorrer. Rakes sacou a garrafa do bolso mais uma vez e arrancou a rolha com os dentes. Engoliu o resto do uísque, um calafrio percorrendo seu corpo, e ele olhou de novo ao redor, as luzes nas janelas, o céu escuro, a encosta da montanha que levava aos fundos do terreno. Deu uma risadinha, depois pareceu engasgar, curvando-se, as costas da mão na boca. Teve ânsias de vômito, e tossiu e cuspiu na grama molhada. Jogou a garrafa vazia para a mata escura.

Depois de um momento, inclinou-se para a frente e apagou a vela tremeluzente com um sopro. Naquele último instante de luz antes de a escuridão o cercar, ele viu Howard surgir do meio das árvores. Tentou gritar, mas o outro já o sufocava segurando-o pelo pescoço.

Howard o jogou por cima da cerca, fazendo-o se espatifar na terra, e prendeu sua mão armada com o joelho, uma das mãos na traqueia de Rakes, a outra arrancando seus dedos da pistola e a arremessando para a floresta. Rakes sufocava, e seu rosto foi do vermelho ao roxo. Ele se agarrava ao braço de Howard, suas pernas se debatendo sobre as folhas molhadas. Howard o olhou por um momento, perscrutou seu rosto e então o arrastou pelo pescoço até a montanha.

No pequeno fundo do vale, um riacho de pouco mais de 1 metro corria frio e límpido. Howard empurrou Rakes, que caiu de costas na água. O leito era uma mistura de rochas lisas e barro, com uns dois palmos de profundidade, e Rakes berrou quando seu corpo bateu contra o córrego, seu rosto imergindo e submergindo, cuspindo e engasgando. Os cães começaram a uivar de novo, e Rakes olhava com pavor para a sombra negra que se agigantava sobre ele. Howard balançou a cabeça, parecia afastar uma lembrança, sua respiração soprando uma névoa constante no ar feito um motor em combustão.

Meu Deus!, cuspiu Rakes. Meu Deus, não, por favor!

Howard montou sobre Rakes e, com ambas as mãos em seu pescoço, empurrou-o para o fundo da água. Rakes tentou arranhar o rosto de seu algoz, mas Howard simplesmente virou o rosto de lado. Sua boca se apertou ao ver os olhos esbugalhados e o rosto contorcido de Rakes sob a água cristalina. O escuro parecia fechar-se à sua volta, e ele sentiu um vazio súbito cair sobre suas costas, e ergueu a cabeça para observar a noite se mover por entre as árvores.

Depois de um momento, ele puxou Rakes pelo colarinho para fora da água. Rakes cuspiu e tossiu, segurando o pescoço, debatendo-se nas folhas enlameadas. Howard se levantou e começou a chutar o homem, só por diversão, mas logo concluiu que seria melhor não deixar marcas no corpo dele. Abaixou-se e virou a cabeça de Rakes para si. O homem tremia e soluçava, o rosto todo escorregadio de água, ranho e saliva. Estava um pouco azul, pensou Howard, mas ficaria bem.

Não esquece isso, Charley. Tá me ouvindo?

Então Howard começou a subir a colina, deixando Rakes deitado no riacho. Ele se virou depois de alguns passos e olhou para o homem encolhido que tremia na água.

Você precisa saber, disse Howard, que a gente não teve nada a ver com o Jeff Richards. Ele tinha inimigo de sobra. Se acabou de algum outro jeito.

Os cães começaram a uivar mais uma vez quando Howard sumiu na escuridão.

Capítulo 33

1º DE JULHO DE 1935

HAVIA HOMENS POR TODA parte, encostados em compridos carros pretos, homens no calor das calçadas com chapéus nas mãos e enxugando a testa, homens nas banquetas à janela da Jess's Lunch, homens à sombra do prédio de granito do banco, homens de terno e chapéu alinhados nas escadarias do edifício do tribunal, muitos segurando câmeras ao lado do corpo, assistentes com enormes maletas pretas verificando as lâmpadas de flashes extras nos bolsos dos casacos. O tribunal se erguia como um relógio de sol na praça central de Harrisonburg, a sombra caindo primeiro sobre o banco do outro lado da rua, depois sobre o balcão da lanchonete e, no fim da tarde, sobre a igreja batista. Em volta do prédio, um sutil declive de grama tentava alcançar a rua, mas era interrompido por uma ampla série de degraus de arenito. Era um dia quente de julho, o céu tracejado de nuvens, e o julgamento da Grande Conspiração de *Moonshine* do Condado de Franklin finalmente chegava ao fim depois de cinquenta dias, batendo o recorde anterior na Virgínia, o julgamento de Aaron Burr, em 1807. Sentada em um banco em frente à igreja metodista estava uma mulher com um garotinho loiro e magrelo de macacão e camisa branca; estavam grudados um no outro e conversavam baixinho. Um policial sentado na cadeira junto à porta do tribunal tinha o quepe puxado por cima dos olhos para bloquear o sol, a pistola pendurada na cintura.

Houve uma mudança palpável no ar, um murmúrio, ou talvez tivesse sido só algo imaginário, pois nenhum som de verdade chegou à praça. Ainda assim, as pessoas tiveram a sensação de que haviam escutado alguma coisa do outro lado das paredes. O policial levantou a cabeça, homens jogaram o cigarro na grama, uma porta de carro se abriu. A mulher com o garotinho continuou curvada no banco, falando baixo. Então a porta do tribunal foi aberta e um homem saiu cambaleando para a luz do sol. Sherwood Anderson passou a mão pelos cabelos ralos, piscou e enfiou o chapéu na cabeça. Viu que chamou a atenção das pessoas na praça por um momento: elas o olharam, mas logo depois deram de ombros, desinteressadas.

Era uma tragédia nitidamente americana, pensou ele. O julgamento cristalizara suas ideias sobre o assunto, e os contornos embaçados de uma história épica, uma história para ser lida em voz alta num milharal, começaram a tomar forma em sua mente. Anderson desceu alguns degraus, um exemplar do *Roanoke Times* debaixo do braço, e consultou seu relógio de algibeira.

A individualidade iria desaparecer no nebuloso reino da história. Chegará o dia, Anderson tinha certeza, em que todos nós nos tornaremos soldados no exército da era das corporações. Quando ele era garoto, não havia automóveis, aviões, rádios, redes de lojas ou grandes conglomerados impondo seus interesses ao mundo todo. Os homens viviam vidas livres. Anderson tentou descrever isso em *Perhaps Women*, que era francamente desprezado até mesmo entre seus amigos. Ele só estava tentando dizer que, quando o mundo é mecanizado, alguma coisa escapa aos homens, algo elementar se perde. O mundo feminino, por sua vez, estava ascendendo: o mundo das posses, o mundo material. As mulheres se sentem em casa no meio dessas coisas. Os homens sofriam pela falta de direcionamento, desejavam avidamente o mundo tangível. Mas, em vez disso, desenvolviam uma patológica obsessão pelo poder manifesto. Um homem de verdade não precisa dessas coisas, e restam tão poucos homens de verdade! É por isso que Hemingway é tão obcecado pelas malditas touradas, e por matança em geral. Por isso é que ele achava que deveria esmagar seu ex-mentor na arena pública.

A literatura é maior que nós dois.

Um *homem tateando às cegas*, assim Hemingway o descrevia, um *embaralhador de palavras.*

Eles tinham tomado aquele último trago juntos em Paris, já estando lá havia um mês, Hemingway sempre dizendo a todo mundo que iria ver Anderson. No último dia, Anderson estava em seu quarto, todas as malas prontas, quando alguém bateu à porta e lá estava Hemingway. Que tal um drinque?, sugeriu ele. Foram a um pequeno bar do outro lado da rua e pediram duas cervejas. Hemingway fez um brinde.

Bom, é isso aí.

Então ele se virou e foi embora do bar.

A constante afirmação da masculinidade é sempre o mais óbvio sinal de embuste. Ninguém fica afirmando o tempo todo aquilo que já sabe que é.

Não dou a mínima para esse negócio de dizer que eu fico tateando por aí e embaralhando palavras. Estamos todos num beco sem saída, mas pelo menos eu tiro as palavras do meu coração.

A festa no restaurante Greenwich para comemorar a publicação de *Perhaps Women*, em 1931, quando Faulkner aparecera de surpresa e se aproximara meio acanhado. Ele estendeu a mão e Anderson o cumprimentou. Faulkner lhe deu os parabéns. Sorriu e puxou Anderson de lado.

Sherwood, começou ele, qual é o problema? Você acha que eu sou um Hemy também? Você sabe que não é verdade o que andam dizendo por aí.

Trocaram algumas palavras agradáveis antes de Faulkner escapulir para outra parte da festa. Nessa época, sua fama já tinha se espalhado, e, no fim, as pessoas afluíram para perto de Faulkner, deixando Anderson sentado sozinho, chapéu nas mãos. Ele sabia que qualquer um podia ver em seu rosto a conhecida expressão de um escritor que entende muito bem o que está acontecendo, talvez a passagem de alguma espécie de bastão, e seu sorriso forçado compunha o semblante de um velho e satisfeito estadista da literatura. Ele afagou o chapéu, um chapéu largo e macio que havia comprado recentemente e nunca usado, e ficou vendo a multidão em volta de Faulkner, afagando o enorme chapéu no colo como se fosse um tipo de animal.

Quarenta e três anos ele tinha quando saiu *Winesburg*. Tinha ânsia de vômito só de pensar no tempo desperdiçado com as torturantes engrenagens do comércio, participando da grande fraude que esmagava os homens entre seus dedos todos os dias na nova era do industrialismo americano. Andara muitos anos pelas ruas quase sem pensar nas vidas que se encolhiam atrás das janelas baças, nas formas indecifráveis sozinhas na escuridão, nos anseios que alimentavam. Ah, se ele tivesse enxergado atrás daquelas portas antes!

E agora ele já passara tanto tempo focado na precisão do mundo, a eloquência quase intocada pelos ardis da manipulação, que a coisa se tornara mero estilo. Certo, era o *seu* estilo, mas o estilo se tornara a substância em si. Não havia mais nada. Era o fim, mas ele não podia parar.

A MANCHETE DO *Roanoke Times* do dia 24 de maio de 1935 dizia: *Mulher que liderava carros de uísque vai a julgamento*. Willie Carter Sharpe testemunhou no dia 23 de maio, durante meia hora.

"Sua aparição era aguardada com tamanho interesse que o acontecimento acabou ofuscando todo um dia de testemunhos diversos..."

A experiência foi frustrante para a maioria, inclusive para Anderson, que viu sua esperança de ter uma grande heroína das montanhas morrer ao vê-la no banco das testemunhas.

"A Sra. Carter, cujo nome se tornou amplamente conhecido por aqui nos prósperos [*sic*] dias dos contrabandistas, durante a Proibição, apareceu desprovida do diamante que outrora brilhava em seus dentes. Estava vestida de branco, com chapéu e sapatos combinando, um vestido com mangas marrons pregueadas e a gola presa por um grande camafeu."

Anderson a achou bochechuda como um buldogue, além de crassa na linguagem e no aspecto. Sua impressão geral foi a de um gorila enfiado num vestido.

O VEREDITO FORA proclamado e o julgamento finalmente terminara. Anderson desceu mais alguns degraus da escadaria, enfiando uma caneta-tinteiro no bolso da camisa, as botas se arrastando nas placas de arenito. O policial olhou pela porta por um momento, depois recuou ligeiro, pois uma multidão emergia, afluindo do tribunal para as escadas e o gramado, pessoas se dispersando rapidamente pela praça, como se tivessem aversão a qualquer tipo de agrupamento, cada uma procurando seu próprio espaço. Os homens que aguardavam do lado de fora avançaram para cumprimentar alguns dos que saíam, e os sujeitos com as câmeras ergueram as pesadas geringonças e começaram a buscar rostos em meio à multidão fervilhante. Sherwood Anderson procurou a sombra de um velho carvalho na beira da calçada. Afrouxou a gravata escura e ficou vendo os muitos homens e poucas mulheres saírem do tribunal. A sutil algazarra de vozes caiu sobre a praça quando todos começaram a comentar entre si. Homens apertavam mãos e davam tapinhas nos ombros, e homens em caros ternos de lã carregando maletas de couro entravam em carros parados junto ao meio-fio. Um pequeno cordão de policiais ria ao atravessar a rua em direção ao Jess's.

Um conversível azul-escuro estacionando na calçada chamou a atenção de Anderson. Uma mulher dirigia; ela desligou o motor e alçou as pernas para fora do carro. Maggie usava um vestido de seda longo e cintilante, cor de jade, os cabelos presos para trás num laço simples. Anderson estava bem na sua frente, mas ela parecia ver através dele, fitando o tribunal com seu olhar de cigana.

Carter Lee foi absolvido de todas as acusações. Vinte homens foram condenados, inclusive o investigador de polícia Henry Abshire e alguns contrabandistas e *moonshiners* que participaram da conspiração. Por certo ajudaram na absolvição de Lee o falecimento de Jefferson Richards, reconhecido braço direito seu no esquema, e a misteriosa morte de Charley Rakes, atribuída à pneumonia. Além disso, um único jurado, que atendia pela alcunha de Marshall, recusou-se a acrescentar o nome de Carter Lee à lista dos culpados e ameaçou travar a sentença do júri. Os irmãos Bondurant jamais foram formalmente incriminados; pelo contrário, serviram como testemunhas de acusação.

Um homem alto saiu do tribunal para a luz do sol em um casaco de algodão e um macacão. Tinha uma grossa cicatriz que atravessava seu pescoço e que era visível a mais de 15 metros de distância. Ele parou, e dois outros homens saíram à luz e se posicionaram atrás dele. Eram todos altos, um deles imenso, o casaco mal conseguindo conter seu peito roliço, o pescoço queimado de sol quase rasgando o colarinho engomado. O outro era obviamente mais novo, tinha um rosto vermelho e o nariz aquilino.

Sherwood Anderson saiu da sombra da árvore e foi em direção aos três

O mais jovem enfiou as mãos nos bolsos e sorriu para os irmãos antes de se virar e ir ao encontro da mulher e da criança no banco. O garoto loiro, todo pernas e braços dentro do macacão, correu para ele.

Epílogo

Um ano depois, Anderson publicou seu último romance, *Kit Brandon*, a história de uma linda e misteriosa mulher dos Apalaches que adora roupas chiques. Ela trabalha em várias tecelagens, viajando de carona pelo país, até se envolver com um contrabandista de álcool e começar a dirigir carros para um grupo de *moonshiners*. O livro teve uma venda razoável e foi um fracasso de crítica.

Em 28 de fevereiro de 1941, Sherwood Anderson e sua mulher, Eleanor, partiram para uma viagem pela América do Sul. Certa noite, a bordo do navio, Anderson engoliu acidentalmente o palito de um canapé. Desenvolveu um quadro de peritonite e congestão abdominal grave e, oito dias depois, em um hospital do Panamá, morria Sherwood Anderson.

Os irmãos Duling, Hubbard e Paul, líderes da maior quadrilha de bebidas alcoólicas da West Virginia, acabaram condenados pelo assassinato de Jefferson Richards. Na manhã do dia 23 de dezembro de 1933, Jeff Richards iniciou uma perseguição em alta velocidade a Frank Duling, que levava um carregamento de bebidas do Condado de Franklin para os mercados dos irmãos, na West Virginia. A perseguição resultou na morte de Frank, e todos sabiam muito bem que os Duling queriam vingança. Essa condenação se manteve incerta, especialmente depois que, anos mais tarde, outros homens assumiram a culpa pelo assassinato de Richards, incluindo Hallie Bowles, que confessou a várias pessoas e escreveu em seu bilhete suicida que ele e outro sujeito haviam sido pagos para cometer o crime, provavelmente a mando de Carter Lee.

FORREST CONTINUOU À frente do posto Blackwater, com Everett Dillon nas bombas e Maggie no caixa. Ninguém jamais viu um gesto de carinho entre os dois. Ele ainda ajudava o pai e os irmãos nas plantações de tabaco, e as bebidas continuaram a fluir pelo posto, embora nunca mais na mesma quantidade.

Howard se mudou para Martinsville e conseguiu trabalho nas tecelagens da região. Ao longo dos anos, manteve um alambique no topo do monte Turkeycock, e todo verão ele e seus irmãos se reuniam na montanha para fazer bebida. Lucy deu à luz, ao todo, quatro crianças saudáveis.

Emmy Bondurant terminou o colégio e se mudou para Nova Jersey, onde trabalhava em uma seção de datilografia e dividia um apartamento em Newark com outras duas mulheres. Futuramente ela se casaria e se divorciaria.

JACK BONDURANT CONTINUOU a gerenciar a mercearia do pai, a criar gado de corte e a plantar tabaco em Snow Creek. Às vezes Forrest aparecia em sua casa para jantar, e o filho mais velho de Jack, depois de comer, sempre se admirava com a protuberância que surgia no tronco do tio, de onde a comida descia pelo revestimento do estômago. O caipira que costurara seu ferimento quando baleado esquecera de suturar o revestimento do estômago, de forma que, alguns minutos depois da refeição, uma saliência do tamanho de uma laranja repuxava sua camisa na altura do umbigo. O garoto cutucava a massa com o dedo e Forrest ria, apesar de aquilo evidentemente lhe provocar muita dor.

EM UMA NOITE DE 1941, depois de ajudar o pai na venda do gado, Forrest ia atravessando o brejo que separava a propriedade de Jack da de Granville quando, ao pisar a superfície congelada do ribeirão Snow, o gelo rachou e ele mergulhou até os ombros na água gélida. Ele subiu no escuro até a casa de Jack e chegou tarde, quando todo mundo já estava na cama. Recusou a oferta de comida quente, bebida e roupas secas e decidiu ir para a cama no quarto dos fundos. Forrest disse que iria acordar e sair antes que eles se levantassem. Parecia envergonhado com a coisa toda.

Pela manhã, o filho mais velho de Jack, então com 10 anos, pulou da cama mais cedo. Suas irmãs Lee e Betty Louise e seu irmão Bobby Joe dormiam silenciosamente. O irmão mais novo, Granville Thomas Jr., nasceria no ano seguinte.

O cômodo estava frio e escuro, nada se mexia, mas o menino percebeu que havia algo ou alguém no final do corredor. Era como se houvesse alguma coisa pulsando através das paredes, uma onda de frio vibrante, e ele se levantou sem acordar os irmãos e se vestiu sem fazer barulho. A porta do quarto dos fundos estava entreaberta, o ar lá dentro bem mais frio, porque era o quarto mais distante da estufa de aquecimento.

Lá dentro, o garoto viu um vulto deitado na cama que fora armada num dos cantos, perto do armário velho que o avô fizera e das caixas com os quadros que a mãe pintara, paisagens simples a óleo. Ele esperou que seus olhos se acostumassem à luz e então seguiu em frente. Tocou a ponta de uma bota, que sobrava de uma das extremidades da cama. Estava fria e um pouco úmida. Quando o menino se aproximou, pisando leve nas tábuas para não acordar o resto da casa, o rosto de Forrest surgiu na escuridão, uma máscara de pedra azul, os olhos abertos, a boca retorcida, uma expressão de aborrecimento. Seus dedos agarravam o lençol puxado até o pescoço, as unhas roxas, cobertas por uma fina película de gelo.

ANOS DEPOIS, QUANDO Maggie morreu, registros revelaram que ela passara mais de dez anos casada com Forrest em segredo.

O MENINO FICOU PARADO no quarto escuro, e o único som era o de sua própria respiração e de seu coração batendo. Estava amedrontado e sozinho. Olhou para trás — seu cabelo loiro era quase branco, os olhos distantes um do outro, o nariz igual ao do pai e dos tios. Pelo comprimento de suas pernas via-se que seria um homem alto, tão alto quanto o tio Howard.

O garoto olha por cima dos ombros para mim, para nós.

Tem medo de se mexer, não sabe o que fazer.

Ele é o único que sabe que estamos aqui, que o estamos vendo.

Esse menino é meu pai, Andrew Jackson Bondurant Jr.

Nota do autor

QUANDO EU ERA JOVEM, algumas vezes por ano minha família pegava a estrada até Snow Creek, que fica a quatro horas de Alexandria, para visitar meus avós. Os irmãos e irmãs de meu pai também viviam nos arredores, então os encontros geralmente se transformavam em uma reunião completa da família Bondurant toda vez que os visitávamos; os tios, tias, primos e muitos outros, todos se dirigiam à antiga casa da fazenda de meu avô para cafés da manhã imensos e demorados, longas conversas diante da estufa durante as quais se falava muito e se dizia pouco. Eu passava a maior parte do tempo brigando com meus primos gigantes nos celeiros repletos de feno, dirigindo tratores de manhã cedo na beira do riacho lamacento e enfiando a mão nas cercas elétricas que continham o gado, porque meus primos me desafiavam a fazê-lo. Meu avô morreu com quase 90 anos; tinha acabado de comprar um caminhão novo, bem na véspera, e estava construindo uma nova casa.

Tenho muitas lembranças importantes do tempo que passei lá e de meu avô; seu rosto impassível que lembrava o de uma águia, as jornadas de caminhonete logo cedo para alimentar o gado, o estoicismo inacreditável daquele homem. Também me lembro da despensa dos fundos da casa, onde ele guardava uma arma pendurada na parede. Isso não era tão incomum;

naquela época, no Condado de Franklin, havia espingardas penduradas em quase toda superfície plana, e em muitas casas ainda há. O que mais me chamava a atenção naquele suporte de arma especificamente eram os socos-ingleses de bronze enferrujado que pendiam de um prego logo abaixo. Quando eu era garoto, a ideia de um homem colocar na mão aquele instrumento de metal maciço, especialmente desenhado só para esmurrar a cara de outro homem, era algo eletrizante, de forma que eu passava longos períodos de tempo olhando aquilo. Para mim, aquele instrumento representava algo notavelmente primitivo, pendurado ali embaixo das armas, como se dissesse: *Se você ainda estiver vivo quando minhas balas acabarem, vou tirar esse pedaço de metal da parede e te surrar até você desmaiar.* De volta à mesa de jantar, o rosto pesado e plácido de meu avô ganhava uma luz inteiramente nova. Eu tinha medo dele e era fascinado pela vida que ele levara.

Só fiquei sabendo do verdadeiro passado de meu avô e de seu envolvimento nos episódios do início da década de 1930 muito mais tarde. Meu pai não sabia nem que ele tinha levado um tiro até poucos anos antes de meu avô morrer, quando, em meio à sua pesquisa genealógica, topou com uma série de artigos de jornal que documentavam os eventos no ribeirão Maggodee em dezembro de 1930. Quando questionado sobre o incidente da ponte, meu avô apenas falou: Ah, foi, o tiro passou por aqui, e levantou a camisa para mostrar a meu pai a cicatriz embaixo do braço. Depois disso, pouco se disse sobre o assunto, pois era esse o jeito da família do meu pai de tratar dessas coisas.

Devo acrescentar aqui que meu avô, depois de mais alguns probleminhas com a polícia, se tornou um respeitável membro da comunidade de Snow Creek, um homem cumpridor das leis e até mesmo reverenciado por muitos anos, até sua morte. Seus filhos e netos, inclusive eu, todos nós basicamente sumimos na gentil obscuridade que envolve os cidadãos decentes. Ao que parece, a parte de nosso sangue que impelia a atos dramáticos e perigosos, como os perpetrados por meu avô e seus irmãos naqueles tempos de desespero, também desapareceu.

As bases desta história foram vários outros casos e histórias de família, manchetes, artigos de jornal, transcrições de julgamento e, principalmente, a compilação de testemunhos ao júri de T. Keister Greer, intitulada *The*

Great Moonshine Conspiracy of 1935 [A grande conspiração de *moonshine* de 1935]. O livro de Greer também fornece depoimentos de outros protagonistas da conspiração, bem como dados biográficos e outros relativos ao contexto da época. Contudo, essa informação histórica não nos ajuda a entender quem são os atores centrais dessa trama, pelo menos no que diz respeito à sua situação e ao que pensavam; todos os envolvidos estão mortos, e existem poucos relatos. Não há cartas, e meu avô e seus irmãos não mantinham diários. Minha tarefa neste livro foi preencher as lacunas deixadas pelos registros conhecidos. São histórias da família, e por isso precisamos confiar nas lembranças de parentes — como o meu pai, que já era nascido no ano do julgamento, embora fosse apenas um menino — e também nas recordações de outros habitantes do local e de amigos que conheceram meu avô e os demais. Essas lembranças e histórias são vagas e, na melhor das hipóteses, muitas vezes enganosas, porque misturam-se a várias décadas de rumores, fofocas e mitos. Essas pessoas viveram e morreram de forma autêntica e dramática, mas, dadas a passagem do tempo e as circunstâncias, é difícil apresentar suas vidas com total precisão e fidelidade.

Para chegar a esta verdade, criei personagens baseados nessas pessoas, alguns que são combinações das figuras originais; alguns se aproximam bastante dos relatos históricos de que temos notícia, outros foram quase totalmente inventados. Qualquer pessoa que tenha parentesco com algum dos envolvidos não deve presumir que certos personagens desta ficção foram criados para retratar alguém em particular. Não quis enaltecer ou caluniar nenhum dos citados nessa história trágica, muito menos alguém de minha própria família. Acho que você, leitor, pode considerar esta narrativa como uma história paralela. Imaginei várias coisas para as quais não há documentação e criei sobre as figuras reais com a liberdade que é concedida a um romancista. Minha intenção foi alcançar uma verdade que subjaz ao mundo pouco documentado e mal compreendido da realidade.

Estes são os fatos: a seca de 1930 estava causando sérios danos ao já empobrecido Condado de Franklin, e a produção de *moonshine* explodiu. O "posto de gasolina Bondurant" era conhecido como um centro de bebedeiras, brigas e gaiatices em geral. Meu avô e seus irmãos Forrest e Howard eram conhecidos no condado e nos jornais como "os Bondurant Boys", "os garotos Bondurant". Meu tio-avô Forrest Bondurant teve a garganta cortada e, não se sabe como, sobreviveu. Depois levou um tiro na barriga no ribeirão Maggodee e, mais tarde, quase foi esmagado por um carregamento de madeira que caiu sobre ele. Sobreviveu a tudo isso, sucumbindo, por fim, depois de cair na água ao pisar em falso na superfície congelada de um riacho. Maggie existiu de verdade e viveu com meu tio-avô sob circunstâncias misteriosas. A relação deles faz parte do folclore familiar. Jack também foi baleado no Maggodee, e alguns anos depois casou-se com Bertha Minnix, minha avó, que tocava bandolim muito bem e se apresentava na rádio, e cujos pais eram membros da igreja Dunkard, ou antiga igreja batista alemã, como se costumava dizer na época.

Sabe-se que o escritor Sherwood Anderson passou um tempo no condado, tentando encontrar a famosa contrabandista Willie Carter Sharpe, e que estava presente no tribunal quando meu avô e meus tios-avôs depuseram. Ele passou vários anos na região, revezando-se entre o trabalho em sua casa em Marion e suas viagens pelo interior. Anderson escreveu uma reportagem para a revista *Liberty* em 1935 sobre a "a grande conspiração de *moonshine* do Condado de Franklin". Acredita-se que seu último romance, *Kit Brandon,* foi muito influenciado por suas experiências no interior da Virgínia, pela lenda de Willie Carter Sharpe e pelo julgamento da Grande Conspiração de *Moonshine.*

Os tiros desferidos contra os "Bondurant Boys" no ribeirão Maggodee por Rakes e Abshire estão bem documentados nas transcrições do julgamento e nas reportagens de jornal, assim como o horrível assassinato de Jefferson Richards e a curiosa morte de Charley Rakes.

Todo o resto, como diria Sherwood Anderson, é "transmutado pela imaginação".

Agradecimentos

DEVO MUITO À minuciosa narrativa de T. Keister Greer sobre os fatos do julgamento de 1935, baseada nos testemunhos ao júri e intitulada *The Great Moonshine Conspiracy of 1935*. Esse livro forneceu não apenas um panorama dessa complexa e muitas vezes confusa conspiração, mas também transcrições de tribunal de falas de meu avô e seus irmãos. As obras de Sherwood Anderson foram, é óbvio, muito importantes na minha pesquisa, em especial *Kit Brandon*, *Dark Laughter* e *Winesburg, Ohio*, além de suas memórias e correspondências. O melhor livro já escrito sobre o tema das bebidas ilegais é, provavelmente, *The Second Oldest Profession: An Informal History of Moonshining in America* [A segunda profissão mais antiga do mundo: uma história informal sobre a produção de *moonshine* nos Estados Unidos], de Jess Carr. Outra fonte de valor inestimável foi a Sociedade Histórica do Condado de Franklin e todos os seus prestativos e generosos voluntários. Seus acervos, fotos e registros foram de grande valia, e recomendo a todos os interessados no assunto uma visita ao museu, situado em Rocky Mount, epicentro do comércio de *moonshine*.

Gostaria de agradecer a todos os leitores dos rascunhos deste livro, inclusive Seth Tucker, Mike Mannon e K.S. Também gostaria de agradecer aos vários escritores que de algum modo me ajudaram, entre eles Tony Early e Margot Livesey.

Gostaria de agradecer a meu agente, Alex Glass, do Trident Media Group; a minha editora, Alexis Gargagliano; e a todo o ótimo pessoal da Scribner, que tornou este processo tão prazeroso.

Agradeço a minha família pelo apoio constante e pelo amor.

E a minha esposa, Stacy, minha melhor amiga e companheira.

Este livro foi composto na tipologia Adobe Garamond Pro,
em corpo 11,5/15,1, e impresso em papel off-white
no Sistema Cameron da Divisão Gráfica
da Distribuidora Record.